A TERRÍVEL INTIMIDADE DE MAXWELL SIM

JONATHAN COE

A TERRÍVEL INTIMIDADE DE MAXWELL SIM

Tradução de
Christian Schwartz

EDITORA RECORD
RIO DE JANEIRO • SÃO PAULO
2012

CIP-BRASIL. CATALOGAÇÃO NA FONTE
SINDICATO NACIONAL DOS EDITORES DE LIVROS, RJ

    Coe, Jonathan, 1961-
C613t   A terrível intimidade de Maxwell Sim / Jonathan Coe; tradução de Christian Schwartz. – Rio de Janeiro: Record, 2012.

    Tradução de: *The terrible privacy of Maxwell Sim*
    ISBN 978-85-01-09157-4

    1. Ficção inglesa I. Schwartz, Christian. II. Título.

12-1570   CDD: 823
                                        CDU: 821.111-3

TÍTULO ORIGINAL:
The terrible privacy of Maxwell Sim

Copyright © Jonathan Coe, 2010

Texto revisado segundo o novo Acordo Ortográfico da Língua Portuguesa.

Todos os direitos reservados. Proibida a reprodução, no todo ou em parte, através de quaisquer meios. Os direitos morais do autor foram assegurados.

Editoração eletrônica: Abreu's System

Direitos exclusivos de publicação em língua portuguesa somente para o Brasil adquiridos pela
EDITORA RECORD LTDA.
Rua Argentina, 171 – Rio de Janeiro, RJ – 20921-380 – Tel.: 2585-2000, que se reserva a propriedade literária desta tradução.

Impresso no Brasil

ISBN 978-85-01-09157-4

Seja um leitor preferencial Record.
Cadastre-se e receba informações sobre nossos lançamentos e nossas promoções.

Atendimento e venda direta ao leitor:
mdireto@record.com.br ou (21) 2585-2002.

EDITORA AFILIADA

*O homem é uma alavanca cuja potência e cujo alcance finais
ele deve determinar por si mesmo.*
— DONALD CROWHURST, citado em *A estranha viagem
de Donald Crowhurst*, de Nicholas Tomalin e Ron Hall

*A geografia não importa mais, porque não existe perto ou
longe, o invólucro monetário envolvendo o globo destruiu a
geografia das distâncias.*
— ALASDAIR GRAY, em *1982, Janine*

*Um dia eu vou morrer, e no meu túmulo vai estar escrito:
"Aqui jaz Reginald Iolanthe Perrin; que não sabia os
nomes das flores e das árvores, mas estava informado sobre
as vendas de torta de ruibarbo no estado alemão de
Schleswig-Holstein."*
DAVID NOBBS, em *Ascensão e queda de Reginald Perrin*

*Pelas palavras, ela nos oferece suas vergonhosas revelações.
Pelas palavras, ela nos revela sua terrível intimidade.*
— JAMES WOOD, escrevendo sobre Toni Morrison no
Guardian, 18 de abril de 1992

Índice

Sydney – Watford   11
Incluindo ÁGUA: *O desgarrado*

Watford – Reading   91
Incluindo TERRA: *O buraco das urtigas*

Reading – Kendal   179
Incluindo FOGO: *A fotografia dobrada*

Kendal – Braemar   271
Incluindo AR: *O Sol Nascente*

Fairlight Beach   363

Vendedor encontrado nu em carro

A polícia da região de Aberdeen, em patrulha num trecho sob neve da rodovia A93, entre Braemar e Spittal of Glenshee, avistou na quinta-feira à noite um carro aparentemente abandonado no acostamento próximo ao Centro de Esqui Glenshee. Ao inspecionarem mais de perto o veículo, os policiais encontraram o motorista, inconsciente atrás do volante. Roupas pertencentes ao homem de meia-idade em questão, o qual estava seminu, encontravam-se espalhadas pelo carro. No banco do carona, havia duas garrafas de uísque vazias.

O caso tornou-se ainda mais misterioso quando os policiais, verificando o porta-malas, encontraram duas caixas de papelão com mais de quatrocentas escovas de dente e um grande saco de lixo preto cheio de cartões-postais com fotos do Extremo Oriente.

O motorista, acometido de hipotermia severa, foi levado num avião-ambulância para a Aberdeen Royal Infirmary. Mais tarde, descobriu-se sua identidade: Maxwell Sim, 48 anos, proveniente de Watford, Inglaterra.

O Sr. Sim era vendedor autônomo a serviço da fábrica Guest, de Reading. A empresa, especializada em produtos de higiene oral ecologicamente corretos, havia decretado falência naquela manhã.

Acredita-se que o Sr. Sim, completamente recuperado, tenha voltado para casa, em Watford. A polícia ainda não confirma se abrirá inquérito contra ele por dirigir embriagado.

Aberdeenshire Press and Journal
Segunda-feira, 9 de março de 2009

Sydney – Watford

I

Quando vi a chinesa e a filha jogando baralho na mesa do restaurante, as águas e as luzes do porto de Sydney bruxuleando atrás delas, pensei em Stuart e no motivo que o tinha levado a desistir de dirigir seu carro. Ia dizer "meu amigo Stuart", mas acho que ele não é mais meu amigo. Parece que perdi vários amigos nos últimos anos. Não que eu tenha brigado feio com nenhum deles. Simplesmente decidimos não manter mais contato. E foi isto: uma decisão, uma decisão consciente, pois não é difícil, hoje, manter contato com as pessoas, tem muitos meios diferentes para isso. No entanto, quanto mais velho a gente fica, mais algumas amizades começam a parecer redundantes. A gente se pega perguntando: "Para quê?" E aí deixa pra lá.

Enfim, voltando a Stuart e ao carro dele. Ele teve que parar de dirigir por causa dos ataques de pânico. Dirigia bem, com cuidado e atenção, e nunca se envolveu em acidente. Mas de vez em quando tinha esses ataques de pânico ao volante, e depois de um tempo começaram a piorar e a se tornar mais frequentes. Eu me lembro da primeira vez que Stuart me falou sobre isso: era horário de almoço e estávamos na cantina da loja de departamentos em Ealing, onde trabalhamos juntos por um ou dois anos. Acho que não devo ter lhe dado a devida atenção, pois a Carol estava sentada com a gente na mesma mesa e as coisas entre nós começavam a ficar interessantes, de modo que a última coisa que eu queria ouvir era o que o Stuart tinha a dizer sobre suas neuroses ao volante. Deve ser por isso que nunca mais pensei nessa história, até anos depois, naquele restaurante em

Sydney, quando tudo me voltou à memória. O problema do Stuart, até onde consigo me lembrar, era o seguinte. Enquanto a maioria das pessoas, olhando o vaivém dos carros numa rua movimentada, veria apenas o funcionamento normal e adequado de um sistema de tráfego, Stuart enxergava aquilo como uma sucessão interminável de acidentes em potencial. Via os carros se arremessando uns contra os outros a velocidades consideráveis e deixando de se chocar por centímetros — o tempo todo, a cada poucos segundos, e repetidamente ao longo do dia. "Aqueles carros todos", ele dizia, "conseguindo não bater uns nos outros *por um triz*. Como é que as pessoas podem aguentar isso?" No fim, se tornou insuportável para ele contemplar tal cenário, e Stuart foi obrigado a parar de dirigir.

Por que essa lembrança voltava agora, justo naquela noite? Era 14 de fevereiro de 2009. O segundo sábado do mês. Dia dos Namorados, caso vocês não tenham notado. As águas e as luzes do porto de Sydney bruxuleavam atrás de mim e eu jantava sozinho porque meu pai, por razões próprias e várias e as mais estranhas, se recusara a sair comigo, ainda que aquela fosse minha última noite na Austrália e que tentar reconstruir minha relação com ele fosse a única razão para eu estar ali. Naquele exato momento, aliás, eu provavelmente me sentia mais sozinho do que jamais em toda a minha vida, e o que de fato fez cair a ficha foi a imagem daquela chinesa jogando baralho com a filha numa mesa de restaurante. Elas pareciam muito felizes na companhia uma da outra. Havia muita sintonia entre as duas. Não conversavam muito, e quando falavam alguma coisa era sobre o jogo de cartas, pelo que eu podia entender, mas não importava. Seus olhos, seus sorrisos, o jeito como riam, o jeito como se inclinavam uma na direção da outra. Em comparação, nenhum dos demais presentes, nas outras mesas, parecia estar se divertindo. Claro, estavam todos rindo e falando. Mas não pareciam completamente *absortos* uns pelos outros como a chinesa e sua filha. Havia um casal, sentado bem à minha frente, que parecia comemorar o Dia dos Namorados: ele não parava de olhar o relógio de pulso, enquanto ela conferia o tempo todo as mensagens de texto no celular. Atrás de mim, havia uma família de quatro pessoas: os dois meninos pequenos jogavam Nintendo DS, marido e mulher não trocavam uma palavra fazia uns dez minutos. À minha esquerda, bloqueando um pouco a visão do porto, um grupo de seis amigos: dois deles entretidos numa grande discussão que, de início, era sobre aquecimento global, mas agora parecia ter mais a ver com economia; nenhum dos dois queria perder o debate, e os outros quatro permaneciam num silêncio entediado, observando. À minha direita, um casal de idosos tinha preferido sentar lado a lado, e não frente a frente, para poder apreciar a vista em vez de conversar. Nada disso me deprimia, exatamente. Até achava que todas aquelas pessoas voltariam para casa pensando ter passado uma noite perfeitamente agradável. Mas, de todos, eu só invejava a chinesa e a filha. Estava claro que as duas tinham algo precioso: alguma coisa que eu queria muito. Alguma coisa da qual eu queria compartilhar.

Como podia ter certeza de que a mulher era chinesa? Bem, não podia. Mas para mim ela parecia chinesa. Tinha cabelos pretos e longos, levemente rebeldes e desalinhados. Um rosto fino com maçãs proeminentes. (Desculpem, não sou muito bom para descrever pessoas.) Batom vermelho vivo, um toque peculiar que me surpreendeu. Sorriso adorável de lábios unidos, um pouquinho contido, o que de alguma forma o tornava ainda mais radiante. Vestia roupas finas, uma espécie de cachecol preto de chiffon (não sou muito bom para descrever roupas também — ansiosos pelas próximas 300 páginas?), afixado por um grande broche dourado. Enfim, era bem abastada. Elegante — seria uma boa palavra para descrevê-la. Muito elegante. A filha estava igualmente bem-vestida e também tinha cabelos pretos (bem, a gente não encontra muitas chinesas loiras por aí); aparentava uns 8 ou 9 anos. E tinha uma risada gostosa: começava com uma risada gutural e então borbulhava em risinhos como uma cascata até, finalmente, se desmanchar numa corredeira morro abaixo e assentar numa série de pequenos lagos. (Laguinhos iguais àqueles pelos quais passávamos, mamãe e eu, sempre que fazíamos nossas caminhadas pelos Lickey Hills, muitos e muitos anos atrás, nos fundos do pub The Rose and Crown, nos limites do campo municipal de golfe. Acho que era isso que aquela risada me fazia lembrar, e talvez seja mais um motivo pelo qual a menina chinesa e sua mãe me chamaram tanto a atenção naquela noite.) Não sei o que a fazia rir tanto: alguma coisa a ver com o jogo de cartas, que não era, na verdade, nenhum jogo bobo ou infantil, como *snap*, mas tampouco parecia ser um jogo muito sério ou adulto. Talvez estivessem jogando uíste ou coisa parecida. Fosse o que fosse, a menininha ria e a mãe tinha entrado na brincadeira, incentivando-a, rindo junto, surfando a mesma onda de riso. Dava muito gosto assistir a elas, mas eu tinha de conter meus olhares, senão a chinesa era capaz de perceber e achar que eu fosse alguma espécie de tarado. Uma ou duas vezes ela notou que eu espiava e sustentou o olhar por alguns segundos, mas não tempo suficiente para que eu pudesse vislumbrar um convite qualquer e, depois daqueles poucos segundos, desviou os olhos e ela e a filha recomeçaram a conversar e a rir, reerguendo rapidamente um muro de intimidade, uma tela protetora.

Naquele exato momento, tive vontade de passar uma mensagem de texto para o Stuart, mas não sabia mais o número do celular dele. Tive vontade de passar a mensagem para dizer que agora eu entendia aquilo que ele estava tentando me dizer sobre carros e dirigir. Carros são como pessoas. A gente dá voltas por aí todos os dias, corre para lá e para cá, a gente fica a centímetros de tocar uns nos outros, mas há pouco contato real. Sempre por um triz. Sempre quase. É assustador, se a gente parar para pensar. Provavelmente é melhor não pensar mesmo.

Vocês conseguem se lembrar onde estavam no dia em que John Smith morreu? Suspeito que a maioria das pessoas não saberia dizer. Na verdade, acho que muita gente não se lembra nem quem foi John Smith. Bem, já existiu um monte de John Smiths, claro, ao longo dos anos, mas estou pensando naquele que era líder do Partido Trabalhista quando morreu, de ataque cardíaco, em 1994. Entendo que sua morte não tenha a repercussão global que tiveram as de JFK e da princesa Diana, mas ainda consigo me lembrar onde eu estava naquele dia, e com absoluta clareza. Estava na cantina daquela loja de departamentos em Ealing, almoçando. Stuart estava comigo, e mais dois ou três outros caras, inclusive um chamado Dave, que era um pé no saco total. Trabalhava no setor de Eletrodomésticos e era exatamente o tipo de sujeito que eu não suporto. Barulhento e chato e convencido demais. E, sentada numa mesa próxima à nossa, sozinha, havia essa bela moça, 20 e poucos anos, ombros largos, cabelos castanho-claros, que parecia solitária e deslocada e não parava de olhar na nossa direção. O nome dela (como logo, logo eu viria a descobrir) era Caroline.

Eu estava trabalhando naquela loja fazia apenas um ou dois meses. Antes disso, tinha passado dois ou três anos na estrada, como representante de vendas de uma fabricante de brinquedos de St. Albans. Era um trabalho até bem legal, de certo modo. Fiquei bastante amigo do Trevor Paige, que era o outro representante da região Sudeste, e nos divertimos um bocado algumas vezes durante aqueles dois ou três anos, mas nunca gostei tanto da estrada quanto ele — não demorou muito e a novidade daquelas viagens todas me cansou de verdade. Comecei a procurar uma maneira de sossegar. Pouco tempo antes, tinha dado entrada numa casinha bacana em Watford (não muito longe de onde morava o Trevor, aliás) e estava atrás de uma nova oportunidade de emprego. A loja em Ealing era um dos lugares para os quais eu vendia brinquedos, e tinha tratado de ficar amigo do Stuart, que cuidava desse departamento. Imagino que sempre tenha alguma coisa artificial nas amizades começadas por razões profissionais, mas o Stuart e eu passamos a gostar genuinamente um do outro e, com o tempo, eu sempre tentava colocar Ealing como minha última parada do dia, de modo que a gente pudesse sair para um chope rápido depois dos negócios. E aí, certa noite, o Stuart me chamou na casa dele, fora do horário de trabalho, para dizer que tinha sido promovido a um posto no setor administrativo da loja e perguntou se eu não queria me candidatar à vaga dele no departamento de brinquedos. Bem, hesitei um pouco, preocupado com a reação do Trevor; mas, no fim, ele ficou numa boa. Sabia que era exatamente o que eu vinha procurando. De modo que, uns dois meses mais tarde, estava trabalhando na loja em tempo integral e almoçando todo dia na cantina com o Stuart e os colegas dele, e foi quando comecei a reparar naquela bela moça, 20 e poucos anos, cabelos castanho-claros, que parecia sempre almoçar sozinha na mesa ao lado.

A impressão é de que isso tudo faz tanto tempo. E tudo parecia possível naquela época. Tudo mesmo. Me pergunto se essa sensação algum dia volta?

Melhor não tomar esse rumo.

Pois então: a morte de John Smith. Formávamos um bando na cantina naquele dia, os rapazes e eu, acomodados nas mesas de fórmica, almoçando. Era o começo do verão de 1994. Só não me pergunte se chovia ou fazia sol, porque não dava para ter nenhuma pista do clima lá fora, naquele espaço mal-iluminado. Almoçávamos numa espécie de eterna penumbra. O que aconteceu de diferente naquele dia, porém, foi que o Dave — o mala do Eletrodomésticos, aquele que eu não aturava — convidou a Caroline para sentar com a gente. Claramente o plano dele era passar a conversa nela, mas doía assistir à tentativa, pois o cara só dava bola fora. Depois de ter falhado em impressioná-la com descrições do seu carrão esporte e do som último tipo instalado no apezinho maneiro em Hammersmith, no qual morava sozinho, ele mudou de assunto, e passou a falar da morte de John Smith — noticiada no rádio naquela manhã —, e começou a usar a história como pretexto para uma série de piadas de mau gosto sobre ataques cardíacos. Tipo esta: parece que, após o primeiro infarto sofrido por Smith, no final dos anos 1980, os médicos tinham conseguido reanimar o coração do homem, mas não o cérebro — e alguém ainda se admirava que ele tivesse sido escolhido líder do Partido Trabalhista? A reação da Caroline à tirada foi persistir no silêncio desdenhoso que mantivera durante toda a refeição; e, exceto por um ou outro riso frouxo, ninguém mais reagiu, até que me peguei dizendo — quase que para meu próprio espanto:

— Não teve graça, Dave. Não teve graça nenhuma.

A maioria dos caras tinha terminado de almoçar àquela altura, e logo as pessoas começaram a se levantar e sair, menos a Caroline e eu: nenhum de nós dois disse nada, mas ambos decidimos ficar por ali e demorar um pouco mais na sobremesa, como se tivéssemos feito um acordo sem palavras. E assim, por um ou dois minutos, permanecemos num silêncio incômodo, esperando, até que fiz algum comentário envergonhado sobre sensibilidade não ser bem o forte do Dave, e então, pela primeira vez, Caroline falou.

Acho que na mesma hora me apaixonei por ela. Foi por causa da voz, entendem? Minha expectativa era de algo contido e ultrarrefinado, que combinasse com a aparência dela, mas em vez disso veio aquele sotaque do norte, totalmente aberto e franco. Me pegou tão de surpresa — fiquei tão encantado — que, de início, esqueci de escutar o que ela estava dizendo, e apenas me deixei levar pela voz, quase como se ela falasse numa melíflua língua estrangeira. Rapidamente, porém, antes de passar uma primeira impressão desastrosa demais, me recompus, concentrado, e entendi que ela me perguntava por que eu não havia gostado das piadas. Queria saber se era porque eu apoiava o Partido Trabalhista e eu falei que não, que não tinha nada a ver com isso, de jeito nenhum. Disse a ela que simplesmente não achava certo fazer piada sobre alguém que tinha acabado de morrer, especialmente se essa pessoa sempre parecera ser um homem decente e deixava mulher e família. Caroline concordou comigo, mas aquela morte também parecia entristecê-la por uma razão diferente: na opinião dela, vinha em péssima hora para a política britânica, pois, disse ela, John Smith provavelmente venceria a próxima eleição e talvez chegasse a ser um ótimo primeiro-ministro.

Bem, admito que aquele não era o tipo de conversa que normalmente se ouvia na cantina da loja de departamentos, menos ainda uma conversa do tipo que eu costumava ter com as pessoas. Nunca me interessei por política. (Na verdade, nem votei nas duas últimas eleições, embora tenha, sim, votado em Tony Blair em 1997, principalmente porque achei que era isso que a Caroline queria que eu fizesse.) E, quando soube, não muito tempo depois, que ela só estava trabalhando no setor de gestantes da loja temporariamente, enquanto começava a escrever seu primeiro romance, me senti ainda mais fora do lugar. Eu quase nunca lia romances, que dirá tentar escrever um. Mas, de certo modo, aquilo serviu para alimentar mais ainda minha curiosidade. Não conseguia decifrar a Caroline, entendem? Após ter passado todos aqueles anos na estrada, abordando as pessoas sem ser solicitado e tentando vender coisas a elas, tinha razões para me sentir muito cheio de mim por minha habilidade em descobrir, depois de um exame de alguns poucos segundos, o que as movia na vida. Mas não encontrara muitas pessoas como a Caroline. Eu não tinha cursado a faculdade (ela era formada em história pela Universidade de Manchester) e passara a maior parte da vida adulta na companhia de homens — homens de negócios, aliás. O tipo de gente que nunca conta muito sobre si mesma quando conversa e tende a ser bastante conservadora. Comparada a eles, Caroline era de uma espécie desconhecida para mim. Eu não conseguia nem começar a imaginar o que a levara até ali.

Mas isso ela me explicou no nosso primeiro encontro, e o motivo era muito triste. Estávamos numa das lojas da Casa do Espaguete (uma das minhas franquias favoritas naquele tempo, embora quase extinta hoje em dia) e, cutucando com o garfo seu tagliatelle à carbonara, Caroline me contou que, quando estava na faculdade em Manchester, tinha se envolvido bem a sério com um cara que estudava Letras e tinha entrado no mesmo ano que ela. Então, ele arrumou um emprego em Londres, como produtor de uma emissora de TV, e ambos se mudaram para um pequeno apartamento em Ealing. A verdadeira ambição da Caroline era escrever livros — romances e contos — e ela havia entrado naquele emprego na loja de departamentos como algo temporário, tentando manter sua rotina de escrita à noite e nos fins de semana. Enquanto isso, seu namorado passara a ter um caso com alguém que tinha conhecido na TV, apaixonando-se loucamente por essa pessoa, e em poucas semanas dera um pé na bunda da Caroline e fora embora, deixando-a sozinha, morando num lugar onde não tinha amigos e com um emprego pelo qual não tinha interesse.

Bem, a verdade fica bastante óbvia agora, não? Tem aquela expressão, um clichê, para o estado em que Caroline se encontrava: *na fossa*. Ela gostava de mim porque eu estava sendo gentil com ela, e porque me aproximara dela na maré baixa, e também porque eu provavelmente não era tão grosso e insensível quanto os outros caras que frequentavam a cantina. Mas não dá para negar, olhando em retrospecto, que eu não era da turma dela. De certa forma, é até incrível que a gente tenha chegado a ficar junto o tempo que ficou. Mas, claro, não dá para adivinhar o futuro. Normalmente, já tenho dificuldades para prever as próximas duas semanas, que dirá os próximos 15 anos. Lá atrás, éramos jovens e ingênuos e, no final daquele encontro na Casa do Espaguete, quando perguntei se ela gostaria de dar um passeio de carro comigo até o campo no fim de semana, nenhum de nós dois tinha a menor ideia de aonde aquilo nos levaria, e tudo que consigo lembrar agora é o brilho de gratidão nos olhos dela ao aceitar o convite.

Quinze anos atrás. Quinze anos é bastante ou pouco tempo? Acho que tudo é relativo. Na perspectiva da história da humanidade, 15 anos são apenas um piscar de olhos, mas ao mesmo tempo parecia que eu havia percorrido um longo trajeto, um percurso inimaginavelmente longo, da esperança e da empolgação daquele primeiro encontro na Casa do Espaguete à noite de 14 de fevereiro de 2009, alguns meses atrás, quando (aos 48 anos) me vi sentado sozinho num restaurante na Austrália, as águas e as luzes do porto de Sydney bruxuleantes atrás de mim, sem conseguir tirar os olhos da bela chinesa e de sua filhinha que jogavam baralho na mesa. Caroline tinha saído de casa àquela altura. Abandonara-me, quero dizer. Tinha ido embora fazia uns seis meses, levando com ela nossa filha, Lucy. Tinham se mudado para o norte, Kendal, na região de Lake District. O que, afinal, a levara para longe? Simplesmente uma frustração que por um longo tempo foi ganhando corpo, acho. Exceto pelo nascimento da

Lucy, parecia que os 15 anos anteriores não haviam proporcionado a Caroline o que ela esperava. O grande romance continuava sem ser escrito. Ela nem ao menos conseguira terminar um conto, até onde eu sabia. Muito disso se devia à chegada de Lucy. Ser mãe exige um bocado, afinal. Certamente que eu não conseguia entender por que o casamento comigo pudesse tê-la impedido de escrever, se isso era o que ela realmente queria fazer. Outra coisa que me ocorre é que talvez a Caroline, bem lá no fundo (e isso é uma coisa que me dói admitir), se envergonhasse um pouco de mim. Do meu emprego, para ser mais preciso. A essa altura, eu havia passado a trabalhar para uma das maiores lojas de departamento do centro de Londres, e também uma das que tinham maior prestígio, ocupando um posto na Divisão de Atendimento ao Cliente no Pós-Venda. Um excelente emprego, na minha opinião. Mas talvez uma parte dela pensasse que o marido de uma aspirante a escritora deveria trabalhar em alguma coisa mais... sei lá — artística? Intelectual? Vocês devem estar imaginando que a gente discutiu algumas dessas questões, mas o mais triste no nosso casamento era que, ao longo dos últimos anos, houve uma quase completa falta de comunicação entre nós. Parecíamos ter esquecido a arte de conversar um com o outro, a não ser para brigar, aos gritos, sempre acompanhados de dolorosas trocas de insultos e alguns objetos de casa sendo arremessados. Não vou repassar aqui todos os detalhes, mas me lembro bem de uma dessas ocasiões, uma das nossas últimas brigas, talvez pouco antes disso. Tínhamos começado por discutir sobre se deveríamos usar Bombril ou uma esponja macia na limpeza da superfície de aço inoxidável do fogão e, em mais ou menos 30 segundos, me peguei dizendo à Caroline que estava claro que ela não me amava mais. Como ela não retrucou, falei:

— Às vezes acho que você nem mesmo *gosta* de mim tanto assim.

E sabem o que ela me respondeu?

— Como alguém pode gostar de um cara que nem mesmo gosta de si?

Bem, não chegaríamos a lugar nenhum se ela fosse começar a falar por charadas.

A chinesa e a filha ficaram no restaurante um tempão. Considerando que a filha era muito novinha, surpreendia que ainda estivessem ali às 10h30 da noite. Tinham terminado de comer já fazia séculos, e tudo que ainda as mantinha na mesa era o jogo de cartas. A maioria das mesas estava vazia, e logo seria minha vez de também voltar ao apartamento do meu pai. Havia umas coisas sobre as quais a gente precisava conversar antes de eu tomar meu voo de volta, na tarde do dia seguinte. Precisava fazer um xixi antes de sair, então levantei e me dirigi ao toalete masculino, que ficava no subsolo.

Não gosto de mijar em pé. Não me perguntem por quê. Até onde sei, nada a ver com algum episódio traumático da infância, em que eu tivesse sido molestado num banheiro público ou coisa parecida. Na verdade, não gosto de fazer de pé mesmo quando não tem mais ninguém no banheiro, porque alguém pode entrar quando eu estiver no meio da coisa, causando uma interrupção do fluxo, como se me desligasse feito uma torneira, e me fazendo sair dali furioso de vergonha e frustração, com a bexiga ainda meio cheia. De modo que, dentro de um dos cubículos — e depois dos costumeiros preparativos, limpar o assento e assim por diante —, sentei, e foi quando realmente me dei conta. Solidão. Estava ali sentado, debaixo da terra, dentro de um cubículo minúsculo, a dezenas de milhares de quilômetros de casa. Se tivesse um ataque cardíaco repentino naquele banheiro, que consequências isso teria? Algum funcionário do restaurante provavelmente me encontraria pouco antes da hora de fechar. A polícia seria chamada e, verificando meu passaporte e meus cartões de crédito, imagino que por alguma base de dados internacional, daria um jeito de descobrir minhas conexões com o pai ou com Caroline, e ligaria para contar a eles o que tinha acontecido. Como Caroline receberia a notícia? Ficaria bem chateada, a princípio, mas não tenho certeza da profundidade desse sentimento. Eu não tinha mais tanta importância na vida dela. Para Lucy seria mais difícil, claro, mas mesmo ela vinha se afastando de mim: já fazia mais de um mês desde o nosso último contato. E quem mais restava? Talvez os amigos ou os colegas de trabalho sentissem o baque de forma passageira, nada de mais. Chris, meu velho amigo da escola, até poderia sentir... bem, alguma coisa, um espasmo de remorso por termos nos tornado quase estranhos, tanto tempo sem um encontro. Trevor Paige ficaria triste, triste de verdade. E também a Janice, mulher dele. Mas minha morte não propagaria seus efeitos muito além daí. Uma conta no Facebook desativada — mas será que algum dos meus amigos do Facebook chegaria a notar? Duvido. Eu estava sozinho no mundo naquele momento, terrivelmente sozinho. Voaria para casa no dia seguinte, e o que me esperava lá não era muito mais do que um apartamento desabitado, equipado com mobília barata e abarrotado de contas a pagar, extratos bancários e propagandas de entrega de pizza acumulados nas últimas três semanas. E ali estava eu, sentado sozinho dentro de um cubículo de madeira, debaixo da terra, no subsolo de um restaurante no porto de Sydney, e no andar de cima, sobre a minha cabeça, havia duas pessoas que — não importava o quanto estivessem sozinhas no mundo sob outros aspectos — pelo menos tinham uma à outra; pelo menos estavam ligadas uma à outra com uma força e uma intensidade que se tornavam óbvias a qualquer um que simplesmente olhasse para elas. Invejava intensamente as duas. Pensar nisso me encheu de uma repentina e incontrolável necessidade de conhecer aquela bela chinesa e sua bela filha, que amavam tanto uma à outra. E a perspectiva de ir embora daquele restaurante sem uma tentativa de me apresentar — de fazer com que as duas, de alguma forma, soubessem da minha existência — pareceu-me intolerável.

E o mais incrível era que, quanto mais pensava no assunto, mais me dava conta de que não havia razão para que eu não devesse realmente fazer aquilo. Por que hesitava? Era exatamente o tipo de coisa no qual eu deveria me sair bem. Antes de Caroline e Lucy me deixarem, o que acabou comigo e me transformou numa espécie de ermitão involuntário, tinha construído toda uma carreira sobre a minha habilidade de agradar as pessoas. Afinal de contas, o que mais vocês acham que alguém da Divisão de Atendimento ao Cliente no Pós-Venda faz? Agradar as pessoas é mais ou menos o que define essa função. Eu era capaz de ser charmoso, se quisesse. Sabia como deixar uma mulher à vontade. Sabia que polidez, boas maneiras e um tom de voz que não representasse ameaça normalmente desarmariam o mais ressabiado dos estranhos.

E então naquela noite — pela primeiríssima vez desde que Caroline se fora, seis meses antes — finalmente eu chegava a uma decisão: uma decisão séria. Sem nem mesmo me incomodar em pensar no que ia dizer, saí do cubículo, dei uma rápida enxaguada nas mãos e subi as escadas de volta, com passos ligeiros e decididos. Ofegava de tensão e nervosismo, mas também sentia certa liberdade e alívio.

Mas a chinesa e a filha tinham acertado a conta e ido embora.

2

Meu pai estava dormindo quando cheguei do restaurante, de modo que tive de esperar até a manhã seguinte, durante o café, para retomar nossa discussão sobre o apartamento dele em Lichfield.

Na verdade, "discussão" é uma palavra forte demais para o tipo de confronto que costumo ter com meu pai. "Confronto" também, aliás. Meu pai e eu jamais alteramos o tom de voz quando conversamos. Se um discorda do outro, ou se sente ofendido, simplesmente se recolhe a um silêncio magoado — silêncio que já aconteceu de durar, em alguns casos, vários anos. Esse método sempre funcionou com a gente, de um jeito ou de outro, embora eu saiba que outras pessoas o consideram bem peculiar. Caroline, por exemplo, estava sempre pegando no meu pé sobre isso.

— Por que você e seu pai nunca se falam direito? — ela costumava me perguntar. — Quando foi a última vez que você teve uma conversa de verdade com ele?

Eu então a lembrava de que, para ela, era fácil falar. Ela não sabia como meu pai é um cara difícil. Na verdade, ela mal o conhecia, pois só o encontrara uma vez, quando fomos à Austrália com Lucy, na época um bebê de 2 anos. (Meu pai não viajou à Inglaterra nem para o meu casamento, nem para o nascimento da única neta.) Acontece que tanto Caroline quanto meu pai eram aspirantes a escritores — embora a forma de expressão preferencial dele fosse a poesia, se me permitem acrescentar — de modo que minha mulher esperava que esse interesse que os dois compartilhavam lhes proporcionasse uma espécie de assunto em comum, mas até ela teve de admitir, depois de uns poucos dias, que ele não era a pessoa mais fácil do mundo de se entender ou com quem conversar. Ainda assim, o fato de a minha relação com meu pai ter se deteriorado àquele ponto se tornou motivo de contenda entre mim e Caroline nos anos seguintes. Sou filho único e minha mãe morreu quando eu tinha 24 anos, e de fato meu pai era o que me restava como família. Quando Caroline finalmente me abandonou, seu presente de despedida (se é que dá para chamar assim) foi aquela viagem à Austrália, pela qual ela pagou sem me contar nada antes: soube por um e-mail da agência de turismo, na véspera de Natal, que me lembrava da necessidade de tirar um visto de turista. Ela havia comprado passagem para mim num voo que partiu do aeroporto de Heathrow no dia em que nossa separação completava seis meses — intuindo, talvez, que antes disso eu não estaria pronto para a viagem, e que, no mínimo por aquele período, não deveria ter a expectativa de sair do fosso de depressão ao qual ela sabia ter me condenado. E seu cálculo (a palavra me parece apropriada, por alguma razão) se mostrou preciso. O que só prova, acho, que depois de todos esses anos ela realmente conseguiu me conhecer como a palma da mão.

Bem, Caroline, foi uma ideia encantadora. Dar uma animada no marido abandonado despachando-o para encontrar o pai com quem ele não se entende, numa viagem de três semanas que os fizesse voltar a conversar. O problema é que é preciso mais do que um pouco de boa vontade e passagens aéreas com desconto para realizar um milagre como esse. Na manhã seguinte, enquanto compartilhávamos nosso último café da manhã num quase silêncio, me dei conta de que meu pai e eu permanecíamos tão distantes um do outro quanto sempre estivéramos. Se a chinesa e a filha ocupavam um dos extremos na escala humana de intimidade, ficávamos exatamente no extremo oposto. Na verdade, quase fora da escala.

Olhando para trás, havia vários motivos pelos quais poderíamos nos sentir próximos. O fato de que nossas parceiras tinham o hábito de nos abandonar, por exemplo. Desde que se mudara para a Austrália, mais de vinte anos atrás, meu pai se envolvera em um bom número de relacionamentos, mas nada que o empolgasse muito. Conheci apenas uma dessas mulheres, e ela o deixara já fazia uns cinco ou seis anos. A partir de então, ele passou a viver com uma farmacêutica aposentada no subúrbio de Mosman, mas os dois tinham se separado apenas algumas semanas antes da minha chegada, o que o obrigara a encontrar um novo apartamento, no momento ainda parcamente mobiliado e decorado. De modo que poderíamos ter conversado a respeito de coisas desse tipo; mas não. Em vez disso, voltamos ao assunto do apartamento dele em Lichfield. O meu pai comprara esse imóvel em meados dos anos 1980, logo depois da morte da minha mãe — reagindo, imagino, a algum impulso inconfessável de retorno à cidade natal —, e sempre pensei que ele o tivesse vendido antes de ir embora para a Austrália. Mas, aparentemente, não tinha. Aparentemente, o apartamento ficara desocupado durante aqueles vinte anos. Hoje, me dou conta de que outros filhos, a maioria, ficariam furiosos com seus pais ao saber que uma propriedade de família potencialmente valiosa permanecera abandonada por duas décadas, deteriorando-se. Mas tudo que eu disse foi:

— Me parece um pouco de desperdício.

E tudo que ele me respondeu foi:

— É, acho que eu devia mesmo tomar alguma providência.

Aí ele perguntou se eu não daria uma olhada no apartamento quando voltasse para a Inglaterra. Pensei que ele pretendia que eu iniciasse o processo de venda do imóvel, e passei a explicar que achava não ser o momento propício para isso, a crise do crédito começava a pegar no Reino Unido, as pessoas estavam perdendo seus empregos e suas economias, todo mundo num estado de incerteza financeira, os preços no setor de habitação caindo mês a mês. Ao que meu pai respondeu que não tinha nenhuma intenção de vender o apartamento. Disse que gostaria apenas que eu fosse até lá e procurasse, numa das estantes de livros, por uma pasta azul com as palavras *Dois duetos* impressas na lombada e a enviasse para ele. Perguntei o que havia de tão significativo naquela pasta azul e ele respondeu que ela continha alguns poemas "importantes" e outros escritos avulsos, e que a queria agora porque a única outra cópia do material tinha sido jogada fora por sua ex-parceira (a farmacêutica aposentada de Mosman) algumas semanas antes, quando da separação dos dois. Meu pai disse também que eu deveria ler os textos antes de enviá-los porque, entre outras coisas, eles explicavam como foi meu nascimento; e então ele desembestou a fazer uma longa e bizarra digressão, dizendo que eu nunca teria nascido se não houvesse, em Londres, e próximos um do outro, dois pubs chamados O Sol Nascente, no final dos anos 1950. De novo, outros filhos por aí teriam pressionado seus pais nesse ponto da conversa, mas acho que apenas pensei: "Ah, meu Deus, lá vem meu pai de novo com uma das suas viagens particulares"; e, em vez de pressioná-lo a se explicar, passei a perguntar onde exatamente estava a pasta e precisamente de que tom de azul ela era. Quer dizer, tivemos uma chance de explorar uma passagem potencialmente interessante de nossa história em comum e acabamos conversando sobre material de escritório. Em outras palavras, o de sempre. E, depois disso, fui até o quarto de hóspedes fazer minhas malas.

No táxi, a caminho do aeroporto, não pensei no meu pai. Apanhei-me pensando na chinesa e na filha dela, e que pena terem saído do restaurante antes que eu pudesse conversar com elas. Verdade que nem tudo estava perdido, porque, depois de ter subido as escadas do banheiro para o salão, dei uma apertada no garçom e consegui que ele me contasse um pouco sobre as duas, coisas potencialmente úteis. Ele não sabia quem eram, ou de onde vinham, mas sabia o seguinte: mãe e filha frequentavam o restaurante, regularmente e sem falta, no segundo sábado de cada mês, no horário do jantar; e sempre sozinhas; nunca um homem viera com elas. Por alguma razão, — sei que parece meio louco — me senti confortado por essas duas informações. Aquele restaurante podia ficar a 16 mil quilômetros de onde eu morava, mas o mundo agora é pequeno, e a cada dia fica menor, e pelo menos agora eu sabia que, sempre que quisesse, bastava pegar um avião e voar até Sydney, ir jantar no mesmo restaurante no segundo sábado de um mês qualquer, e lá estariam elas, jogando baralho e rindo. Esperando por mim. (Sei que soa pouco realista, mas já era assim que eu começava a pensar nessa história.) E mais: as duas estariam sozinhas. Não haveria mais ninguém, nenhum rival disputando a atenção. Intuí tudo isso, na verdade, pelo jeito como se comportavam uma com a outra. Não tinha lugar para outra pessoa naquela relação. A presença de um homem a teria contaminado. A menos, claro, que esse homem calhasse de ser eu.

Ok, eu me deixava levar pela imaginação. Me rendia a fantasias. Mas talvez isso, em si, fosse um bom sinal. Durante seis meses eu quase não conversara com ninguém. Não trabalhava também praticamente todo esse tempo e, na maior parte dele, havia ficado sozinho em casa, quase sempre na cama, ocasionalmente em frente à televisão ou no computador. Perdera todo o apetite por contato humano. A raça humana, como vocês talvez já tenham notado, se tornou muito inventiva em encontrar novas maneiras para as pessoas evitarem conversar umas com as outras, e eu tirava pleno proveito das novidades mais recentes. Se pudesse, mandava uma mensagem de texto em vez de falar ao telefone. No lugar de ir encontrar com os amigos, atualizava meu perfil no Facebook em tom alegre e irônico, para mostrar a todos a vida agitada que levava. E parecia que as pessoas gostavam daquilo, pois agora eu já passava dos 70 amigos no Facebook, a maioria dos quais completos estranhos. Mas contatos reais, cara a cara, do tipo encontro para um café e contar as novidades? Eu parecia ter esquecido como era isso. Pelo menos até que a chinesa e a filha me fizeram relembrar. Pode parecer estranho dizer isso, mas a proximidade das duas, a intimidade delas, foi a primeira coisa em seis meses que me deu alguma esperança. Até me fez sentir que minha sorte talvez estivesse prestes a mudar.

E aí, exatamente no dia seguinte, no aeroporto, outra coisa aconteceu que me fez ter a mesmíssima sensação. Estava na fila, aguardando o check-in na esperança de, na minha vez, ser chamado ao guichê em que atendia uma moça simpática, com cabelos e olhos castanho-claros e sorriso genuíno. Queria ser atendido por ela porque parecia ser o tipo de pessoa que talvez — e apenas talvez — me oferecesse uma mudança de classe no avião, caso eu pedisse com bastante jeito. Enfim, não foi ela quem me atendeu. Em vez da moça, acabei com um cara mais ou menos da minha idade, talvez mais velho, cabelos grisalhos e bronzeado além da conta, que não estava nem um pouco interessado em bater papo e raramente tirava os olhos do trabalho para encarar um dos clientes. Parecia muito claro que dali não sairia nada. Mas não resisti a uma tentativa, mesmo assim.

— Voo lotado? — ouvi-me dizendo.

— Bastante — respondeu ele.

— Sem chance de uma mudança de classe, então? — falei, e ele grunhiu uma risada.

— Se eu ganhasse um dólar a cada vez que me perguntam isso...

— Muito frequente, é?

— Toda hora, cara. Toda hora.

— E como você faz para decidir?

— O quê? — disse ele, olhando para mim.

— Como você decide quem ganha e quem não ganha a mudança de classe?

—Acho que — respondeu ele, me encarando diretamente, perscrutador, antes de baixar novamente os olhos —- preciso gostar da cara de quem pede.

Ele não disse mais nada, e me senti esmagado por aquele silêncio. Só depois de ter terminado o check-in, assistido a minha mala serpentear rumo ao desconhecido e me afastado alguns metros do balcão, é que pensei em conferir meus dois cartões de embarque (um para cada trecho da viagem) e vi que o cara tinha, sim, me promovido a alguma coisa chamada Classe Econômica Premium. Voltei-me na direção do guichê para demonstrar minha gratidão. Ele estava ocupado atendendo o passageiro seguinte, mas ainda assim achou uma brecha para me encarar de relance. Sua expressão permanecia vazia — e mesmo hostil — e no entanto ele piscou para mim antes de se voltar ao monitor à sua frente.

Duas horas depois, perto das 16h30, no horário de Sydney, eu bebericava minha segunda taça de champanhe e contemplava os prazeres da viagem que tinha pela frente.

Fiquei na poltrona do corredor; a da janela, ao lado da minha, estava desocupada naquele momento. Os assentos eram largos e bem-estofados, com muito espaço para as pernas. Eu sentia um prazer quase sensual ao pensar no tratamento especial que me aguardava. Treze horas até Cingapura, com jantar regado a outras tantas taças de champanhe, mais de quinhentas opções de filmes e programas de TV na telinha embutida no assento da frente e talvez um leve cochilo a certa altura do trajeto. E então algumas horinhas de escala no aeroporto de Cingapura, novo avião, uma dose grande de uísque, alguns comprimidos para dormir, e finalmente eu apagaria até chegarmos a Heathrow na manhã seguinte. Melhor impossível.

Era assim que deveria ter sido, pelo menos. O problema foi que, como eu disse, a imagem da chinesa e da filha havia despertado em mim, inesperadamente, uma necessidade de contato humano. Eu queria conversar. Estava desesperado para conversar.

Portanto, nenhuma surpresa que, ao conhecer meu companheiro de viagem — um homem de negócios pálido e gordo num terno cinza-claro que, desculpando-se rapidamente com um aceno de cabeça, ocupou a poltrona ao lado, na janela —, eu tenha sentido uma necessidade incontrolável de puxar papo com ele. Uma necessidade equivocada, devo dizer. Se minha experiência como vendedor me ensinou alguma coisa foi a ler expressões faciais, de modo que deveria ter ficado muito óbvio para mim que aquele estranho com cara de alguém reservado, e aparentando cansaço, não estava muito interessado em conversar comigo e preferia ser deixado em paz com seus jornais e seu laptop. Mas acho que a verdade é que reparei em tudo isso e, de caso pensado, resolvi ignorar.

O sujeito levou um ou dois minutos para achar uma posição confortável. Então se deu conta de que havia esquecido o computador numa mala no compartimento acima das poltronas, e precisou novamente se levantar e remexer na bagagem, o que significou um pouco mais daquela típica movimentação meio ofegante até que ambos nos reacomodássemos em nossos lugares. Em seguida, ele abriu o laptop e quase que imediatamente passou a digitar com fúria. Parou depois de mais ou menos cinco minutos, passou os olhos pelas palavras na tela, apertou uma última tecla com um gesto firme, quase dramático, e suspirou, recostando-se na poltrona e ainda ofegando um pouco enquanto o computador desligava. Virou a cabeça na minha direção, sem propriamente olhar para mim;

mas foi o que bastou. Tomei aquele gesto como porta de entrada para uma conversa, mesmo que essa não tivesse sido a intenção dele.

— Feito? — falei.

Ele me olhou sem entender, obviamente não esperava ser interpelado. Por um momento, pensei que não ia dizer nada, mas então o homem conseguiu responder:

— Aham.

— E-mails urgentes? — arrisquei.

— É.

O sotaque parecia ser australiano, embora fosse bem difícil ter certeza por aquelas duas palavras: "Aham" e "É".

— Sabe o que eu mais gosto em aviões? — perguntei, impávido. — Eles são o último lugar que nos restou para estarmos completamente inacessíveis. Totalmente livres. Ninguém pode te ligar ou mandar uma mensagem de texto quando você está voando. Uma vez no ar, ninguém pode te mandar um e-mail. Por algumas horas, a gente fica distante de tudo.

— É verdade — disse o homem —, mas não por muito mais tempo. Já existem algumas companhias aéreas que permitem mandar e-mails e navegar na internet a partir do próprio computador. E estão falando em deixar que os passageiros usem o celular também. De minha parte, mal posso esperar. O que você gosta nos aviões é exatamente o que eu odeio neles. É tempo perdido. Completamente perdido.

— Na verdade, não — retruquei. — Simplesmente significa que, se queremos nos comunicar com alguém durante um voo, tem que ser diretamente. Sabe, tipo, conversar. É uma oportunidade de conhecer pessoas. Gente nova.

Meu companheiro me encarou quando eu disse isso. Alguma coisa no jeito como me olhou dizia que ele não teria remorso em abrir mão daquela oportunidade de me conhecer. Mas o contra-ataque que eu estava esperando não veio. Em vez disso, ele me estendeu a mão e, com voz impaciente, disse:

— Meu nome é Charles. Charles Hayward. Os amigos me chamam de Charlie.

— Maxwell — devolvi. — Pode me chamar de Max. Maxwell Sim. Sim, igual àquele ator.

Sempre dizia isso ao me apresentar, mas normalmente, a menos que estivesse conversando com um inglês de uma certa idade, a referência passava batida, e então eu teria de acrescentar:

— Ou SIM, como se chamam esses cartões de celular.

— Legal te conhecer, Max — disse Charlie; e em seguida apanhou o jornal, virou para o outro lado e passou a ler, começando pelas páginas de finanças.

Bem, aquilo não ia dar certo. Não dá para sentar ao lado de outra pessoa durante 13 horas e ignorá-la completamente, não é? E, na verdade, não eram 13 horas apenas, mas 24 — reparei, no cartão de embarque do Charlie que estava sobre a mesinha dele, que tínhamos sido colocados em poltronas vizinhas na segunda etapa do voo também. Simplesmente não seria humano ficarmos sentados ali em silêncio durante todo aquele tempo. Mas eu tinha quase certeza de que, se me esforçasse bastante, conseguiria conquistá-lo. Agora que havíamos trocado as primeiras palavras, percebia que ele não tinha exatamente cara de poucos amigos — só estava estressado pela sobrecarga de trabalho. Devia ter uns 50 e poucos anos. Durante o jantar, me contou que crescera em Brisbane e no momento ocupava um posto razoavelmente importante no escritório em Sydney de uma multinacional que começava a atravessar dificuldades financeiras. (Era por essa razão, acho, que ele não estava na Classe Executiva.) A caminho de Londres, ia a algumas reuniões de emergência com outros executivos seniores: não especificou de que tipo de dificuldade financeira se tratava, claro (e por que faria isso, conversando com alguém como eu?), mas aparentemente tinha a ver com alavancagens. A empresa para a qual ele trabalhava havia tomado empréstimos com sobrealavancagem, ou subalavancagem, ou algo assim. A certa altura, quando tentava me explicar isso, Charlie ficou bem animado, e até pensei que era capaz de se mostrar bom de conversa, mas, percebendo que eu não sabia nada sobre alavancagens e que não entendia, na verdade, qualquer conceito financeiro mais complexo do que limites de crédito e contas de investimento, pareceu se desinteressar de mim e, a partir daí, se tornou cada vez mais difícil tirar dele até umas poucas palavras. Não ajudou ele ter tomado várias taças de champanhe e mais umas tantas cervejas durante a refeição, pois começava a parecer ainda mais cansado do que antes. Outro problema foi que, à medida que meu companheiro ia ficando mais e mais taciturno, comigo se dava o inverso, e — como se estivesse apavorado pela possibilidade de voltar o silêncio entre nós — comecei a me tornar loquaz e tagarela, e a despejar confissões e confidências em cima daquele recém-conhecido, o que tenho certeza que ele achou uma chatice, senão até mesmo um pouco constrangedor.

Tudo começou quando disse a ele:

— Você tem muita sorte, sabia? Morar em Sydney. Que cidade fantástica. Tão diferente de onde eu moro...

Fiz uma pausa curta, um silêncio que ele finalmente quebrou com a pergunta obrigatória:

— Você não mora em Londres, então?

— Não, não exatamente em Londres. Em Watford.

— Ah, Watford — ecoou ele. Era difícil dizer se o tom, ao pronunciar o nome da cidade, era de curiosidade, desdém, simpatia ou algum outro.

— Você já esteve em Watford?

Ele balançou a cabeça.

— Acredito que não. Já estive em algumas grandes cidades. Paris. Nova York. Buenos Aires. Roma. Moscou. Watford, nunca, não sei por quê.

— Tem muita coisa para falar de Watford — insisti, com uma postura já um pouquinho defensiva. — Pouca gente sabe que sua cidade-irmã é Pesaro, uma cidadezinha italiana muito atraente, na costa do Adriático.

— O casamento perfeito, tenho certeza.

— Às vezes — retomei — me pergunto mesmo por que acabei indo morar em Watford. Sou de Birmingham, originalmente, sabe. Acho que foi porque, há alguns anos, consegui emprego numa fábrica de brinquedos com sede em St. Albans, e Watford fica pertinho dali, como você provavelmente deve saber. Ou talvez não saiba. Enfim, são cidades vizinhas. Totalmente na mão, sério, caso você por alguma razão quisesse ir de uma para outra. Imagine que deixei de trabalhar para aquela empresa logo depois de ter me mudado para Watford, ironia do destino, se a gente parar para pensar, porque depois disso passei a trabalhar numa loja de departamentos em Ealing, que na verdade é mais longe de Watford do que St. Albans. Não *muito* mais longe, entende, apenas uns... bem, 15 ou 20 minutos de carro. Que é como normalmente eu fazia o trajeto, pois é bem complicado ir de Watford até Ealing de transporte público. Surpreendentemente complicado, aliás. Mas certamente não me arrependo daquela mudança de emprego — para o emprego de Ealing, quero dizer — porque foi como acabei conhecendo minha mulher, Caroline. Bem, minha ex-mulher Caroline, acho que é isso que logo ela vai ser, pois a gente não está mais junto, a gente se separou faz alguns meses. Digo que a gente se separou, mas o que realmente aconteceu foi que ela me disse que não queria mais ficar comigo. Tudo bem, sabe, é direito dela, a gente tem que respeitar esse tipo de decisão, certo?, e ela está... sabe, está bem feliz agora, está com a nossa filha, a Lucy, elas se mudaram de volta pro norte, o que parece vir a calhar para elas porque, por alguma razão, não sei qual, Caroline nunca pareceu se encaixar muito em Watford, ela nunca pareceu totalmente feliz lá, o que acho uma pena, pois, sabe, sempre é possível encontrar coisas boas em qualquer lugar, não é?, o que não quer dizer que, morando em Watford, a gente acorde todo dia de manhã e diga, Bem, a vida pode ser uma merda, mas vejamos o lado bom: pelo menos estou em Watford, quero dizer, não que Watford seja o tipo de lugar que, pelo simples fato de se viver nele, a gente já encontre boas razões para *continuar* vivendo, seria dourar um pouco a pílula, Watford não é bem esse tipo de lugar, mas lá tem uma boa biblioteca pública, por exemplo, e tem O Arlequim, que é um shopping novo e grande com algumas... ótimas lojas, na verdade, realmente ótimas, e tem também — pensando bem, você vai achar isso engraçado, na verdade... — bem... — (e ao notar a expressão impassível dele, eu já não tinha tanta certeza) — ...bem, pode ser que você até ache engraçado, enfim, tem também o Walkabout, que é um bar enorme, meio que temático, que tem uma baita placa na frente convidando a experimentar "O Sensacional Espírito Australiano", embora, pensando agora, quando a gente está lá nunca se sente de verdade na Austrália, a gente nunca esquece *realmente* que está em Watford, para ser bem honesto, mas se você é um cara como eu, que gosta de morar em Watford de qualquer maneira, qual o problema em lembrar que continua ali mesmo?, quero dizer, algumas pessoas simplesmente são felizes com o que têm, não é?, e não vejo nada de errado nisso, quero dizer, não diria que algum dia minha *ambição* tenha sido morar em Watford, nem vou dizer que me lembro do dia em que meu pai me sentou no colo dele e disse: "Filho, já pensou no que você quer ser quando crescer?", e que eu tenha respondido: "Não estou muito preocupado com isso, desde que eu possa morar em Watford" — não que me lembre de algo parecido, é verdade, mas também, para começar, meu pai simplesmente não era esse tipo de pessoa, nunca me colocou no colo, até onde me lembro, nunca foi muito de me tocar, ou muito afetuoso, ou muito... *presente*, na verdade, na minha vida, assim, de maneira significativa, e isso desde a idade de — bem, mais ou menos desde que consigo me lembrar, acho — mas, enfim, a questão é que, só porque Watford não é aquele tipo de lugar para onde você sonha a vida inteira se mudar, não significa que seja o tipo de lugar de onde você mal pode esperar para sair, na verdade até tive uma conversa parecida com esta, há alguns anos, com o meu amigo Trevor, Trevor Paige, que é um dos meus amigos mais antigos, na verdade, somos amigos desde os anos 1990, desde o tempo em que eu era representante dessa fábrica de brinquedos de que te falei, era ele quem cobria Essex e a Costa Leste, enquanto eu fazia Londres e os condados da região, mas saí desse emprego depois de um ou dois anos, como eu disse, para ir trabalhar naquela loja de departamentos em Ealing, mas o Trevor continuou, sabe, e a gente não deixou de ser amigos, principalmente porque ele morava a apenas algumas quadras de mim em Watford, isso até uns dois anos atrás, quero dizer, porque há uns dois anos a gente estava tomando um drinque no Yate's Wine Lodge, ali no bairro, e de repente ele falou: "Sabe, Max? Tô de saco cheio, tô muito, muito puto", e eu disse: "Puto? Com o que você tá puto?", e ele falou: "Com Watford", e eu disse: "Com Watford?", e ele falou: "É, tô mesmo de saco cheio de Watford, de verdade, tô por aqui com Watford, moro nesta cidade faz 18 anos e, para ser bem franco, realmente acho que já vi tudo que ela tem para oferecer, e dá para dizer, honestamente, que Watford não tem mais encantos ou surpresas reservados para mim, e vou mais longe: se eu não me mudar logo daqui, provavelmente me mato ou morro de tédio ou frustração ou coisa parecida", o que foi uma grande surpresa para mim, pois sempre pensei que Watford era o lugar ideal pro Trevor e pra Janice — é como se chama a mulher dele, Janice — e, na verdade, isso era uma coisa que o Trevor e eu sempre tivemos em comum, sério, o fato de nós dois sempre termos sido entusiastas de Watford e, mais do que isso, de fato tínhamos um grande *carinho* pela cidade, sabe, muitas das nossas melhores lembranças e dos nossos mais bem-guardados... momentos juntos ao longo da nossa amizade estavam ligados a Watford, por exemplo, o fato de que tínhamos casado em Watford e de nossos filhos terem nascido lá e, para ser sincero, achei que o Trevor simplesmente tinha exagerado naquela noite, que era o álcool falando por ele, e ainda consigo me lembrar de ter pensado: não, nunca que o Trevor vai embora de Watford, a conversa pode até ir nesse rumo mas, o rumo da... conversa, ou a conversa sobre novos rumos, ou algo assim, enfim, eu achava que nunca iria por aí, mas, na verdade, eu não conhecia tão bem o Trevor quanto pensei que conhecia, e não era bravata dele, não, ele queria mesmo se mandar de Watford e se mandou de Watford, e seis meses depois ele e a Janice se mudaram para Reading, onde ele conseguiu um emprego novo — e muito bom, parece — numa empresa que fabrica escovas de dente, ou importa essas escovas, sei lá, acho que importa do exterior, mas distribui aqui no Reino Unido, em tudo que é canto, e não apenas escovas normais, mas umas especiais também, sabe, com design bem inovador, e a empresa também trabalha com fio dental e antissépticos bucais e outros produtos de higiene oral, que é na verdade um ramo que cresce rápido e... Erm, pois não?

Tinha me dado conta de que alguém batia no meu ombro, me virei e vi que era uma das aeromoças.

— Senhor? — disse ela. — Senhor, precisamos lhe dizer uma coisa sobre o seu amigo.

— Meu amigo?

Não entendi, a princípio, de quem ela falava. Então percebi que devia estar se referindo a Charles Hayward. Havia outra aeromoça ao lado da primeira, e um comissário de bordo também. Não pareciam felizes. Lembrei que tinha havido alguma correria uns minutos antes, quando um deles viera recolher a bandeja do Charlie, mas eu estava ocupado falando e não dei muita bola. Enfim, conforme eles agora me informavam, era impossível ter certeza da hora exata — não até descobrirem se havia um médico a bordo —, mas aparentemente meu companheiro de viagem estava morto havia pelo menos cinco ou dez minutos.

Infarto, claro. Normalmente é.

A companhia aérea tratou de tudo com muita sensibilidade, devo dizer. Uma semana depois de eu ter chegado em casa, me mandaram uma carta informando outros detalhes que, confesso, foram reconfortantes, muito reconfortantes. Esclareciam que Charles Hayward vinha sofrendo de problemas cardíacos fazia algum tempo — aquele tinha sido seu terceiro infarto, acrescentavam, nos últimos dez anos —, de modo que a notícia não fora um choque total para a mulher dele, embora ela tivesse ficado, evidentemente, arrasada. Ele tinha duas filhas, ambas na casa dos 20 e poucos anos. O corpo foi trasladado de volta a partir de Cingapura e cremado em Sydney. Até Cingapura, porém, não havia alternativa senão mantê-lo na mesma poltrona, ao meu lado. O pessoal de bordo o cobriu com um cobertor e disse que eu podia sentar com eles, se quisesse, num dos assentos dos comissários, junto à cozinha da aeronave, mas agradeci e recusei, dizendo que estava tudo bem. Não sei por que achei que seria grosseiro, desrespeitoso, aceitar. Podem me chamar de lunático, se quiserem, mas senti que meu vizinho de poltrona gostaria de ter companhia.

Pobre Charlie Hayward. Foi a primeira pessoa com quem realmente consegui falar depois de ter tomado minha decisão de me reconectar com o mundo. Um começo nada auspicioso. Mas as coisas estavam prestes a melhorar.

3

Fui o último a sair do avião quando chegamos a Cingapura. Enquanto removiam o corpo do Charlie, mudei para outra poltrona, e ali fiquei por um tempo depois que os demais passageiros desembarcaram. A depressão se apossou de mim. Eu podia senti-la. Estava acostumado a ela àquela altura, sabia reconhecê-la. Lembrava-me de um filme de terror a que assisti, certa vez, quando era pequeno. Nele, tinha um cara que ficava preso numa câmara secreta de um velho e enorme castelo, e o vilão da história acionava uma alavanca que fazia o teto do cubículo começar a baixar lentamente. Cada vez mais perto até quase esmagar o sujeito. Era assim que eu me sentia. A depressão nunca chegava a me esmagar, claro, mas não ficava tão longe disso, a ponto de eu poder senti-la pesando sobre as minhas costas, limitando minha liberdade de movimentos, me paralisando. Sempre que acontecia, por algum tempo eu ficava fisicamente impedido de levantar e sair caminhando por vontade própria. Nunca dava para saber de fato o que desencadearia o processo. Podia ser qualquer coisa. No caso específico, acho que foi uma espécie de recaída: depois de ter dito tanta coisa ao Charlie, de ter descarregado de forma tão desinibida tantas palavras, uma enxurrada de palavras que finalmente atravessava as comportas, e antes disso tendo ficado meses e meses recolhido do mundo, meses que pareceram ainda mais longos pelo silêncio, pela falta de contato humano (isto é, contato não mediado por algum recurso tecnológico) — depois de tudo, e do desastre a que isso levara (direta ou indiretamente), eu já começava a sofrer algo parecido com uma reação nervosa. Passara a um estado de prostração imóvel e sem consciência absolutamente nenhuma do que acontecia à minha volta. Finalmente, notei que uma aeromoça, mais uma vez (acredito até que tenha sido a mesma aeromoça) me pegava de leve no ombro:

— Senhor — dizia ela, num tom de voz baixo e suave.

— Precisamos pedir que o senhor saia do avião agora. O pessoal da limpeza está esperando para entrar.

Sonolento, inclinei a cabeça na direção dela, sem dizer uma palavra, fiquei de pé lentamente e, imagino, como se estivesse em transe. Segui pelo corredor até a Classe Executiva e dali para fora do avião, pelos corredores que levavam ao saguão de desembarque. Acho que a aeromoça deve ter caminhado ao meu lado parte desse tempo. E falou algo como:

— O senhor está bem? Gostaria que alguém o acompanhasse?

Mas a resposta que dei deve ter lhe parecido suficientemente segura para que me confiasse à própria sorte.

Alguns minutos se passaram. Não sei dizer ao certo onde estive nesse tempo, mas depois de um momento vi que me sentava à mesa de um café, tomado de um calor opressivo e grudento, cercado de lojas com os nomes de conhecidas marcas internacionais, nas quais circulavam hordas de passageiros fora de fuso curtindo seus transes particulares, os olhos vidrados e cegos, vagando inconscientes feito sonâmbulos entre prateleiras e expositores e fuçando os produtos à venda. Olhei para o líquido na minha xícara e vi que parecia ser algum tipo de cappuccino. Tinha pedido o café e pagado por ele, presumo. Enfiei um dedo entre o pescoço e o colarinho da camisa para limpar a camada de suor que se instalara ali. Quando fazia isso, uma figura me chamou a atenção em meio aos compradores sonâmbulos. Era uma moça de uns 25 anos, e minha primeira impressão dela foi curiosa. Não sou uma pessoa particularmente ligada a questões espirituais, mas a primeira coisa que reparei naquela mulher — ou pensei ter

45

reparado — foi que ela usava uma blusa muito colorida. Na verdade, essa explosão de cores, que a fazia se destacar como um farol de brilho intenso, provavelmente foi o que me acordou daquele meu mais recente mergulho na depressão. Mas, na realidade, num exame mais detido, suas roupas tinham cores bem normais, e o que eu devia ter sentido, no fim, fora alguma outra coisa, algo nela que me parecera cheio de cor, algo interior, uma espécie de aura luminosa e brilhante. Faz sentido? Continuei a olhar para a moça, e a aura lentamente se enfraqueceu e desapareceu, mas ainda assim havia algo atraente e irresistível nela. Para começar, enquanto o pessoal em volta parecia seguir cada vez mais lentamente, como num estado de profunda hipnose, aquela mulher se movia com um propósito. Um propósito algo furtivo, admito. Andava da porta de uma loja à porta de outra tentando parecer desinteressada, mas sem conseguir evitar de olhar em volta o tempo todo, e com tantos cuidados que a princípio pensei que seu propósito ali fosse roubar. Como não entrava em loja nenhuma, tive de descartar essa teoria. Vestia-se com roupas um pouco masculinas, usando uma jaqueta jeans azul aparentemente desnecessária naquele calor, e tinha cabelos curtos e a aparência de um garoto, o que sempre achei particularmente sexy. (A Alison era desse tipo, por exemplo — falo da irmã do Chris, Alison Byrne —, mas a última vez que nos vimos, faz uns 15 anos, ela tinha deixado os cabelos crescerem.) Acho que dava para classificar os cabelos da moça como ruivos, ou talvez loiro avermelhados. Talvez tivesse usado hena. Enfim, a jaqueta era o que interessava, pois, depois de algum tempo, passei a desconfiar que ela poderia estar vestida daquele jeito para esconder alguma coisa. Cheguei a essa conclusão após observá-la, acho que bem ostensivamente, por um ou dois minutos, tempo no qual ela também reparou em mim e devolveu minhas olhadas uma ou duas vezes, entre ansiosa e irritada. Constrangido, desviei o olhar, voltando-o à minha agora vazia xícara de café, e tentei me concentrar em alguma outra coisa — no caso, um anúncio no sistema de som: *"Bem-vindos a Cingapura. Lembramos aos passageiros em trânsito que é proibido fumar no interior deste terminal. Agradecemos sua cooperação e desejamos boa continuação de viagem."* Então, quando olhei novamente, ela estava me encarando, e desta vez veio na minha direção, abrindo caminho na aglomeração de pessoas que passavam até chegar à minha mesa e parar bem diante de mim.

—Você é da polícia ou coisa parecida? — ela perguntou.

Tinha sotaque inglês. Meio afetado, mas com aquele toque de periferia que o pessoal jovem das classes abastadas parece querer ostentar hoje em dia.

— Não — falei. — Não sou policial.

Ela não respondeu, apenas continuou de pé à minha frente, me olhando de cima, desconfiada, então acrescentei:

— Por que você acha que sou da polícia?

—Você estava me encarando.

— É verdade — admiti, depois de refletir um instante. — Desculpe. Estou muito cansado, no meio de uma viagem estressante. Não foi minha intenção.

Ela pensou um pouco antes de dizer "Ok", a voz vacilante.

— E também não trabalha... aqui no aeroporto, ou coisa parecida?

— Não — falei. — Não sou funcionário do aeroporto.

Ela concordou com um aceno de cabeça, aparentemente convencida. Então, prestes a virar as costas e sair, completou:

— Não estou fazendo nada de ilegal, viu?

Novamente o tom era vacilante, como se ela na verdade não soubesse se dizia a verdade ou não. Quis tranquilizá-la, dizendo:

— Isso nunca me passou pela cabeça.

Tentava ver o que ela escondia debaixo da jaqueta, onde um volume estava bem perceptível, mas era impossível dizer.

Ela já estava a ponto de virar as costas outra vez, mas alguma coisa ainda a segurava ali. Me ocorreu que talvez estivesse cansada e quisesse sentar um pouco.

— Posso te pagar um café?

Imediatamente ela desabou na cadeira ao lado da minha.

— Seria ótimo — falou. — Estou pregada.

— Qual você quer?

A moça pediu um café com leite desnatado com xarope de bordo e fui buscar para ela. Quando voltei à mesa com os nossos cafés, o volume na jaqueta tinha sumido. Fosse o que fosse o que antes se escondia ali, agora tinha ido parar dentro da bolsa dela, larga, espaçosa, cujo zíper ela terminava de fechar naquele momento — e, de novo, com aquele ar levemente furtivo que parecia caracterizar todos os seus movimentos.

Decidi não demonstrar curiosidade, em todo caso, e manter nossa conversa na linha das amenidades.

— Meu nome é Max — falei. — Maxwell Sim. Sim, como... — (olhei para ela e hesitei) — ... esses cartões que a gente põe no celular.

Ela terminou de fechar o zíper da bolsa e me estendeu a mão.

— Poppy — apresentou-se. — Está indo para onde?

—Voltando para Londres — falei. — Só uma escala rápida aqui. Algumas horas. Devo estar em Heathrow de manhãzinha. Estou vindo da Austrália.

—Viagem longa. A trabalho? Férias?

— Férias. Teoricamente. — Beberiquei meu café e, com espuma na boca, murmurei: — Nem sempre os planos dão certo. E você?

— Não, estou viajando a trabalho mesmo.

— Sério? —Tentei não mostrar surpresa. Agora que estávamos conversando, ela me pareceu ainda mais jovem do que eu tinha pensado — pouco mais velha do que uma universitária — e não conseguia ver nela alguém que viajasse a negócios. Não combinava nem um pouco.

— Claro — disse ela. —Viajo muito, com o tipo de trabalho que faço. Na verdade, meu trabalho consiste basicamente nisso. Viajar.

—Você estava... trabalhando ali, agora há pouco? — perguntei, sei lá por quê. Pensei que fosse uma pergunta incômoda, mas ela não pareceu achar isso.

— Enquanto você estava me observando?

Concordei com a cabeça.

— Bem, sim, estava, se quer saber.

Achei que ela não falaria mais do assunto.

— Claro — retomei —, não é da minha conta o que você faz para sobreviver.

— Não é mesmo — disse Poppy. — Afinal, a gente acabou de se conhecer. Não sei nada sobre você.

— Bem — comecei —, trabalho com...

— Não me conte — interrompeu-me Poppy, a mão levantada. — Me dê três chances.

— Ok.

Ela se recostou, braços cruzados, e me examinou com um brilho perscrutador, mas também brincalhão, nos olhos.

— Programador de computador numa empresa de games com histórico de horríveis episódios de violência misógina.

— Nada a ver. Muito longe.

—Tudo bem, então. Criador de galinhas orgânicas numa pequena propriedade em Cotswolds.

—Também não.

— Cabeleireiro das estrelas. É você quem faz os penteados da Keira Knightley.

— Acho que não.

— Alfaiate masculino em Cheltenham. Ternos de três peças sob medida e caimentos de calças absurdamente precisos.

— Não, e já foram quatro chances. Mas você está chegando perto.

— Mais uma, então?

— Ok.

— Bem, que tal... professor sênior de moda contemporânea na Universidade de Ashby-de-la-Zouch?

Verdade que me considero mesmo um cara que se veste com bom gosto e, como ela dera seus palpites depois de examinar detidamente minha camisa Lacoste e meu jeans Hugo Boss, fiquei bastante lisonjeado. Mesmo assim, abanei a cabeça.

— E aí, desiste?

— Fazer o quê?

Contei-lhe a verdade: que trabalhava na Divisão de Atendimento ao Cliente no Pós-Venda de uma loja de departamentos no centro de Londres. Ao que ela respondeu, de bate-pronto:

— Mas que diabos você faz?

Aquele não era o momento, decidi, de entrar em muitos detalhes.

— Estou ali para atender os clientes — expliquei — quando acontece algum problema com a compra. Uma torradeira que não funciona. Cortinas que por acaso não tenham as medidas esperadas.

— Entendo — disse Poppy. — Então você trabalha no departamento de devoluções?

— Mais ou menos — concedi, e estava prestes a acrescentar que *trabalhava*, na verdade, e começar a explicar que não tinha realmente frequentado o emprego na maior parte dos seis meses anteriores, mas alguma coisa me impediu de continuar. Tinha entupido o Charlie com minhas confidências, afinal, e deu no que deu.

— E então, minha vez agora?

Ela sorriu.

— Não seria muito justo. Você nunca vai adivinhar o que eu faço. Nem que te desse mil chances.

Era um belo sorriso, que revelava dentes brancos e bem-cuidados, embora um pouquinho irregulares. Dei-me conta de que talvez a estivesse encarando mais detidamente e por mais tempo do que mandava a boa educação. Quantos anos *tinha*, exatamente, aquele moça? Já me sentia mais confortável conversando com ela do que me sentira com qualquer outra pessoa em muito tempo, e no entanto Poppy devia ser no mínimo uns vinte anos mais nova do que eu. Ter percebido isso me deu uma sensação curiosa: fiquei meio nervoso, meio excitado.

Enquanto isso, Poppy abria o zíper da bolsa, e o abriu na exata medida para que eu pudesse ver lá dentro algo inesperado: uma espécie de gravador digital — profissional, ao que parecia, do tamanho de um livro de capa dura ou maior — e um grande microfone: de novo, do tipo que só profissionais usam, largo e volumoso, envolto numa proteção cinza de poliéster. Assim que espiei e dei uma boa examinada no equipamento, ela fechou novamente o zíper da bolsa.

— Aí está — falou. — Uma pista.

— Bem, então... Você deve ser algum tipo de gravadora de sons.

Ela balançou a cabeça.

— Isso é só uma parte do meu trabalho.

Apertei os lábios, incapaz de pensar em qualquer outra alternativa.

— Você disse que precisa viajar bastante? — pontuei.

— Sim. Pelo mundo todo. Semana passada estava em São Paulo.

— E esta semana aqui em Cingapura?

— Correto. Embora, e isso é mais uma pista, eu não tenha saído do aeroporto, nem lá nem aqui.

— Sei... Então você grava sons em aeroportos.

—Também correto.

Por mais que tentasse, não conseguia ver aonde ela queria chegar.

— Mas para quê? — tive de perguntar, finalmente.

Poppy recolocou sua xícara com cuidado na mesa e se inclinou para a frente, o queixo aninhado entre as mãos.

—Vamos colocar assim. Faço parte de uma organização que presta um serviço discreto e de grande valor para uma clientela exclusiva.

— Que tipo de serviço?

— Bem, meu trabalho não tem bem um nome, pois normalmente não digo para as pessoas exatamente o que ele é. Mas, como estou abrindo uma exceção para você, vou dizer que sou... uma facilitadora de adultérios júnior.

Um arrepio sinistro percorreu meu corpo quando ela disse aquelas palavras.

— Facilitadora de adultérios? — falei. Me excitava simplesmente repetir a expressão.

— Ok — disse Poppy —, vou explicar. Meu patrão, cujo nome não devo revelar a ninguém, foi quem criou essa agência. E criou para atender pessoas, homens principalmente, mas não sempre, longe disso, que estão tendo um caso extraconjugal e querem que as coisas se deem de forma segura e sem sobressaltos. A vida de um adúltero moderno tem muitas complicações. E a tecnologia a tornou muito mais complicada. Há cada vez mais maneiras de se manter contato com alguém, mas tudo deixa rastro. Antigamente, você podia escrever uma carta de amor, e a única testemunha seria a pessoa que te visse colocando a correspondência na caixa do correio. Hoje em dia, você manda algumas mensagens de texto e, não demora muito, lá estão elas discriminadas numa conta telefônica. Você pode deletar quantos e-mails quiser do seu computador, mas eles continuarão armazenados em algum lugar, num imenso banco de dados no meio do nada. Mais e mais estratégias, e as mais sofisticadas, são necessárias, caso você não queira ser descoberto. Isto aqui — ela alisou a bolsa — é apenas uma delas.

— E como é que funciona? — perguntei.

— É muito simples. Primeiro, viajo por toda parte, para vários aeroportos, faço algumas gravações e, quando volto para casa, armazeno o material num CD, que então vendemos aos nossos clientes como parte do pacote. Agora imagine que você é um desses clientes. (Embora, preciso te dizer, você não tenha muita cara de adúltero.) Você está numa viagem de negócios no Extremo Oriente. Mas decide encurtar a parte de negócios da viagem e passar uma ou duas noites em Paris com sua amante. Obviamente, sua mulher não deve saber disso. Bem, um bom jeito de garantir que ela não vai desconfiar é, pouco antes de voltar, você ligar para casa da suíte do hotel em Paris. A amante foi até o banheiro tomar um banho, você liga para a esposa, e o que ela ouve ao fundo enquanto vocês conversam?

Abrindo a bolsa, ela apertou o *play* e, no pequeno alto-falante embutido, escutei uma gravação do anúncio que ouvira poucos minutos antes no sistema de som: *"Bem-vindos a Cingapura. Lembramos aos passageiros em trânsito que é proibido fumar no interior deste terminal. Agradecemos sua cooperação e desejamos boa continuação de viagem."* Poppy sorriu para mim, triunfante.

— E aí está o seu álibi. Quem, depois de ouvir a gravação, pensaria duas vezes para afirmar de onde você estava ligando?

Fiz um movimento lento com a cabeça, concordando, para mostrar a ela que estava impressionado.

— E tem gente que paga por isso?

— Ah, tem — falou Poppy. — E uma baita grana. — Ela alongou a palavra "baita". — Sério, você ficaria surpreso.

— Que tipo de gente?

— De todo tipo. Gente infeliz no casamento tem em todo lugar. Mas, como o preço é bem alto, a tendência é atrair um certo tipo de cliente em particular. Banqueiros de investimentos, jogadores de futebol, essa gente.

Eu estava surpreso com a naturalidade com que ela me contava aquilo tudo. Por mais que me excitasse uma "facilitadora de adultérios", ao mesmo tempo achava a ideia um pouco chocante.

— E quanto a... — falei, tentando escolher as palavras com cuidado — e quanto à dimensão moral disso?

— Ao quê? — perguntou Poppy.

— Só estava aqui pensando se você não sente nenhum remorso. Sabe... com o fato de estar ajudando as pessoas a enganar outras pessoas. Não pesa na... na consciência, em nenhum momento?

— Ah, isso.

Poppy mexeu a espuma no fundo da xícara e, ainda sem cerimônia, lambeu-a da colher de plástico.

— Passei da fase de me incomodar com esse tipo de coisa. Me formei em história em Oxford, sabe. E sabe que tipo de emprego consegui desde então? As piores merdas. O melhor foi de assistente do gerente de uma boate de *lapdance*. O pior foi... Bem, você não vai querer ouvir sobre esse. Sem falar nos meses de desemprego entre um e outro. Neste emprego de agora, ganho um dinheiro fácil, nunca falta trabalho e tenho muito tempo para ficar lendo e vendo filmes e visitando galerias de arte, que é o que realmente gosto de fazer.

— É, eu sei que as coisas estão... difíceis no momento. Só pensei que...

— Sabe, você está começando a parecer o Clive falando. Foi exatamente isso que ele me disse quando contei sobre o emprego. E sabe o que respondi para ele?

Claro, eu não sabia o que ela tinha respondido para ele. Não sabia nem quem era Clive. Mas meu primeiro — e na verdade único — pensamento, nessa hora, foi que não me deixava feliz que o nome de outro homem tivesse aparecido na nossa conversa tão cedo.

— Bem, perdi as estribeiras com ele — contou Poppy —, o que raramente acontece quando estou com o Clive. Falei para ele: Você não percebe que, se existe uma coisa que gente da minha idade não suporta, é levar sermão sobre moral de gente da sua idade. Olhe pro mundo em volta. O mundo que *vocês* estão nos legando. Você acha que isto que está aí nos dá a alternativa de fazer as coisas seguindo princípios? Estou cansada desse papo de que a minha geração não tem valores. De como somos materialistas. De que não nos interessamos por política. Sabe por que isso acontece? Chuta. Exato... pela maneira como vocês nos educaram! Até podemos ser todos filhos da Sra. Thatcher, como dizem, mas foram *vocês* que votaram nela, mais de uma vez, e aí continuaram a votar em todos os que vieram depois e seguiram direitinho os passos dela. Foram vocês que nos educaram para ser zumbis consumistas. Atiraram pela janela todos os outros valores, não foi? Cristianismo? Não precisamos disso. Responsabilidade coletiva? E isso levou a alguma coisa algum dia? Fábricas? Fabricar coisas? Isso é para perdedores. Isso, vamos deixar que aqueles orientais perdedores fabriquem tudo para nós, enquanto sentamos bem confortáveis em frente à TV, assistindo ao mundo ir pro buraco num carrinho de compras... mas em *widescreen* e alta definição, claro.

Ela se recostou, parecendo um pouquinho envergonhada por ter se exaltado enquanto falava.

— Enfim, foi o que eu falei pro Clive, quando ele me disse que eu não devia aceitar um emprego desses.

Bem, certamente aquilo tudo era bastante interessante. Poppy tinha tocado num monte de assuntos, e me dava muito o que pensar. Na verdade, tinha levantado tantos assuntos importantes que era difícil saber por onde começar.

— Quem é Clive? — perguntei.

— Clive? Clive é o meu tio. Irmão da minha mãe.

Dei um suspiro de alívio e falei:

— Estou tão contente em saber disso.

Saiu antes que eu pudesse impedir.

— Contente? — disse Poppy, um pouco confusa. — O que te deixou contente? Que a minha mãe tenha um irmão?

— Bem... é — respondi, tartamudeando sem saída. — Não é legal ser filho único. Quero dizer, eu sou, e não recomendo a experiência...

Foi ridículo. Tinha de mudar de assunto o mais rápido possível.

— Os preços dessa agência para qual você trabalha devem ser bem altos — falei —, considerando os custos de você voar pelo mundo todo a cada semana.

— São bem altos, sim — disse Poppy. — Mas não por esse motivo. Na verdade, não custa tão caro viajar para lá e para cá. Fico sempre na lista de espera dos voos, sabe. É meio imprevisível: a gente nunca sabe se vai ter lugar no avião — às vezes acabo tendo de dormir no aeroporto, o que não é uma maravilha —, mas normalmente dá certo.

— E você deu sorte hoje?

— Bem, foi quase. Estava de olho num voo da British Airways...

— O 7371? — perguntei, esperançoso.

— Esse mesmo. É o seu?

— Sim. Você conseguiu lugar?

— Achei que não ia conseguir. Primeiro me disseram que estava lotado. Mas parece que agora tem uma poltrona disponível, por alguma razão.

Uma certeza luminosa tomou conta de mim.

— Te colocaram na Classe Econômica Premium?

— Isso. Por quê?

— Acho que você vai viajar no assento ao lado do meu.

— E o que te faz achar isso?

Será que eu deveria explicar as circunstâncias do recente falecimento de Charlie Hayward? Significaria contar que ela estava assumindo o lugar de um homem morto. Será que ela era do tipo impressionável? Eu não ia arriscar — não faria nada que pudesse lançar sombra sobre a viagem de volta para casa que estávamos, os dois, prestes a aproveitar juntos, lado a lado. Afinal, do nada, o destino tinha jogado no meu colo aquela bela moça, e aparentemente, a partir dali, nos tornaríamos ainda mais íntimos. Sem meias palavras, íamos dormir juntos nas próximas 12 horas. E logo no primeiro encontro!

4

Na segunda e última parte da viagem, era para o Charlie ter sentado no corredor e eu, na janela. Poppy disse que não fazia diferença em qual dos dois lugares ela viajaria, mas não acreditei realmente nela. Todo mundo tem sua preferência nisso, não é? Então insisti para que ficasse na poltrona da janela. Estava determinado a tornar aquela viagem o mais confortável possível para ela. Estava determinado a fazer tudo o que estivesse ao meu alcance para causar a melhor impressão possível. Estava determinado a fazê-la gostar de mim.

— Aliás, sofro de depressão clinicamente diagnosticada — falei, assim que nos acomodamos.

Poppy não pareceu se abalar, absolutamente, para o meu alívio. Apenas me encarou por alguns segundos e disse:

— Sim... Bem, desconfiei que fosse algo do tipo.

— Sério? — devolvi. — Está assim tão óbvio?

— Digamos que tenho faro para essas coisas.

A partir daí, a informação estava dada; era algo tácito entre nós. Ela era a primeira pessoa (quer dizer, fora meus patrões e meu médico e a responsável pelo meu caso no trabalho — a primeira amiga, acho que é isso o que estou tentando dizer) com quem eu tivera coragem suficiente para compartilhar aquele segredo vergonhoso. E, se esperava que ela se esquivasse de mim ou se recolhesse num silêncio desconfiado, que pedisse à aeromoça para trocar de lugar ou algo assim, estava enganado. Pareceu não fazer nenhuma diferença sobre o que ela pensava a meu respeito. Senti-me intensamente agradecido por isso, e aparentemente se estabeleceu ali uma espécie de estranha e imediata intimidade — um tipo de intimidade estável e confortável —, significando que nossa conversa, que eu imaginara que seria nervosa e forçada, pareceu dali em diante fluir num ritmo quase que inteiramente natural. Para ser honesto, a gente quase não conversou, nas horas seguintes, tanto quanto achei que conversaríamos. Na maior parte do tempo, ficamos ali, naquela espécie de silêncio companheiro de um velho casal que estivesse junto há trinta anos — como aquele que eu tinha visto no restaurante do porto, em Sydney, os dois sentados do mesmo lado da mesa de modo a aproveitar melhor a vista, em vez de conversar. Depois de algumas horas de voo (talvez umas 2h da manhã, horário de Cingapura), era assim que estávamos: eu zapeava pelos diversos filmes disponíveis na telinha instalada no assento à minha frente, às vezes fazendo um ou outro comentário com ela sobre o que passava, sem conseguir me concentrar em nada, na verdade, enquanto Poppy, depois de gastar alguns minutos escrevendo um breve relatório em seu laptop, agora o usava para matar tempo jogando o que parecia ser algum tipo incrivelmente complicado de Sudoku em três dimensões.

O mais importante, no entanto, era que, nos momentos ociosos entre uma atividade e outra, conversávamos.

— E o problema dos fusos? — perguntei a ela, a certa altura.

— Hmm?

— Nesse seu emprego. Com certeza o relógio biológico deve ficar maluco. Não é um problema?

Ela deu de ombros.

— Acho que não. Às vezes, quando estou em casa, acordo um pouco cedo. Às vezes, um pouco tarde. Nada muito complicado.

Suspirei de inveja.

— Que maravilha ser jovem.

—Você não está com o pé na cova ainda, vovô.

— Bem, vou demorar um ou dois dias para me recuperar desta viagem, já sei disso. E preciso me esquecer dela o quanto antes porque ainda esta semana tenho uma decisão a tomar.

— Sério?

— Sério. Vai fazer seis meses que estou afastado do trabalho. Tenho de ir até a loja falar com a responsável pela saúde ocupacional dos funcionários, dizer a ela se volto ou não a trabalhar. E, mesmo que eu diga que volto, ela talvez decida que ainda não estou bem, o que provavelmente daria a eles um pretexto para... — (demorou um tempinho para que eu me lembrasse do eufemismo) — ... o encerramento do contrato. O que pode muito bem ser o que meus chefes estão esperando que aconteça.

— E você?

— Eu? Eu o quê?

— Quer voltar?

Pensei sobre isso por alguns segundos, mas era uma pergunta para a qual tinha muita dificuldade de dar uma resposta direta. Meu pensamento, em vez disso, viajou lá adiante, para tudo o que me aguardava quando chegasse em casa: o clima sombrio e exasperante de fevereiro, o apartamento vazio, a pilha de porcarias acumuladas na caixa de correio. Ah, ia ser uma droga, certamente. Naquele exato instante, nem mesmo me sentia capaz de encarar tal volta solitária para casa, que dirá a decisão que precisava tomar em seguida.

— Sabe, ainda tenho essa fantasia — falei, finalmente — de que vou chegar em casa e ela vai estar lá esperando por mim. A Caroline. Ela ainda tem a chave, entende, então poderia acontecer. Abro a porta e, assim que termino de abrir, sei que ela voltou. Não a vejo de imediato, mas já sou capaz de afirmar que tem alguém ali — o rádio está ligado, há um cheiro de café fresco vindo da cozinha. A casa está arrumada e aconchegante. E aí eu a vejo, sentada no sofá, esperando por mim enquanto lê um livro. — Voltei-me para Poppy novamente. — Não vai acontecer, não é?

Tudo o que ela respondeu foi:

— Sabe, tenho certeza de que você está fazendo terapia para tratar disso, mas tem alguém mais com quem você pode falar sobre essas coisas? Alguém da família, por exemplo?

Abanei a cabeça.

— Minha mãe morreu. Ela morreu jovem, faz mais de vinte anos. Meu pai é caso perdido. A gente nunca conseguiu conversar muito. Não tenho irmãos e irmãs.

— Amigos?

Pensei nos meus setenta amigos no Facebook. Por honestidade, tive de admitir:

— Não tenho, na verdade. Tenho um, o Trevor. Ele morava perto de casa, mas se mudou agora. Fora isso... — Me recolhi, de repente querendo mudar de assunto, ou pelo menos o foco de atenção. — E você? Tem irmãos ou irmãs?

— Nada. Tenho minha mãe, mas ela é um pouco... autocentrada, talvez. Ela não "se liga" exatamente nos problemas das outras pessoas. E meu pai caiu fora faz algum tempo, quando ela descobriu que ele tinha uma amante. — Outra risada, desta vez mais pesarosa. — Hoje vejo que os serviços de um bom facilitador de adultérios teriam vindo a calhar para ele. Pena a gente ainda não estar no mercado naquela época.

— Então você é que nem eu? — falei, talvez um pouquinho afobado demais. — Não tem ninguém com quem realmente possa conversar.

— Não chego a tanto — disse Poppy. — Tenho o meu tio, sabe. Meu tio Clive.

Ela tinha parado de jogar Sudoku agora e fechou o programa, de modo que tudo o que eu conseguia ver no laptop era o papel de parede na tela — bem estranho, pois parecia ser a foto de um barco muito velho, meio destruído, uma ruína de tábuas detonadas e pintura descascando abandonada em alguma praia tropical. Meus olhos pousaram ali por um tempo, curiosos, enquanto ela me contava mais sobre seu tio e sobre por que gostava tanto dele. Contou-me sobre como sua mãe a tinha enviado para um colégio interno de grã-finos em Surrey quando ela tinha 13 anos; e que ficava interna apenas durante a semana, voltando para casa nas sextas à tarde, mas a mãe muitas vezes estava fora do país, então ela se hospedava com o tio; e de como começara a se afeiçoar e aguardar ansiosa por essas visitas; e ainda de como Clive (que morava em Kew) a levava quase todo fim de semana ao cinema, ou ao teatro, a concertos e a galerias de arte, apresentando-a a mundos que até então lhe eram inacessíveis. E de como, quando não a via nos fins de semana, ele escrevia longas cartas para ela, cartas repletas de novidades, repletas de humor, repletas de diversão e informação e boas histórias e, acima de tudo, repletas de amor.

— E sabe de uma coisa? — disse-me. — Ainda leio aquelas cartas. Ainda as levo comigo para todo lugar.

— Todo lugar?

— Sim. Até nestas viagens. Estou com elas aqui mesmo. — Tocou o computador portátil com o indicador. — Escaneei todas. E todas as fotos que ele costumava me mandar. Esta aqui, por exemplo, é uma das fotos do Clive. — Apontava para a foto do barco detonado. — Bem, não foi ele quem tirou a fotografia nem nada — ela explicou. — Foi tirada por uma artista chamada Tacita Dean. O barco se chama *Teignmouth Electron*.

— Teignmouth? — perguntei. — Fica em Devon, não é?

— Isso. Foi onde minha mãe e o Clive cresceram.

— E por que você colocou esta na tela do computador?

— Porque tem a ver com uma história incrível. A história de um cara chamado David Crowhurst. — Ela bocejou, larga e involuntariamente, antes de se lembrar de cobrir a boca aberta com a mão. — Desculpe. Me deu um sono de repente. Já ouviu falar dele?

Neguei com a cabeça.

— Foi o cara que circum-navegou o planeta no final dos anos 1960. Ou pelo menos disse que fez isso, mas na verdade não fez.

— Entendo — falei, totalmente confuso.

— Não estou sabendo me explicar direito, né?

—Você está cansada. Devia dormir um pouco.

— Não, mas é uma ótima história. Acho que você devia escutar.

— Não se incomode. Vou assistir a um filme. Você está muito cansada para ficar falando. Me conte a história de manhã.

— Eu não ia te contar a história. Só ia ler a carta que o Clive me mandou falando disso.

— Isso pode esperar.

— Sabe o quê? — Poppy batucou algumas teclas do laptop antes de passá-lo para a mesinha à minha frente e, em seguida, se abaixar para pegar, debaixo da sua poltrona, o travesseiro e o cobertor que tinha enfiado ali. —Você pode ler a carta dele. Tá aí. É um pouca longa, desculpe, mas você tem bastante tempo, e vai ser melhor do que gastar duas horas vendo alguma porcaria de filme.

— Tem certeza? Quer dizer, não quero ler alguma coisa que seja... muito íntima?

Mas Poppy me garantiu que tudo bem. De modo que, enquanto ela se aconchegava debaixo do cobertor, posicionei o computador no colo e olhei para a primeira página da carta do tio dela. Estava aberta num programa do Windows para visualização de imagens e documentos de fax e que reproduzia o amarelo-creme do papel de carta no qual ele escrevera e até mesmo permitia ver a marca d'água ao fundo. A letra do texto escrito à mão era firme, angulosa e facilmente legível. Meu palpite era de que ele tinha usado uma dessas modernas canetas-tinteiro. A tinta era azul-marinho, quase preta. Quando começava a leitura, senti uma leve pressão sobre meu ombro esquerdo, olhei para baixo e vi que Poppy tinha posicionado seu travesseiro ali, recostando a cabeça. Ela olhou para mim brevemente, como que a pedir permissão, mas na mesma hora seus olhos piscaram e se fecharam, e ela então já havia escorregado para um sono profundo, do qual não sairia com facilidade. Depois de alguns segundos, quando senti que era seguro, dei-lhe um leve beijo de boa-noite nos cabelos e pude sentir, agora em meu próprio corpo, uma pontada de felicidade.

Água

O desgarrado

12 de março de 2001

Querida Poppy,

Senti por não te ver este fim de semana. Sem você por aqui, meus sábados e domingos ficam sempre um pouquinho solitários. Você perdeu um espetáculo grandioso no Jardim Botânico — o carpete de flores de açafrão atingiu o máximo esplendor — bem cedo este ano — e caminhar pela Cherry Walk, o olhar se arrebatando com ramos após ramos dessas belezinhas brancas e violáceas, seus botões se agitando na brisa, é dar-se conta de que a primavera chegou novamente — afinal! Enfim, espero que você tenha passado bem com a sua mãe. Ela te levou a algum lugar, ou para fazer algo interessante? Estava passando *Soberba* no NFT, sábado à noite, e eu também teria gostado de te levar para assistir. No fim, fui sozinho, mas lá, no cinema, acabei encontrando um amigo meu, Martin Wellbourne, e a mulher dele, Elizabeth, que foram muito gentis e me convidaram para jantar com eles ao fim da sessão. Então não foi, afinal, uma noite tão solitária assim.

Mas vamos falar dos nossos planos para sábado. Acho que mencionei que há uma exposição em cartaz na Tate Britain que você vai achar especialmente interessante, não? A mostra é de uns filmes e fotos de uma jovem artista chamada Tacita Dean. Talvez você já tenha ouvido falar dela. Uns anos atrás ela ficou entre os finalistas do Turner Prize. Se você não curte a ideia, é só dizer, que certamente arrumamos outra coisa para fazer, mas espero que você queira ir. Devo dizer que tenho motivos pessoais e particulares para querer visitar essa exposição. Sabe, é que uma das obras é um curta inspirado no desaparecimento de um iatista solitário, Donald Crowhurst, no verão de 1969 — e ainda, se não me engano, algumas fotos do seu malfadado barco, *Teignmouth Electron*, fotos essas que a artista tirou nos últimos anos, tendo viajado com esse propósito até o local onde repousa a carcaça, em Cayman Brac, no Caribe.

Ocorre-me agora que talvez você não tenha a menor ideia de que diabos estou falando aqui. Também me ocorre que, se for para eu te contar um pouco do meu fascínio pela história de Donald Crowhurst, esta vai ser uma carta bem comprida. Mas não importa. É manhã de segunda-feira, um dia longo e vazio se estende diante de mim, e não há nada que eu goste mais do que escrever para minha sobrinha. Então, com licença um minutinho, enquanto vou buscar outra xícara de café, e aí vou tentar me explicar.

Vamos lá.

Se quero te fazer compreender o que a figura de Donald Crowhurst significou para mim quando eu era um menino de 8 anos, preciso te levar de volta no tempo — mais de trinta anos para trás, até a Inglaterra de 1968 — um lugar e uma época que a essa altura parecem inacreditavelmente remotos. Tenho certeza de que a menção a esse ano evoca todo tipo de associação para você: o ano do radicalismo estudantil, da contracultura — protestos contra a campanha no Vietnã e o Álbum Branco dos Beatles e tudo o mais. Bem, isso conta apenas uma parte da história. A Inglaterra era — e sempre foi — um lugar mais complicado do que querem nos fazer acreditar que é. O que você diria se eu te contasse que, na minha lembrança, o grande herói, a figura que definiu aquele tempo, não foi John Lennon ou Che Guevara, mas um vegetariano de 65 anos, conservador e antiquado, com a aparência e a postura de um tiozinho professor de latim? Você é capaz de um palpite sobre de quem estou falando? O nome dele ainda significa alguma coisa?

Refiro-me a Sir Francis Chichester.

Você provavelmente não faz ideia de quem foi Sir Francis Chichester. Deixa eu te contar, então. Foi um iatista, um navegador — um dos mais brilhantes que este país já produziu. E, em 1968, era uma celebridade, uma das pessoas mais famosas e faladas da Inglaterra. Tão famoso quanto David Beckham é hoje, ou Robbie Williams, talvez. É, acho que sim. E o que ele realizou, embora possa parecer sem sentido, acho, para a nova geração dos dias de hoje, permanece, aos olhos de muita gente, muito mais grandioso do que jogar futebol ou compor música pop. O homem se tornou célebre por ter navegado ao redor do planeta, sozinho, em seu barco *Gypsy Moth*. Completou a viagem em 226 dias e, o mais incrível de tudo, nesse tempo todo fez uma só parada, na Austrália. Uma magnífica proeza da navegação, da coragem e da perseverança, levada a cabo pelo mais improvável dos heróis.

Tive o enorme privilégio de crescer perto do mar. Acho que você visitou a cidade onde a sua mãe e eu fomos criados, não é? Shaldon, é como se chama o lugar, em Devon. Morávamos num casarão georgiano à beira d'água. Mas Shaldon, em si, fica numa modesta enseada de água salgada e, para chegar à praia propriamente dita, é preciso percorrer quase 1 quilômetro de estrada até a vizinha Teignmouth. Ali você vai encontrar tudo o que poderia querer de um *resort* litorâneo: um píer, praias, sala de jogos, minigolfe, dezenas de hospedarias e, claro, descendo até as docas, uma animada marina onde iatistas e barqueiros de todo tipo se reúnem diariamente, a atmosfera sempre viva com o sussurro dos mastros e das cordas estalando e balançando na brisa. Desde muito cedo — desde que consigo me lembrar — minha mãe e meu pai costumavam me levar até a marina para assistir às partidas e chegadas, ao incessante vaivém da vida marítima. Embora nós mesmos nunca tenhamos navegado, conhecíamos um monte de gente que praticava: aos 8 anos, eu já era um veterano de várias pequenas viagens pelo oceano a bordo de iates pertencentes a amigos dos meus pais, e tinha desenvolvido um profundo fascínio infantil por tudo o que tivesse a ver com aquele universo.

Não é de admirar, portanto, que Francis Chichester e sua proeza ganhassem tamanha importância em minha mente. Mesmo que a gente tenha acabado por não fazer a peregrinação pela costa até Plymouth, para vê-lo voltar à terra firme em maio de 1967, lembro vividamente de assistir à cobertura do evento — junto a milhões de outras pessoas — ao vivo na BBC. Se me recordo bem, a programação normal tinha sido cancelada em função disso. As docas de Plymouth e seu entorno foram tomadas por hordas de admiradores — centenas de milhares. Eles vibravam e aplaudiam e acenavam com suas bandeiras da Inglaterra para o *Gypsy Moth*, que deslizava em direção ao porto escoltado por lanchas em que estavam jornalistas e equipes de TV com suas câmeras. Chichester estava de pé no convés e respondia aos acenos, bronzeado, sereno e saudável — nem parecia que tinha passado sete meses e meio numa forma extrema de confinamento solitário. Foi uma ocasião em que meu coração se encheu de um orgulho patriótico inocente — algo que não consigo me lembrar de ter sentido novamente desde então. A partir daquele dia, comecei a colecionar, num caderno, recortes sobre a viagem de Chichester e todas as outras reportagens sobre navegação que saíam nos jornais preferidos dos meus pais.

Pelo que me lembro, naquela época, esses jornais eram o *Daily Mail* nos dias de semana e, aos domingos — assim como pelo menos metade da nação, era sempre a impressão que dava por aquele tempo —, o *Sunday Times*. E foi no *Sunday Times* de 17 de março de 1968 que li este eletrizante anúncio:

5 mil libras

Um prêmio de volta ao mundo, no valor de 5 mil libras, será dado pelo *Sunday Times* ao navegador solitário que completar no menor tempo a circumnavegação do planeta, sem escalas, partindo depois de 1º de junho e antes de 31 de outubro de um porto em território britânico para contornar os três cabos (da Boa Esperança, Leeuwin e Horn).

Uma corrida! E uma corrida para superar o feito de Chichester, ao submeter os competidores a um teste de sobrevivência ainda mais extremo — a circum-navegação *sem escalas*. Para além do desafio técnico, poderia alguém sobreviver psicologicamente a esse suplício? Como disse, eu mesmo já havia subido em um ou dois barcos. Sabia como eram as cabines: surpreendentemente aconchegantes, às vezes, e surpreendentemente bem equipadas, mas, principalmente, *minúsculas*. Menores até do que o meu quartinho lá em casa. O fato de Chichester ter vivido num espaço tão exíguo, e por tanto tempo, era para mim quase que sua proeza mais impressionante. Parecia inacreditável que aqueles caras se dispusessem a viver assim, apertados e cercados de água por todos os lados durante meses.

Quem eram esses masoquistas? Depois de ler algumas das matérias do *Sunday Times* sobre o prêmio, já tinha para mim que o concorrente mais forte seria um francês de nome Bernard Moitessier. Era um fabuloso navegador — magro e musculoso e totalmente dedicado à vida de explorador solitário. Havia conduzido seu barco de 39 pés, *Joshua*, pelas temíveis águas do Oceano Austral e contornado o Cabo Horn, encarando (e sobrevivendo a) terríveis tormentas pelo caminho. Parece que relutava em entrar na competição mas, dadas as regras, não teve escolha: o *Sunday Times* tinha inteligentemente montado um esquema no qual, partindo entre junho e outubro, qualquer navegador passava a concorrer ao prêmio, mesmo que não quisesse. Apostei minhas fichas em Moitessier, e até consegui convencer meus pais a comprar um exemplar caro, em capa dura, de seu livro *Navegando entre recifes*, como presente do meu aniversário de 8 anos. O texto era um pouco denso e poético demais para que eu chegasse a gostar, mas ficava horas debruçado sobre as fotografias em preto e branco do musculoso francês rasgando as ondas com seu barco e, sem esforço, pulando de corda em corda do mecanismo de velas de seu iate como um Tarzan náutico.

Os demais competidores, anunciados um a um, não foram capazes de cativar minha imaginação da mesma forma. Havia Robin Knox-Johnston, um oficial da marinha mercante, inglês, de 28 anos; Clay Blyth, ex-sargento do Exército, um ano mais novo; Donald Crowhurst, um engenheiro britânico de 36 anos, gerente de uma companhia eletrônica; Nigel Tetley, tenente-comandante da Marinha Real, e ainda outros quatro. Nenhum deles parecia ser páreo para Moitessier. Um ou dois, pelo que eu podia entender, mal conheciam o mar. Mas, então, algo aconteceu que me fez mudar de ideia, e de torcida. Meu pai veio do trabalho, certo dia, com um exemplar do *Teignmouth Post and Gazette* e me mostrou a reportagem de capa — anunciava, para nosso espanto, que um dos concorrentes, Donald Crowhurst, havia decidido não apenas zarpar de Teignmouth como batizar seu barco com o nome de *Teignmouth Electron*. (Em troca, conforme se soube mais tarde, de alguns acordos de patrocínio com firmas locais.)

O nome do homem que convencera Crowhurst a tais concessões para uma cidade com a qual não tinha ligação alguma era Rodney Hallworth: antigo repórter policial na grande imprensa londrina, agora baseado em Devon e atuando como assessor de imprensa, além de assíduo promotor de tudo e qualquer coisa que pudesse encorpar o perfil de Teignmouth aos olhos do grande mundo. A partir das histórias que ele fazia publicar nos jornais locais e nacionais, comecei a construir na minha cabeça a imagem de Donald Crowhurst como uma espécie de super-herói da navegação: o azarão da corrida, e por isso mesmo o mais intrigante e atraente dos competidores. Aparentemente, tratava-se não apenas de um bem-sucedido navegador, mas também de um mago da eletrônica e de um projetista genial que, embora tivesse entrado na competição depois, levaria a melhor bem debaixo do nariz de seus rivais, ao velejar um barco afinado, moderno, com inovações radicais e construído segundo suas próprias especificações — nada menos do que um trimarã, com um exclusivo sistema estabilizador que, ativado em caso de haver risco de deriva, era controlado (e aqui estava a isca — a palavra que, em 1968, fazia bater mais rápido o coração de qualquer um) por um *computador*.

Donald Crowhurst se tornou, instantaneamente, o foco do meu interesse e da minha admiração. Ele era aguardado em Teignmouth para dali a algumas semanas — e eu, claro, mal podia esperar.

Um comitê de apoio tinha sido constituído, e um dos amigos velejadores do meu pai era membro ativo. Por aí obtínhamos nacos de informação. O barco de Crowhurst estava pronto, nos contaram, e ele já estava a caminho, navegando a partir de um ancoradouro em Norfolk e contornando a costa de Devon. Estaria entre nós em questão de dias. Acontece que aquela se revelou uma previsão otimista. Os ajustes iniciais necessários dificultaram esse trajeto inaugural, que levou mais de quatro vezes o tempo previsto, e já íamos por meados de outubro quando Crowhurst e sua equipe aportaram em Teignmouth. Na sexta à tarde da semana de sua chegada, minha mãe me pegou na escola e me levou até a marina para que eu travasse o primeiro contato visual com meu herói e assistisse a alguns dos preparativos para a largada.

Toda criança, imagino, passa por um momento decisivo em sua vida, quando o significado da palavra "decepção" cruelmente ganha evidência. Um momento em que se dá conta de que o mundo, que até então via como prenhe de promessas, rico de infinitas possibilidades, é na verdade um lugar imperfeito e limitado. Tal momento pode ser devastador e perdurar na mente por anos com muito mais força do que os primeiros prazeres e as alegrias da infância. No meu caso, aconteceu naquela sexta-feira cinzenta de meados de outubro, quando vi Donald Crowhurst pela primeira vez.

Aquele era o homem que venceria a corrida de circum-navegação do planeta do *Sunday Times*? O homem que derrotaria Moitessier, o brilhante e experiente francês? E aquilo era o *Teignmouth Electron*, a última palavra em design de barcos, que desbravaria as imensas ondas do Oceano Austral, cada nuance do movimento de seus três cascos esguios controlada e ajustada pela última palavra em tecnologia de computadores?

Francamente, ambas as coisas pareciam difíceis de acreditar. Crowhurst compunha uma figura modesta e diminuta: depois de toda a falação nas entrevistas para os jornais, eu estava esperando alguém com certa aura de confiança, certa atitude de quem tudo pode — uma *presença*, em outras palavras. Em vez disso, ele parecia incapaz e preocupado. Tenho a impressão (olhando em retrospecto, claro) de que estava em pânico, apavorado mesmo, por causa dos holofotes em cima dele e do peso da expectativa que eles traziam. Quanto ao tão falado *Teignmouth Electron*, não apenas parecia um barco débil e frágil, como os preparativos que o envolviam eram os mais caóticos. A embarcação parecia ainda em construção, ocupada por um exército de homens que subiam e desciam a bordo dia após dia, realizando reparos intermináveis, ao passo que na plataforma de embarque amontoava-se, contínua e desordenadamente, uma quantidade desconcertante de materiais — um pouco de tudo, de ferramentas de carpintaria e equipamento de rádio a latas de sopa e carne. No meio e em torno desse caos todo, o próprio Crowhurst vagava inútil, posando para a onipresente equipe de TV, discutindo com o pessoal que reformava o barco, enfiando-se em orelhões para reclamar com seus supostos fornecedores e, a cada dia que passava, ficando mais e mais obviamente doente de apreensão.

Bem, o grande dia finalmente chegou. Trinta e um de outubro de 1968. Tarde de uma quinta-feira chuvosa, encoberta e, no geral, desanimada. Não houve grande agitação no ancoradouro — nada que se comparasse à multidão que fora dar as boas-vindas a Chichester em Plymouth no ano anterior, certamente — mas talvez fôssemos umas sessenta ou setenta pessoas ali. Nosso professor havia liberado a classe inteira, caso desejássemos sair mais cedo para ir à marina, e, claro, os alunos, em sua maioria, se aproveitaram, mas da escola foram a qualquer outro lugar, menos acenar em despedida a Donald Crowhurst partindo em sua circum-navegação do planeta. Eu era a única criança em idade escolar que me dera a esse trabalho, tenho quase certeza. Minha mãe era quem me acompanhava, meu pai devia estar no trabalho ainda e, quanto à sua mãe, não sei onde andava naquela hora. Você precisaria perguntar a ela. Lembro-me de que o sentimento do pessoal era, ao mesmo tempo, de ceticismo e festa. Crowhurst tinha arrebanhado um bom número de detratores em Teignmouth em poucas semanas, e não ajudou muito ter aparecido para a grande partida vestindo um suéter bege de gola cavada e, por baixo, camisa de colarinho com uma gravata. Dificilmente Moitessier escolheria um figurino daqueles para zarpar, não pude evitar de pensar comigo. E as coisas ainda ficariam piores: Crowhurst largou às 15h em ponto, mas imediatamente teve problemas, não conseguiu içar as velas e precisou ser rebocado de volta ao ancoradouro. Nesse ponto, o pessoal ficou ainda mais zombeteiro, muitos já voltando para casa. Minha mãe e eu ficamos para assistir. Demorou quase duas horas até que os problemas fossem resolvidos. Era pouco antes das cinco e já caía a noite quando, finalmente, ele zarpou outra vez: agora para valer. Três lanchas o escoltavam, numa das quais iam sua mulher e os quatro filhos, bem embrulhados em casacos de lã que eram a última moda entre as crianças da época. Apesar do fato de Crowhurst encarnar aquela figura tão pouco atraente, posso lembrar-me da inveja que sentia daquelas crianças por tê-lo como pai: sendo o centro das atenções, sentindo-se tão especiais. A lancha levando os filhos acompanhou o barco por 2 quilômetros, e eles então acenaram para o pai e retomaram o rumo da marina. Crowhurst seguiu sua navegação, para longe, na direção do horizonte e de meses de solidão e perigo. Minha mãe me pegou pela mão e, juntos, seguimos para casa, ansiosos por um ambiente aquecido, uma xícara de chá e a programação de quinta à noite na TV.

Quais foram as forças atuando sobre Donald Crowhurst nos meses seguintes? O que teria feito com que agisse como agiu?

A maior parte do que sei sobre a história de Crowhurst — digo, para além dessa minha lembrança antiga de vê-lo partir da marina — aprendi num livro excelente, de autoria de dois jornalistas do *Sunday Times*, Nicholas Tomalin e Ron Hall, que, nos meses seguintes à morte do navegador no mar, tiveram acesso aos diários de bordo e às fitas gravadas por ele. *A estranha viagem de Donald Crowhurst* foi o título que deram ao livro, e nele citavam algo que Crowhurst falou para o seu gravador portátil não muito antes de sair de casa: "A questão da navegação solitária é que coloca uma enorme pressão no sujeito, explora suas fraquezas num nível muito profundo, do qual bem poucas atividades além dela são capazes."

No caso de Crowhurst, havia as pressões óbvias de viver sozinho no mar — as limitações, o barulho, o movimento e a umidade constantes, a terrível intimidade de sua minúscula cabine —, mas havia também outras fontes de pressão. Duas outras, para ser mais preciso. Uma, de seu assessor de imprensa, Rodney Hallworth; a outra, de seu patrocinador, um comerciante local chamado Stanley Best, que financiara a construção do trimarã e agora era seu dono, mas que, em troca, havia insistido num contrato em que estipulava, no caso de algo sair errado com a viagem, que Crowhurst teria de lhe comprar de volta o barco. O que significava, na verdade, que o navegador não tinha outra opção senão completar a volta ao mundo: qualquer outra coisa o levaria à falência.

A pressão de Hallworth era um pouquinho mais sutil, mas não menos insistente. O assessor tinha se dedicado, nos meses anteriores à partida de Crowhurst, a inventá-lo como um herói. Um homem que era, essencialmente, pouco mais do que um "navegador de fim de semana" fora escolhido para assumir, aos olhos do público leitor de jornais, o papel do desafiante audacioso e solitário — encarnação da fibra e da capacidade de superação do inglês médio, um destemido Davi em guerra contra os Golias da navegação. Hallworth fizera (e continuava a fazer) um trabalho brilhante, ainda que inescrupuloso. Difícil não vê-lo como um protótipo do "plantador de notícias" antes mesmo da disseminação do termo. Em todo caso, Crowhurst certamente havia sido levado a sentir que não podia decepcionar seu público, e tampouco podia decepcionar seu assessor de imprensa depois de todo aquele trabalho. Não tinha como voltar atrás.

Ele não fora ainda muito longe na viagem, porém, e algo já se tornara total e dolorosamente óbvio: tampouco havia como ir adiante. Não levou mais do que duas semanas para que sua tentativa de navegação solo se revelasse uma completa fantasia.

"Atormentado pela consciência cada vez maior", ele escreveu na sexta, 15 de novembro, "de que logo preciso decidir se posso ou não continuar, em face da situação presente. Que horrível e desgraçada decisão — abandonar tudo a esta altura — que horrível e desgraçada decisão!" O sistema elétrico do *Teignmouth Electron* falhava, as escotilhas faziam água (a de flutuação, na parte dianteira esquerda, deixara entrar mais de 150 litros em cinco dias), Crowhurst havia esquecido em Teignmouth metros e mais metros vitais de mangueira — o que tornava quase impossível bombear aquela água toda para fora —, as velas se desgastavam pelo atrito, parafusos se soltavam do leme e quanto ao "computador" que deveria estabilizar automaticamente o iate e responder a cada nuance de movimento com incrível sensibilidade — bem, ele nem chegara perto de projetá-lo e instalá-lo. As camas de gato formadas por fios multicoloridos atravessando a cabine por todo lado não estavam conectadas a nada. Em outras palavras, o *Teignmouth Electron* mal teria condições de ir ao mar — e era aquela a embarcação na qual Crowhurst se propunha cruzar o Oceano Austral, o mais perigoso trecho de mar do planeta! "Com o barco no estado atual", ele registrou no diário de bordo, "minhas chances de sobrevivência não devem ser maiores, eu acho, do que 50 por cento." A maioria das pessoas diria que essa era uma avaliação otimista.

De modo que ele não tinha como voltar atrás e não tinha como ir adiante. Impasse. O que, nessas circunstâncias, poderia Donald Crowhurst fazer?

Bem, o que ele fez foi isto: chegou a uma solução, pode-se dizer, digna do nosso atual primeiro-ministro. Porque — exatamente como o Sr. Blair, diante de duas coisas igualmente indesejáveis: o capitalismo de livre mercado ou o peso estatal do socialismo — Donald Crowhurst decidiu que havia uma outra possibilidade: uma "Terceira Via", nada menos do que isso. E era, até mesmo seus críticos teriam de admitir, um caminho extremamente ousado e engenhoso. Resolveu que, se não podia *fazer* uma viagem ao redor do mundo, sozinho e sem escalas, tentaria o melhor que tinha à mão — *fingir* que tinha feito.

Lembre-se, Poppy, que isso foi nos anos 1960. Todas as tecnologias que agora vão ficando acessíveis para nós — e-mail, celulares, GPS — ainda não tinham sido inventadas.

Assim que Donald Crowhurst zarpou do ancoradouro de Teignmouth e ganhou alto-mar, entrou no maior isolamento possível e imaginável para um ser humano. Seu único meio de comunicação com o resto do mundo era um incorrigivelmente pouco confiável sistema de rádio. Durante semanas, até meses, era bem provável que o navegador não tivesse o mais ínfimo contato com o restante da humanidade. E, nesse mesmo tempo, era igualmente provável que o restante da humanidade não tivesse a mais ínfima ideia de onde ele poderia se encontrar. O único registro que haveria de sua rota era o que ele mesmo fizesse, de próprio punho, em seus diários de bordo, e a partir de posições indicadas por seus próprios equipamentos. Ou seja, o que o impedia de deixar um relato completamente falso da viagem? Ele não precisava contornar os três cabos, afinal. Podia passear pela costa da África e imbicar de volta para oeste, circular pelo meio do Atlântico por alguns meses e discretamente tomar o final da fila, atrás dos verdadeiros competidores que, depois de contornar o Cabo Horn, seguiam de volta à Grã-Bretanha. Chegaria num decente quarto ou quinto lugar — nesse caso, ninguém se esmeraria no escrutínio mais cuidadoso dos diários — e sua honra estaria salva.

Manter dois conjuntos de anotações de bordo completamente diferentes — um deles registrando a viagem real, o outro contendo o registro falso — exigiria considerável habilidade e criatividade, mas Crowhurst tinha capacidade para isso. Em todo caso, considerou a ideia preferível à perspectiva de humilhação e falência. Assim, tomou a decisão, e o grande engodo começou.

Após retornar a Shaldon, eu não voltara a pensar muito em Donald Crowhurst. Sua atabalhoada e indigna largada meio que havia abalado a fé em meu herói. E, além disso, ele mal chegou a ser mencionado nas matérias sobre as primeiras semanas da competição. Vários dos concorrentes já tinham desistido e, dos que persistiam, parecia que Robin Knox-Johnston, Bernard Moitessier e Nigel Tetley eram os que mais estimulavam a imaginação dos jornalistas. Porém, consigo me lembrar de ter ficado muito entusiasmado quando, certo dia, em dezembro, Crowhurst voltou ao noticiário — e, na verdade, dominou as manchetes esportivas do fim de semana — com uma matéria do *Sunday Times* afirmando que ele reivindicava para si o recorde mundial da maior distância percorrida em navegação solitária num só dia — algo como 380 quilômetros. Isso, claro, logo depois de ter tomado a decisão de iniciar os falsos diários registrando seu progresso.

A partir daí, continuei a acompanhar a corrida o melhor que pude, recortando as últimas reportagens do jornal todos os domingos e colando-as no novo caderno que minha mãe havia me comprado, no posto dos correios, para esse propósito; mas, de novo, as coisas voltaram a se aquietar no *front* de Crowhurst. Naquela primavera fui selecionado como goleiro do time da escola, e minha obsessão pela navegação começou a ser suplantada por outra, o futebol. Somado a isso, minha mãe e meu pai compraram nosso primeiro trailer e, no feriado de Páscoa, viajamos nele até o Parque Nacional de New Forest. Lembro que fiquei chateado com *sua* mãe (que devia ter quase uns 10 anos) por ter passado aquela semana inteira lendo a série de livros *Mallory Towers* em vez de brincar comigo. Lembro do The Move tocando "Blackberry Way" no *Top of the Pops*, na TV, e de Peter Sarstedt e sua interminável "Where Do You Go To My Lovely". São essas as coisas que ficaram na minha mente daqueles primeiros meses de 1969. Família, vida normal. Uma vida em que eu vivia cercado de outras pessoas.

Enquanto isso, em algum lugar no meio do Atlântico, Donald Crowhurst aos poucos ia enlouquecendo. E essa loucura, à medida que o dominava, ia sendo friamente documentada em seus diários. Acho que, sem companhia humana de qualquer tipo, sem possibilidade de se comunicar com a mulher e os filhos para não denunciar sua posição, não surpreende que ele, durante aqueles longos e solitários meses, tenha tentado encontrar consolo na silenciosa comunhão entre caneta e papel. No início, ao lado dos detalhes sobre onde se encontrava — os verdadeiros e os falsos —, o navegador anotou apenas algumas impressões erráticas sobre sua situação, reflexões sobre a vida no mar ou até mesmo, ocasionalmente, um poema. Este, por exemplo, foi escrito depois que uma coruja, molhada e trêmula, pousou por um momento nas cordas do mecanismo de velas, levando Crowhurst a pensar que talvez se tratasse de um indivíduo mais fraco no bando migratório, "um desgarrado, muito provavelmente destinado, como o espírito de muitos de seus pares humanos, a morrer sozinho e anônimo, despercebido por qualquer um de sua espécie":

Reservem alguma piedade para o Desgarrado, que luta de todo
o coração;
Nenhum vestígio de senso comum, o dele não é um mero voar.
Reservem, reservem alguma piedade. Mas a maior porção
Reservem àquele que não vê que é a luz do Desgarrado
que pode guiar.

Mas, com o tempo, à medida que passou a sentir mais o peso do horror a que se submetia, as entradas nos diários se tornaram ainda mais peculiares. Para além do intenso isolamento a que se sujeitava — meses de absoluta solidão, para onde quer que voltasse os olhos apenas a imensidão ondulante do oceano —, havia ainda a consciência, que aos poucos começava a ter, de que teria de viver uma imensa mentira para o resto da vida, caso levasse adiante o engodo. Uma coisa era mentir aos jornalistas, ou mesmo, no bar, aos colegas iatistas — contar vantagem sobre histórias arrepiantes passadas em alto-mar — os horrores do Oceano Austral — a euforia de contornar o Cabo Horn — Crowhurst era capaz de alardear dezenas desses casos — mas e o que diria à mulher, por exemplo? Conseguiria se deitar ao lado dela, noite após noite, sabendo que seu amor e sua admiração por ele se baseavam, em parte, em atos de heroísmo os quais estivera muito longe de realizar? Conseguiria esconder dela a verdade pelos quarenta ou cinquenta anos seguintes? Falei aqui da "terrível intimidade" da cabine. Poderiam as mentiras de Crowhurst sobreviver à intimidade mais terrível ainda da vida familiar?

E então, alguns meses mais tarde, o fim da corrida já muito próximo, sua situação se tornou ainda mais desesperadora. No fim, Crowhurst acabou destruído exatamente pelo sucesso de suas invenções e de seus exageros. Pois, quando retomou a rota da corrida e telegrafou a um estupefato Rodney Hallworth (que já contava — sem ter notícias de Crowhurst durante meses — que o navegador provavelmente estivesse morto), a notícia de seu suposto progresso chegou a Nigel Tetley — àquela altura o único outro concorrente, além de Robin Knox-Johnston, a seguir na competição. (Moitessier, notavelmente, contornara o Cabo Horn com boas chances, mas decidira então abandonar a corrida, em protesto, argumentando que o prêmio em dinheiro e a publicidade decorrente eram uma afronta a suas convicções espirituais.) Knox-Johnston, a partir daí, se tornou o vencedor certo do prêmio para o primeiro que aportasse de volta em casa; mas o problema é que havia largado meses antes dos outros, de modo que não levaria as 5 mil libras pela circum-navegação *mais rápida*. A refrega agora parecia ser entre Tetley e Crowhurst. Tetley liderava, mas Crowhurst — aparentemente — vinha ganhando terreno com rapidez. Tetley decidiu que não podia correr riscos. Passou a forçar o ritmo de seu trimarã (ironicamente batizado de *Vitoriosa*) mais e mais no rumo de casa. Mas o barco já tinha sofrido bastante no Oceano Austral e começava a fazer água. Numa madrugada — enquanto o piloto dormia — parte da dianteira esquerda se soltou e abriu um buraco no casco da estrutura principal. Corria água para dentro da embarcação. Tetley percebeu imediatamente que não havia o que fazer senão enviar um pedido de socorro e abandonar o barco. Carregou consigo o filme da câmera, os diários de bordo e o rádio de emergência para o bote inflável e passou a maior parte do dia dando voltas ansiosas em pleno Atlântico até que um avião de resgate americano aparecesse para recolhê-lo do oceano, no final da tarde. Para Tetley, a corrida estava acabada e seu sonho, destruído.

Mas também para Crowhurst aquilo era o pior que poderia ter acontecido. Significava que ele seria declarado vencedor do prêmio pela volta mais rápida e se tornaria alvo de intenso escrutínio da mídia. Rodney Hallworth já telegrafava com a notícia das boas-vindas dignas de um herói que o aguardavam: helicópteros no céu, equipes de TV, a escolta de barcos abarrotados de repórteres dos jornais. Seus diários em breve seriam minuciosamente examinados — e Crowhurst devia saber, no fundo, que não passariam no teste. Desmascarado como uma fraude, como ele sobreviveria? Stanley Best ia querer seu dinheiro de volta. O próprio Hallworth se tornaria alvo de chacota. Até seu casamento talvez entrasse em colapso com a pressão toda...

Diante da posição insustentável em que se colocara — e dando-se conta de que sua audaciosa "Terceira Via" se revelara apenas outro beco sem saída — Crowhurst simplesmente desistiu. Em vez de prosseguir na corrida, rumou para a costa. Desviou para a região de calmaria um pouco ao norte do equador e deixou que o iate, lento e sem direção, avançasse por aquelas águas estagnadas e emaranhadas de algas enquanto, sentado nu na popa, sentindo sobre si o calor vaporento, tentava metodicamente consertar o transmissor de rádio avariado — o que significava basicamente reconstruí-lo, tarefa que levou quase duas semanas para ser concluída, sob risco de graves choques elétricos e outros ferimentos no manuseio do ferro de solda. Ao menos, porém, o projeto por algum tempo permitiu que ele não ficasse pensando demais. Quando acabou, nos dias quentes e solitários que se seguiram, Crowhurst liberou novamente a imaginação sobre o que o esperava em casa, recolhendo-se a um mundo de fantasia e especulações pseudofilosóficas. Inspirado pelo único livro que se lembrara de levar na viagem (a *Teoria da relatividade*, de Einstein), passou a despejar palavras nas páginas de seus diários de bordo, gravando as letras com tanta força, a lápis, que chegava a rasgar o papel. Milhares e milhares de palavras. Olhar para elas hoje é ver em detalhes o processo de uma mente a sucumbir rapidamente sob pressão. Crowhurst começa por tratar do maior entre os maiores desafios da matemática — o do número impossível: raiz quadrada de menos um.

Abordo essa ideia da $\sqrt{-1}$ porque ela leva diretamente ao túnel escuro do contínuo espaço-tempo, e, uma vez que a tecnologia tenha emergido desse túnel, o "mundo" vai "acabar" (acredito que no ano 2000, como muito se tem profetizado), no sentido de que ganharemos acesso a meios de existência "extrafísica", o que tornará supérflua a necessidade de se ter existência física.

Continuando nesse tema, mas indo mais fundo na fantasia, começou a acreditar que a raça humana estaria à beira de uma enorme mudança — que alguns eleitos, como ele, logo se transmutariam numa "segunda geração de seres cósmicos", cuja existência se daria totalmente fora do mundo material, que pensariam e se comunicariam de modo completamente abstrato e etéreo, quebrando as barreiras do espaço, de modo que não mais tivessem necessidade de existir fisicamente, mediante relações corporais com outras pessoas, nada disso. Como portador dessa importante notícia, Crowhurst passou a se considerar uma personalidade de suma importância, uma espécie de Messias, ao mesmo tempo tendo consciência de que, para o resto do mundo, continuaria a parecer muito menos do que isso: resignado a ser visto como um "Desgarrado" — "o Desgarrado excluído do sistema — a liberdade de abandonar o sistema". Finalmente, em seu último dia de vida, os garranchos se tornaram ainda mais incoerentes e abstratos ("somente pode haver uma grande verdade/é a grande verdade da beleza"), e o sentimento de que havia pecado, mentido, decepcionado a todos, se tornou insuportável:

Sou o que sou e eu
Percebo a natureza do meu crime

Nos derradeiros escritos, Crowhurst se tornara igualmente obcecado pelo tempo — os meses em que se dedicara a anotar sua localização real sobre a face da Terra, e ao lado a inventada, talvez o tivessem exaurido a ponto de não mais pensar em termos de espaço. Passara a iniciar cada sentença com a marcação exata da hora em que escrevia. De modo que sabemos ter sido em algum momento entre 10h29 e 11h15 do dia 1º de julho de 1969 que escreveu aquelas que seriam quase suas últimas palavras:

Acabou —
Acabou —
É A MISERICÓRDIA

— e então, após registrar mais algumas frases atormentadas, apanhou seu cronômetro e os diários contendo as anotações inventadas, escalou a popa do *Teignmouth Electron* e desapareceu para sempre.

Heróis era o que não nos faltava naquele verão de 1969. A notícia de que o iate de Crowhurst fora descoberto no meio do oceano e de que ele estava desaparecido, e acreditava-se que morto, foi estampada nos jornais de domingo, 13 de julho. Duas semanas depois, no dia 27, as capas eram tomadas por sua figura novamente, mas desta vez os diários já haviam sido lidos e a fraude desmascarada, e todas as reportagens enfocavam sua tentativa de enganar o *Sunday Times* e o público britânico. Eu as li com espanto, me lembro, e talvez com um certo sentimento juvenil de traição. Mas bem ali, entre um domingo e outro, no dia 20 de julho, surgiu outra história, não totalmente desconectada dos temas da ânsia humana por aventura, por feitos de heroísmo, por redefinir sua posição na dimensão do espaço: Neil Armstrong se tornou o primeiro ser humano a pisar na Lua.

Em outras palavras, foi um verão de assombros. Mas, estranhamente, o assombro com meu ex-herói Donald Crowhurst e sua trágica queda foi o que permaneceu comigo e mais insistentemente me atormentou ao longo dos anos. Daí estar fascinado, agora, por ver que outras pessoas — incluindo Tacita Dean — foram atormentadas pela história também. Por que essa permanência?, eu me pergunto. Crowhurst não era, de jeito algum, uma figura admirável. Os homens que emergiram engrandecidos daquela saga foram Knox-Johnston e Moitessier. A mais comovente das histórias, de certo modo, é a de Nigel Tetley — o "navegador esquecido" da corrida, que por pouco não levou o prêmio de 5 mil libras e, discretamente, sem deixar um bilhete sequer ou algum vestígio nas manchetes dos jornais, suicidou-se numa floresta nos arredores de Dover, dois anos mais tarde.

Então... por que Donald Crowhurst? Ou, posto de outra forma, o que isso revela sobre o nosso tempo, este tempo no qual vivemos atualmente, em que achamos mais fácil nos identificar, não com um Robin Knox-Johnston — um esportista quase que comicamente obstinado, corajoso e patriota —, mas com uma figura totalmente menor: um homem que mentiu para si mesmo e para aqueles à sua volta, um sujeitinho passando por uma desesperada crise existencial, um embusteiro atormentado?

Bem, Poppy, tenho certeza de que não vamos encontrar respostas para essas questões durante nossa visita à exposição, no sábado. E me desculpe por ter escrito tão longamente sobre um assunto que, embora tão importante para mim desde sempre, dificilmente despertaria em você, ou em qualquer um da sua geração, o mesmo entusiasmo. Mas acho que de todo modo teremos uma manhã bem interessante, seguida de um bom almoço, espero. A temperatura deve cair mais para o final da semana, porém, de forma que não poderemos fazer nossa refeição *al fresco* — e não se esqueça de trazer o cachecol e as luvas.

Ansioso por ver você novamente.

Seu sempre amoroso tio,

Clive.

5

Quando acabei de ler essa carta pela primeira vez, meu ombro esquerdo estava dormente com o peso da cabeça da Poppy. Delicadamente a afastei e, por instinto, ela jogou o peso para o outro lado, recostando-se na parte do assento mais distante de mim. Peguei seu travesseiro e, cuidadosamente suspendendo-lhe a cabeça pela nuca, ajustei-o ali, esperando que ela estivesse pronta a se reacomodar. Sua boca, semiaberta, tinha uma pequena bolha de saliva no canto. Ajeitei o cobertor, certificando-me de que os dois ombros haviam ficado protegidos, e fixei as pontas debaixo do corpo dela, envolvendo-o. Ela deu um suspiro fundo e submergiu ainda mais em seu sono imperturbável.

Endireitei-me na poltrona, esfreguei os olhos e fiquei algum tempo escutando o ronronar monótono dos motores do avião. Os passageiros, em sua maioria, dormiam, e as luzes da cabine brilhavam numa espécie de suave penumbra. Na tela à minha frente, um mapa permanentemente atualizado mostrava o progresso do avião rumo a Londres: informava que estávamos, naquele momento, em algum lugar do Mar da Arábia, algumas centenas de milhas a oeste de Bangalore. Não fazia ideia de como aquele miraculoso aparelho funcionava, assim como qualquer outra coisa tecnológica. Quarenta anos atrás, parecia que Donald Crowhurst poderia se esconder durante meses no meio do Atlântico, um ponto no oceano cercado de uma extensão infinita de mar aberto, mas de certa forma oculto de todo o resto do planeta. Hoje em dia, um número incontável de satélites nos vigia a cada minuto do dia, apontando nossa localização com inimaginável rapidez e precisão. Não existe mais intimidade. Nunca estamos realmente sozinhos. O que deveria ser uma ideia reconfortante, na verdade — minha dose de solidão em alguns meses já havia sido mais do que suficiente —, mas não era, por alguma razão. Afinal, mesmo milhares de milhas mar adentro, mesmo com oceanos inteiros a separá-los, Crowhurst continuara conectado à esposa por fios invisíveis de sentimento. Podia estar certo de que, praticamente a qualquer hora do dia ou da noite, ela estaria pensando nele. E no entanto ali estava eu, com uma moça afável e afetuosa ao meu lado, dormindo comigo (a coisa mais íntima e confidente que se pode fazer com outra pessoa, costumo pensar), e a triste verdade era que, por mais que eu sentisse que havia alguma proximidade entre nós, provavelmente ela seria temporária. No final do voo, era provável que não existisse mais.

Li novamente a carta do tio da Poppy, ao longo de horas de insônia, e depois disso uma terceira vez. Acabei com muito mais perguntas do que respostas. Teria Donald Crowhurst sido covarde ao fazer o que fez? Era difícil, para mim, achar isso. Ele tinha apenas 36 anos quando partiu naquela aventura e eu, por minha vez, me sentia não mais do que uma criança, mesmo agora, aos 48 anos (tinha celebrado meu aniversário duas semanas antes, na Austrália, num restaurante grego bem em conta em Sydney, lutando para manter viva a conversa com meu pai, como sempre). Pilotar um barco como aquele — isso para não falar em convencer a si mesmo (e aos outros) de que se é capaz de uma circum-navegação solitária pelo planeta, através dos mares mais perigosos da Terra — indicava... o quê? Delírio? Não, eu não acreditava que Crowhurst estivesse delirando. Bem o contrário: pelos padrões de hoje, parecia de uma quase inconcebível maturidade e autoconfiança. Trinta e seis anos! Mais ou menos por essa idade, eu estava ainda — assim como a maioria dos meus amigos — sofrendo para decidir sobre se devia ou não ter filhos.

Crowhurst já havia encarado a questão muito antes: tinha quatro. Qual é o problema com a minha geração? Por que demoramos tanto a crescer? A infância parece se estender até os 20 e tantos. Aos quarenta, continuamos adolescentes. Por que levamos tanto tempo para nos responsabilizarmos por nós mesmos — que dirá por nossos filhos?

Bocejei e senti minhas pálpebras pesarem. A bateria do computador da Poppy estava no fim também — acabaria em oito minutos, dizia o medidor. Abri o programa para visualização de faxes e fotos e olhei uma última vez as fotografias de Donald Crowhurst que a Poppy tinha escaneado e colocado ali. Algo nelas me incomodava, embora eu não conseguisse descobrir o quê exatamente; algo que me provocava certo calafrio de inquietação. Além da foto do iate abandonado, havia outras três: Crowhurst paramentado contra o mau tempo, zarpando de Teignmouth — a cena que o tio da Poppy presenciara em pessoa; Crowhurst quase no final da viagem, num autorretrato, de bigode e com uma expressão nova, o rosto curtido de sol; e a de um Crowhurst de aparência surpreendentemente jovem, em terra firme e em frente às câmeras da BBC, sendo entrevistado antes da largada.

Essa última, em close, era a mais incômoda. O rosto se desviava parcialmente da câmera, mirava o chão, perdido em pensamentos ansiosos. O navegador mordia, nervoso, o nó do dedo polegar. Aqui, parecia já um homem atormentado, como se totalmente consciente de que a imagem que apresentava de si ao mundo era falsa; de que a verdade por trás dela era ainda mais sombria e perigosa, dolorosa demais para ser confrontada. Era aquela, definitivamente — era aquela a foto que eu achava a mais perturbadora. Mas por que deveria me afetar daquele jeito?

Foi aí que despertei. Claro — era óbvio, agora que tinha descoberto.

Crowhurst era a cara do meu pai, cuspida e escarrada.

Watford – Reading

6

Ela me fazia falta.

Ela já me fazia falta.

Poppy tinha ido embora havia apenas 15 minutos e já me fazia uma tremenda falta.

Será que eu deveria atribuir algum significado ao fato de ela não ter aceitado meu convite para um café? Claro que não. O voo tinha sido longo, ela estava cansada e queria ir para casa. Tínhamos nos despedido junto à esteira das bagagens. Um lugar ruim para se dizer tchau. Barulhento, caótico, opressivo. Mas ela carregava apenas bagagem de mão, enquanto eu precisaria esperar até que minha mala surgisse na esteira, de modo que teve de ser ali mesmo nosso adeus. Em seguida, apanhei a bagagem, puxei-a sobre as rodinhas até a saída, vi a fila dos táxis (tinha pelo menos umas cinquenta pessoas na minha frente) e dei meia-volta outra vez, para dentro do terminal.

Peguei o elevador até o saguão de embarque e comprei um cappuccino. Acho que aquela foi a bebida mais quente que já me serviram na vida. Vinte minutos se passaram até que eu pudesse ousar tocar meus lábios nela. Nesse tempo, fiquei olhando o movimento dos demais passageiros, indo e vindo. Ninguém, exceto eu, parecia estar viajando sozinho. Isso não podia ser verdade, objetivamente falando, mas era como parecia ser naquela manhã. Depois de uns dez minutos, um cara se sentou à mesa ao lado da minha. Parecia mais ou menos da minha idade, menos os cabelos, que eram grisalhos, quase brancos; e *ele*, sim, estava sozinho, de modo que eu já estava a ponto de lhe dirigir a palavra, só pelo alívio de voltar a conversar com alguém, mas então sua mulher e as duas filhas apareceram. As duas meninas eram bonitas. Chutei que a menor teria uns 8 anos, a maior, 12 ou 13 — aproximadamente a idade de Lucy. Tinham a pele muito branca; a família toda, na verdade. Bisbilhotei a conversa deles durante algum tempo. O homem ia a Moscou por alguns dias, e a família viera se despedir. Ele parecia bem nervoso quanto à viagem, por alguma razão, mas a mulher tentava tranquilizá-lo e, para isso, repetia coisas como: "Você já fez viagens como essa dezenas de vezes." Ele mencionou o fato de que precisaria dar muitas entrevistas, e me perguntei se seria famoso, mas não o reconheci. Foram embora uns dez minutos depois.

O cappuccino ainda estava muito quente. Peguei meu celular, busquei o número da Poppy na memória e fiquei olhando para ele. Queria ter tirado uma foto dela antes que partisse, mas sabia que teria sido meio esquisito lhe pedir isso. Ela não teria gostado da ideia. Assim, tudo o que eu tinha era o número do celular. Um rosto, uma personalidade, um vivo par de olhos, um corpo, um ser humano, tudo isso reduzido a 11 dígitos na telinha. Tudo, de algum modo, contido naquela mágica combinação numérica. Melhor que nada, em todo caso. Pelo menos tinha uma maneira de contatá-la. Pelo menos a Poppy fazia parte da minha vida agora.

Beberiquei de leve meu cappuccino, que me fora servido já havia 25 minutos, e recuei ao sentir algo como agulhadas de dor nos lábios, na língua e no céu da boca, porque o líquido ainda estava escaldante, acabando por considerar a causa perdida e desistir. Resgatei a mala sob a mesa e fui tentar a sorte novamente na fila dos táxis.

Eram aproximadamente nove horas da manhã e eu estava chegando em casa. Largado no banco de trás do táxi, via lá fora, olhos sonolentos, a monotonia soturna da paisagem urbana de Hertfordshire. Estávamos na terceira semana de fevereiro de 2009, o céu espesso de nuvens, e para mim, naquela manhã, o mundo jamais parecera tão frio e cinza. Pensei no país que deixara para trás: tão cheio de calor, cor, vitalidade. O rico azul do céu sobre Sydney; a luz ofuscante brincando nas águas do porto. E agora aquilo. Watford, vento e chuva.

— Pode me deixar aqui, por favor — falei ao taxista.

Ele me observou um pouco confuso enquanto, com dificuldade, eu tirava a mala do assento da frente do carro e lhe pagava a corrida (50 libras, mais gorjeta). Mas eu sabia — mesmo que fosse apenas odiar o mau momento — que não podia ir para casa ainda. Precisava de um pouquinho mais de tempo para recuperar minhas forças. De modo que arrastei minha mala de rodinhas atrás de mim novamente, virando à esquerda na Lower High Street e subindo a Watford Field Road. Quando cheguei ao descampado que dava nome à rua, desabei sobre um banco público. As tábuas do assento estavam molhadas, e pude sentir a umidade atravessar o tecido da calça e da cueca, tocando a pele. Não importava. Minha casa estava a pouco menos de 1 quilômetro dali e eu já iria para lá, dentro de alguns minutos; porém, enquanto isso, queria apenas ficar sentado e pensar e assistir aos passantes a caminho do trabalho — assim, acho, poderia conferir se ainda me sentia de alguma forma ligado às pessoas: meus iguais, humanos, britânicos e watfordianos.

Foi difícil.

Mais ou menos a cada trinta segundos, alguém passava perto do meu banco, mas ninguém disse oi, acenou com a cabeça ou me procurou com o olhar. Na verdade, todas as vezes que *eu* tentei fazer contato visual, ou dei a entender que poderia começar a falar com alguém, as pessoas desviavam o olhar, rápida e diligentemente, e apressavam o passo. Talvez vocês estejam pensando que isso aconteceu especialmente com as mulheres, mas não — os homens pareciam tão alertas quanto elas à perspectiva de que um estranho tentasse abordá-los, mesmo que de passagem. Era lamentável ver como até a menor faísca de nossa humanidade comum que eu tentasse criar entre nós colocava em pânico esses passantes, fazendo-os virar as costas e se afastar.

Para aqueles que não conhecem Watford Field, é um pedaço de parque que, provavelmente sem chegar a medir mais do que uns 200 metros de cada lado, não fica longe de duas vias principais, Waterfields Way e Wiggenhall Road, de modo que o ruído do tráfego, ali, é mais ou menos constante. Não se trata de um oásis, exatamente, mas acho que qualquer espaço verde onde a gente possa se refugiar, hoje em dia, é algo a se valorizar. Depois de um tempo, comecei a me sentir estranhamente confortável naquele local, naquela manhã, e fiquei sentado ali por muito mais tempo do que pretendia, apesar do frio e da umidade. À medida que a manhã avançava, claro, cada vez menos gente passava por mim. Logo chegou um ponto em que nem sequer uma alma passou por mim durante dez minutos. E já fazia mais de uma hora desde que eu conversara com alguém — se é que dá para contar como conversa, em qualquer sentido, as despedidas que murmurei ao taxista. Era tempo, provavelmente, de desistir daquilo e encarar o vazio atemorizante de casa.

Foi então que um cara apareceu, dobrou a esquina da Farthing Close e veio na minha direção. E havia alguma coisa na vacilação com que avançava, em sua atitude hesitante, que me fez pensar que poderia ser ele. Tinha, provavelmente, uns 20 e poucos anos, vestia um blusão felpudo azul-marinho e jeans justos e desbotados. Exibia uma massa de cabelos pretos e volumosos, cacheados, e o que parecia ser um bigode nascente — tateante, como tudo o mais nele. Olhava em torno com aparente perplexidade, e duas vezes, no trajeto até o banco onde eu estava, parou e se virou, mirando a distância como se checasse ruas alternativas pelas quais poderia ter vindo. Estava perdido, obviamente. Sim, era isso — ele estava perdido! E o que as pessoas fazem quando estão perdidas? Param para pedir informação. Era o que o rapaz faria. Provavelmente estava tentando chegar à estação de trem da High Street. Ou talvez ao Hospital Geral. Ambos ficavam perto. Iria me perguntar como chegar lá, e teríamos uma conversa. Eu podia até imaginar como seria. Mesmo antes de ele se dirigir a mim, já ensaiava na minha cabeça: "O que você está procurando, cara? Uma estação de trem? Bem, a da High Street fica bem ali, virando a esquina, mas, se você está indo para Londres, melhor seguir até a de Watford Junction. Uns 10, 15 minutos daqui. Você continua reto nesta rua — mas voltando na direção da Lower High Street — e aí cai para a esquerda e vai reto mais um pouco, até chegar a um cruzamento grande com a marginal..."

Já podia ouvir os passos dele agora, acelerando rapidamente, e também sua respiração apressada e irregular. Vi que quase chegava a mim. E que não tinha uma cara tão amistosa quanto pensei que teria.

"Aí você cruza a marginal", prossegui ainda assim, em silêncio, "passa a entrada do Harlequin, à direita, e uma loja grande da Waterstone's..."

— Me dá o celular.

A voz na minha cabeça se interrompeu abruptamente.

— Como?

Ergui o rosto e vi que ele me encarava de cima, sua expressão um misto de malevolência e pânico.

— Me dá a porra do telefone. Agora.

Sem mais uma palavra, enfiei a mão no bolso da calça e tentei resgatar o celular. A calça era apertada e não foi fácil.

— Desculpe — falei, enquanto me contorcia, em dificuldades. — Parece que ele não está querendo sair.

— Não olhe para mim! — gritou o homem. (Na verdade, ele parecia mais um menino.) — Não olhe na minha cara!

Quase tinha conseguido puxar o telefone para fora do bolso. Era uma ironia: o modelo que tinha antes era um superfino da Nokia que teria saído facilmente. Eu o havia trocado por aquele Sony Ericsson mais gordinho porque era melhor para ouvir meus mp3. Mas não achei que fosse muito apropriado explicar isso naquele momento.

— Aí está — falei, e entreguei ao cara o celular. Ele o arrancou da minha mão violentamente. — Mais alguma coisa que você queira — quero dizer... assim, dinheiro, cartões de crédito...?

—Vai se foder! — ele gritou e fugiu correndo na direção da Farthing Way, de onde tinha vindo.

Tudo tinha acontecido em apenas alguns segundos. Recostei-me de volta no banco e fiquei olhando a figura desaparecer ao longe. Tremia um pouco, mas logo me acalmei. Meu primeiro instinto foi o de discar 999 e chamar a polícia, mas então me dei conta de que não tinha mais um telefone com o qual fazer isso. Meu segundo instinto foi o de voltar a arrastar minha mala sobre rodinhas, parar numa loja de conveniência e comprar leite para uma xícara de chá quando chegasse em casa. Estranhamente, em vez de esquentar muito a cabeça pela perda do celular — que, de qualquer maneira, estava segurado contra roubo —, fiquei mais decepcionado pelo fato de meu tão aguardado momento de contato humano não ter saído exatamente como eu esperava.

Foi justamente quando escutei passos se aproximando de novo. Correndo, desta vez. E a mesma respiração ofegante, irregular. Era o meu assaltante. Passou direto pelo banco onde eu estava, ignorando minha presença, então parou de repente, olhou para um lado e para o outro e passou a mão nos cabelos.

— Merda — era o que ele estava dizendo. — Merda!

— Qual é o problema? — perguntei.

Ele deu meia-volta na minha direção.

—Ãh?

Olhou-me mais detidamente e compreendeu, acho que pela primeira vez, que eu era a mesma pessoa cujo telefone ele havia roubado.

— Qual é o problema? — repeti.

O rapaz demorou mais alguns segundos para avaliar a situação e decidir que eu não estava tentando tirar onda com a cara dele. Então falou:

— Estou perdido, cara. Porra, estou completamente perdido. Para que lado fica a estação aqui?

Aquelas palavras me encheram o coração.

— Bem, tem duas estações. Para onde você está querendo ir?

— Londres, cara. Tenho que chegar lá e é para ontem.

— Então o melhor é ir até Watford Junction. Uns 10, 15 minutos daqui. Você continua reto nesta rua, mas voltando na direção da Lower High Street, e aí cai para a esquerda e vai reto mais um pouco, até chegar a um cruzamento grande com a marginal...

— Marginal, né? Onde tem um monte de semáforos.

— Isso. Aí você cruza a marginal, passa a entrada do Harlequin, à direita, e uma loja grande da Waterstone's...

— Ok, ok; sei onde é o Harlequin, dali eu conheço o caminho. Legal, cara. Maravilha. Tô salvo.

— Fico feliz por ter ajudado — respondi, agora com um sorriso direto para ele, mas foi um erro, pois só serviu para que o homem recomeçasse a gritar:

— E não olhe para mim, cara, não *se arrisque* a olhar na porra da minha cara! — e virou as costas para, num pique de atleta, correr na direção do fim do parque e da rua que levava à Lower High Street.

Eu devia estar sofrendo seriamente os efeitos do fuso horário, pois não estava pensando direito. Enquanto seguia até a loja de conveniência, a caminho de casa, tudo que consegui pensar sobre o assalto foi: "Essa é uma boa história para eu contar para Poppy", e na verdade estava tão satisfeito por ter aquela história para contar a ela, tão satisfeito por ter aquele pretexto para um contato naquela manhã, que fiquei um certo tempo muito contente imaginando a mensagem de texto original e certeira que escreveria sobre o episódio. Foi só quando cheguei à lojinha e acomodei a mala do lado de fora que me dei conta de que não poderia enviar a Poppy essa mensagem, porque não tinha mais meu celular, não tinha mais o número dela e nenhum outro meio de contatá-la.

Então era isso.

Entrei para comprar meu leite.

7

Ao empurrar a porta da frente de casa para abri-la, esperava sentir, do outro lado, o peso morto de uma pilha de porcarias despejadas ali pelo correio. Mas não tinha tanta coisa. Talvez uma dúzia de envelopes. Para ser honesto, esperava mais, tendo estado ausente por três semanas.

Deixei minha mala no hall de entrada e apanhei a correspondência, levando-a até a sala. O ambiente estava congelante. Nem preciso dizer que não havia som algum de rádio ligado na cozinha, cheiro nenhum de café recém-passado. Caroline e Lucy estavam — conforme eu sabia que estariam — a mais de 350 quilômetros dali. Mas, ainda assim, quem sabe tivessem me mandado uma daquelas cartas? No início, assim que elas foram embora, Lucy costumava me escrever muitas vezes — a cada duas semanas, mais ou menos — e normalmente colocava junto um desenho, uma colagem ou uma redação que tinha feito na escola. Mas essa correspondência vinha diminuindo ultimamente. Acho que a última vez que havia recebido alguma coisa dela foi em novembro. Deixa eu ver... Fucei os envelopes e rapidamente pude perceber que nenhum deles era uma carta da Lucy. Três faturas de cartões de crédito. Material das companhias de gás e eletricidade fazendo propaganda de alguma coisa. Extratos bancários, contas de celular. O lixo de sempre. Nada que interessasse.

Fui até a cozinha ligar o aquecimento da casa e colocar uma chaleira no fogo e, enquanto estava ali, olhei para o telefone com secretária eletrônica instalado numa das paredes. Um número brilhava para mim. "Cinco." *Cinco* mensagens, depois de quase um mês fora? Era ridículo. Será que eu teria coragem de ligar de volta para esse pessoal?

Enquanto tentava encontrar ânimo, fui ao quartinho dos fundos, no andar de cima, e liguei o computador. O segredo, como sempre, era entrar no quarto e fazer o que quer que precisasse ser feito sem olhar em volta. Tinha me tornado um craque nisso àquela altura. Precisava ser desse jeito porque aquele era o quarto da Lucy. O mais sensato teria sido redecorá-lo, depois da mudança dela e da Caroline, mas eu não havia sido capaz de encarar a tarefa — não ainda. Por enquanto, continuavam ali o papel de parede cor-de-rosa, bem de menininha e que ela gostava tanto, mais as marcas da fita adesiva que afixava os pôsteres de revistas sobre animais — closes gigantes de hamsters adormecidos e ursinhos incrivelmente fofos e coisas desse tipo. Felizmente ela tinha levado embora os pôsteres. Mas o próprio papel de parede era uma dolorosa lembrança. Talvez fosse aquela a semana para tomar uma providência. Nem precisava arrancar o revestimento, era só pintar por cima — três ou quatro demãos de uma mistura branca brilhante dariam conta de esconder a estampa florida. Enquanto isso não acontecia, eu simplesmente olhava fixo à minha frente, limitando meu campo de visão àquilo em que devia me concentrar. Era mais fácil assim.

De volta à cozinha, preparei uma xícara de chá forte e beberiquei duas vezes antes de apertar o *play* da secretária eletrônica. Mas meu estado de trêmula antecipação não durou muito. Havia um recado da loja de departamentos, lembrando que eu deveria comparecer para uma última entrevista com o pessoal da saúde ocupacional dentro de alguns dias. Havia duas mensagens do meu dentista: uma delas automática, avisando sobre um check-up marcado para duas semanas antes (e que eu tinha esquecido completamente) e outro de uma pessoa de verdade, datada do dia seguinte, perguntando por que eu não aparecera e me lembrando de que teria de pagar pela consulta mesmo assim. E havia, ainda, duas mensagens silenciosas, consistindo apenas de bipes eletrônicos prolongados seguidos do ruído de alguém desligando o telefone. Uma delas devia ser da Caroline, claro, mas não dava para tentar rediscar, simplesmente, porque ambas as mensagens eram anteriores àquelas deixadas pelo consultório do meu dentista.

De telefonemas, era só.

Bem, quem sabe o Facebook não me animava um pouco? Afinal, eu tinha mais de setenta amigos ali. Certamente algum movimento teria havido enquanto eu estivera em viagem. Carreguei a xícara de chá para o andar de cima, me acomodei em frente ao computador e entrei na minha página.

Nada.

Encarei a tela em choque. Nem um dos meus amigos havia enviado uma mensagem ou postado alguma coisa no meu mural no último mês. Em outras palavras, se era possível acreditar naquilo como prova, nenhuma daquelas setenta pessoas pensara em mim uma vez sequer durante a minha ausência.

Senti, súbito, um vazio no estômago. Meus olhos ardiam: podia antecipar as lágrimas vindo. Era pior do que poderia imaginar.

Só me restava uma coisa: os e-mails. Conseguiria abrir o Outlook Express? E se a história se repetisse com a minha caixa de entrada?

Meus dedos se moveram mecanicamente, como os de um robô, sobre o teclado. Agarrava o mouse com a mão direita e em nenhum momento tirei os olhos da tela, que primeiro exibiu a mensagem de boas-vindas do programa e, logo, os e-mails já lidos. Lentamente, com o coração aos pulos e um buraco de ansiedade se abrindo na barriga, movi o cursor através da tela e cliquei no botão fatal: "Enviar/Receber".

A caixa de diálogo apareceu. A sequência de mensagens foi piscando: Buscando Servidor. Conectado. Aguardando autorização. Conectado. Então alguns segundos de espera — durante os quais o computador parecia estar zombando de mim, gozando do meu tormento, até que — *SIM!* — ah, que alegria — "Recebendo mensagens do servidor" e — eu quase não consegui acreditar — a primeira mensagem baixou junto com o aviso: "Recebendo mensagem 1 de 137".

Cento e trinta e sete mensagens! Que tal essa? Quem disse que ninguém mais se importava com Maxwell Sim? Quem disse que eu não tinha nenhum amigo de verdade?

Ao lado do ícone da caixa de entrada, os numerozinhos foram rapidamente se acumulando. Vinte mensagens, 30, 75 — uma pilha se formando. Levaria o dia todo para ler aquilo. De quem seriam — do Chris, da Lucy, da Caroline? Ou talvez até do meu pai, tentando compensar o fato de minha visita à Austrália ter fracassado daquela maneira?

Fechei os olhos por um momento, respirei fundo e comecei a abrir as primeiras, que diziam:

Sua masculinidade fechou para balanço? Experimente a mágica da pílula azul.
A potência dentro das suas calças será indestrutível.
Quando o instrumento é grande, o resto do mundo parece muito pequeno para você.
Seu poderoso guindaste vai excitar as mulheres.
As coisas ficam realmente uma droga quando seu amiguinho malogra.
Mande ver com o monstro ereto.
O caminho mais rápido pro sucesso é restaurar sua macheza.
Uma fabulosa ferramenta que te dará fabulosa reputação.
Saia na frente dos outros caras.
Introduza seu cabeçudo às moças.

Bem, não faz mal, eram só as primeiras dez. Parecia que o filtro de spams tinha ficado desligado, por alguma razão. Mas certamente haveria mensagens de verdade ali, em algum lugar. Quais eram as próximas?

O amiguinho aí nas suas calças vai se remexer em festa.
Estamos aqui para ajudar você a resolver a dor da insignificância.
Sua arma em riste — todo mundo chocado!
Enrole a mangueira na perna!
Você pode renovar e recuperar sua juventude.
A verdade sobre os 23 centímetros.
Nunca mais decepcione sua parceira!
Faça crescer seu caniço.
Você vai dar a ele o apelido de Pedro, o Grande.
Participe de uma maratona sexual com o nosso auxílio especializado.
O amiguinho em riste nas suas calças vai mirar o céu.
Dê um upgrade no equipamento.
Use o melhor combustível para o seu foguete.

Ah, meu Deus. Não podia ter muito mais dessas — podia?

A vida é patética e infeliz se o instrumento é pequeno.

Essa era um pouquinho forte, por certo. Dentre todos os meus problemas na vida, nunca antes me havia ocorrido que eu tivesse um "instrumento pequeno". Acho que sempre me considerei bem normal nesse departamento. E no entanto agora, submetido àquele massacre, meu "amiguinho" — como dali em diante eu pensaria nele — começava a se sentir pequeno e murcho feito um cogumelo.

Cansado de se deparar com o amiguinho olhando pro chão?
Cansado de chegar ao final da noite com um beijo apenas?

Trepe como um macho!
*Agora você não precisa mais apagar as luzes para baixar
as calças.*
As mulheres darão as estrelas do céu para dormir com você.
*Conheça ela pelo lado sexual e totalmente como ela é por
dentro.*
As mulheres querem ser penetradas com força.
Só com um bem grande você atinge o ponto G.
*Você precisa ser um Homem de Verdade com enorme
dignidade.*
Seja dono da maior banana.
Ajude-a a encontrar a felicidade! Liberte-a do sofrimento!

Libertá-la do sofrimento...? Essa era interessante. À medida que essas chamadas passavam diante dos meus olhos, formando uma espécie de borrão, à medida que se tornava óbvio que aquelas eram as únicas mensagens que me haviam sido mandadas em três semanas, minha mente passou a divagar e comecei a me perguntar se *eram* realmente estranhos que me escreviam ali, se eu realmente era apenas um destinatário qualquer de propaganda da indústria farmacêutica e de sites pornôs. Algumas daquelas frases começavam a me soar quase filosóficas. Apanhei-me imaginando se talvez não haveria até mesmo algum tipo de sabedoria escondida nelas — sabedoria destinada a mim, em especial.

Recupere um pouco de sua juventude novamente.

Sim, certamente eu gostaria de poder fazer isso.

Do que mais você precisa para ser o homem perfeito?

Isso era algo que eu também tinha me perguntado muitas vezes. Aqueles caras sabiam a resposta?

Aprenda a entrar nela para valer.

Aí estava uma coisa que eu nunca tinha aprendido a fazer com a Caroline. Era bem verdade. Como teria sido melhor se eu tivesse aprendido a entrar nela para valer.

Dê a ela a firmeza do concreto.

De novo, teria sido isso o que fiz de errado? Teria sido por isso que deixei que ela fosse embora? Falta de firmeza?
Já tinha passado das cem, agora. E tinha mais.

Seu amiguinho durão vai ficar de cabeça erguida.
As mulheres vão cantar loas ao monstro nas suas calças.
Você finalmente terá a atenção que merece!
Esqueça o passado e mire o futuro — cresça hoje mesmo.
Nenhuma mulher vai ousar te virar as costas.
Ninguém tem culpa pelo seu lamentável membro, mas você
pode mudar isso.
Oi, Max.
Flacidez não será mais problema para sua pemba.
Turbinar seu instrumento masculino significa vencer uma
guerra.
Tamanho é documento no mundo real.

Mas espera aí — "Oi, Max"? Aquilo não parecia spam.
Voltei com sofreguidão à mensagem suspeita e a conferi novamente. Era do Trevor — Trevor Paige. Um e-mail de verdade, de uma pessoa de verdade. Cliquei nele e, invadido por uma onda de alívio e felicidade, li palavras que, para mim, naquele momento, soaram tão eloquentes, comoventes e prenhes de graça e significado quanto qualquer coisa que Shakespeare ou algum outro poeta tivesse escrito.

oi, max, vou estar em watford na quarta, que tal uma
  cerveja?
  abraço, trev

E, depois de ter lido a mensagem repetidas vezes, até tê-la gravado a ferro quente na memória, larguei os braços sob o teclado do computador, apoiei a cabeça neles e suspirei com sentida gratidão.

8

Alguns minutos depois, fui me deitar. Tinha planejado resistir aos efeitos do fuso, se conseguisse, mas estava cansado demais. Caí no sono imediatamente, mas o sono em si foi agitado, espasmódico.

Sabe aquele tipo de sonho que fica a meio caminho entre um sonho e alguma outra coisa? Como se a mente consciente se recusasse a parar quieta e, apesar da exaustão, também não permitisse ao inconsciente assumir o controle. Bem, foi assim no começo. Ficavam aparecendo imagens do meu antigo colega de escola, o Chris Byrne, e da irmã dele, a Alison, mas eu não sabia dizer se eram um sonho ou uma lembrança. Éramos adolescentes e eu estava com os dois num local que não reconhecia, algum lugar rural, cercado por uma floresta. Chris tinha cabelos compridos, estilo anos 1970, e parecia já ter idade para se barbear: havia uns vestígios de barba crescendo em seu rosto. Ele estava sentado de pernas cruzadas sobre um tapete de folhas, tocando violão, e parecia não notar que a Alison e eu também estávamos ali. Havia uma fonte de água fresca nos limites da floresta e a Alison se dirigia para lá. Enquanto andava, de costas para mim, ela segurou na barra da camiseta que vestia e a puxou, tirando-a devagar pela cabeça, sedutora, com uma olhada provocante na minha direção. Por baixo, vestia a parte de cima de um biquíni laranja. Sua pele era macia, lisinha e levemente bronzeada.

Minha vizinha de porta estava tirando o lixo, e o estrondo da tampa da lixeira me acordou abruptamente. Sentei na cama e olhei para o relógio: 14h30. Afundei no travesseiro e mirei o teto, de repente me sentindo bem acordado. Por que estava tendo aquele sonho — ou pensamento — com o Chris e a Alison? Presumivelmente porque, nas três semanas anteriores, dentre as várias coisas irritantes que havia feito, meu pai insistia em perguntar como estava o Chris e se eu o tinha visto ultimamente. Bem a cara dele ficar martelando uma coisa dessas; bem a cara dele ficar cutucando (de propósito?) uma das minhas feridas mais doloridas até me deixar à beira de perder a cabeça cada vez que o assunto era mencionado. Aliás, devia ter explicado isso antes, mas o Chris é um dos meus amigos mais antigos, dos nossos velhos tempos de escola primária em Birmingham. Mantive contato com ele de forma regular desde então, até cinco anos atrás, quando Caroline, Lucy e eu, mais o Chris e a família, viajamos de férias para Cahirciveen, em County Kerry. Foi um passeio desastroso — por causa de um acidente com o filho dele, Joe, que acabou ficando bastante machucado. Houve muita culpa distribuída para todo lado logo após o acontecido, muita coisa que não deveria ter sido dita e acabou sendo, e o resultado foi que o pessoal do Chris pegou o voo de volta para a Inglaterra antes do previsto. Ele nunca mais me procurou depois disso. Imagino que esteja esperando que eu entre em contato, mas até agora não consegui fazer isso porque... bem, provavelmente este não é o momento para explicar por quê. É uma complicação só. Quanto ao motivo pelo qual os altos e baixos da minha amizade com o Chris teriam qualquer interesse para o meu pai ("Como ele está?", ele ficava perguntando, "Quando foi que você o viu pela última vez? Com quem mesmo ele se casou?"), parecia que isso permaneceria um desses mistérios sem solução na vida.

Fiquei deitado na cama um pouco mais, pensando naquela imagem, nós três juntos na floresta. Então me dei conta: era uma cena do longo e quente verão de 1976 (o verão da seca, como aqueles meses serão para sempre lembrados por pessoas da minha idade), quando nossas famílias foram acampar juntas nos bosques próximos a Coniston Water, no Lake District. Não conseguia me lembrar de muito mais, exceto do fato de o meu pai ter tirado um monte de fotografias na ocasião, as quais ainda guardava num álbum em algum lugar. Sim, no temido quartinho dos fundos, se não estava muito enganado.

Fui buscar o álbum e voltei com ele para a cama, acendi o abajur na cabeceira e me acomodei recostado aos travesseiros. Era um volume encadernado numa imitação de couro azul-escura, e as fotos ali dentro já tinham visto melhores dias, antes em cores vívidas e agora bastante esmaecidas. Além disso, eu tinha esquecido que péssimo fotógrafo era meu pai. Quero dizer, tenho certeza de que as fotos dele eram boas, desde que se aprecie fotografias de natureza, ou closes muito próximos de estranhos exemplares de rochas cujas texturas expostas por acaso tivessem lhe chamado a atenção, mas, se alguém em vez disso quisesse uma lembrança de como haviam sido as férias da família, era perda de tempo revê-las.

Percorri impaciente as páginas do álbum, perguntando-me por que diabos ele achou que não precisava tirar uma foto sequer minha ou da minha mãe. Ou de qualquer outro ser humano, aliás. Mas eu sabia que havia pelo menos uma foto do Chris e da Alison ali — uma fotografia que eu conhecia bem, embora não a visse havia pelo menos dez anos — e, quando mais tarde a encontrei, na última página, percebi que as imagens que me vieram à mente naquela manhã, na cama, eram produto de um estranho cruzamento: metade memória, metade sonho. Na foto, Chris e a irmã estavam de pé, com água pelos joelhos, numa tarde cinzenta e sem sol. Ambos com os cabelos molhados, pois tinham nadado pouco antes, pareciam sentir muito frio, Alison especialmente. Ela usava aquele biquíni laranja e seu corpo jovem, de bronzeado uniforme, era adornado pelo cabelo castanho avermelhado em corte masculino, curto dos lados e atrás.

Bocejei alto e deixei cair o álbum sobre a colcha. Nesse momento, com a luz do abajur incidindo sobre a foto do Chris e da Alison num ângulo diferente, notei uma coisa estranha: olhando mais de perto, dava para ver que a fotografia tinha sido, um dia, dobrada ao meio: havia um leve amassado, correndo numa linha vertical exatamente no centro da imagem. Qual seria a razão daquilo? Bocejei novamente, dei as costas ao álbum e me estiquei para desligar a lâmpada de cabeceira. Não era uma boa tentar me concentrar enquanto estivesse me sentindo daquele jeito. Sabia que precisava de muito mais horas de sono. A última coisa que pensei ainda acordado não foi no rompimento com Chris Byrne, ou nos sentimentos complicados que um dia tive em relação à irmã do meu amigo, mas na Poppy. Não conseguia acreditar que não tinha mais o número dela. E ela nem ao menos me dissera seu sobrenome.

Acordei outra vez pouco antes das 7h e, em seguida, fiz uma coisa que me envergonha bastante, envolvendo meu computador e a internet. Não ia falar sobre isso aqui, mas, bem, acho que a ideia é contar a vocês a história toda, os podres inclusive, de modo que não estaria certo deixar essa parte de fora.

Como posso explicar?

Tem a ver com a Caroline. Tem a ver com a Caroline e com o tamanho da falta que ainda sentia dela.

A questão é que — além do e-mail e do telefone — eu tinha, na verdade, um outro meio de contatá-la: um meio que usava apenas muito ocasionalmente, no entanto, pois aquilo me fazia sentir um pouco vulgar, um pouco sórdido, um pouco irritado comigo mesmo. Mesmo assim, às vezes — quando sentia muita saudade dela e desejava mais do que uma conversa cortês, rápida e truncada, ou algumas frases mecânicas sobre como a Lucy estava indo na escola — usar o tal método me parecia a única alternativa.

Começou assim.

Quando ainda estávamos casados e a Lucy tinha, acho, uns 5 ou 6 anos, a Caroline passou a usar a internet bem mais do que antes. O motivo, parece-me, foi uma alergia bem feia que apareceu, um dia, na base do pescoço da Lucy, o que fez a Caroline procurar na internet alguma informação sobre o problema. Isso a levou, depois de algum tempo, a conhecer um site chamado Mumsnet, repleto de mães discutindo exatamente esse tipo de assunto, comparando experiências e oferecendo soluções. Enfim, a alergia veio e foi embora, mas era evidente que aquelas mulheres discutiam um monte de outras coisas no Mumsnet, porque não demorou muito e a Caroline estava passando metade do dia conectada ao site. Algum tempo depois, me lembro de ter perguntado a ela, sarcástico, quantas horas ao dia era possível gastar em papos on-line sobre vacinas e bombas de sucção de leite, e ela me respondeu que na verdade vinha contribuindo com vários outros canais de discussão sobre livros, política, música, economia e todo tipo de coisa, e que já havia feito muitas amizades on-line.

— Como podem ser seus amigos — eu quis saber — se você nunca encontrou com nenhum deles? — e ela me informou que aquilo era uma coisa muito fora de moda para se dizer e que, se eu quisesse participar do século XXI, teria de me manter atualizado quanto à evolução do conceito de amizade à luz das novas tecnologias. Nesse ponto, não consegui pensar numa resposta, devo admitir.

Bem, talvez Caroline tivesse razão, afinal de contas. Quer dizer, olhando em retrospecto, posso entender por que ela precisava acessar a internet para encontrar tantos amigos e discussões em que participar. Ela certamente não os estava encontrando em casa. Tinha tentado ficar amiga de outras mães na escola da Lucy, e até mesmo, a certa altura, criar uma Associação de Escritores local, mas por alguma razão nada disso pareceu dar muito certo. Agora que penso sobre isso, ela provavelmente se sentia muito sozinha. Sempre tive a esperança de que ela e a mulher do Trevor, Janice, se tornassem melhores amigas, mas acho que não dá para forçar esse tipo de coisa. Teria sido legal se pudéssemos fazer programas juntos, os quatro, mas a Caroline nunca estava muito a fim. E eu também não ajudava, para ser honesto. Sei perfeitamente que não estava à altura dela, intelectualmente falando. Nunca cheguei a ler tantos livros quanto ela, por exemplo. Ela lia o tempo todo. Mas não me entendam mal — gosto de livros tanto quanto qualquer pessoa. Nas férias, por exemplo, à beira da piscina, torrando no sol, não tem nada que eu goste mais do que enfiar a cara num livro. Mas para a Caroline era mais do que isso. Ler parecia ter se tornado a obsessão dela. Era normal ela devorar dois ou três livros numa semana. Romances, na maioria. "Literários" ou "sérios", acho que é como são chamados.

— E eles não começam a parecer sempre o mesmo livro, depois de um tempo? — perguntei a ela certa vez. — Não acabam todos se embaralhando num só?

Mas ela me disse que eu não sabia do que estava falando.

—Você é o tipo de pessoa — ela costumava me responder — que nunca vai poder falar de um livro que mudou sua vida.

— Por que um livro deveria mudar minha vida, afinal? — falei. — O que muda uma vida são coisas reais, como casar e ter filhos.

— Estou falando de expandir horizontes — disse ela. — Ampliar a consciência.

Era alguma coisa sobre a qual jamais concordaríamos. Uma ou duas vezes tentei fazer um pouco mais de esforço, mas nunca consegui realmente entender aonde ela queria chegar. Lembro-me de ter lhe pedido dicas sobre os livros que deveria ler: livros que poderiam, potencialmente, mudar minha vida. Ela me mandou tentar alguma ficção americana contemporânea.

— Tipo o quê? — indaguei.

— Tente um dos livros do Coelho* — ela aconselhou, e algumas horas mais tarde voltei da livraria e lhe mostrei o que tinha comprado, ao que ela reagiu dizendo:

— Isso é alguma piada?

Eu trazia o infantil *A longa jornada*.

(Baita livro, na verdade, se vocês querem saber. Não mudou minha vida, porém.)

Estou me perdendo em digressões, acho, tentando escapar de contar a coisa verdadeiramente vergonhosa, que é esta: depois da nossa separação, e de Caroline e Lucy terem voltado para Cumbria, entrei para o Mumsnet. Inscrevi-me com o nome de usuário "SouthCoastLizzie" e fingia ser uma mãe solteira de Brighton que tocava o próprio negócio de fabricação de joias e afins. Sabia, claro, qual era o nome de usuário da Caroline, e procurava seguir em especial os canais de discussão dos quais ela participava. Aos poucos, tornou-se quase obrigatório para mim ser o primeiro a postar alguma coisa em seguida a um comentário dela: endossava sua opinião, às vezes acrescentando algum reparo ou correção só para constar, mas em geral concordando com o que ela tivesse dito. Outras vezes isso era mais difícil, particularmente quando a discussão era (e com frequência era) sobre algum livro ou autor, mas, nesses casos, eu normalmente me limitava a escrever generalidades como forma de manter a farsa. Algumas semanas depois de ter começado com isso, quando a Caroline já havia tomado conhecimento da existência de "SouthCoastLizzie" e talvez estivesse curiosa sobre quem seria, enviei uma mensagem pessoal pelo site dizendo que meu verdadei-

---

* Referência ao personagem Harry "Coelho" Angstrom, do escritor americano John Updike. (*N. do E.*)

ro nome era Liz Hammond e que gostava de verdade dos posts dela, e ainda que sentia que tínhamos muitos interesses em comum, e perguntei o que ela achava de passarmos a nos corresponder de forma um pouco mais direta via e-mail? Nem mesmo tinha certeza de que receberia uma resposta, mas recebi. E, quando veio, a resposta me deixou estarrecido. Caroline e eu ficamos juntos mais ou menos uns 14 anos. Nesse tempo todo, posso dizer sinceramente que ela nunca, *jamais,* me escreveu — ou mesmo se dirigiu a mim — com o tipo de afeição que demonstrou em relação a "Liz Hammond" naquele primeiro e-mail. Não vou citar o texto literalmente — embora seja capaz de me lembrar da maior parte dele de cor — mas posso garantir que vocês não acreditariam no entusiasmo, na afabilidade, no *amor* que havia naquelas palavras endereçadas a uma completa estranha — uma completa estranha *que nem sequer existia,* pelo amor de Deus! Por que ela nunca me escrevera — por que nunca *conversara* comigo daquele jeito? Eu estava tão chocado, e simplesmente tão... *magoado,* que nem ao menos consegui lhe responder por alguns dias. E, quando finalmente consegui, devo admitir que estava um pouco amedrontado. Tinha ficado claro que eu conheceria um outro lado da Caroline se levasse adiante aquela correspondência — um lado ao qual nunca tivera acesso durante o nosso casamento. Precisaria me acostumar a ele. Por fim, decidi não apressar as coisas. Se a Caroline e a fictícia Liz Hammond se aproximassem demais, e tão rapidamente, logo tudo se tornaria muito complicado. Não queria me transformar na melhor amiga dela, ou algo parecido, queria apenas me manter a par daquele tipo de coisa do dia a dia que jamais saberia na pele de ex-marido dela. E foi mais ou menos isso que aconteceu. Aprendi a controlar o ciúme a cada vez que Caroline enviava uma mensagem — o sentimento de que eu, o homem com quem ela havia sido casada por 12 anos, é que era o verdadeiro estranho na história, na visão dela — e, em vez disso, simplesmente me concentrar nos pedaços de novidade aos quais só teria acesso ali: Lucy ter começado a estudar clarinete, ou estar se revelando boa em geografia, coisas desse tipo. Retribuía a conta-gotas, com fragmentos de informação sobre meu eu fictício, ao mesmo tempo meio que arrependido de ter começado a história toda. Trocamos fotografias algumas vezes e, como resposta à foto dela e da Lucy posando com a árvore de Natal às costas (que, claro, coloquei num porta-retratos e expus sobre o console da lareira), catei na internet uma imagem qualquer de duas crianças e enviei dizendo a Caroline que eram meu filho e minha filha. Não havia nenhuma razão para ela não acreditar em mim.

Tudo isso soa muito triste, contado assim, não? Mas — sendo justo comigo mesmo — eu só fazia a coisa quando estava me sentindo especialmente desesperado: e aquela era uma dessas noites. Conhecer a Poppy e depois perder contato com ela tão rápido, trocar Sydney por Watford, com a constatação de que não me sentia mais próximo do meu pai do que antes, ter assistido à morte do pobre do Charlie Hayward — essas coisas todas tinham me deprimido e, combinadas, faziam eu me sentir, naquela noite de fusos trocados, mais para baixo do que nunca. Precisava voltar a ter contato com alguém, e esse alguém tinha de ser a Caroline, mas com alguma coisa a mais do que a frieza com que ela me atenderia se eu ligasse para perguntar como andavam as coisas por lá.

Enfim, não escrevi um e-mail muito longo. Desculpei-me pelo silêncio de três semanas, alegando que meu computador tinha dado pau e demorado séculos até ser consertado. Contei que o suposto negócio de fabricação de joias em Brighton começava a cair um pouco desde que a crise de crédito viera mais forte. Dei uma olhada no site do *Daily Telegraph* e perguntei se ela achava que o governo falava sério quando dissera que baniria a política de bônus para os executivos de bancos. Isso tudo somou uns três parágrafos, e foi tudo o que consegui produzir naquele primeiro momento. Assinei com um "Se cuide e dê notícias, Liz" e adicionei uma carinha amarela sorridente.

Caroline respondeu mais ou menos uma hora mais tarde. Um e-mail típico: afável e franco, repleto de novidades, um toque de humor aqui e ali, um monte de perguntas com preocupações sinceras sobre como Liz se sentia, se achava que tudo daria certo com os negócios, e assim por diante. Quando imprimi a mensagem, vi que se estendia por quase duas páginas. Lucy cursava o segundo trimestre na nova escola e parece que estava se adaptando bem. O professor de ciências era um cara "dos mais atraentes", aparentemente. Caroline terminava falando um pouco dela no último parágrafo: dizia que começava, finalmente, a embalar no que estava escrevendo; encontrara um bom grupo de escritores, com reuniões em Kendal, toda terça à noite; chegara a um divisor de águas porque passara a buscar inspiração nas próprias experiências — episódios da vida de casada, principalmente — mas escrevia na terceira pessoa, o que lhe dava uma espécie de "distanciamento e objetividade". Aliás, tinha conseguido terminar um conto nos últimos dias —, será que a Liz não gostaria de ler e fazer suas críticas para ajudá-la?

Sentia meu estômago embrulhar fazendo aquilo, devo admitir. Sentia como se estivesse fuçando na gaveta das calcinhas ou no cesto de roupa suja da Caroline. E no entanto havia como que um feio fascínio ali, que me fazia reincidir. Intrigava-me que ela pudesse se afeiçoar tanto a uma pessoa imaginária (Liz) e tão pouco a uma pessoa real (eu). Minha memória voou de volta à carta do tio da Poppy, especificamente ao momento em que ele descrevia a derrocada de Donald Crowhurst em direção à loucura. O que era aquilo que ele tinha escrito em seus diários de bordo? Começara por tentar resolver a raiz quadrada de menos um, o que o levara a alguma especulação maluca sobre pessoas se transmutando numa "segunda geração de seres cósmicos", que se relacionariam umas com as outras de um modo que era completamente não físico, imaterial. Bem, talvez ele não tivesse enlouquecido, afinal. Por volta do ano 2000, tinha sido essa sua previsão, não era isso? Ou seja, mais ou menos quando todo mundo passou a usar a internet. Uma invenção que agora permitia a alguém como Caroline manter sua relação mais íntima com uma pessoa que não era mais do que fruto da minha imaginação.

Coloquei de lado o e-mail dela, esfreguei os olhos e balancei vigorosamente a cabeça. Aquela era uma sequência absurda de pensamentos. Não pretendia seguir Donald Crowhurst para dentro daquele túnel escuro, muito obrigado. Ia descer até a cozinha para preparar uma xícara de chá. E parar com aquele jogo ridículo de "Liz Hammond" enquanto era tempo. Tinha sido meu último e-mail. Sem mais subterfúgios. Sem mais fingimento.

Ainda assim, estava curioso para ler aquele conto.

9

— Já sei o que você está pensando — disse Trevor. — Você acha que, potencialmente, estamos às vésperas de uma catástrofe econômica. Bem na beira do precipício.

Na verdade, não era isso que eu estava pensando. Pensava em como era bom rever o Trevor. Pensava que a energia e o entusiasmo dele estavam mais contagiantes do que nunca. Pensava em como era gostoso estar sentado ao lado da Lindsay Ashworth, a terceira e inesperada participante da nossa festa, que ele me havia apresentado como sua "colega". E pensava, ainda, que eu não imaginaria ser possível que alguém — nem mesmo o Trevor — discursasse tão longamente, e com tanta animação e determinação, sobre escovas de dente, assunto que ele não largava desde que chegamos ao bar do hotel havia meia hora.

— Bem, todos estamos meio nervosos com a situação da economia — continuou. — Pequenos negócios estão indo pro buraco a torto e a direito. Mas a Guest Escovas de Dente, devo dizer, está muito bem posicionada. Boa capitalização. Excelente liquidez. Estamos confiantes em que podemos afastar essa recessão. Mas não somos complacentes, veja bem. Nunca disse complacentes. Disse confiantes, discretamente confiantes. Não é isso, Lindsay?

— Com certeza — concordou Lindsay, em suave e ritmada entonação escocesa. — Inclusive, Max, Trevor foi muito convincente numa reunião estratégica que tivemos mais cedo, hoje. Você se importa se eu repetir o que você disse, Trevor?

— Manda ver.

— Bem, o argumento do Trevor foi o seguinte. E, na verdade, foi colocado na forma de uma pergunta. Bem, três perguntas, mais exatamente. Estamos nos encaminhando para uma recessão global de grandes proporções, Max. Então deixa eu te perguntar uma coisa: você pretende trocar de carro este ano?

— Duvido muito. Mal estou usando o meu neste momento.

— Justamente. E você está planejando viajar para o exterior com a família no próximo verão?

— Bem, o resto da família, tipo... não está mais morando comigo. Imagino que elas vão programar as próprias férias.

— Entendi. Mas, se vocês ainda morassem juntos, você sairia em viagem com a família para fora do país?

— Não, duvido.

— Exato. Quer dizer, nas atuais dificuldades econômicas, você não vai trocar de carro nem vai viajar. Mas agora me diga uma coisa... — Ela se inclinou para a frente, como se fosse disparar o tiro de misericórdia. — *Está nos planos algum corte de orçamento na área de higiene bucal?*

Tive de admitir que não planejava fazer economia com a limpeza dos meus dentes. O que, triunfalmente, provava o argumento dela.

— Perfeito! — disse ela. — As pessoas vão continuar sempre escovando os dentes e sempre precisando de escovas de dente. Isso é que é bonito numa humilde escova. É um produto à prova de recessões.

— Mas — falou Trevor, pondo o dedo em riste — *não* significa que possamos ser complacentes. O mercado da higiene bucal é muito competitivo.

— Muito competitivo — concordou Lindsay.

— Intensamente competitivo. Repleto de grandes concorrentes. Oral-B, Colgate, GlaxoSmithKline.

— Nomes de peso — completou Lindsay.

— Gigantes — disse Trevor. — São os Golias do mercado da higiene bucal.

— Boa metáfora, Trevor.

— Essa é do Alan, na verdade.

— Quem é Alan? — perguntei.

— Alan Guest — explicou Trevor — é o fundador, proprietário e diretor-geral da Guest Escovas de Dente. A empresa é cria dele. Ele trabalhava para uma das grandes, mas, depois de algum tempo, decidiu: "Já deu. Tem que haver uma alternativa." Não queria mais saber das gigantes nem do modelo de negócio delas. Queria ser Davi.

— Que Davi?

— Davi, o carinha que precisou lutar contra Golias — explicou o Trevor, levemente irritado pela interrupção. — Não sei o sobrenome. O sobrenome dele não ficou registrado na história.

— Ah. Agora estou sacando.

— O Alan entendeu — continuou Trevor — que não dava para competir com as grandes no seu próprio campo. Que as condições do campo não seriam favoráveis. Então decidiu mudar as traves de lugar. Teve uma visão, e o que ele viu era o futuro. Como Lázaro no caminho de Damasco.

— Ele ressuscitou dos mortos — observou Lindsay.

— Como é?

— Lázaro ressuscitou dos mortos. Quem pegou o caminho de Damasco foi outro. Lázaro nunca foi a Damasco, até onde eu sei.

— Tem certeza?

— Bem, até pode ter ido, vai saber. Talvez aparecesse por lá de vez em quando. Provavelmente tinha parentes em Damasco, ou algo do tipo.

— Não, quero dizer, você tem certeza que não foi Lázaro quem teve a visão?

— Noventa por cento. Noventa e cinco, talvez.

— Bem, não interessa. Como eu disse, o Alan enxergou que as grandes estavam fazendo errado. Ele percebeu onde estava o futuro: escovas verdes.

—Verdes? — ecoei, confuso.

— Não me refiro à cor. A gente está falando de meio ambiente, Max. De energia sustentável e fontes renováveis. Deixa eu te perguntar — onde você acha que a maioria das escovas de dente é fabricada?

— Na China?

— Correto. E do que elas são feitas?

— Plástico?

—Acertou mais uma. E do que são feitas as cerdas?

Nunca conseguia responder esse tipo de pergunta.

— Sei lá... De alguma coisa sintética?

— Exato. Náilon, para ser preciso. Então, o que você pensa quando ouve isso? Para mim, soa como receita de desastre ambiental. Os dentistas recomendam que a gente troque de escova a cada três meses. Quatro vezes ao ano. Significa que você vai usar mais ou menos umas trezentas escovas na vida inteira. E, pior, significa que só no Reino Unido jogamos fora quase 2 milhões delas todo ano. Bom para as grandes companhias, claro — isso quer dizer que as pessoas precisam continuar comprando escovas novas. Mas essa é uma maneira antiquada de pensar, Max. As vendas não podem mais se sobrepor à questão do meio ambiente. Pelo bem da humanidade, todos precisamos mudar de tom. As razões do lucro têm de passar a tocar o segundo violino. Não adianta nada a orquestra continuar fazendo seu número enquanto o *Titanic* afunda. Alguém precisa começar a reorganizar o convés.

Assenti enquanto me esforçava ao máximo para acompanhar o raciocínio.

—Voltando ao Alan, ele sabia que as soluções não eram difíceis de achar. Estavam ali, batendo à porta e olhando para a cara dele. Ele entendeu que estávamos numa encruzilhada.

Havia dois caminhos a seguir, ambos indo na mesma direção, e as placas eram bastante claras. — Ele enfiou a mão no bolso interno da jaqueta e tirou alguma coisa. Achei que se tratava de uma caneta, mas na verdade era uma escova de dente. — Opção número um — retomou Trevor —, escova de madeira. Bonita, né? É um dos nossos modelos de maior sucesso. Feitas a mão por uma empresa em Market Rasen, Lincolnshire. Com madeira sustentável, claro — cem por cento pínus europeu. Nenhum prejuízo para as florestas tropicais. E, assim que você terminar de usar, pode atirar no fogo, ou então triturar e transformar em adubo.

Peguei a escova, senti seu peso na mão, avaliando-a, depois corri o dedo por suas curvas elegantes. Era um objeto gracioso, não dava para negar.

— E do que são feitas as cerdas? — perguntei.

— Pelos de porco — respondeu Trevor. Ele reparou que eu tinha me encolhido de leve. — Reação interessante, Max. E totalmente normal. Mas qual é o problema, exatamente? É bem melhor do que náilon. O uso de pelos de porco é muito bom para o meio ambiente.

— Exceto se você for um porco — acrescentou Lindsay.

— Sei lá — falei. — É só que parece meio estranho enfiar pelos de porco na boca para escovar os dentes. Meio... sujo?

— Muita gente concordaria com você — retomou Trevor. — E não se pode esperar que essas pessoas mudem de atitude da noite pro dia. Se é para levar essa pregação adiante, a gente precisa primeiro converter o pessoal. É um processo gradual. Todos os caminhos levam a Roma, mas ela não foi construída num dia. E aí, para aqueles mais conservadores, temos... esta aqui. — Ele tirou outra escova do mesmo bolso. Era de um vermelho claro, quase transparente. — O bom e velho cabo de plástico. As tradicionais cerdas de náilon. *Mas...* — ele girou a parte de cima e a ponta se destacou sem dificuldade. — Completamente desmontável, tá vendo? A gente bota fora a ponta depois de terminar de usar e o cabo continua a durar por uma vida. Dano mínimo para o meio ambiente.

— E lucro mínimo também.

Trevor soltou um riso condescendente e abanou a cabeça.

— A questão, Max, é que não pensamos assim lá na Guest. Isso é pensar a curto prazo. Isso é pensar *dentro* da caixinha. A gente está *fora* da caixinha. Na verdade, estamos tão fora que essa caixinha ficou em outra sala, e esquecemos até onde fica essa sala, e, ainda que a gente consiga lembrar, entregamos as chaves faz muito tempo, e a fechadura, até onde a gente sabe, foi trocada. Nada disso importa, entende?

— Sim — falei. — É, estou começando a entender.

— Não estamos dizendo que a lucratividade não deva ser considerada — esclareceu Lindsay. — Deve, e muito. Precisamos estar à frente da concorrência.

— A Lindsay está certa. O fato é que não temos o campo só para nós.

— Sério?

— Veja, um cara como Alan, que tem ideias realmente originais — disse Trevor —, inevitavelmente será imitado por outras pessoas. Já tem um monte de escovas de madeira no mercado. E um monte de outras com a ponta descartável, também. Mas *esta*, a gente acha, é definitiva. Ninguém tem outra igual.

Ele sacou do bolso uma terceira escova. Era a mais incomum das três. Feita de madeira, sim, mas a ponta — que parecia ser destacável — exibia um conjunto de cerdas sintéticas extraordinariamente longas e finas que giravam livremente sobre o suporte. Uma belezinha para se encantar.

— Vejo que você está impressionado — falou Trevor, com um sorriso de satisfação. — Vou deixar que você a admire por alguns minutos. Mais uma rodada para vocês dois?

Enquanto o Trevor foi até o bar, Lindsay e eu parecemos ter chegado a um acordo silencioso de que não falaríamos sobre escovas de dente. Infelizmente, como sabíamos muito pouco um do outro, era difícil pensar em alguma coisa sobre o que conversar. Uma situação como aquela normalmente me deixaria encabulado, mas estava me sentindo muito animado para chegar a ficar desconfortável. No meu pensamento, só havia a Poppy, sabe, pois ela tinha entrado em contato comigo novamente naquela tarde. Já substituíra meu celular — sem necessidade de mudar de número — e isso permitira à Poppy me encontrar naquele mesmo dia e me convidar para jantar: sexta à noite, nada menos que na casa da mãe dela, onde eu teria a oportunidade de conhecer (entre outras pessoas, imaginei) seu famoso Tio Clive. Como resultado disso, ao longo de todo o dia, o mundo passara a me parecer um lugar melhor, mais amigável e cheio de esperança — razão pela qual eu agora sorria para a Lindsay com (esperava) uma genuína expressão de amabilidade. Ela tinha quase 40 anos, arrisquei, cabelos loiros platinados e cortados num chanel à Louise Brooks. Àquela altura, ela já tinha se livrado do paletó cinza de risca de giz, para revelar a camisa branca sem mangas que usava por baixo do uniforme de mulher de negócios e os braços esguios e muito alvos. Perguntei-me o quanto Trevor teria lhe contado a meu respeito: algo sobre nossa amizade de longa data; os muitos anos durante os quais fomos vizinhos em Watford; o cara agradável, para cima, confiável, sociável que eu era. Esse tipo de coisa.

— O Trevor me contou que você está sofrendo de depressão — disse ela, sugando o resto do seu gim-tônica.

— Ah, ele te contou? Bem, sim — é verdade. Estou afastado do trabalho faz uns meses.

— Foi o que eu soube. Devo dizer que fiquei surpresa. Você não me parece alguém muito deprimido.

Boa notícia, em todo caso.

— Acho que já passei pelo pior agora. Na verdade, preciso ir até a empresa na sexta, ver a responsável pela saúde ocupacional. Querem saber se vou voltar ou se já podem sabe... encerrar o contrato.

Lindsay pegou a fatia de limão do copo e a mordeu.

— E...?

— E?

—Você vai voltar?

— Não tenho certeza — respondi honestamente. E continuei: — Não estou querendo muito, na verdade. Estou a fim de começar de novo, fazer alguma coisa totalmente diferente. Mas não é o momento certo para isso, né? Com o mercado de trabalho do jeito que está...

— Nunca se sabe... — disse Lindsay. — De repente, cai alguma coisa no seu colo.

— Não acredito em milagres.

— Eu também não. Mas a gente às vezes dá sorte. — Ela mordeu o miolo da outra metade da fatia de limão e devolveu o bagaço ao copo. — O Trevor não te disse que eu viria junto com ele?

— Não. Acho que deveria ter adivinhado que alguma coisa diferente estava rolando, quando ele falou para gente vir aqui. Normalmente vamos ao pub.

Estava feliz por não termos ido ao pub, devo dizer. Aquele lugar era muito mais agradável. Tínhamos nos instalado no *lounge bar* do hotel Park Inn, em poltronas macias que afundavam, cercados por uma decoração relaxante, sem muita gente em volta, e ao som quase inaudível a ouvidos humanos do jazzinho suave que saía dos alto-falantes. Era um ambiente impessoal e desprovido de personalidade, mas no bom sentido, se é que vocês me entendem.

— O que te faz pensar que alguma coisa diferente está rolando?

— Não sei. Talvez eu esteja enganado — falei —, mas é que tive a sensação de que isto tudo levaria a alguma outra coisa, não sei bem o quê.

— Ao que vai levar — disse Lindsay, inclinando-se para a frente e baixando a voz a pouco mais que um sussurro — depende quase só de você.

Seu olhar encontrou o meu por um momento breve e tenso. Eu ainda estava pensando numa resposta adequada quando o celular dela tocou. Ela espiou a tela.

— Meu marido — falou. —Você me dá licença um minuto?

Levantou para atender e se afastou até o outro lado do recinto. Ouvi ela dizer, "Oi, querido, tudo certinho?", e então o Trevor apareceu com as bebidas.

— Mais uma Carlsberg chegando — disse ele. — Bem gelada, devo dizer. Saúde.

Nós dois demos longos goles, e então ele perguntou da minha viagem à Austrália e falamos um pouco sobre isso.

— Parece que te fez bem — observou Trevor. —Você está muito melhor do que pensei.

Fiquei grato a ele por ter dito aquilo, mas meu amigo mudou de assunto antes que tivesse chance de agradecê-lo.

— E aí, o que você achou da Lindsay? — perguntou.

— Ela parece bem legal.

— É mais do que isso. Ela é fantástica. A melhor do pedaço.

Assenti, mas em seguida me senti compelido a perguntar:

— A melhor o *quê*, exatamente, do pedaço?

— Não te contei? A Lindsay é nossa relações-públicas. Como sou diretor de marketing e estratégia, ela é minha subordinada, e responsável por desenvolver todas as nossas campanhas. E a última que fez — nessa hora o Trevor chegou mesmo a largar o copo de cerveja e olhar para um lado e para o outro, como se, nas mesas próximas, pudesse haver espiões industriais de empresas concorrentes —, a última é uma belezinha. Tiro certo, maravilha total. Vai nos catapultar... para o topo.

Ele ergueu a mão na direção do teto, querendo dizer, aparentemente, que se tratava de uma ascensão meteórica.

— Desculpem, rapazes — era a Lindsay, voltando à mesa.

— Pequeno imprevisto com a cara-metade. Irritado porque não estou em casa para preparar o jantar, mesmo eu tendo avisado que viria aqui. Ainda não consegui fazer ele sair das cavernas, infelizmente.

— Estava contando pro Max — retomou Trevor — que você me saiu com uma absoluta maravilha de campanha para a IP 009?

— IP 009? — Estava curioso.

Trevor apanhou da mesa a escova em questão.

— Este lindo espécime aqui — sussurrou ele, olhando amorosamente para o objeto. — Nível nove na nossa escala de escovação interproximal e, indiscutivelmente, a joia da coroa no catálogo da Guest.

O design do cabo e a textura da madeira lembravam os da primeira escova que o Trevor tinha mostrado, embora aquela fosse, claramente, uma versão superior.

— É o mesmo pessoal que fabrica? — perguntei.

— Na verdade, não — respondeu ele. — Esta é importada da Suíça. Infelizmente, está fora de questão qualquer fabricante britânico produzir uma igual hoje. Talvez conseguissem imitar o cabo, mas isto — ele indicou a ponta destacável — é o toque de gênio. Dá para encaixar três tipos diferentes de escova: um para a limpeza dentária normal, outro para uma faxina rotineira entre os dentes e esta, que sustentamos ser a escova mais longa e de maior alcance interproximal atualmente disponível no Reino Unido. *Quinze milímetros* de náilon e poliéster, flexível mas resistente ao uso, um invento tão engenhoso de artesãos suíços que é capaz de girar sobre três diferentes eixos e em qualquer ângulo que você possa imaginar. Esta escova alcança *qualquer ponto* da sua boca — absolutamente qualquer ponto — sem que você precise se contorcer e fazer caretas em frente ao espelho. Consegue inclusive tirar as placas do sulco gengival entre o segundo e o terceiro molares superiores, o que — como sabe qualquer pessoa com algum conhecimento de odontologia — é o Santo Graal da higiene bucal. Estamos *enormemente* orgulhosos de oferecer este produto, e é por isso que vamos lançar a escova no mês que vem, com o máximo de barulho, na Exposição da Associação Britânica de Comércio Odontológico, no Centro de Convenções de Birmingham. E, a propósito, a Lindsay aqui criou um slogan incrível, que capta a essência não apenas do produto, mas da Guest Escovas de Dente como um todo, gerando uma frase simples, elegante e direta. Lindsay? — Cheio de expectativa, ele olhou para ela, do outro lado da mesa, ao mesmo tempo que fazia um movimento de cabeça como incentivo. — Vai lá. Diz para ele.

Lindsay sorriu, modesta.

— Não é nada demais, na verdade. Só o Trevor parece ter ficado tão empolgado. Ok, lá vai. — Ela fechou os olhos e respirou fundo. — *NÓS CHEGAMOS MAIS LONGE.*

Houve um curto silêncio, durante o qual a frase esteve suspensa no ar. Ficamos os três ali, por um momento saboreando-a, como se ela fosse um vinho que revelaria seus segredos aos nossos paladares apenas gradualmente.

— É uma... *boa* frase — falei, por fim. — Gosto dela. Tem um certo... Bem, não sei bem o quê.

— *Je ne sais quoi?* — sugeriu Trevor.

— Sim, é isso.

— E tem mais — retomou Trevor. — Você não sabe nem a metade ainda. A Lindsay está escondendo bastante o jogo. Vamos, Lindsay, conte para ele sobre a campanha. Sobre o seu golpe de mestre.

— Ok.

Lindsay pegou a bolsa e tirou dali um notebook branco incrivelmente compacto e brilhante. Em segundos, depois de ela ter apenas encostado na barra de espaço do teclado, o computador ligou e ela já estava na primeira página de uma apresentação em PowerPoint. A ilustração parecia mostrar o mapa das ilhas britânicas.

— Então, Max, a questão é que já temos um produto e um slogan poderoso para ele. Num ambiente econômico levemente mais relaxado, já seria suficiente. Mas, do jeito que estão as coisas no momento, precisamos trabalhar um pouco mais. É esse, essencialmente, o meu trabalho: é o que faz um relações-públicas. Precisa pegar a coisa, que pode ser algo totalmente sem graça como uma velha caixa de lata, e transformar, embrulhar para presente, tornar atraente.

— Achar o truque certo, você quer dizer.

— Bem... — Lindsay pareceu ressabiada. — Na verdade, não gosto dessa palavra.

— Eu também não — concordou Trevor.

— O que eu procurava — continuou Lindsay — era uma maneira de tirar máximo proveito dessa frase, *Nós chegamos mais longe*. Levar a ideia o mais longe que pudesse. Porque, vamos combinar, é difícil vender higiene bucal. Temos aqui uma escova sensacional —, uma escova revolucionária, mas não é fácil fazer as pessoas enxergarem isso. Para a maioria, uma escova de dente é uma escova de dente. É um objeto. Um objeto útil, sem dúvida. Mas mesmo assim — as pessoas não se interessam por objetos. Se quiser vender alguma coisa, a gente precisa *encenar uma história* sobre ela. Transformar a coisa numa narrativa. E mais: se o que estamos tentando vender é o que há de melhor naquele segmento, temos de contar a melhor história. Fazer jus ao produto. E aí, Max, qual você acha que é a melhor história que existe?

Não esperava a pergunta.

— Um encontro romântico? — arrisquei.

— Nada mal. É certamente uma das melhores. Mas tente pensar em alguma coisa um pouco mais arquetípica. Pense na *Odisseia*. Pense no rei Artur e no Santo Graal. Pense em *O senhor dos anéis*.

Agora tinha ficado sem saída. Não lera a *Odisseia* nem *O senhor dos anéis*, e rei Artur e Santo Graal me lembravam o Monty Python.

— A *busca* — disse Lindsay, finalmente, quando ficou claro que eu não sabia a resposta. — A jornada. A viagem de descoberta. — Ela apontou para a tela do computador, indicando quatro cruzes vermelhas colocadas em vários pontos nos limites do mapa. — Sabe o que são essas cruzes, Max? Elas indicam os quatro pontos mais extremos e ainda habitados do Reino Unido. Os ajuntamentos humanos mais distantes a norte, sul, leste e oeste. Aqui. Veja! Unst, nas Ilhas Shetland, ao norte da Escócia. St. Agnes, uma das Ilhas Scilly, ao largo do litoral da Cornualha. Manger Beg, no Condado de Fermanagh, Irlanda do Norte. E Lowestoft, no extremo leste de Suffolk, na Inglaterra. Fizemos nossas pesquisas e descobrimos que nenhum dos concorrentes, nenhuma das grandes, conseguiu chegar a esses lugares. Em alguns, sim — mas não em todos os quatro. Mas vamos supor que a gente consiga isso? Que a gente possa, na exposição do mês que vem, anunciar que somos a única empresa cujos produtos estão à venda nessas localidades? Sabe o que isso nos permitiria dizer?

Trevor e Lindsay olharam para mim, os dois na ponta dos assentos, respiração suspensa de expectativa. Devolvi o olhar de uma, depois do outro. As bocas dos dois começaram, simultaneamente, a formar a primeira palavra, o início do slogan que ansiavam que eu pronunciasse. Parecia o som de um "n".

— N... N... Nó...? — tateei, interrogativo, e minha confiança aumentou quando os dois, com um movimento de cabeça, me encorajaram, levando-me a completar a frase: — *Nós chegamos mais longe*.

Trevor se recostou com as mãos espalmadas, o mais orgulhoso dos sorrisos em sua cara rechonchuda e simpática.

— Simples, né? Simples, mas belo. A IP 009 alcança mais longe, e *a empresa em si* também. Produto e distribuidora atuando juntos em perfeita sinergia.

Ele passou a me falar mais da campanha que estavam planejando. Uma equipe de quatro vendedores partiria da sede da empresa, em Reading, na mesma segunda-feira, ao meio-dia. Cada um num carro e levando consigo uma caixa cheia de amostras e uma câmara digital que lhes permitisse manter um diário em vídeo de suas viagens. Tomariam diferentes rumos, em direção aos quatro pontos extremos do Reino Unido. Haveria um prêmio para o primeiro dos quatro vendedores a retornar à sede depois de chegar a seu destino (embora fosse fácil adivinhar quem seria, já que Lowestoft era muito mais perto do que os demais), mas essencialmente eles seriam encorajados a demorar quanto tempo quisessem, dentro de limites razoáveis. A empresa autorizava cinco noites de hotel, e o verdadeiro objetivo era trazer de volta videodiários o mais interessantes possível: quando a equipe retornasse, as filmagens seriam editadas a tempo para a Exposição da Associação Britânica de Comércio Odontológico, durante a qual um filme de vinte minutos passaria continuamente num monitor instalado no estande da Guest Escovas de Dente.

— Parece muito bom — concordei.

— Vai ser — garantiu Trevor. — Vai pirar o pessoal. Já imaginou o impacto do filme? Uma revolução radical do design de escovas de dente somada a imagens de tirar o fôlego retratando o interior do país, com suas paisagens selvagens e remotas. Melo a cueca só de pensar nisso. A única coisa é que... ainda temos um problema. Está faltando uma pessoa.

Ele olhou para mim e, enfim, a ficha começou a cair.

— A Guest Escovas de Dente — explicou Lindsay — é uma organização pequena. É como o Alan vê a coisa, e é assim que ele quer que continue a ser. Somos só dez funcionários, um homem apenas na área de vendas.

— David Webster é o nome dele — completou Trevor.

— Cara bacana. Um representante de primeira linha. Vai fazer o itinerário até a Irlanda do Norte.

— E os outros trajetos?

— Bem, mais dois dos nossos vão assumir. Eu mesmo peguei as Ilhas Scilly, e o cara da contabilidade é quem estará no rumo de Lowestoft durante alguns dias. Mas, no caso de Shetland, vamos precisar contratar alguém para a semana da campanha. Alguém com experiência em vendas, obviamente, e que não esteja trabalhando no momento. E é por isso, Maxwell, meu velho — ele pousou uma mão amistosa sobre o meu joelho —, que pensei em você imediatamente.

Olhei do Trevor para a Lindsay e de volta para o Trevor. Os olhos ávidos e suplicantes dele pareciam os de um cachorrinho implorando para ser levado a um passeio. Os da Lindsay, azul-cobalto, estavam concentrados mais firmemente em mim; por trás da lucidez imóvel daquele olhar, eu podia detectar algo mais, alguma coisa mais penetrante e urgente; uma verdadeira fome — uma fome desesperada, parecia — pela minha anuência e cooperação. Não conseguia desvendar o complexo de razões oculto pelo modo como me olhava, mas nele havia, ainda assim, certa força de atração que me dava medo.

— Não tenho um carro muito confiável — falei.

Trevor riu. Uma risada relaxada, como se se sentisse aliviado por aquele ser o único obstáculo.

—Vamos alugar quatro carros, especialmente para a campanha. Quatro Toyota Prius idênticos. Já dirigiu um?

Abanei a cabeça.

— Ótimo carro, Max. Umas belezinhas mesmo. Muito gostosos de dirigir.

— O Toyota Prius — acrescentou Lindsay, mais sóbria — casa perfeitamente com a essência do que estamos tentando promover na Guest. É um carro híbrido, o que significa que roda com uma combinação de gasolina leve e eletricidade, as duas fontes de energia mantidas permanentemente na proporção mais eficiente por um computador de bordo. Elegante, moderno e radicalmente inovador. É fantástico em termos ambientais, claro.

— Exatamente como as nossas escovas — disse o Trevor.

— Na verdade, dá para dizer que o Prius é quase que uma espécie de... escova de dente sobre rodas. Não acha, Lindsay?

Lindsay pensou sobre aquilo.

— Não — falou, abanando a cabeça.

— Não, você está certa. Esqueça essa ideia. — Ele pousou a mão no meu joelho de novo. — E então, Max, que tal?

— Sei lá, Trev... Faz tanto tempo que não pego a estrada. Para quando vocês estavam pensando?

— Saímos sem ser nesta segunda, na próxima. E vamos te pagar milão limpo, o que, no custo/benefício, é um valor generoso pra caramba. Você não está trabalhando na loja por estes dias, está?

— Não, já faz uns meses.

— Então! O que te impediria?

De fato: o que poderia me impedir? Falei ao Trevor e à Lindsay que precisava deixar a ideia descansar, mas não precisava, na verdade. Em todo caso, ainda não tinha me recuperado da mudança de fuso, e não estava mesmo conseguindo deixar descansar o que quer que fosse. Naquela noite, deitei e, acordado, pensei na Poppy e no fato de que a veria novamente dentro de alguns dias, mas também me peguei pensando sobre a Lindsay Ashworth e seus olhos azul-claros e seus braços esguios, e aí comecei a pensar em coisas aleatórias, como na descrição que ela havia feito do Toyota Prius como elegante, moderno e radicalmente inovador, e me perguntei por que aquela frase me soava curiosamente familiar. Não pensei muito na proposta deles, no entanto, porque já tinha decidido. Na manhã seguinte, sentado num Starbucks, liguei pro Trevor do meu celular e disse que estava dentro. Foi um prazer ouvir a alegria e o alívio na voz dele. E, também, não pude conter um leve arrepio de empolgação ao pensar que, dentro de duas semanas, estaria embarcando num *ferryboat* com destino às Ilhas Shetland.

10

A sexta-feira começou numa atmosfera de bom humor e raro otimismo. E terminou em dolorosa decepção.

Tinha combinado de encontrar a responsável pela saúde ocupacional na loja de departamentos às 10h30. Peguei o trem em Watford Junction às 8h19 e cheguei a Londres às 8h49, com sete minutos de atraso em relação ao horário previsto. Embarquei naquele trem porque o Trevor também estaria na região central de Londres e tinha sugerido que tomássemos juntos o café da manhã.

Nos encontramos numa loja da franquia Caffè Nero, na Wigmore Street. Comi um panini com recheio de ovos, bacon e cogumelos. Quando fiz o pedido, o cara do balcão, que era italiano, me informou que "panini" era o plural da palavra e que, se quisesse comprar apenas um, eu deveria pedir um "panino". Ele insistiu demais nesse detalhe, mas achei que era um pouquinho perturbado das ideias, então fingi que não dei bola.

Enquanto comíamos nossos paninis, o Trevor me contou uma coisa interessante, que tinha relação direta com a consulta médica que eu faria.

Havia algo que eu precisava saber, ele disse, sobre a situação atual da Guest Escovas de Dente. Ele havia sido informado de que David Webster, o único representante de vendas em tempo integral da firma, em breve pediria demissão. Tinha recebido uma proposta da GlaxonSmithKline. O que significava que eles logo anunciariam uma vaga de representante e, caso eu fizesse um bom trabalho na viagem a Shetland, não haveria razão, segundo o Trevor, para que essa vaga não ficasse comigo. A decisão final seria tomada por ele e pelo Alan Guest, ao que parecia, de modo que, basicamente, desde que eu causasse boa impressão ao Alan, estava no papo. As coisas estavam melhorando mais e mais.

Ruminei a novidade no caminho a pé, algumas centenas de metros, até a loja de departamentos que até seis meses antes tinha sido meu local de trabalho. O sol finalmente dava as caras, e até parecia que não seria tão impossível a primavera surgir na próxima esquina. Dava para sentir uma leveza renovada em meus passos, e que eu não costumava, até então, associar com esta parte do mundo. Não que me incomodasse particularmente ter de encontrar a responsável pela saúde ocupacional, uma senhora agradável e meiga que sempre me tratava com simpatia e gentileza. Tínhamos feito três consultas até ali, a primeira em algum momento de agosto do ano anterior. Caroline havia saído de casa algumas semanas antes, levando a Lucy com ela. Estava na cara que ia acontecer isso já fazia muito tempo, acho, mas ainda assim — o choque, a horrível constatação de que meu pior temor — a coisa que mais me apavorava no mundo — tinha de fato acontecido... Bem, me derrubou de vez, em pouco tempo. Resisti por uma ou duas semanas e então, certa manhã, acordei, pensei em me levantar para ir ao trabalho e meu corpo se recusou completamente a sair do lugar. Era aquela mesma sensação que descrevi para vocês num outro momento: a do filme de terror que vi quando criança, com o cara preso num quarto e o teto que desce sobre ele sem trégua. Passei aquele dia inteiro na cama, sem poder me levantar até umas 19h, se bem me lembro, quando já estava desesperado por comer alguma coisa e ir ao banheiro. E, depois disso, fiquei em casa a maior parte da semana, quase o tempo todo na cama, às vezes jogado na frente da TV, até conseguir, na sexta à tarde, me arrastar pro trabalho e ser chamado pela minha supervisora até a sala dela, perguntado sobre o que estava acontecendo e, dali, encaminhado diretamente para a Helen, a responsável pela saúde ocupacional, pela primeira vez. Não muito mais tarde, já estava consultando meu médico e, no começo do outono, tomando tudo quanto era tipo de comprimido, sem que nenhum tivesse me ajudado em nada. Não conseguia mais ver sentido, não conseguia mais ver saída. A partida da Caroline e da Lucy, claro, havia disparado aquela sensação, mas não demorou muito e tudo o mais me deprimia. Absolutamente tudo. O mundo parecia estar à beira de um colapso econômico, os jornais repletos de manchetes apocalípticas dizendo que o sistema bancário estava prestes a desmoronar, que todos perderíamos nosso dinheiro e seria o fim da civilização ocidental tal como a conhecíamos. Eu não fazia ideia se aquilo era verdade ou não, e do que deveria fazer a respeito. Como todo mundo que conhecia, eu também tinha uma grande dívida de hipoteca, enormes gastos no cartão de crédito e nenhuma poupança. Isso era bom ou ruim? Ninguém parecia ser capaz de me dizer. De modo que passei a não fazer mais nada além de assistir ao noticiário da TV o dia inteiro, sem entender o que falavam, exceto pelo sentimento geral de ansiedade e desespero que todos tentaram expressar, e logo caí vítima de um pânico difuso que encontrou terreno fértil no estado de inércia geral em que já me encontrava. A perspectiva de voltar ao trabalho foi desaparecendo cada vez mais do horizonte. Helen, a responsável pela saúde ocupacional na loja de departamentos, me indicou um psiquiatra, o qual me entrevistou durante algumas horas e chegou ao diagnóstico: eu estava deprimido. Agradeci a opinião, ele mandou a conta da consulta para a empresa e voltei para casa. Semanas se passaram, e depois meses. Só fui começar a sair dessa quando, um dia, checando minha caixa de e-mails, encontrei uma mensagem da Expedia que me lembrava da viagem a Sydney, dali a algumas poucas semanas. E eu nem sabia que devia embarcar rumo a Sydney. Como eu disse, a Caroline tinha marcado a viagem antes de ir embora. No estado em que estava, devo dizer que a perspectiva de voar até a Austrália me era pouco atraente; mas a Helen estava convencida de que me faria bem e me incentivou a levar a ideia adiante. Então peguei o avião para Sydney e visitei meu pai e tudo o mais que vocês já sabem. Ou, ao menos, tudo aquilo que eu quis contar para vocês.

Minha consulta com a Helen durou vinte minutos.

Ela me fez lembrar que estavam chegando ao fim os seis meses de licença com vencimentos integrais a que eu tinha direito por razões médicas e me perguntou o que pretendia fazer agora. Estava pronto para voltar ao trabalho? Disse a ela que não queria voltar. Não falei nada sobre a nova vida que me propunha levar, como vendedor de escovas de dente. Pareceu mais prudente, por algum motivo, guardar segredo. Helen se mostrou genuinamente chateada por eu não querer ficar na loja. Assegurou-me que minha supervisora tinha afirmado, por escrito num memorando, que eu era considerado por todos um excelente funcionário da Divisão de Atendimento ao Cliente no Pós-Venda. E que minha saída representaria uma grande perda para a empresa, ela acrescentou. Disse a ela que estava decidido e que minha decisão era definitiva. Trocamos um aperto de mãos. Ela prometeu começar a encaminhar minha papelada. Nos despedimos.

Pensei em dar uma passada no departamento onde tinha trabalhado, no quarto andar, dizer um tchau para os antigos colegas; mas acabei concluindo que fazendo isso teria de passar por muitos constrangimentos e dar explicações incômodas demais. Era melhor sumir de vez. Então desci a escada rolante até o térreo e saí da loja por uma das portas da frente, em vez de usar o acesso dos funcionários. A verdade é que estava louco para dar o fora dali.

A mãe da Poppy morava numa parte rica de Londres. O código postal ali era SW7. Como tinha a tarde inteira pela frente, gastei o tempo, uma ou duas horas, circulando por ruas a cada esquina mais chiques e absurdamente prósperas. Olhava para aquelas grandiosas, imponentes e imperturbáveis fachadas de sólidos casarões georgianos e tinha certeza de que demoraria anos — décadas — até que uma recessão tivesse qualquer impacto naquele lugar. Aquela gente construíra um muro sólido de dinheiro em torno de si, e ele não estava nem um pouco prestes a desabar.

A mais ou menos 2 quilômetros dali, onde passei a maior parte da tarde, as coisas já não eram tão confortáveis. Contei uma meia dúzia de lojas que tinham fechado as portas e lacrado as janelas. As que haviam sobrado eram, em geral, de grandes franquias nacionais ou internacionais. As pessoas não pareciam mais querer comprar sapatos ou material de escritório, embora mostrassem um apetite aparentemente insaciável por telefones celulares e não se importassem de pagar 3,5 libras por uma xícara de café. O que era o meu caso, aliás. Entrei num Starbucks e pedi um moca com essência de hortelã-pimenta e — como almoço tardio — um panini de tomate e mussarela. O atendente desta vez era oriental e não corrigiu meu pedido. Enquanto comia o panini e bebia o café, pensei na decisão que havia tomado. Estaria fazendo uma bobagem? Os tempos eram de incerteza. Trevor tinha me garantido que a Guest Escovas de Dente era sólida, mas pequenos negócios estavam indo pro buraco todos os dias. A loja de departamentos, por outro lado, era uma empresa estável, com uma enorme base de clientes fiéis e uma marca reconhecida em todo o Reino Unido. E ali estava eu, desistindo de tudo, por uma vaga em potencial (nada além disso) a ser preenchida numa empresa sobre a qual eu não sabia quase nada. Mas confiava no Trevor. O salário que ele mencionara era melhor do que aquele que eu vinha recebendo. Era tão difícil saber a coisa certa a fazer. Variáveis demais em jogo.

Sem conseguir chegar a uma conclusão, passei a pensar na viagem que faria em pouco mais de uma semana. O revendedor da Guest que eu visitaria era uma pequena farmácia na cidadezinha de Norwick, no extremo norte de Unst. Trevor já tinha feito contato com o pessoal, preparando minha visita. Fazer aqueles comerciantes comprarem alguns dos produtos da empresa seria mais ou menos uma formalidade, aparentemente. Tudo fora acertado por telefone, de modo que pouco haveria de esforço real de venda. Trevor tinha dito que minha principal tarefa seria relaxar, aproveitar a viagem e fazer o videodiário mais interessante possível. O *ferryboat* para Shetland saía de Aberdeen, diariamente, às 17h, de modo que eu tinha diversas opções. Se quisesse cumprir rapidamente o itinerário, deveria reservar apenas uma noite de hotel, de segunda para terça, em algum lugar entre Reading e Aberdeen. O local óbvio, na minha opinião, era Cumbria. Daria a desculpa perfeita para um contato por telefone com a Caroline, e possivelmente para uma saída com a Lucy, comer alguma coisa juntos. (Tinha minhas dúvidas se Caroline fosse querer nos acompanhar.) Precisava começar pensando no presente que compraria para ela, alguma coisa legal que já levasse comigo...

Quando pensei em presente, lembrei que deveria, claro, comprar alguma coisa para os meus anfitriões naquela noite. Saí do Starbucks e me dirigi a uma loja que vendia chocolate a preços proibitivos, cortado em finíssimas e elegantes barras e acondicionado em embalagens minimalistas: parecia que os designers da Apple tinham passado a trabalhar como confeiteiros. Comprei um para a Poppy — uma folha de chocolate ao leite com leves toques de branco e amargo — e então me decidi por algo parecido para a mãe dela também. Saí da loja me sentindo satisfeito com a compra. Só mais tarde, já a caminho do bairro SW7, é que comecei a me sentir um pouco tolo. Tinha acabado de trocar 25 libras por duas barras de chocolate. Estaria começando a esquecer o valor das coisas, como todo o resto do mundo?

— Em todo caso — Clive estava dizendo —, uma das coisas de que todos estamos começando a nos dar conta é que o valor de qualquer objeto, seja uma casa ou — olhando na minha direção — uma escova de dentes, por exemplo, é na verdade... nulo! É apenas a soma das diferentes avaliações que membros diversos de uma sociedade fazem desse objeto em determinado momento. Algo inteiramente abstrato, totalmente imaterial. E no entanto tais entidades completamente inexistentes — a que chamamos de *preços* — estão na base de sociedades inteiras. Uma civilização inteira assentada sobre... bem, sobre ar, na verdade. Não passa disso. Ar.

Houve um silêncio curto.

— Não chega a ser uma observação muito original, a sua — disse Richard, enquanto pegava outra azeitona.

— Claro que não é — respondeu Clive. — Nunca disse que era. Mas, até hoje, a maioria das pessoas nunca pensou realmente sobre isso. A maioria continua levando seu dia a dia na confortável presunção de que existe algo concreto e real que sustenta tudo o que fazemos. Só que não é mais possível pressupor tal coisa. E, à medida que formos nos dando conta disso, vamos ter de adaptar nossa maneira de pensar. — Ele deu um sorriso beligerante na direção de Richard. — Obviamente sei que, no segmento em que você atua, isso não é novo. Há anos que você sabe o que o resto de nós apenas agora começa a entender. E tem se dado muito bem nessa história, devo dizer.

O segmento de atuação de Richard eram investimentos bancários diversos. Não estava muito concentrado, na verdade, quando me explicaram. Tinha sido um caso de antipatia imediata com ele, desde o momento em que fomos apresentados, e suspeitei que o sentimento fosse recíproco. O cara estava ali, ao que parecia, por causa da namorada, Jocasta, a mais antiga amiga de faculdade da Poppy. Jocasta dava a impressão de ser muito legal, mas estava pretendendo monopolizar a Poppy pelo resto da noite. Na mesa, havia cartões de identificação com nossos nomes, e fomos divididos, percebi, pelo critério de geração. Acabei numa das pontas, junto dos mais velhos — a mãe da Poppy, Charlotte, e o Tio Clive — e com esse cara, Richard, sentado ao meu lado, Jocasta na frente dele e a Poppy do outro lado, quase tão distante de mim quanto seria possível. Sentei-me de frente para o Clive, que, devo dizer, era exatamente o tipo simpático e cativante que a Poppy me descrevera. A mãe dela me chamou a atenção por ser uma pessoa inescrutável. Era aquilo que, imagino, escritores de verdade costumam descrever como uma mulher "atraente", querendo dizer que provavelmente foi muito bonita dez ou 15 anos antes. Não me pareceu que tivesse um emprego, mas era evidente que tinha um meio de sobrevivência de algum tipo; difícil, porém, descobrir alguma coisa mais, pois ela não falava muito sobre si mesma, limitando-se a tentar extrair de mim informações de como havia conhecido sua filha e (sem me perguntar diretamente) quais seriam minhas intenções em relação à Poppy. Era desconfortável sentar ao lado da mulher. Percebi que ela já pegava meio pesado no vinho tinto antes mesmo de o primeiro prato ser servido, e devo dizer que me sentia tentado a imitá-la. A noite não seria tão divertida quanto eu tinha imaginado.

— Qual é, Clive — falou Jocasta, irritada com o comentário anterior. — Isso é golpe baixo. Você não deveria chutar um homem caído, sabe.

— Caído?

— O Richard perdeu o emprego faz algumas semanas — interveio Poppy. — Ninguém te contou?

— Oh — disse Clive. — Não, eu não sabia disso. Desculpe.

— Um pé na bunda sem cerimônia — contou Richard.

— Limpeza de gavetas e tudo o mais. Nenhuma surpresa, na verdade. Estava se anunciando já há semanas. Fui um dos últimos do departamento a sair.

— E que departamento era? — perguntou Charlotte.

— De pesquisa.

— Sério? É estranho pensar que bancos precisem de um departamento de pesquisa.

— Não tem nada de estranho. Esse banco, em particular, mantém um dos maiores departamentos do tipo.

— E quem é que trabalha num lugar desses? — Clive quis saber. — Economistas, principalmente, imagino.

— Não, geralmente não são economistas. Matemáticos, a maioria. Alguns com formação em física, normalmente teórica. Vários engenheiros, como eu. Todos com, no mínimo, doutorado.

Eu me esforçava para dar minha contribuição ao debate, tentando pensar em como um departamento cheio de físicos e engenheiros poderia ser de muita utilidade para um banco.

— E você fazia o que lá, exatamente...? Imagino que projetava máquinas de autoatendimento e esse tipo de coisa para eles.

Jocasta gargalhou alto ao ouvir isso. Richard disse apenas:

— Acho que não. — E me dirigiu um dos sorrisos mais condescendentes que já tinha visto na vida. Senti-me devidamente esmagado, mas Clive, muito elegante, tentou me reabilitar.

— Bem, qual era o seu trabalho, então? Nem todo mundo aqui é especialista em bancos, sabe.

Richard bebericou seu vinho e, por um momento, pareceu deliberar sobre se valia ou não a pena responder à pergunta. Enfim, falou:

— Éramos pagos para desenvolver novos instrumentos financeiros, extremamente complexos e elaborados. Você deve ter ouvido falar de Crispin Lambert?

— Claro — respondeu Clive. (Eu não tinha.) — Acho que ele se tornou Sir Crispin depois da aposentadoria. Li um artigo, outro dia, em que ele dava uma opinião.

— Ah, e o que dizia?

— Bem, até onde me lembro, que era óbvio que os bons tempos tinham terminado, ou algo assim, mas que isso não seria culpa de ninguém — menos ainda culpa *dele* ou de gente como ele — e que todo mundo simplesmente teria de se conformar em apertar os cintos e esquecer a TV de plasma e as férias em Ibiza este ano. Acho que a entrevista foi concedida da sala de recepção de uma das muitas propriedades rurais das quais era o proprietário.

— Pode tirar sarro dele, se quiser — falou Richard —, mas qualquer um que entenda alguma coisa da história das finanças neste país sabe que Crispin foi um gênio.

— Não duvido — devolveu Clive. — Mas não foram gênios como ele que nos colocaram na atual enrascada?

— Que ligação você tinha com ele, Richard? — perguntou Charlotte.

— Nosso banco incorporou a firma de consultoria do Crispin nos anos 1980 — explicou Richard — e daí em diante dá para sentir sua influência em mais ou menos tudo o que fizemos. Claro, Crispin saiu algum tempo antes de eu entrar no banco, mas ainda era uma figura lendária lá. Basicamente fundou o departamento de pesquisa. E a partir do zero.

— E esses instrumentos financeiros que vocês desenvolviam — retomou Clive — estão na base da maioria das nossas hipotecas e investimentos, certo?

— Sem rodeios, sim.

— E nós, meros mortais, seríamos capazes de entender alguma coisa sobre eles se você nos explicasse?

— Provavelmente não.

— Bem, faça uma tentativa, mesmo assim.

— Não vale a pena. É uma área muito especializada. Enfim, adiantaria alguma coisa se vocês soubessem que uma Letra Lógica é um título que paga uma taxa adicional — cupom, como é chamada — equivalente ao mais baixo de dois percentuais, o da taxa de inflação alavancada e o do *spread* entre duas taxas de CMS? — Silêncio atônito à mesa. — Ou que um Swap de Desconto MtM com Limite Dual Potenciado combina uma operação de câmbio baseada na variação da taxa de provisão reversa fixa e flutuante com um perfil de alavancagem? — Richard se permitiu um sorriso breve e triunfal. — Pois é. Melhor deixar essas coisas para o pessoal que entende.

— E esse pessoal inclui os caras que vendiam os produtos?

— As equipes de vendas? Bem, em tese elas deveriam entender do assunto, obviamente, mas acho que era raro o vendedor que entendia. De qualquer forma, já não era mais problema nosso.

— Talvez não fosse problema de vocês — falei —, mas certamente qualquer um pode ver que isso era desastre certo. Um vendedor não pode vender algo sobre o qual não entende. E não apenas precisa entender da coisa, mas acreditar nela.

Depois que eu disse isso, houve uma pausa e um leve espanto; na tentativa de quebrá-lo — e talvez para justificar minha intervenção —, Poppy esclareceu:

— O Max trabalhou muito tempo com vendas.

— No setor financeiro? — perguntou Jocasta.

— Estranho — atalhou Richard. — Pensei ter ouvido você dizer ao Clive que mexia com escovas de dente.

— Não, não trabalhava no setor financeiro — admiti, desejando, naquele momento, estar bem longe daquela mesa de jantar. — Trabalhava com... produtos de recreação, para crianças. E agora, sim, estou passando para o setor de... escovas de dente. É verdade.

Pensei, pela expressão do rosto dela, que Jocasta daria outra gargalhada. Richard não disse nada, embora seu desdém ficasse claro nos cantos da boca. Claro o suficiente, ao menos, para que eu terminasse por acrescentar:

— Estou bem empolgado, na verdade. Sabe, não que eu vá ganhar qualquer coisa como 300 paus por ano e mais um bônus de 500 paus, mas pelo menos sei que estou vendendo um produto bom pra caramba. Bem-desenhado, não simplesmente fabricado em série, de qualquer jeito, mas com um pouco de cuidado, e também um pouco de preocupação com o futuro... — Me recolhi, consciente de que todo mundo estava olhando para mim. — Afinal — concluí, titubeante —, todos precisamos de escovas de dente, né?

Clive se levantou e começou a tirar os pratos.

— Claro — disse ele. — Alguém poderia argumentar que mais até do que precisamos de Swaps de Desconto com Dual Potenciado.

Assim que ele deixou o recinto, Charlotte perguntou ao Richard:

— E você está atrás de emprego no momento?

— Agora, exatamente, não. Preciso me recompor primeiro. Temos alguma folga de grana para um ano ou dois, de qualquer maneira. Se começar a apertar, podemos pensar em vender o Porsche.

Jocasta lançou-lhe um olhar cortante, como se, sem a menor cerimônia, ele tivesse acabado de levantar a possibilidade de que ela passasse a se prostituir. Poppy riu:

— Mas você nem dirige mesmo aquele carro. Faz três meses que está estacionado na frente do apartamento de vocês e não sai dali.

— Nosso medo é que, saindo, a gente perca a vaga — esbravejou Jocasta, sem nem um pouquinho de autoironia. Ela se levantou para ir ao banheiro.

Em seguida, Richard virou as costas para mim muito ostensivamente e iniciou uma animada conversa com a Poppy. Na verdade, pelo que pude bisbilhotar do papo dos dois, ele flertava abertamente com ela. Tinha reparado, ao longo da noite, que ele e Jocasta pouco conversavam, e agora me ocorria que, com a perda de emprego e status do rapaz, o casamento provavelmente estava sob pressão. Mas por que diabos a Poppy haveria de achar interessante aquele bobalhão convencido? Esforcei-me para ouvir o máximo que podia, mas estava difícil, com o Clive tentando me puxar para uma conversa sobre Donald Crowhurst ("A Poppy me contou que a história dele cativou sua imaginação") e a mãe dela fofocando furiosamente sobre um amigo da família que havia acabado de comprar um chalé numa das Ilhas Shetland. Na meia hora seguinte, Poppy e eu não tivemos chance de trocar uma palavra sequer. Por fim, olhei no relógio e me dei conta de que teria de ir embora se quisesse pegar o trem das 11h34 de volta para Watford. Havia outros trens depois desse horário, mas eu não queria viajar para casa no meio da madrugada; e, vamos e venhamos, a noite tinha sido um fracasso.

— Chegue aqui um minuto — falou Clive. — Tem umas coisinhas que eu queria te dar antes de você ir embora.

Fomos até o cômodo ao lado, uma espécie de sala de estar e escritório ao mesmo tempo. O apartamento da Charlotte ficava no terceiro andar de uma mansão, com vista para uma tranquila praça ajardinada, coberta de folhas. Talvez aquele cômodo tivesse, um dia, servido como quarto: me chamava a atenção o tamanho do apartamento, para uma mulher que vivia sozinha.

— Aqui: trouxe o livro para você — disse Clive. — E o DVD.

Ele me entregou um exemplar antigo, em capa dura, do livro de Ron Hall e Nicholas Tomalin, *A estranha viagem de Donald Crowhurst*, e o DVD de *Águas profundas*, um documentário de longa-metragem sobre a aventura de Crowhurst feito recentemente.

—Você vai gostar — anunciou ele, feliz. —A história vai ficando cada vez mais fascinante à medida que a gente descobre mais sobre ela.

— Obrigado — falei. — Só me diga qual a melhor maneira de te devolver esse material. Pela Poppy, talvez?

— Ou pessoalmente, se você preferir — respondeu ele, e me estendeu seu cartão. Tinha o endereço comercial, Lincoln's Inn Fields. Nem sabia que ele era advogado. — Mande um e-mail para mim ou algo assim. Quero saber o que você achou do filme.

— Sim — respondi. —Vou fazer isso.

Clive hesitou; estava claramente prestes a me dizer alguma coisa mais pessoal.

—A Poppy me contou... — começou ele, deixando uma pausa, durante a qual fiquei tentando descobrir *o que* a Poppy teria contado a meu respeito. Que se sentia muitíssimo atraída por mim, mas tinha vergonha de admitir, talvez, por conta da diferença de idade? — A Poppy me contou que você está afastado do trabalho por causa de uma depressão.

— Ah — falei. — Isso.

Curioso como aquela informação parecia me perseguir aonde quer que eu fosse.

— Sim, mas acho que... acho que já superei.

— Bom saber — disse Clive. Seu sorriso era gentil. — Mesmo assim, sabe, esse tipo de coisa exige certo tempo. Estava aqui pensando nessa sua viagem a Shetland.

— Exatamente do que eu estou precisando, provavelmente. Sair um pouco de mim mesmo.

— Provavelmente. Mas você vai estar bem solitário lá. E bem longe de qualquer pessoa conhecida.

— Não. Vou ficar bem. Estou realmente ansioso para partir.

— Que bom. Fico feliz de ouvir isso — ele me deu leves tapinhas nas costas e disse, um pouco inesperadamente: — Cuide-se, Max.

Mas eu estava bem mais interessado na Poppy, que de repente surgira ao lado dele, e vestida com um sobretudo.

— Pensei que eu podia te acompanhar até a estação — falou. — A gente não teve muita chance de conversar, né?

A caminho da estação de metrô de South Kensington, eu exultava de felicidade. O fato de ela ter saído do script para me fazer companhia; o fato de que nossos corpos se mantinham tão próximos, quase se tocando: parecia haver perfeita lógica nisso tudo. Parecia que todas as coisas que tinham me acontecido desde que conhecera a Poppy conduziam àquele momento importante, decisivo, agora tão próximo de se concretizar. Apenas mais alguns passos e chegaríamos à entrada em arco da estação, e aí seria a hora: o momento de fazer o que pretendera fazer desde o início, naquela noite.

— Bem... — disse ela, lépida. — Foi bom te ver, Max. Viajo para Tóquio amanhã, desde que consiga lugar no voo, mas... Bem, boa sorte com a viagem para Shetland, se a gente não se encontrar antes de você ir. E obrigada pelo chocolate.

Ela espichou o pescoço e ofereceu a bochecha. Tomei os dois lados do seu rosto entre as palmas das minhas mãos, puxei-a firme na minha direção e beijei-a na boca. O beijo durou, talvez, alguns segundos, até que senti a boca de Poppy, contraída, se soltar da minha. Ela se afastou bruscamente.

— Erm... Dá licença? — falou, esfregando os lábios. — O que foi isso, exatamente?

Nesse momento, percebi que algumas pessoas que passavam estavam olhando para a gente, curiosas e se divertindo. Ou, mais precisamente, olhavam para mim. Súbito, me senti muito idiota, e muito velho.

— Não era... isso o que você esperava? — perguntei.

Ela não respondeu logo, apenas recuou alguns passos, me encarando com uma expressão de leve incredulidade.

— Acho melhor eu ir — disse.

— Poppy... — tentei dizer, mas as palavras me escapavam.

— Olha só, Max. — Ela chegou mais perto: já era alguma coisa, em todo caso. —Você não sacou?

— Saquei? Saquei o quê?

— O que era o jantar de hoje? Para que devia ter servido esta noite?

Fiz uma careta. Do que ela estava falando?

— Max. — Ela soltou um pequeno suspiro desesperado. —Você é vinte anos mais velho que eu. A gente nunca poderia ser... um *casal*. Você tem idade para ser meu...

Ela recuou, mas aquela não era a frase mais difícil do mundo de se completar, mesmo tratando-se de uma besta como eu.

— Ok. Entendi. Boa noite, Poppy. Obrigado por me acompanhar até aqui.

— Max, desculpe.

— Não precisa se desculpar. Não se preocupe. Já entendi tudo. Foi uma ideia gentil. E a sua mãe é uma mulher muito atraente. Bem bonita, na verdade. Só que não faz... meu tipo, infelizmente.

Ela talvez tenha tentado responder alguma coisa, não sei. Virei as costas e, sem olhar para trás, desci a escada até as catracas. Meu rosto queimava, e podia sentir lágrimas de humilhação pinicando nos olhos. Limpei-as com a manga do casaco enquanto tateava, no bolso, em busca do meu cartão do metrô.

Vocês talvez estejam pensando que as coisas não poderiam piorar naquela noite. Mas pioraram. Por algum estranho impulso masoquista, fui checar os e-mails da Liz Hammond e vi que Caroline tinha escrito uma mensagem para ela e anexado — conforme lhe fora pedido — o último conto que escrevera. Chamava-se "O buraco das urtigas".

Juro para vocês que meu coração quase parou de bater por alguns segundos quando vi aquele título. Ela *não podia* ter feito aquilo, podia? Não podia ter escrito sobre *aquele* episódio.

Enquanto o texto era impresso, fui preparar um drinque. Não dispunha de muita coisa em casa, então tive de me virar com vodca. Minhas mãos tremiam. Por que me submeter a tal coisa, depois do jeito horrível como havia me despedido da Poppy? Já não fora suficiente, naquela noite, ter acalentado tantas (falsas) esperanças que acabaram em catástrofe?

Nem adiantava. Sentia-me impotente diante da mórbida curiosidade que arrastou meus passos até a sala de estar, vodca numa das mãos, dez folhas A4 impressas na outra. Atirei-me no sofá Ikea cinza, espiei a fotografia emoldurada da Caroline e da Lucy com a árvore de Natal — pareciam me olhar zombeteiras do consolo da lareira — e comecei a ler. Comecei a ler o relato *dela* — mas na terceira pessoa, para dar um toque de "objetividade" e "distanciamento", claro! — sobre o que tinha acontecido naquelas nossas férias em família na Irlanda, cinco anos antes.

Terra

O buraco das urtigas

— A "trapaça" é um conceito interessante, você não acha? — disse Chris.

— Como assim? — respondeu Max.

Caroline, junto à pia da cozinha, assistia à conversa dos dois. Só por aquele aparentemente insignificante diálogo, ela sentia ser capaz de detectar um mundo de diferenças entre eles. Chris era um interlocutor hábil e atraente: ainda que o assunto fosse menor, abordava-o de maneira inquiridora, questionadora, sempre empenhado em ir fundo, até a verdade, e confiante de que chegaria lá. Max, nervoso, se mostrava um eterno inseguro — nervoso até mesmo ali, conversando com o cara que considerava (ao menos era isso que ele gostava de dizer para todo mundo, inclusive para si próprio) seu mais antigo e íntimo amigo. O que a fez se perguntar — e não era a primeira vez naquelas férias — por que, exatamente, o afeto entre aqueles dois homens durava há tanto tempo.

— O que quero dizer é que, na vida adulta, não falamos muito sobre enganar os outros, certo?

—Você pode enganar sua mulher — disse Max, talvez um pouco pensativo demais.

— Obviamente essa é a exceção — concedeu Chris. — Mas, fora isso, o conceito parece desaparecer ali pela adolescência, não? No futebol, a gente fala que um jogador passou a perna no outro, mas não trata como trapaça. Outros atletas tomam drogas para melhorar sua performance, mas, quando a coisa é noticiada, quem acompanha o jornal não diz que fulano ou sicrano foram flagrados *trapaceando*. E no entanto, para as crianças, essa é uma ideia extremamente importante.

— Olha só, me desculpe...

— Não, não estou falando sobre o que aconteceu hoje — interrompeu Chris. — Esqueça isso. Não foi nada.

Um pouco antes, naquela mesma tarde, a filha de Max, Lucy, tinha se envolvido numa discussão ferrenha, regada a lágrimas, com a filha mais nova de Chris, Sara, em que alegava ter havido trapaça num jogo de críquete. As meninas brincavam no grande gramado em frente à casa, e os gritos de uma acusando a outra, que negava, foram ouvidos por toda a propriedade, o que atraiu ao local da briga membros das duas famílias, que surgiram correndo de todo lado. As duas não se falavam desde o incidente. Agora mesmo, sentadas bem longe, em cantos opostos, uma delas tinha a expressão carregada enquanto se concentrava em seu Nintendo DS, a outra zapeava os canais em busca de algo aceitável a que assistir na TV irlandesa.

Chris retomou:

— Lucy já tem interesse por dinheiro?

— Na verdade, não. A gente dá 1 libra por semana e ela guarda no cofre de porquinho.

— Sim, mas ela já te perguntou de onde vem o dinheiro, para começar? Como funcionam os bancos, e esse tipo de coisa?

— Ela só tem 7 anos — respondeu Max.

— Bem, o Joe já se mostra bastante interessado nesses assuntos. Ainda hoje me pediu um curso intensivo de economia.

Certo, deve ter pedido mesmo, pensou Max. Com 8 anos e meio, Joe já começava a manifestar a curiosidade insaciável, o mesmo brilho nos olhos do pai, enquanto Lucy, apenas um ano mais nova, parecia contente no próprio mundo, feito quase que inteiramente de fantasia: um mundo de bonecas e amigos imaginários, gatinhos e hamsters, bichinhos de pelúcia e encantamentos do bem. Ele tentava não se preocupar muito com isso, ou alimentar ressentimento.

— Aí falei um pouco para ele sobre investimentos. Só o básico, sabe. Contei para ele que, quando se fala num banqueiro, não é alguém que fica o dia inteiro atrás de um caixa trocando os cheques dos clientes. Disse que um banqueiro mesmo na verdade nunca pega em dinheiro. Que a maior parte do dinheiro no mundo, hoje em dia, não existe como algo tangível, nem mesmo na forma de pedaços de papel com compromissos a serem honrados. Então ele me perguntou: "Mas o que, afinal, um banqueiro *faz*, pai?" Expliquei que muito do trabalho de um banco moderno tem a ver com física. É daí que vem o conceito de alavancagem — a gente encontra esse termo o tempo todo na moderna teoria sobre bancos. Enfim, você deve saber do que estou falando.

Max concordou com a cabeça, embora de fato não soubesse nada sobre aquilo. Caroline, que conhecia bem (bem demais) o marido, depois de tanto tempo, viu a reação e a reconheceu como o que era: um blefe. O sorrisinho íntimo que lançou em direção ao chão da cozinha vinha temperado com certa tristeza.

— Falei pro Joe que grande parte da atividade bancária moderna consiste em emprestar dinheiro, que nem é dinheiro próprio, e encontrar onde reinvestir esse dinheiro a uma taxa de retorno mais alta do que aquela que você está pagando à pessoa de quem emprestou. E, quando disse isso para ele, o Joe pensou um pouco e, em seguida, falou uma coisa muito interessante: "Então os banqueiros", ele disse, "são só caras que, na verdade, ganham um monte de dinheiro trapaceando."

Max sorriu, satisfeito.

— Não é uma definição ruim.

— Boa, né? Porque coloca as coisas sob uma nova perspectiva. A perspectiva de uma criança. O que os bancos fazem não é *ilegal* — não na maior parte do tempo, pelo menos. Mas ainda assim parecem estar atravessados na garganta das pessoas, e isso acontece pelo seguinte. No fundo, em algum lugar das nossas cabeças, ainda temos regras não escritas sobre o que é justo e o que não é. E o que os banqueiros fazem não é *justo*. É o que as crianças chamam de trapaça.

Max continuava a pensar na conversa mais tarde, naquela noite, quando ele e Caroline foram se deitar, no quarto do sótão, ambos já a ponto de pegar no sono.

— Não imaginava que o Chris pudesse entrar naquela onda de "a sabedoria das crianças etc." — disse ele. — Pensava que era o tipo do papo meio bobinho demais para ele.

— Talvez — respondeu Caroline, indiferente.

Max esperou que ela dissesse mais alguma coisa, mas houve apenas silêncio entre os dois; um pedaço de um quase silêncio maior e mágico, suspenso sobre todo aquele litoral. Se escutasse com atenção, ele podia praticamente ouvir o ruído das ondas quebrando suavemente na areia, a cerca de 1 quilômetro dali.

— Eles são bem próximos, não são? — retomou Max.

— Quem? — murmurou Caroline, em meio à nuvem de sono que a envolvia.

— O Chris e o Joe. Passam bastante tempo juntos.

— Mmm. Bem, acho que é isso que pais e filhos fazem.

Ela rolou na cama devagar e deitou de costas. Max sabia que isso significava que estava quase adormecida agora e que era fim de papo. Ele esticou a mão para pegar a dela. Segurou-a e olhou para as nuvens inquietas que era possível enxergar pela claraboia do quarto, até perceber que a respiração da esposa se tornava mais lenta e regular. Quando ela adormeceu completamente, ele largou sua mão com delicadeza e virou de lado, dando-lhe as costas. Os dois não faziam amor desde a noite em que Lucy fora concebida, oito anos antes.

Quando se preparavam para uma caminhada, na manhã seguinte, o céu estava cinza e, no estuário, a maré estava baixa. As duas esposas ficariam para preparar o almoço. Ostensivamente trajando um avental plástico como símbolo de seu fardo doméstico, Caroline saiu com eles até o gramado para se despedir; mas, antes que ganhassem o descampado e a trilha que levava à beira d'água, Lucy chamou os pais.

—Venham ver uma coisa — disse ela.

Agarrou a mão de Max e o conduziu pelo grande gramado na direção das cercas vivas que marcavam os limites da propriedade. Do lado de fora da cerca, crescia um teixo ainda jovem, com um único galho retorcido que voltava na direção do gramado. Um pedaço de corda cheio de nós pendia do galho e, embaixo, onde a terra havia sido removida para formar um buraco fundo, um maço denso de urtigas afiadas emergia espetado para fora.

— Uau — falou Max. — Parece bem perigoso.

— Se alguém cair ali — quis saber Lucy — vai precisar ir pro hospital?

— Provavelmente não — respondeu Max. — Mas ia se machucar bastante.

Caroline disse:

— Não é o melhor lugar para amarrar uma corda, na verdade. Acho que não é uma boa ideia vocês se pendurarem aí.

— Mas essa é a nossa brincadeira — falou um menino atrás deles, a voz ofegante.

Os três se viraram e viram que Joe tinha corrido para alcançá-los. O pai dele vinha atrás.

— E que brincadeira é essa? — perguntou Caroline.

— É um jogo de desafio — explicou Lucy. — A gente se agarra na corda e aí os outros empurram e a gente tem que balançar nela, tipo, umas dez vezes.

— Sei — disse Chris, num tom de resignada compreensão. — Não sei por que me parece uma das tuas ideias, Joe.

— Foi, sim, mas todo mundo quer brincar — insistiu o filho.

— Bem, acho que não é uma boa.

— O que vocês fariam — atalhou Caroline — se alguém caísse ali? Os espinhos iam machucar muito, entrando pelo corpo inteiro.

— Essa é que é a graça da brincadeira — disse Joe, como quem, triunfalmente, afirma o óbvio.

— Tem um monte de trevos ali no meio — completou Lucy. — Se a gente cair, vai dar sorte.

— Cinco palavras — encerrou Caroline. — Não, não, não, não e não.

Joe soltou um suspiro de resignação e virou as costas. Mas ele não era muito de ruminar as decepções da vida, e sua cabecinha irrequieta nunca descansava por muito tempo. Já a caminho do estuário, Caroline ainda conseguiu escutá-lo perguntando ao pai por que os trevos sempre cresciam perto de urtigas espinhentas, e pôde ouvir o pai responder — como sempre — com uma explicação concisa e informada. Seguiu com os olhos as duas figuras que se afastavam e viu, em seguida, as duas irmãs de Joe correrem para alcançá-los: os corpos de pai e filho, tão parecidos, na forma e na postura, apesar dos anos de diferença, e as filhas, impacientes, empurrando-se — as três crianças aglomeradas em volta do pai, formando um grupo inseparável, pelo sangue, pelo afeto mútuo e, acima de tudo, pela inabalável admiração por aquele pai. E olhou para Max e Lucy a segui-los pela mesma trilha: de mãos dadas, sim, mas por alguma razão apartados — havia ali alguma interferência, alguma força a separá-los — e apartados de um jeito que ela mesma reconhecia, por experiência própria. Por um instante, naquele estranho paradoxo de proximidade e separação, ela enxergou o símbolo de sua própria relação com Max. Um rasgo de agudo e indefinível remorso a percorreu.

Podia, agora, escutar a conversa dos dois enquanto se afastavam, caminhando.

— Mas, então, *por que* os trevos crescem sempre perto das urtigas? — perguntava Lucy.

— Bem — respondia Max. — A natureza é muito inteligente...

Mas, se tinha ou não conseguido explicar a ela mais do que isso, Caroline não pôde saber, as vozes agora sendo levadas pela brisa marítima.

Como ele conseguia?, Max se viu perguntando a si mesmo durante aquela caminhada. Como o desgraçado do Chris conseguia ser tão informado?

Ele até entenderia se assim fosse apenas em conversas sobre coisas relacionadas à área de formação do amigo. Mas não era. O fato era que Chris sabia sobre tudo. E não de um jeito agressivo, do tipo sou-mais-inteligente-que-vocês. Simplesmente, estava vivo há 43 anos e, nesse tempo, tinha reparado no mundo ao seu redor, absorvido montes de informações e sido capaz de retê-las. Mas por que Max não conseguia fazer a mesma coisa? Por que não conseguia guardar os conceitos mais simples sobre física, biologia ou geografia? Como podia, vivendo há tanto tempo no mundo físico, não ter aprendido nada sobre seus princípios e suas leis? Era constrangedor. O que o fez se dar conta de que passava pela vida como num sonho: um sonho do qual acordaria algum dia (provavelmente dali a trinta anos) para finalmente descobrir seu tempo na Terra prestes a se esgotar, e antes mesmo de ter a menor compreensão deste mundo.

Max abandonou esses pensamentos sombrios quando sentiu a mão de Lucy se soltar da sua e a filha ir correndo para alcançar Chris e as outras crianças. Os contornos simpáticos do Castelo de Ballycarberry, com suas trepadeiras em desalinho, surgiram diante deles, e a menina corria na direção do ponto em que, numa curva do rio, às vezes era possível atravessar com a maré baixa. Chris dava explicações a Joe e às filhas sobre as marés e a atração gravitacional da Lua, tema (como muitos outros) que Max jamais chegara nem perto de dominar. Ele passou a escutar de longe o que dizia o amigo, mas de repente se sentiu desconfortável e, como distração, apanhou uma pedra lisa para tentar fazê-la quicar na superfície da água do rio. A pedra afundou depois de dois ou três quiques. Ao se virar para ir ao encontro dos outros, viu que Chris havia reunido as quatro crianças em torno de si e perto de um trecho seco do leito do rio onde se podia fazer a travessia. Até mesmo Lucy estava prestando atenção.

— Então, quando um pedaço grande da terra fica exposto assim — falava Chris —, o mais legal é que mostra um monte de coisas sobre a história desta região. Algum de vocês consegue se lembrar como se chamam as diferentes camadas do solo?

— Horizontes! — disse Joe, triunfal.

— Isso. São chamadas de horizontes. Normalmente, a mais superficial — essa camada fina e escura — é conhecida como horizonte "O", mas daria para classificar, nesse caso aqui, como horizonte "T", porque esta parte da zona rural tem bastante água. Vocês saberiam me dizer do que é esse "T" — uma coisa que se encontra muito na Irlanda?

—Turfa?

— Turfa, exatamente! Depois temos a superfície e o subsolo. Reparem como os diferentes horizontes vão se tornando mais e mais claros à medida que ficam mais profundos. Mas aqui o subsolo ainda é bastante escuro. Isso porque a Irlanda tem um clima bastante chuvoso e a chuva é muito boa para diluir a rocha e formar o solo, e também para distribuir os nutrientes. Mas o solo aqui também é bem arenoso, pois estamos exatamente na boca de um estuário.

— O que é um estuário, pai?

— Um estuário é qualquer ponto da costa onde a água dos rios e riachos se mistura à água salgada do oceano. Ou seja, os estuários são a fronteira entre sistemas terrestres e sistemas marítimos. Tendem a ter um solo muito rico porque ficam repletos de restos de plantas e animais. Vejam aqui este subsolo, por exemplo...

Nossa, era impressionante, Max tinha de admitir. Mas, também, era de se esperar que Chris entendesse de solos. Dava aulas de geologia na universidade já fazia vinte anos, e agora havia chegado ao posto de professor senior. Max se perguntava se sua filha sabia disso. Provavelmente não. Lucy olhava para Chris com a mesma admiração encantada dos filhos dele.

Em seguida, Chris, as filhas e Joe seguiram em frente, conversando alegremente enquanto alcançavam os três degraus de pedra toscamente esculpidos na rocha, permitindo chegar à passarela que, por uma trilha coberta de mato, levava ao castelo. Lucy, enquanto isso, se deixou ficar, incerta. Pegou na mão do pai e olhou nos seus olhos. Não estava muito claro se havia compreendido todas as nuances daquela pequena palestra que acabara de ouvir, mas uma coisa, definitivamente, compreendera: tinha entendido os laços de confiança e admiração que ligavam Chris aos filhos; ela entendera aquela alegre reverência com que o escutavam. Tinha entendido isso tudo; e Max sabia que, agora, ela se perguntava por que não havia aquele mesmo sentimento a ligá-la ao próprio pai. Ou melhor, Lucy agora tateava em busca daquele sentimento, com uma espécie de esperança desesperançada. Queria que ele lhe falasse daquele mesmo jeito. Queria que o pai lhe explicasse o mundo com a mesma segurança e autoridade que Chris colocava em cada palavra dita aos filhos. Quando os dois retomaram a caminhada, ela olhou em volta, e Max sabia que observava o entorno com um novo tipo de curiosidade; sabia que ela logo acharia perguntas próprias que gostaria de lhe fazer, para as quais, esperava-se, o pai teria as respostas.

Aconteceu antes ainda do que ele imaginava.

— Papai — chamou ela, muito inocentemente.

— Mmm? — respondeu Max, já tenso esperando a bomba.

— Papai, por que a grama é verde?

Max riu, como se aquela fosse a pergunta mais simples e inócua do mundo; abriu a boca de modo a permitir que a resposta lhe saísse quase que com descaso dos lábios; então parou, dando-se conta de que não tinha a menor ideia do que ia dizer.

Por que a grama é verde? Que espécie de pergunta era aquela? A grama simplesmente *é* verde. Todo mundo sabe disso. É uma dessas coisas que a gente sabe que são assim e pronto. Alguém, algum dia, tinha explicado *a ele* por que a grama é verde? Na escola, talvez? Em que matéria — biologia, geografia? Tinha sido séculos atrás. Chris saberia, claro. O amigo estudara numa escola de ricos e, por isso, saberia que a resposta tinha algo a ver com... cromo-alguma-coisa, não era uma palavra assim? E cromo não significava cor em grego ou latim? Cromossomos, será que tinha algo a ver com cromossomos? Ou aquela outra coisa

que a luz do sol faz nas plantas... foto... foto... fotossíntese?
Seria isso o que tornava as coisas verdes...?

Ele olhou para Lucy. Ela o encarava pacientemente, confiante. Por um momento, pareceu muito nova, ainda mais nova do que os seus 7 anos.

Não adiantava. O silêncio seria a pior das respostas. Ele precisaria dizer *um troço qualquer* a ela.

— Bem... — começou. — Bem, toda noite, as fadas aparecem com seus pinceizinhos e latas de tinta verde...

Meu Deus, como ele se odiava às vezes.

Caroline e Miranda tinham terminado o almoço fazia algum tempo e relaxavam um pouco à mesa da cozinha, entre as duas uma garrafa de vinho tinto, já pela metade.

— Sabe — Caroline estava dizendo —, o problema do Max é que...

Mas aí é que estava o problema. Qual *era* o problema do Max? E, mesmo que ela soubesse, será que deveria mesmo fazer tal confidência àquela mulher, a esposa do melhor amigo do marido, uma mulher que mal conhecia? (Embora já começasse a conhecê-la — e gostar dela — e bastante naquelas férias.) Aquilo, em si, não seria uma espécie de traição?

Ela suspirou, desistindo — como sempre — do esforço de tocar no assunto.

— Sei lá... É que ele não parece muito feliz, só isso. Tem alguma coisa na vida dele, nele... Alguma coisa de que ele não gosta.

— Ele é bem calado — concordou Miranda. — Mas achei que tivesse sido sempre assim.

— E sempre foi — assentiu Caroline. — Mas está ficando pior ultimamente. Às vezes parece que não vou conseguir tirar dele uma palavra sequer. Acho que deve falar o dia inteiro no trabalho. — Mudando de estratégia, disse:

— Fico me perguntando o que ele e o Chris têm em comum. São pessoas tão diferentes, e mesmo assim amigos há tanto tempo.

— Bem, isso já conta muito, né? Uma história compartilhada, e assim por diante. — Miranda podia sentir que alguma coisa pesava sobre Caroline, um fardo angustiante. — Muitos casais passam por fases difíceis — comentou. — E a Lucy parece ser muito apegada ao pai.

—Você acha? — Caroline abanou a cabeça. — Eles *querem* ser próximos. Mas não sabem como. *Ele* não sabe como fazer. — Depois de tentar esvaziar a taça de vinho, encontrando-a já vazia, ela completou: — O que a Lucy gostaria mesmo era de ter um irmão ou uma irmã. O Joe parece totalmente realizado, com uma irmã mais velha e outra mais nova com quem brincar. É tão bom ver os três juntos. É como as famílias deveriam ser...

— Ainda dá tempo, não?

Caroline sorriu.

— Não estou velha demais para isso, se é o que você está querendo dizer. Mas, em outros sentidos, não dá mais. — Ela alcançou a garrafa, encheu novamente as taças e pôs para dentro mais do que um simples gole. — Ai, ai. *Seria, deveria, poderia*. São as palavras mais dolorosas da nossa língua.

O quanto aquela conversa poderia ter progredido, o quanto poderia ter se tornado perigosamente mais confessional, as duas nunca saberiam. Naquele momento, a porta dos fundos se abriu com estrondo. Elas puderam ouvir, vindas do quintal, as vozes desnorteadas de adultos e crianças, e então Chris irrompeu decidido na cozinha, sem fôlego, a expressão perturbada.

— Rápido — disse ele. — Onde está a caixa de primeiros socorros?

Miranda ficou de pé num salto.

— O que aconteceu? Quem se machucou?

— Mais o Joe. A Lucy um pouco também. Bicarbonato de sódio — é do que precisamos. Tem bicarbonato de sódio?

— Mas *o que* aconteceu?

Sem esperar a resposta, Caroline correu para o gramado, onde o que a aguardava era uma cena de caos. Joe estava estirado na grama, imóvel: a princípio, ela achou que estivesse desacordado. Max estava de joelhos ao lado dele, a mão pousada delicadamente sobre sua testa. Lucy correu em direção à mãe e se atirou nela, abraçando-a forte e com os braços nus, cuja pele estava irritada, Caroline não pôde deixar de notar, estava coalhada de ferimentos de espinhos.

— O que você aprontou, meu amor? O que aconteceu?

— Foi o jogo das urtigas — Lucy respondeu, entre soluços. — O desafio. A gente voltou do castelo e aí começou a brincar e o papai estava empurrando o Joe agarrado na corda. Ele começou a balançar bem forte e aí caiu bem no meio do buraco. Entrei lá para tentar ajudar ele.

—Você foi muito corajosa.

—Tá doendo muito, muito.

— Deve estar, sim. Não se preocupe. O Chris e a Miranda já vêm vindo, num segundo. Eles estão procurando um remédio para colocar nesses machucados.

— E o Joe? Ele estava só de calção e tudo. As pernas dele...

Caroline se voltou para olhar as figuras de Joe, estirado no gramado, e do próprio marido ao lado dele. Dentro de poucos segundos, o pai e a mãe de Joe chegariam até o filho para, ocupando-se dele, atender suas necessidades. Mas, nos anos que estavam por vir, não seriam aqueles poucos minutos seguintes de confusão e movimento frenético que Caroline lembraria. Seria aquele único momento de imobilidade: um quadro (como sempre se recordaria da imagem) que viu exposto diante de si quando se voltou. O corpo prostrado de Joe, deitado tão quieto e em repouso que alguém poderia até imaginá-lo morto. E, ajoelhado ao lado dele — e chorando, também, se Caroline não estava enganada —, seu marido, tocado pela dor e pelo sofrimento não da própria filha, mas do filho de outro homem. E o mais estranho era que, depois de ter observado Max tão cuidadosamente, e de tanto ter se admirado, nos dias anteriores, depois de ter se sentido tão atormentada pelo mistério da infelicidade dele, de sua inadequação, de seu jeito de quem nunca está confortável no mundo, naquele momento ela o viu — ou assim imaginou — numa atitude que, pela primeira vez, combinava com ele e fazia perfeito sentido: ela enxergou um homem rendendo-se a um sentimento que devia, ali, ter aflorado tão naturalmente, com tamanha inevitabilidade e poder de cura, que talvez ele o recebesse como uma libertação; um homem chorando a morte do filho que sempre quisera ter.

11

Às 11h30 da manhã de segunda, 2 de março de 2009, lá estava eu no escritório do Alan Guest. Todos os dez funcionários fixos da Guest Escovas de Dente estavam presentes, inclusive Trevor, Lindsay, David Webster e o gerente contábil, Tony Harris-Jones. O tempo lá fora estava cinzento, mas ameno, sem ameaça iminente de chuva. Abaixo de onde estávamos, no pátio, eu podia ver quatro Toyota Prius pretos, meticulosamente estacionados em fila. Sentado num postinho perto dos carros, havia um fotógrafo com ar de tédio que conversava com seu colega, um jornalista local, por sua vez recostado a um dos Toyotas enquanto fumava. A sede da Guest Escovas de Dente era parte de um complexo industrial nos subúrbios do lado sudoeste da cidade. Para além do pátio, dava para ver uma sequência de armazéns e predinhos de escritório, a província das empresas especializadas em artigos de banheiro, componentes para computadores e roupas esportivas e de passeio. Uma rede de ruazinhas e minirrotatórias se espalhava pelo complexo, mas eu não conseguia ver nenhum carro circulando. A quietude do lugar era quase lúgubre.

Quanto à atmosfera no escritório, poderia bem descrevê-la como tensa. Aquele era um grande dia na história da Guest — havia três garrafas de champanhe não alcoólico sobre a mesa, junto com 11 taças —, mas, por alguma razão, ninguém parecia se sentir particularmente inclinado a comemorar. Alan, um sujeito grisalho e magro, de aparência ascética, encaminhando-se para os 60 anos, tinha um ar um pouco confuso. Coube ao Trevor falar a maior parte do tempo.

— Então, senhores, temos monitorado a previsão do tempo no site da BBC e devo dizer que as notícias não são tão ruins para a maioria de vocês...

Eu realmente deveria estar prestando atenção, mas não conseguia me concentrar. Meus pensamentos ficavam se desviando para o conto da Caroline. Nos primeiros dias depois de tê-lo lido, não conseguira pensar em mais nada. Estava tão indignado e furioso com ela que cada milímetro do meu espaço mental (a gente mede isso em milímetros?, não faço ideia) tinha sido tomado por pensamentos sobre como responderia àquilo. Rascunhei dezenas de e-mails na cabeça — alguns meus, outros da Liz Hammond. Peguei o telefone umas cem vezes, pensei em ligar e acabei pondo-o de volta no gancho. No fim, como vocês provavelmente já terão adivinhado, não respondi coisa alguma. E como poderia? O que deveria dizer? O sentimento de traição pelo que ela escrevera estava além do alcance das palavras. E, embora tivesse conseguido me acalmar desde a leitura da história — um pouco, pelo menos —, ainda havia momentos em que a sensação de injustiça falava mais alto novamente. Não conseguia evitar. Era algo completamente involuntário. E estava acontecendo ali, agora mesmo.

— De modo que não estamos prevendo nenhum distúrbio meteorológico maior — continuou Trevor. — Certamente não na primeira metade da semana. As coisas podem ficar um pouco complicadas na travessia de Aberdeen, Max, se você for zarpar dali na quarta ou na quinta, mas não imagino que seja o caso...

Ao mesmo tempo, mesmo que furioso, eu tinha de reconhecer certa admiração pelo que a Caroline tinha feito. Não sou nenhum crítico literário (Deus me livre), mas o conto havia me surpreendido, com sua escrita... bem, competente, no mínimo. Não era pior do que muitas daquelas coisas empoladas e de dar sono que ela tinha me enfiado goela abaixo durante o nosso casamento, na tentativa de me fazer ler uns romances "sérios".

— Bom, como vocês sabem, previmos nas nossas despesas cinco noites de hotel, mas claro que a maioria de nós não vai precisar de tudo isso. Afinal, estamos competindo para ver quem será o primeiro a chegar ao destino e retornar, mas acho que todos sabemos quem vai abocanhar esse prêmio. — Risos e olhares na direção de Tony Harris-Jones, cujo itinerário, até Lowesoft, não o levaria muito longe. — Mas, se os demais puderem resolver a questão em quatro dias, ou mesmo três, a economia será muito apreciada pelo nosso Líder Supremo, tenho certeza. Atravessamos, neste momento, uma recessão feia, e os tempos são duros, como todos sabemos muito bem. — Os olhares se dirigiram a Alan Guest desta vez, mas não houve risos. Ele continuou a olhar para frente, o rosto inexpressivo. — E, por favor, se eu puder acrescentar, sejam razoáveis ao escolher os hotéis. Nada de cinco estrelas, por favor. Nada de castelos escoceses nem casas de campo. Tentem pernoitar em algum de beira de estrada ou, caso estejam a fim de esbanjar, numa dessas grandes redes. A ideia é ficar nas 50 libras por noite, se possível.

E a outra coisa era — como, exatamente, ela tinha feito aquilo? Será que a Caroline lia mentes ou coisa parecida? Parece-me, olhando agora, que a gente mal se falava nos últimos anos de casamento. Tinha passado a maior parte do tempo em silêncio ao lado dela, fosse em frente à TV ou ao volante do carro, ou ainda de frente para ela à mesa do café da manhã ou do jantar, sem que nenhum dos dois dissesse uma palavra, e posso afirmar sinceramente que nunca tive a mais vaga ideia do que se passava dentro da cabeça da Caroline. E, no entanto, ao escrever aquele conto, ela tinha conseguido mais ou menos transcrever meus pensamentos; e transcrevê-los, eu diria, de um jeito que pareciam uns oitenta por cento precisos. Era assustador. Será que eu era tão transparente assim, ou era ela a privilegiada, que tinha incríveis poderes perceptivos, dos quais eu jamais suspeitara ou que não havia notado até então?

— Quanto à competição envolvida neste projeto, a Lindsay andou pensando em mais alguns detalhes no final de semana — ela nunca para, essa mulher: *nunca* — e veio com mais uma das suas ideias preciosas. Lindsay, vou passar a palavra para você um momento, pode ser?

Mas tinha um lado irônico nessa história, também. Caroline nunca se daria conta, mas se perdera na última curva. Aqueles seus poderes perceptivos haviam falhado no ponto mais crucial. Porque ela estava enganada — totalmente, fatalmente enganada — sobre o que eu estava pensando naquele dia, depois que o Joe tinha sido resgatado do buraco das urtigas e ela me viu ajoelhado ao lado dele no gramado. "Chorando a morte do filho que nunca tivera" — é isso o que você acha, Caroline? Foi esse o verniz que você resolveu colocar na história? Bem, então escuta só: você errou por muito. Não chegou nem perto. E nem você nem ninguém jamais descobriria a verdade. Não no que dependesse de mim.

Lindsay, enquanto isso, tinha começado a nos dizer algo sobre os computadores de bordo dos nossos Toyota Prius. Sério, eu deveria estar prestando mais atenção.

— Então o que acontece é que, quando vocês apertam o botão "info" no painel, aparecem duas opções de tela. Uma delas é a de monitoramento do gasto de energia, que mostra de onde ela está vindo naquele momento; a outra tela exibe informações detalhadas sobre a quantidade de combustível consumida desde que o contador foi zerado pela última vez. Por falar nisso, os contadores foram zerados em todos os quatro carros, então, por favor, não mexam neles até chegarem de volta aqui...

E ainda outro pensamento ruim me ocorreu. Muitas das informações que formavam a base do conto só poderiam ter sido obtidas com a Lucy. Especialmente aquela história de eu não saber por que a grama é verde. (Que era a mais pura verdade — e continua a ser, até hoje.) De modo que, sim, a Caroline e a Lucy deviam, em algum momento, ter dado juntas umas boas risadas do bobão do papai, que não sabia porra nenhuma das coisas importantes da vida e estava sempre tentando escapar de perguntas difíceis e de situações incômodas inventando alguma besteira. Era óbvio que, àquela altura, minha cômica ignorância sobre questões de conhecimento geral servia de assunto preferido das agradáveis conversas entre mãe e filha. Bem, imagino que eu deveria estar contente por lhes proporcionar algo de que compartilhar...

— De modo que o que estamos oferecendo a vocês, senhores, é uma chance de ganhar não apenas um, mas *dois* prêmios altamente atrativos. O primeiro a ir e voltar recebe um desses belos certificados assinados — uma linda aquisição para a parede do escritório, vocês hão de concordar comigo —, mas haverá ainda uma recompensa de *500 libras* — (vivas, *uhus* e ruidosas puxadas de ar ressoaram no recinto, novamente da parte de todos, menos do Alan Guest, cuja expressão permanecia inescrutável) — para o motorista que fizer mais no sentido de demonstrar as credenciais verdes da Guest Escovas de Dente, ou seja, que retornar à base com o *menor consumo médio de combustível* devidamente registrado. Em outras palavras — dirijam com cuidado, rapazes, e sejam econômicos!

Lindsay se recostou e foi bastante aplaudida, e nesse momento as garrafas de champanhe foram abertas e a reunião se dissolveu num clima de informalidade. Ouvi quando o Alan puxou o Trevor de lado e disse:

— Não deixe o pessoal se dispersar. O cara do jornal está esperando lá fora, lembra?

Então, depois de alguns minutos, quando nossas taças já estavam secas, saímos do escritório em bando pelas escadas de concreto, cheias de eco, e fomos até o pátio. Trevor, David, Tony e eu já carregávamos nossas bagagens conosco.

Sem na verdade ter pretendido, acabei no final do grupo, ao lado de Lindsay Ashworth. Às vezes as coisas simplesmente acontecem desse jeito, já reparei, quando existe uma química entre duas pessoas que dispensa palavras. Funciona como uma coreografia invisível: a gente não planeja caminhar no mesmo passo que outra pessoa, mas, por alguma razão, todo mundo em volta tira o time e os dois se dão conta de que, sem querer, se acharam. Foi assim que aconteceu com a Caroline, da primeira vez que conversamos, sentados àquelas mesas de fórmica na cantina escura da loja de departamentos, tantos anos antes, e foi assim que aconteceu naquela manhã, comigo e com a Lindsay. Quando viu que andava ao seu lado, ela virou para mim e sorriu. Um sorriso cheio de simpatia e incentivo, mas também com alguma coisa mais perturbadora por trás: um certo nervosismo, talvez.

— E aí? Está pronto? — perguntou-me.

— Para quê? — devolvi.

— Pronto para levar a IP 009 a lugares onde ela jamais esteve antes.

Assenti.

— Não se preocupe. Não vou te decepcionar.

— Ótimo.

Alguma coisa no jeito como ela falou me instigou a fazer o seguinte comentário:

— Engraçada a atmosfera na reunião hoje. Todo mundo parecia meio à beira de um ataque de nervos.

— Ah, você reparou, então?

— Está tudo ok?

Já vínhamos falando em voz baixa, mas agora a Lindsay aproximou o rosto dela do meu.

— Fica entre nós, mas o Alan esteve numa reunião no banco, mais cedo. Não foi muito boa. — Ela parou, permitindo aos outros ganhar maior dianteira (descíamos as escadas entre o segundo e o primeiro andares), e acrescentou: — Estão se recusando a liberar mais crédito. E o Alan está furioso com a situação, porque faz apenas algumas semanas que transferiu a gerência da conta para esses caras.

— Que caras? — eu quis saber, e quando a Lindsay me contou o nome do banco, reconheci de imediato. Era o mesmo para o qual o amigo desagradável da Poppy, Richard, tinha trabalhado. — Mas a firma vai bem, certo? Quero dizer, o negócio é sólido e seguro?

— Não acho que existam problemas de longo prazo — respondeu Lindsay. — Acho que a questão é mais de fluxo de caixa no curto prazo. — Ela completou: — É por isso, também, que o Alan está louco da vida comigo.

— Com você? Por que ele estaria louco da vida com você?

— Trouxe essa ideia do prêmio pelo menor consumo de combustível hoje de manhã. Ele disse que não poderíamos bancar.

— Mas são só 500 libras.

— Exatamente. Foi o que eu pensei. Enfim, parece que nem isso estamos podendo, no momento. Aí ele ficou com aquela cara por ter de colocar dinheiro do próprio bolso.

— Dinheiro dele?

— É.

Voltamos a andar.

— Isso tudo — comentei — deve estar fazendo você se sentir um pouco pressionada, imagino.

— Dá para dizer que sim. Acho que ele começou a achar que essa pirotecnia toda é má ideia. Então, se alguma coisa der errado...

— ...Você vai levar a culpa?

Ela concordou com a cabeça, e eu disse:

— Não se preocupe. Não vai dar errado. É uma ideia brilhante, afinal.

Lindsay me lançou um breve sorriso de gratidão. Tínhamos chegado ao térreo, e ela segurou aberta a pesada porta para que eu passasse e deixássemos para trás a escada fria e ganhássemos a luz fraca, cinzenta, do sol. Todos os outros já estavam na metade do caminho, cruzando o estacionamento na direção da fila de carros pretos estacionados. Assim que chegamos do lado de fora do prédio, Lindsay acendeu um cigarro.

— Sabe, este mês, pela primeira vez — contou ela —, não conseguimos pagar a prestação da casa. O Martin ainda não conseguiu trabalho este ano.

O Trevor havia me contado que o marido da Lindsay trabalhava no setor de construção. Era tudo o que eu sabia dele, e nada mais perguntei.

— Tempos difíceis, Max — disse ela. — A coisa tá feia. Alguém fez merda, né? Gente nos altos postos. Mas ninguém vai admitir. — Ela olhou a distância, para onde estava o pessoal, reunido em volta dos quatro carros pretos. — Enfim, vamos lá. Os paparazzi querem te conhecer. Você não vai querer desperdiçar esses 15 minutos de fama.

Não chegou a tanto. O fotógrafo tirou um retrato dos quatro motoristas posando em frente a um dos carros, enquanto o jornalista nos fazia perguntas meio vagas sobre que tipo de escova seria mais adequado aos habitantes de pontos longínquos do país. Parecia não ter sacado muito bem o propósito da empreitada. Os dois terminaram o trabalho em alguns minutos, mas, em vez de irem embora, ficaram por ali para assistir a nossa partida, sem nunca abandonar um certo ar meio divertido e desdenhoso que, penso, todos achamos um pouco desconcertante, no mínimo.

Foi tudo bastante confuso e agitado. Alan Guest nos entregou as câmeras com as quais deveríamos produzir nossos videodiários. (Lindsay ganhou uma também, e circulava de um carro a outro, já filmando alguma coisa aleatoriamente.) Os manuais de instruções das máquinas, ele nos informou, estavam nos porta-luvas — assim como os manuais dos próprios carros, que aparentemente vinham em dois volumes e um total de mais de quinhentas páginas. Alan disse que não precisávamos nos assustar, assegurando que não havia necessidade de que consultássemos os manuais naquele momento e que acharíamos os carros muito fáceis de dirigir. Eu não estava totalmente convencido disso, pois não havia conseguido ligar meu carro, e nem mesmo soubera onde inserir o pequeno cubo plástico que me fora apresentado como o que, em tempos idos, seriam as chaves do veículo. Por fim, o Trevor apareceu e me explicou que havia um botão que eu devia apertar enquanto mantinha pressionado o pedal do freio. Parecia bem complicado, e não aconteceu o esperado pigarro do motor em resposta às instruções do meu amigo que eu acabara de seguir. Mas então coloquei o carro no modo "Dirigir", e aí sim ele começou a andar — tão inesperadamente, na verdade, que avançou alguns metros e entrou num dos postinhos que cercavam o estacionamento. Foi só uma encostada leve — não fez nenhum estrago na lataria ou coisa parecida —, mas, olhando em retrospecto, acho que não foi lá muito bom presságio. Alan Guest não pareceu particularmente satisfeito.

Finalmente, quando deu meio-dia, saímos em comboio. Logo atrás daquela esquadra de intrépidos vendedores, Lindsay e Trevor nos seguiam no BMW do Alan. Lindsay continuava a filmar. Quando chegamos à minirrotatória principal, nos limites do complexo industrial, estacionamos. Ali era nossa linha de largada oficial. A rotatória tinha quatro saídas, e cada um de nós deveria tomar uma delas. Lindsay e Trevor saíram do BMW e pararam bem no centro da rotatória. Soprava um vento típico de março, penetrante, e uma chuvinha começara a cair. Alan, bem protegido, de sobretudo e cachecol, juntou as mãos formando uma espécie de megafone e gritou:

— É isso, meus amigos! Boa sorte!

Lindsay ainda registrava tudo com a câmera.

Tony Harris-Jones largou primeiro, pela saída leste. Depois dele o Trevor, que contornou os 360 graus da rotatória, fazendo meia-volta em relação ao ponto de onde tínhamos partido, e tomou a direção sul. David Webster seguiu pela saída oeste. E então era minha vez. Tudo que precisava fazer era ir reto, pegando a segunda saída, que levava para o norte. Deixei minha janela aberta para acenar ao Alan e à Lindsay e, quando passei por eles, o Alan deu um aceno formal, mas a Lindsay, reparei, tirou os olhos da filmagem (não tinha feito isso para nenhum dos demais) e, com a mão esquerda, soprou um beijo discreto à minha partida.

Quando vi aquele gesto, meu coração se enlevou e experimentei uma nova e curiosa sensação: um ardor de felicidade percorreu meu corpo, começando pelos pés e subindo até o couro cabeludo, que se arrepiou.

E então, assim que a perdi de vista, súbito me senti terrivelmente sozinho.

Reading — Kendal

12

> ## ⚠ ATENÇÃO
>
> **Dirija com segurança, observe as normas de trânsito.**
> **Consultar esta tela com o carro em movimento pode causar um grave acidente.**
> **Somente toque nas opções da tela quando estiver parado.**
> **Alguns dados dos mapas podem estar incorretos.**
> **Leia as instruções de segurança no Manual do Usuário.**
>
> (Aceito)

A mensagem estava aparecendo na minha tela fazia uns 15 minutos. Eu transitava na rodovia M4, sentido leste, na direção de Londres, mas logo tomaria o rumo norte na A404(M), com destino a Maidenhead. O tráfego era leve e, no momento, eu andava a 120 quilômetros por hora na pista de dentro. Já começava a me acostumar com o carro, exceto pelo número intimidante de botões de ambos os lados da tela. Ia precisar estacionar em algum lugar para dar uma boa olhada neles. Enquanto isso, será que era seguro tocar no ícone "Aceito"? Não podia simplesmente ficar olhando para aquela mensagem a viagem toda. Era como aquelas caixas de diálogo que a gente tem de marcar quando compra alguma coisa na internet, concordando com termos e condições que ninguém nunca se dá ao trabalho de ler. Você não tem outra opção senão concordar. Ou, pelo menos, tem a ilusão de uma escolha, mas não passa disso. Talvez as coisas sejam assim mesmo, em geral.

Quando pressionei a tela, enfim, apareceu um mapa. Mostrava a rodovia na qual eu trafegava e eu próprio — ou melhor, meu carro — como uma setinha vermelha avançando na direção leste. Quantos satélites estariam apontados para mim naquele momento, pensei, de modo a calcular minha localização, que mudava a todo momento? Tinha lido em algum lugar que eram sempre mais ou menos cinco: cinco pares de olhos me mantendo sob constante vigilância, e de uma posição privilegiada, lá do alto, no céu. Seria aquela uma ideia reconfortante ou assustadora? Como sempre, não consegui me decidir exatamente. São tantos os fatos novos da vida sobre os quais simplesmente não sabemos o que pensar. Tudo o que eu sabia é que, nos tempos de Donald Crowhurst, era muito, muito diferente, o que lhe permitira vagar sem ser notado durante meses e meses no meio do Atlântico, fazendo-o acreditar que, com a ajuda de alguns cálculos forjados, anotados no diário de bordo, ele seria capaz de enganar o mundo inteiro, levar todo mundo a pensar que havia passado aqueles meses enfrentando tempestades no Oceano Austral. A chance de colocar em prática um engodo assim era bem pequena hoje em dia.

O tráfego começava a ficar pesado, e foi um alívio quando avistei a Saída 8/9 (para Maidenhead e High Wycombe) logo à frente. Assim que passei para a via mais estreita, acabei freando forte demais. Os freios daquele carro pareciam ser ultrassensíveis: o motorista só precisava tocá-los muito de leve. Havia duas fileiras de veículos seguindo lentas até a rotatória, com dez carros cada, mais ou menos. Parei atrás de uma delas e, aproveitando a imobilidade temporária, apertei outro dos botões perfilados na tela.

O que escolhi dizia "Info". Quando o pressionei, três colunas verdes surgiram no monitor. Demorei alguns instantes para entender o que significavam. Aparentemente, cada uma delas representava cinco minutos de viagem e mostrava quanto fora consumido de combustível naquele trecho. Nos primeiros cinco minutos, eu tinha feito uma média de 12 quilômetros por litro; nos cinco minutos seguintes, 17,3, e, no terceiro trecho, 18,1. Nada mal, mas não ganharia prêmio nenhum naquele ritmo. Esperava conseguir uns 23 quilômetros por litro ou mais. Será que estava fazendo alguma coisa errada?

Depois de contornar a rotatória e ganhar a estrada para High Wycombe, diminuí a velocidade para cerca de 70 quilômetros por hora, e imediatamente minha economia de combustível melhorou. Ao que parecia, estava fazendo entre 26,6 e 28,3 quilômetros por litro agora, de modo que mantive a velocidade pelos 2 quilômetros seguintes, aproximadamente, até que o motorista do carro de trás começou a piscar os faróis furiosamente. Acelerei, me sentindo mal, por alguma razão, por ter segurado o cara, ainda que (de certo ponto de vista) estivesse simplesmente praticando um ato ambientalmente correto. Percebi que seria complicado dirigir naquela velocidade o caminho todo até Aberdeen, mesmo podendo ganhar o prêmio de 500 libras da Lindsay com isso.

Uns 15 quilômetros adiante, pouco mais, a vicinal A404 desembocava na rodovia M40, e tomei a primeira saída da rotatória, desviando para a estrada principal e tomando a direção norte. Olhando para ambos os lados, a Inglaterra — ao menos pelo pouco que conseguia ver dela, da perspectiva da estrada — se estendia, tranquila e convidativa, modestamente adornada de um silencioso verde-acinzentado. Podia sentir meu humor melhorando. Enfim entrava no espírito da aventura.

Meu plano era o seguinte: naquele primeiro dia, seguiria até Birmingham, num ritmo cuidadoso e sem pressa, consumindo a menor quantidade possível de combustível. Chegaria no meio da tarde, daria entrada num hotel e faria uma visita ao Sr. e à Sra. Byrne, pais do meu velho colega de escola Chris Byrne e da irmã dele, Alison. Os velhos ainda moravam em Edgbaston, numa casa cujo quintal dava para o lago do bairro, e eu já havia falado com o Sr. Byrne antecipadamente, no fim de semana. Telefonei para perguntar se ele ainda tinha (como acreditava meu pai) a chave reserva do apartamento de Lichfield, ao que o Sr. Byrne respondeu que sim, ela com certeza devia estar por lá em algum canto. (Embora ele não parecesse saber exatamente onde.) De modo que eu pretendia ir buscar a chave e, na manhã seguinte, dar uma passada no apartamento. Tudo isso significava atraso no início da minha viagem; mas, ainda assim, teria muito tempo para chegar a Shetland e, em todo caso, não fazia sentido dirigir direto até Kendal, pois não poderia ver a Lucy no mesmo dia. Também entrara em contato com Caroline, e ela tinha me avisado que Lucy ficaria na casa de uma amiga naquela noite, depois de um aniversário. Assim, teria de levá-la para jantar na terça à noite. Tudo bem. Ainda conseguiria chegar a Aberdeen na quarta à tarde, com tempo de sobra para a travessia de cinco horas de *ferryboat*. Nesse intervalo, uma visita ao Sr. e à Sra. Byrne talvez se revelasse uma maneira prazerosa e nostálgica de passar as horas.

Estabilizei a velocidade em cerca de 90 quilômetros por hora. Todos os demais veículos na rodovia andavam mais rápido, até mesmo os caminhões mais pesados. Meu consumo de combustível voltou a cair, para 24,8 quilômetros por litro, e comecei a pensar no quanto seria possível economizar se as pessoas dirigissem a essa velocidade sempre. Por que todo mundo andava tão depressa? Que diferença fazia chegar no destino meia hora depois do que se poderia ter chegado? Talvez o problema fossem as próprias estradas. Elas permitem, sim, que a gente dirija mais rápido, e mais do que isso, *fazem a gente querer dirigir mais rápido, obrigam* a dirigir mais rápido, já que guiar um carro numa delas é uma experiência muito monótona. Eu trafegava na M40 fazia apenas uns 15 minutos e já estava entediado. Não tinha absolutamente nada para ver, nada para olhar, exceto pelas pequenas interrogações que apareciam na estrada — placas, sinalização de divisas, pórticos, pontes, tudo, depois de um tempo, misturado numa só sequência indecifrável e sem sentido. Nas duas laterais da rodovia, a paisagem era rural, mas sem traços marcantes: uma ou outra casa, um ou outro lago, um ou outro vilarejo ou cidadezinha avistados a distância — mas, fora isso, nada. Ocorreu-me que essas áreas às margens de rodovias deviam somar uma enorme proporção da zona rural, e no entanto ninguém nunca as visita ou faz caminhadas ali, enfim, ninguém tira delas qualquer outra experiência que não seja esse monótono e regular desenrolar da paisagem através das janelas de um carro. São terras desperdiçadas; não entram nas estatísticas.

"A paradinha que você queria. A 5 quilômetros", dizia uma das placas; decidi sair da estrada naquele ponto e parar para o almoço. O próximo posto de parada — operado pela franquia Moto — ficava uns 30 quilômetros adiante e, além dele, os seguintes estavam a uma distância de 60 quilômetros. Eu não queria esperar tanto. Além disso, embora no momento não me agradasse muito a ideia de parar num Kentucky Fried Chicken, a imagem característica do Colonel Sanders, chamativa na placa de boas-vindas, por alguma razão me reconfortou. De modo que tomei a via mais estreita na Saída 8A, percorri a teia de pequenas rotatórias e já procurava uma vaga num estacionamento que, àquela altura do dia, estava abarrotado. Algum tempo depois, consegui espremer o Prius entre um Ford Fiesta e um Fiat Punto e desliguei a chave de ignição com uma sensação de alívio.

Era 1h15 da tarde e eu estava faminto. Por todo lado, as pessoas se dirigiam à praça de alimentação — gente que, como eu, viajava a trabalho, trajando ternos escuros, camisas de colarinho e gravatas, em alguns casos com os paletós largados sobre os ombros (apesar de o dia estar frio e, de minha parte, eu preferir continuar vestindo o meu). Senti uma onda de bem-estar com o pensamento de que voltava a ser parte de alguma coisa: parte da vida de um país, parte de uma comunidade — a comunidade dos negócios — que dava sua contribuição, dia sim e outro também, para manter a Inglaterra funcionando. Todos cumpríamos nossos papéis. Todos ali estávamos envolvidos na venda ou na compra de alguma coisa, prestando algum serviço, conferindo, avaliando ou quantificando o que quer que fosse. Sentia-me conectado outra vez: de volta aos eixos.

O posto de parada, em si, era um perfeito microcosmo de como uma sociedade ocidental ativa deveria funcionar. Todas as necessidades humanas mais básicas eram servidas ali: a necessidade de comunicação (havia uma loja vendendo celulares e acessórios) e a necessidade de diversão (havia uma área de jogos repleta de máquinas caça-níqueis); a necessidade de comida e bebida e a necessidade de devolvê-las, mijando ou cagando; e, claro, a eterna, fundamental necessidade de, simplesmente, comprar um monte de porcarias: revistas, CDs, bichinhos de pelúcia, barras de chocolate, DVDs, doces, livros, bugigangas de todo tipo. Com o Days Inn localizado logo ali, atravessando o estacionamento, e suas ofertas de hospedagem barata, alguém poderia, em tese, se mudar para aquele posto de parada e nunca mais precisar sair. Dava para passar uma vida inteira ali, se você quisesse. Até a arquitetura era bacana. Sou velho o suficiente para me lembrar de como costumavam ser essas paradas nos anos 1970 e no começo dos anos 1980. Horríveis mesinhas de plástico vagabundo e barracas de comida abaixo da crítica, vendendo ovos que se liquefaziam e hambúrgueres boiando em óleo. Ali, tínhamos janelas panorâmicas com vista para um espaço pavimentado onde fontes borbulhavam agradavelmente; as mesas eram limpas e de aparência moderna, algumas delas até mesmo com lâmpadas individuais sobre suportes curvos e elegantes. Aquilo tudo demandara algum planejamento. E as opções de comida! Tinha um Burger King, claro, e um KFC, mas, caso você fosse mais do tipo natureba, uma grande placa anunciava "Eu ❤ Comida Saudável", levando a bufês em que toda sorte de saladas e sanduíches fresquinhos eram oferecidos. Sem falar numa loja chamada Coffee Primo, que oferecia lattes, cappuccinos, mochas, chocolate quente, espressos, americanos, frapês com creme de baunilha, frapês com creme de caramelo, chás da marca Twinings, mais uma dezena ou mais opções descafeinadas e, claro, os onipresentes paninis.

Apesar da enormidade de opções, inimaginável (se a gente parar para pensar) uma geração atrás, antes de Thatcher e Blair levarem a cabo a transformação da sociedade britânica, decidi comer um hambúrguer. Às vezes, um hambúrguer é tudo de que se precisa. Sem extras nem frescuras. E o que era melhor: naquele lugar, a gente não precisava nem mesmo falar com ninguém para comprar um hambúrguer. Bastava o cartão de débito e aí era escolher tudo numa máquina, introduzindo o cartão e depois recolhendo o recibo no local adequado do terminal. Funcionava muito bem. Meu hambúrguer ficou pronto em mais ou menos 30 segundos. Quando bati os olhos nele, porém, me senti culpado por não ter pedido alguma coisa mais saudável, então fui até uma fila junto ao balcão dos sanduíches e comprei uma garrafa de água com sabor de lichia e romã, que custou 2,75 libras. Em seguida, apanhei meu almoço e segui para uma das mesas próximas às janelas panorâmicas.

Carregava uma boa quantidade de coisas para ler, a começar pelos manuais do Prius — havia o do carro e outro inteiramente dedicado ao sistema de navegação por satélite. Tinha ainda o livro de instruções do Bluetooth que me havia sido providenciado e que se conectava ao Toyota de alguma maneira, podendo ser operado a partir do volante. Trevor e Lindsay tinham feito recomendações especiais para que eu colocasse o sistema para funcionar o quanto antes, pois queriam manter contato regular. Perguntava-me, na verdade, se ainda era muito cedo para um telefonema para Lindsay. Talvez fosse. Provavelmente não havia necessidade urgente de ela saber que eu chegara à Parada Oxford depois de uma hora e pouco de viagem. E, também, eu precisava estudar o manual da câmera, que me parecia igualmente complicado. Deixaria aquilo para depois. Melhor me concentrar no sistema de navegação por satélite por enquanto. Sentei e li o manual durante uns dez minutos, até me sentir razoavelmente seguro de que tinha sacado o essencial. Agora estava confiante de que entendera o suficiente do negócio para usá-lo durante a etapa seguinte do trajeto, até Birmingham.

Quando retornei ao carro, girei a ignição e pressionei "Aceito" assim que o ícone apareceu na tela com o mapa. Aí apertei o botão "Destino" e tive algum trabalho para digitar o endereço do Sr. e da Sra. Byrne apenas com toques no mostrador. Em poucos segundos, o computador localizou a casa e me ofereceu três opções de caminho a partir do ponto em que eu me encontrava. Escolhi a que me pareceu ser a mais rápida, direto pela M40 e, dali, entrando em Birmingham pela Bristol Road, depois de ter contornado a cidade ao norte. Assim que selecionei a opção, ouvi uma voz feminina:

— *Por favor, siga até a rota em destaque na tela e seu guia rodoviário começará a funcionar.*

Não foi tanto o que ela disse, mas a maneira como disse.

As pessoas, em sua maioria, eu diria, se sentem atraídas por outras pessoas pela aparência. E, claro, sou tão suscetível a esse processo quanto qualquer um. Mas a primeira coisa que me atrai *mesmo* numa mulher, nove em dez vezes, é a voz. Foi o que reparei em Lindsay Ashworth da primeira vez que nos encontramos — aquele adorável sotaque escocês. E, voltando ainda mais no tempo, foi também a primeira coisa que notei na Caroline quando nos conhecemos — as vogais chapadas do norte, completamente diferentes daquilo que eu esperava ouvir de alguém que, em tudo o mais, parecia tão elegante e refinada e cosmopolita. Olha, isso pode até soar ridículo, mas mesmo essas duas mulheres, mesmo a Lindsay ou a Caroline, não tinham vozes tão atraentes quanto a que saiu daquela máquina. Era, falando muito simplesmente, uma linda voz. De tirar o fôlego. Provavelmente a mais linda que eu ouvira. Não me peçam para descrevê-la. Vocês já devem ter notado, a essa altura, que não sou uma maravilha para essas coisas. O sotaque era inglês — não exatamente indistinto; talvez do tipo que se costuma chamar "pronúncia-padrão" ou "inglês BBC". E acho que tinha alguma coisa meio arrogante nela também. Um tom talvez até um pouquinho mandão. Mas ao mesmo tempo calmo, calculado e infinitamente reconfortante. Impossível imaginar aquela voz em fúria. Impossível imaginar ouvi-la sem se sentir tranquilo e seguro. Era uma voz que afirmava estar tudo bem no mundo — no nosso mundinho, ao menos. Era uma voz que não carregava o mais leve traço de ambiguidade ou insegurança: uma voz em que se podia confiar. Talvez fosse isso o que gostei tanto nela. Era uma voz em que se podia confiar.

Pus o carro no modo "Dirigir" e o conduzi à saída do estacionamento. Quando saía do posto, passei por uma placa que dizia: *"Obrigado por sua visita à Parada Oxford. Sua placa ficou registrada em nosso sistema interno de câmeras."* Mais uma evidência, como se fosse necessário, de que eu não estava tão sozinho quanto imaginava.

— Que tal essa agora? — vi-me perguntando à voz que vinha do mapa. — Meio sinistro, né?

E ela respondeu:

— *Saída logo adiante. Trezentos metros à frente, siga reto na rotatória.*

Por ora, tinha esquecido aquele desejo todo de ligar para Lindsay.

Continuei a dirigir devagar, de modo que levei mais uma hora e meia para chegar à Saída 1 da M42.

— *Siga mais 800 metros, saída à esquerda, sentido Birmingham sul.*

Era a primeira vez que ela falava comigo em dez minutos. Já tinha descoberto, a essa altura, que podia acionar a voz quando quisesse, pressionando o botão "Mapa" no volante. Ao apertá-lo, ela dava instruções para que eu continuasse a fazer o que estava fazendo no momento. De modo que, a intervalos de poucos minutos, eu acionava o comando e ela dizia *"Continue na via atual"*. Eu não estava escutando rádio. Tinha tentado, um pouco na Rádio 2 e outro tanto na Rádio 4, mas não estava a fim de ouvir outras pessoas batendo papo. Queria ser deixado em paz com meus pensamentos — e com a voz da Emma, sempre que desse vontade de ouvi-la.

Ah, não contei que ela se chamava Emma? Havia passado um bom pedaço daquela última hora tentando decidir como ia batizá-la. Escolhi Emma, finalmente, por sempre ter sido um dos meus nomes preferidos. Em parte, era uma lembrança da leitura, feita por obrigação para os exames finais do ensino médio, do romance de Jane Austen: odiei aquele livro (um dos favoritos da Caroline, por falar nisso) e consegui apenas um "D" na prova, mas, por alguma razão, o nome da heroína tinha ficado na minha mente como uma espécie de símbolo de elegância e sofisticação. E, também, cheguei a ter meio que uma queda pela Emma Thompson, a atriz — um tempo atrás, final dos anos 1980, quando ela tinha um visual bem masculino e fez aquele filme em que aparecia numa cena de sexo incrível com o Jeff Goldblum. Então, por um ou outro desses motivos, Emma me pareceu uma escolha apropriada.

— *Saída à esquerda. Em seguida, mantenha à direita na rotatória e pegue a terceira saída.*

Nossa relação enfrentaria o primeiro teste agora, pois eu tinha decidido não seguir as instruções dela nos minutos seguintes. Emma queria que eu seguisse pela A38 direto até a rotatória na altura de Lydiate Ash e, dali, pegasse a direita em direção a Rubery. Mas eu tinha outros planos. Pretendia subir por Licky Hills e, descendo o morro, retomar a A38 via B4120. A vista era mais bonita por ali, e aquele caminho passava por uma parte do cenário da minha infância. Mas como reagiria Emma? Entenderia o impulso nostálgico por trás daquela decisão?

Assim, um pouco nervoso por conta da minha audácia, ignorei sua repetição insistente — *"Próxima à esquerda"* — enquanto contornava a rotatória e peguei a *quarta* saída, em vez da terceira. Imaginei o que diria a Caroline se eu ignorasse as instruções dela daquele jeito numa das nossas viagens em família. "Não, não é essa!" Haveria um suspiro de exasperação e, em seguida, sua voz ficaria tensa, passando àquele registro de resignação e raiva contra minha teimosia e estupidez. "Ótimo. Se você acha que sabe mais do que eu, vá em frente. Nem me incomodo mais em olhar isto aqui." E aí ela atiraria o mapa rodoviário no banco de trás, quase acertando a Lucy, sentada ali, na cadeirinha, assistindo à discussão com olhos arregalados de espanto, seu pequeno cérebro provavelmente se perguntando se era assim, sempre, que os adultos falavam uns com os outros. Sim, era bem desse jeito que as coisas se passariam. Eu era capaz de me lembrar de inúmeras dessas cenas.

Mas, com Emma, foi diferente. A princípio, ela não disse nada. O único sinal de que tinha percebido o que eu decidira fazer foi uma mensagem na tela que dizia *"Calculando a rota"*. Então, depois de alguns segundos, sua voz retornou. Não houve nenhuma mudança de tom. Ainda calma, ainda ponderada. Totalmente inabalada pelo meu pequeno ato de rebeldia. *"Prossiga por aproximadamente 3 quilômetros nesta via"*, disse ela. E só. Sem discussão, sem sarcasmo, sem perguntas. Respeitara minha autoridade e respondia de acordo. Meu Deus, como a vida teria sido mais fácil se a Caroline simplesmente tivesse se comportado mais vezes assim! Eu já começava a pensar que tinha encontrado algo como o par perfeito em Emma. Apertei o botão "Mapa" só para ouvi-la falar de novo.

— *Prossiga por aproximadamente 3 quilômetros nesta via.*

Lindo. Adorei a breve pausa ali no meio, depois da palavra "quilômetros". Ela falava aquilo como se fosse um verso.

Subia agora a Old Birmingham Road. À minha esquerda estava o portão de entrada da escola primária onde eu conhecera o Chris e nos tornáramos amigos logo no primeiro dia de aula, ambos com 5 anos. Fomos inseparáveis a partir de então — os melhores amigos nos seis anos seguintes. E então, com 10 anos, fomos os únicos da nossa série a prestar o exame de admissão para a King William's School, no centro de Birmingham. O Chris passou. Eu, não, e acabei indo para a Wesley Hills, junto com todos os meus outros colegas de primário.

— E provavelmente foi ali, né? — falei para Emma. — Foi o ponto de virada. Aconteceram tantas coisas depois disso.

— *Prossiga por aproximadamente 3 quilômetros nesta via.*

Claro, o Chris e eu continuamos a nos ver. Mas a verdadeira razão para isso, eu suspeitava, era que nossos pais tinham ficado muito amigos àquela altura, depois de terem se encontrado várias vezes em ocasiões sociais promovidas pela escola. O pai do Chris era professor da Universidade de Birmingham, e meu pai, que gostava de se considerar um intelectual e um poeta, não deixaria aquela amizade morrer, mesmo com o Chris agora estudando numa escola muito mais abastada e a família dele tendo se mudado de Rubery para uma região mais agradável e classe média, Edgbaston. De modo que continuamos a ser amigos, principalmente por nos gostarmos genuinamente, mas também por uma intuição precoce que nos dizia ser aquilo o que nossas famílias esperavam e precisavam de nós. Mas, a partir daí, sempre estive muito consciente das diferenças entre nós dois. Enquanto passava em frente à velha escola, rumo ao topo do morro, uma lembrança me veio. Chris e eu estávamos com 11 anos; fazia algumas semanas que frequentávamos nossas novas escolas. Ele tinha vindo me visitar e, conversando no quintal, me perguntou sobre Waseley e disse:

— Como são os mestres lá?

Não entendi, a princípio, do que ele estava falando. Demorei alguns segundos para perceber.

— É assim que vocês chamam os professores? — perguntei. — Vocês os chamam de mestres?

Uma súbita imagem me veio à mente, na qual eu podia ver uma figura exalando autoridade em sua toga, indo para cima e para baixo no corredor entre as velhas carteiras de madeira enquanto ensinava a seus atentos pupilos as declinações do latim: uma figura saída diretamente de *Adeus, Mr. Chips* ou de um romance de Billy Bunter. E senti uma onda de vergonha — de inferioridade — me invadir, ao me dar conta de que agora o Chris e eu habitávamos mundos muito diferentes.

— *Na próxima rotatória, vire à esquerda. Primeira saída.*

Fiz como Emma mandou desta vez. Mas, na sequência, decidi tomar outro pequeno desvio para testar a paciência dela. Assim que passei pelo pub Old Hare and Hounds, cedi ao capricho de virar à esquerda na Leach Green Lane. Ela ficou quieta por alguns segundos, até que o computador conseguisse entender o que eu tentava fazer, então falou:

— *Vire à direita daqui a 300 metros.*

— Já entendi o que você quer — falei para ela —, mas a gente só vai sair um pouquinho da rota, por enquanto. Espero que tudo bem. É que estamos fazendo um itinerário sentimental. E não acredito que você tenha sido programada para isso.

— *À direita logo adiante* — insistiu ela.

Eu a ignorei e virei à esquerda. Algumas centenas de metros mais e avistei o que estava procurando: uma casa cinza, paredes aparentando um revestimento de reboco, desconcertantemente parecida com as casas vizinhas e com um modesto pedaço de calçamento em frente, sobre o qual estava estacionado um velho Rover 2000 verde. Parei do lado oposto da rua, diante da casa.

— *Daqui a 300 metros faça o retorno* — sugeriu Emma.

Sem desligar o motor, saí do carro e dei a volta até a porta do passageiro. Fiquei um tempo encostado à lateral do Prius, olhando para a casa. Tinha morado ali durante 13 anos, a partir de 1967. Eu, minha mãe e meu pai. Nada havia mudado, nadinha. Fiquei parado, ainda olhando e tremendo de leve na brisa de março, por dois ou três minutos mais, então voltei pro carro e segui adiante.

— Bem, e o que mais eu deveria pensar? — falei, conduzindo o carro de volta à via principal, a A38, em direção ao centro da cidade. — O que mais deveria sentir? Não via aquela casa fazia mais de vinte anos. Aquele era lugar onde eu cresci. Aquele era o lugar onde passei a infância e, para ser honesto, voltando ali e olhando para ela, não sinto nada de especial. Minha infância não foi grande coisa. Comigo tudo é assim, acho. Nada é grande coisa. Isso é o que deveria ser escrito na minha lápide. "Aqui jaz Maxwell Sim. Um cara bem normal, na verdade." Que epitáfio. Não admira que a Caroline tenha se entediado comigo, afinal. Não admira que a Lucy não esteja muito aí para mim. O que foi que fizemos, nós três, naquela casa, durante 13 anos, que não tenha sido feito por milhões de outras famílias em casas idênticas país afora? Qual o sentido disso tudo? É o que eu queria saber, sério. Não é querer demais, né? Qual o sentido? *Qual é a porra do sentido?*

— *Daqui a 800 metros* — disse Emma — *mantenha à direita na rotatória. Primeira saída à esquerda.*

Tinha resposta para tudo, aquela mulher.

13

— *Prossiga por aproximadamente 3 quilômetros nesta via.*

Eu passava agora pela velha fábrica de Longbridge. Ou melhor, passava agora pelo buraco na paisagem no ponto onde costumava estar a velha fábrica de Longbridge. Era uma experiência esquisita: quando a gente visita os cenários do passado, espera talvez encontrar algumas mudanças cosméticas, um prédio estranho aqui e ali, uma demão de tinta diferente acolá, mas aquilo era outra coisa — um complexo inteiro de fábricas, que antigamente dominava a paisagem de todo o bairro, se estendendo por muitos metros quadrados, vibrando com o barulho das máquinas, vivo pela presença de milhares de trabalhadores e trabalhadoras que entravam e saíam de suas dependências — tudo isso tinha desaparecido. Tinha virado deserto e caído no esquecimento. E, ao mesmo tempo, uma enorme placa, fincada no meio daquela vastidão de vazio urbano, nos informava que, em breve, fênix renasceria das cinzas ali mesmo: um "gigantesco novo empreendimento" de "exclusivas unidades residenciais" e "espaços comerciais" estava a caminho — uma comunidade utópica na qual as pessoas só precisariam se dedicar a comer, dormir e fazer compras: nenhuma necessidade de trabalhar, aparentemente, nada mais daquele negócio cansativo de bater ponto na entrada das fábricas para uma atividade vulgar como *fabricar* coisas. Teríamos todos perdido o juízo nos últimos anos? Teríamos nos esquecido de que a prosperidade precisa ser construída sobre alguma coisa, sobre algo sólido e tangível? Mesmo para alguém como eu, que não fizera nada além de folhear jornais e navegar em sites de notícias nas semanas anteriores, parecia bastante óbvio que estávamos pensando muito errado, que derrubar fábricas para colocar lojas no lugar não era mais tão boa ideia assim, que não era sensato erguer uma sociedade inteira sobre alicerces de ar.

— *Prossiga por aproximadamente 1 quilômetro nesta via.*

Reparei que não era mais necessário atravessar Northfield: tinham encontrado verba para construir um novo contorno, tão novo que nem a Emma parecia saber que existia. Ela ficou realmente confusa à medida que eu avançava por semáforos e rotatórias, embora, mais uma vez, eu tivesse de admirar o modo como, mesmo dando instruções contraditórias e recalculando a rota furiosamente, seu tom de voz permanecia totalmente inabalável. Que mulher. O bairro de Selly Oak não criou esse tipo de problema, e ela me guiou com destreza pela Harborne Lane e pela Norfolk Road, direto até a Hagley Road. Cheguei ali não muito depois das três horas e dei entrada no hotel Quality Premier Inn, no qual um quarto individual custava pouco mais de 40 libras o pernoite, bem dentro do orçamento de Alan Guest. O quarto não era muito grande e não tinha uma vista lá muito agradável, mas era confortável. Fiquei no primeiro andar, fundos. Havia uma chaleira e alguns sachês de Nescafé, então preparei uma xícara e descansei na cama por uma meia hora, mais ou menos, para me recuperar do longo tempo dirigindo. Senti-me um pouco sozinho e pensei em ligar para Lindsay, mas decidi fazer isso só à noite.

O Sr. e a Sra. Byrne me esperavam dali a uma hora e meia. Era o tempo exato para uma visita ao cemitério de King's Norton, e foi o que fiz. A sepultura da minha mãe estava em bom estado. Comprei flores num supermercado Tesco Express das proximidades e as depositei junto à lápide. Não tinha um vaso ou nada parecido. *Barbara Sim, 1939-1985*, era tudo o que estava escrito. Meu pai tinha preferido uma coisa simples, ou ao menos foi o que me disse na época. Quarenta e seis anos. Eu já era mais velho do que isso. Tinha vivido mais do que minha própria mãe. E no entanto sentia que ainda levaria muitos anos para me sentir tão adulto quanto, para mim, minha mãe sempre parecera ser. Ela tinha 22 anos quando nasci. Seus 24 anos seguintes tinham sido dedicados à minha criação, até eu ter atingido a vida adulta, e nesse tempo ela havia se sacrificado por mim, generosamente. Tinha me dado amor incondicional. Podia não ter sido tão inteligente, podia não ter tido uma formação fora de série, podia nem ter chegado a entender a poesia do meu pai (nem eu entendia, aliás), mas, emocionalmente, havia sido mais do que sábia. Talvez as circunstâncias a tivessem obrigado a ser assim, ou talvez fosse apenas que a geração dela, vivendo sempre à sombra da guerra, dera um jeito de amadurecer mais rápido do que a minha. Não importava a razão, eu me sentia humilhado (sim, essa é a palavra certa — nenhuma outra serve) ao pensar que grande mãe ela havia sido. O que fazia minha própria tentativa de paternidade parecer patética.

1939-1985. Não era suficiente. A gente deveria ter escrito mais alguma coisa na lápide, algo melhor.

Mas o quê?

— Era uma mulher encantadora, sua mãe. O Donald e eu sempre achamos. É raro o dia em que a gente não se lembre dela.

A Sra. Byrne terminou de colocar leite no meu chá e acrescentou duas colheres de açúcar, conforme meu pedido. Notei que suas mãos tremiam levemente. Um começo de Parkinson, quem sabe? Apanhei a bandeja com os apetrechos do chá e a segui até o jardim de inverno.

— Isto aqui é bem interessante — disse o Sr. Byrne. Ele manuseava a IP 009, segurando-a contra a luz do fim da tarde e examinando-a de todos os ângulos. — Qual é a meta? Quantas destas você está pretendendo vender?

— Era sempre um prazer conversar com ela. Animava qualquer reunião social — interrompeu a Sra. Byrne. Falava, ainda, da minha mãe. Já tinha reparado que era difícil manter uma conversa com o Sr. e a Sra. Byrne, pois estavam sempre falando sobre dois assuntos completamente diferentes, ao mesmo tempo.

— Bem, essa não é a ideia, na verdade — respondi (ao Sr. Byrne). — Não tem a ver com quantas eu devo conseguir vender. Não interessa se não chegar a vender nenhuma esta semana.

Era verdade, até certo ponto. A Guest Escovas de Dente já abastecia grande parte das maiores redes de farmácias — e mesmo de supermercados — e os pedidos eram, em geral, feitos em grandes quantidades, on-line ou por telefone. Ainda assim, o Alan tinha me dito que, se por acaso topasse com algum pequeno comércio, deveria aproveitar a chance e parar para apresentar a mercadoria. Essa era uma possibilidade da viagem que não me animava muito. Há bastante tempo que não fazia esse tipo de abordagem.

— Tem um belo design, é verdade — disse ele. — Devíamos comprar duas para nós.

— Ah, bom, neste caso — falei, tirando outro exemplar do bolso da jaqueta — fiquem com estas de presente. Cortesia da Guest Escovas de Dente.

— Tem certeza?

— Claro.

— Bem, isso é esplêndido. Não é esplêndido, Sue?

A Sra. Byrne assentiu, distraída, com a cabeça em outras coisas. Primeiro, entregou as xícaras de chá a cada um e distribuiu os bolinhos caseiros, depois falou:

— Então você vai de carro até Aberdeen?

— Isso mesmo.

— Bem, você devia, sim, dar uma passada na Alison. Ela ia adorar te ver.

—Ah, deixa disso, Sue — disse o Sr. Byrne, desaprovando.
— Ele não tem tempo para passar na Alison. Me diga, Max,
o Harold está alugando o apartamento de Lichfield? Porque
já faz uns bons anos que a gente não dá uma olhada lá e, da
última vez que falamos com o seu pai, foi o que ele disse que
pretendia fazer.

— Bem, não vejo por que não — retomou a Sra. Byrne.
— Mesmo que seja só para uma xícara de chá, já seria alguma
coisa. E certamente, se ele está indo até Aberdeen, vai ter de
passar por Edimburgo.

— Não acho que o pai tenha alugado o apartamento —
dirigi-me ao Sr. Byrne; e, voltando-me à sua esposa: — Acho
que tem um contorno, então não vou passar pela cidade, na
verdade.

— Ele está perdendo uma boa renda de aluguel, nesse
caso — observou o Sr. Byrne.

— Sim, mas é bem fácil chegar à casa da Alison a partir do
contorno — retomou a Sra. Byrne.

— Enfim, vou buscar as chaves.

— Vou buscar o guia de ruas para te mostrar onde fica a
casa dela.

Enquanto os dois partiam em suas buscas, beberiquei meu
chá, belisquei meu bolinho e fiquei olhando para o quintal
da casa. Era um quintal grande e muito agradável, estendendo-se até o lago numa série de desníveis. Para além da cerca,
eu conseguia enxergar a trilha que circundava a água. Dava
para caminhar por ela durante uns trinta minutos, conforme
eu parecia me lembrar. Tinha feito o trajeto com a Alison,
certa vez. Devia ter uns 15 anos. Não muito antes de nossas
famílias saírem juntas em viagem, até a região de Lake District. Provavelmente aparecera para uma visita ao Chris, mas,
por alguma razão, acabara conseguindo sair para uma volta
em torno do lago com a Alison, que era uns dois anos mais
velha do que eu e com quem eu sempre mantivera uma ami-

zade meio estranha, nada que se assemelhasse muito a um flerte. (Não sei por quê, sentia que deveria achá-la mais atraente do que de fato achava, se é que isso faz algum sentido.) Será que é uma boa ir vê-la em Edimburgo? Uma visitinha para uma xícara de chá? A última vez que nos vimos foi no casamento do Chris, mais de 15 anos atrás. Não faria mal nenhum, acho...

O Sr. e a Sra. Byrne voltaram juntos, suas mentes ainda percorrendo trilhos paralelos.

— Quando, exatamente, você precisa estar em Shetland? — perguntou a Sra. Byrne.

— Aqui estão — falou o Sr. Byrne, e me entregou um molho de chaves. — Por falar nisso, aquele Prius lá fora é seu?

— Acho que não interessa muito quando vou chegar lá, desde que seja até o fim desta semana — respondi à Sra. Byrne. — Sim, é meu — disse ao marido dela. — Mas só enquanto durar a viagem.

— Bem, por que você não sai para jantar com a Alison e o Philip amanhã à noite, então?

— E que tal, é bom de dirigir?

Deduzi que Philip era o marido da Alison. O nome me parecia vagamente familiar.

— Não vai dar, acho. Devo fazer uma visita a Lucy, minha filha; amanhã à noite. Em Kendal. Sim, estou adorando. Sabe que estou conseguindo uma média de 23 quilômetros por litro até aqui? E o sistema de navegação por satélite é fantástico.

— Kendal? E o que a sua filha está fazendo em Kendal?

—Vinte e três não é uma média ruim. Imagine que, hoje em dia, tem uns carros pequenos a diesel que fazem quase a mesma coisa. Que tamanho tem o motor dele?

— Bem... é que a Caroline se separou de mim, sabe. Faz uns seis meses. Ela e a Lucy estão morando em Kendal agora.

Não sei que tamanho tem o motor, me desculpe — está no manual, provavelmente.

— Ah, Max — eu não sabia. Você deve estar arrasado. Por que será que o Chris não contou isso para a gente?

— Ouvi dizer que a aceleração deixa a desejar. Não tem muita potência nas ultrapassagens.

— É, essa foi mesmo uma... decepção. A maior decepção da minha vida, na verdade.

O Sr. Byrne me encarou, surpreso, até que sua mulher o repreendesse com uns tapinhas no joelho.

— O Max está falando sobre o fim do casamento dele, e não sobre a aceleração do carro. Dá para você prestar atenção? — Ela se virou para mim e disse: — Muitas vezes é preciso dar um tempo na relação, Max. Tenho certeza de que não é definitivo.

— Acho que é — falei. — Elas se mudaram pro outro lado do país. Parece-me bem definitivo.

— Vocês tentaram terapia de casal, essas coisas? — quis saber a Sra. Byrne.

— Você andou transando por aí ou algo do tipo? — perguntou o Sr. Byrne.

— Donald! — interveio a esposa, exasperada.

— Sim — respondi. — Quero dizer, sim, tentamos fazer terapia, e não, não andei transando por aí.

— Max, por que você não fica para jantar? Fiz uma torta de frango e tem bastante, dá para nós três.

— Não quis ser inconveniente — atalhou o Sr. Byrne.

— É que coisas estranhas costumam acontecer aos homens quando eles chegam aos 40 e tantos anos. Por alguma razão, a gente começa a sentir uma vontade incontrolável de transar com meninas de 20.

— Isso me agradaria muito — falei. — Ficar para jantar, quero dizer, não transar com meninas de 20. O que também me agradaria bastante, claro... Mas, enfim, acho que não posso. O jantar, quero dizer. Tenho... tenho um compromisso hoje à noite.

— Ah, que pena. Vou preparar mais um bule de chá, pelo menos.

Ela desapareceu na direção da cozinha, deixando-nos a sós, o Sr. Byrne e eu, por alguns minutos. Houve uma pausa terrível, durante a qual achei que ele tentaria uma conversa franca sobre a minha separação, mas nem precisava ter me preocupado. Em vez disso, falamos sobre o Toyota Prius. Ele me contou sobre um artigo que tinha lido e que dizia que o processo de fabricação do carro era tão longo e complicado que, na verdade, anulava qualquer benefício ambiental proporcionado pelo motor híbrido. E, além disso, havia sérias dúvidas sobre se era ou não possível reciclar a bateria elétrica. Ele parecia saber um bocado sobre o assunto. Mas, claro, o Sr. Byrne, como o filho, sempre me causava admiração por ser tão bem-informado. Era outro desses homens dotados (ao contrário de mim) de uma mente sedenta e inquiridora.

A Sra. Byrne ficou ausente durante uns vinte minutos. Não entendi bem por que precisaria de tanto tempo para preparar um bule de chá. Quando ela finalmente retornou, porém, tudo se esclareceu.

— Me desculpem — disse ela. — Estava ao telefone com a Alison. Pensei em ligar, ver se achava ela em casa. Ela disse que vai estar em casa a semana toda e adoraria receber você na quarta.

— Oh — falei, pego meio de surpresa. — Bem, isso é ótimo, obrigado.

— O Philip está na Malásia no momento, então ela ficou de fazer reserva num restaurante da cidade na quarta à noite. Vocês dois vão poder sair para um jantarzinho aconchegante. Os meninos estão no colégio interno nesta época, claro.

— Fico muito agradecido, mas...

— Ah! — O Sr. Byrne ficou de pé num pulo. — Isso me deu uma ideia.

Ele saiu do recinto, enquanto eu lutava para colocar a cabeça no lugar depois das novidades. Significaria acrescentar mais um dia à viagem, pegando o *ferry* em Aberdeen na quinta à noite para chegar a Shetland na sexta pela manhã. Seria um problema? Não necessariamente. Os outros três vendedores provavelmente já teriam chegado a seus destinos e voltado para casa àquela altura, mas por que me incomodar com isso? Não era uma corrida. E, mesmo que fosse, eu nunca seria o primeiro a retornar. No atual cenário, meu papel não era exatamente o de um Robert Knox-Johnston ou de um Bernard Moitessier, afinal de contas. E, além disso, eu já estava bem encaminhado quanto ao outro prêmio — pelo menor consumo de combustível.

— Bem, seria... seria sensacional, na verdade. É, por que não? Eu adoraria rever a Alison.

— E tenho certeza de que ela também adoraria te rever. Esplêndido. Tudo acertado, então.

A Sra. Byrne sorriu para mim, exultante, e me passou mais um bolinho. Quando me inclinava para apanhá-lo do prato estendido por ela, vi meu próprio reflexo nos janelões de vidro do jardim de inverno. Lá fora estava quase escuro agora. Tinha uma noite triste pela frente, sozinho no meu quarto do hotel Quality Premier Inn, e mesmo assim não conseguia relaxar e aceitar o convite para jantar na casa dos Byrne. Havia, ainda, um limite para quanto contato humano eu era capaz de tolerar num só dia. Comi o bolinho em silêncio, ouvindo a Sra. Byrne, com sua voz reconfortante, a contar as novidades sobre amigos dela para os quais eu nunca fora apresentado, ou que não me lembrava de conhecer. O Sr. Byrne voltou, ofegante, trazendo uma grande caixa de papelão.

— Taí! — falou, ao colocá-lo no chão com ar triunfal.

— Ah, Donald! — disse a esposa. — E *agora*, o que é que você está aprontando?

— Isto estava no sótão — explicou ele.

— Sei onde estava. Por que você trouxe até aqui?

— Você disse que já estava cheia de ver esse negócio por aí.

— E estava. Foi por isso que levei pro sótão. Para que tirar de lá?

— Porque não é o lugar disto. Já temos bastante lixo lá no sótão. Isso tudo é da Alison.

— Eu sei que é da Alison. Sempre peço para ela levar embora, e ela sempre esquece.

— Não é que ela esqueça. Ela não leva de propósito.

— Tá, tá bom. Não vale a pena discutir. Mas e para que isso agora?

— O Max podia levar.

— O Max?

— Ele não está indo visitá-la? Bem, então, ele podia levar a caixa com ele.

— Ah, deixa de besteira.

Olhei para aquela caixa que, de tão grande, o Sr. Byrne tivera dificuldade para carregá-la sozinho, e que, de tão cheia de papéis, quase transbordava. Mesmo assim, caberia fácil no porta-malas, e eu não via nenhum motivo para não levá-la comigo.

— Não, sem problemas — falei. — O que tem aí?

— Todo o material de estudos da Alison. Acho que deve ter uns trinta anos.

— A gente devia jogar fora, isso sim — disse a Sra. Byrne.

— Queimar esse negócio.

— Não podemos fazer isso — respondeu o marido. — Ela suou sangue sobre esses papéis.

— Grande vantagem para ela. Nunca se formou.

— Sue, você se lembra muito bem que ela se formou, *sim*. Nunca *atuou* na área. São coisas diferentes. E ainda pode vir a trabalhar, agora que as crianças estão quase crescidas.

— Em que área? — eu quis saber. Já fazia tanto tempo, nem mesmo conseguia me lembrar o que Alison tinha estudado.

— Psicologia — falou o Sr. Byrne. — Ela sempre quis ser terapeuta.

Agora me lembrava vagamente. Mas aquilo só servia para me fazer perceber que, bem feitas as contas, eu mal conhecia a Alison e tínhamos muito pouca história em comum. Será que queria mesmo passar toda a minha noite de quarta num jantar com alguém que era uma quase desconhecida? Bem, agora era tarde demais para voltar atrás. O Sr. e a Sra. Byrne já estavam completamente entregues à ideia — ela, ao que parecia, por estranhas razões sentimentais, ele, porque não via a hora de se livrar daquela caixa.

— Taí, não tomou espaço nenhum — disse o Sr. Byrne alguns minutos mais tarde, acomodando a caixa cuidadosamente no porta-malas do Prius. Minha mala e meu laptop tinham ficado no hotel, de modo que os dois únicos volumes no porta-malas eram duas pequenas caixas com amostras de escovas. A Sra. Byrne também havia saído até a frente de casa para se despedir. A noite estava gelada e, parados na entrada da garagem, nossa respiração fazia vapor no ar. Disse um tchau apressado, talvez um pouco rude, em parte porque não queria que ela pegasse um resfriado, mas principalmente porque não posso com despedidas arrastadas. Quando já estava dentro do carro e pronto para ligar o motor, o Sr. Byrne veio correndo de dentro da casa.

— Não vá esquecer isto — disse ele, com as chaves do apartamento do meu pai nas mãos.

Não sei como, eu os havia esquecido lá dentro. Baixei o vidro e as apanhei.

— Obrigado — falei. — Essa foi quase.

— Você tem *certeza* de que são as chaves certas? — perguntou a Sra. Byrne.

— Claro que são — respondeu o Sr. Byrne.

— Não parecem muito as chaves do apartamento do Harold.

O marido a ignorou.

— Cuide bem delas — recomendou-me ele. — Não tem outro molho.

— Tem, sim — atalhou a mulher.

Ele virou para ela com um suspiro.

— Como é?

— Eu disse que tem, sim, outro molho. A Sra. Erith tem outro.

— Sra. Erith? Do que você está falando? Quem é a Sra. Erith?

— A senhora que mora no apartamento da frente. Ela tem um molho de chaves. Pois ela não continua a pegar a correspondência? Sabe — aqueles cartões-postais todos.

— Cartões-postais? Você só diz besteira.

— Não estou dizendo besteira, *não*. Ele ainda recebe dezenas de cartões todos os anos, daquele mesmo homem. — Ela se inclinou, avançando para dentro do carro pela janela aberta. — Se ele não sabe do que estou falando, *eu* sei. Ignore o Donald. E tenha uma noite bem agradável com a sua filha amanhã. Leve nosso abraço à Alison, está bem?

— Não só o nosso abraço, mas aquela papelada também! — completou o Sr. Byrne. — Não esqueça os papéis! Não deixe ela te levar na conversa.

— Não vou deixar.

— E obrigado pelas escovas!

— De nada. Obrigado pelo chá.

Acenei e fechei a janela antes que eles tivessem chance de dizer mais alguma coisa. Senão acabaríamos ficando ali a noite toda. Aquela conversa com os dois tinha me deixado exausto, para ser franco — especialmente com a Sra. Byrne, cujo comportamento eu agora já começava a achar talvez um pouco excêntrico. A história dos cartões-postais, por exemplo, pareceu-me muito peculiar. Soava altamente improvável que alguém continuasse a enviar os tais cartões para o meu pai em Lichfield, pois ele se mudara dali há mais de vinte anos.

E agora — para onde?

A primeira coisa que fiz foi dirigir até o centro da cidade. Tinha Emma para me fazer companhia, claro, mas, como não informei um novo destino, ela pensou que ainda procurávamos a casa do Sr. e da Sra. Byrne, e suas instruções tornaram-se bastante confusas. Não me importei. Estava feliz simplesmente por voltar a ouvir a voz dela.

Birmingham tinha mudado muito desde que eu estivera ali pela última vez. Eram tantos prédios novos — centros comerciais, principalmente — que, durante boa parte do trajeto, não conseguia me localizar. Depois de algum tempo, encontrei um estacionamento vertical de vários andares e dali caminhei até as lojas e os cafés mais novos na região dos velhos canais que cruzam a cidade. Havia um bom número de restaurantes cujos nomes não reconheci, mas, no fim, entrei num Pizza Express que fez com que eu me sentisse em casa e confortável. A gente sempre sabe onde pisa com um Pizza Express.

O restaurante estava cheio. Todos ali pareciam ser uns vinte anos mais novos do que eu e, como sempre, me senti acanhado ao sentar para comer sozinho. Não tinha trazido nada para ler, então peguei meu celular e, enquanto esperava pela pizza, enviei uma mensagem de texto ao Trevor. Ele me ligou de volta alguns minutos depois, e estava usando equipamento de viva-voz que todos tínhamos recebido para instalar nos carros, mas que eu ainda não me dera ao trabalho de colocar no meu. O ambiente estava barulhento, de modo que foi muito difícil entender o que ele dizia, mas consegui deduzir que já estava a mais ou menos uma hora e meia de Penzance, e ele pareceu se divertir com a informação de que eu só tinha conseguido chegar até Birmingham naquele dia.

— Ah, tudo bem — disse o Trevor, antes de perdermos contato —, desde que você esteja curtindo.

Não tinha certeza se estava curtindo. Quando saí do restaurante, eram aproximadamente 20h30, e encontrei um recanto tranquilo, próximo a um dos canais, de onde fazer minha ligação para Lindsay — o momento especial que vinha prometendo a mim mesmo fazia algumas horas. Mas ela não atendeu. Deixei uma mensagem, mas ela não ouviu, pois, por alguma razão, não recebi retorno nenhum naquela noite.

Claro que eu poderia ter saído dali direto para Lichfield, passado a noite no apartamento do meu pai e economizado a diária de hotel paga pela Guest Escovas de Dente. Mas estava com o pressentimento de que a visita ao apartamento não seria a mais animada das experiências. Pensei que talvez fosse melhor aparecer por lá durante o dia. No meio-tempo, não tinha nada mais a fazer além de voltar ao hotel Quality Premier Inn e assistir TV ou talvez (no meu laptop) o DVD de *Águas profundas* emprestado pelo Clive.

No caminho, devo dizer, Emma e eu nos divertimos horrores. Especialmente quando, chegando a Holloway Circus, pensei que seria engraçado tentar confundi-la andando em círculos na rotatória. Ri um bocado! *"Próxima à esquerda"*, ela não parava de dizer. *"Próxima à esquerda. Próxima à esquerda."* Repetidamente, e cada vez a intervalos menores à medida que eu acelerava e girava de novo na rotatória. Mesmo assim não consegui fazer ela subir o tom. Não importava que andasse mais e mais rápido, que desse mais e mais voltas, ela não perdia a calma jamais. Devo ter rodado umas seis ou sete vezes até que apareceu um carro da polícia vindo da direção da New Street Station, via Smallbrook Queensway. Rapidinho peguei a saída rumo a Five Ways e, dali, à sensata velocidade de uns 45 quilômetros por hora, segui de volta para o hotel.

Assim que estacionei o carro, dei uma conferida no porta-malas, pois, enquanto brincava de carrossel na rotatória de Holloway Circus, tinha ouvido uns barulhos estranhos vindos da traseira. Nenhuma surpresa que, por causa das minhas travessuras na direção, a caixa da Alison tivesse escorregado de um lado ao outro e a maioria dos papéis, antes precariamente assentados no topo da pilha, estivesse, agora, espalhada para todo lado no bagageiro. O vento estava bastante forte e, aberta a tampa do porta-malas, alguns desses papéis voaram pelo estacionamento. Xinguei e saí correndo para todas as direções, tentando apanhá-los, mas, enquanto fazia isso, bateu outro pé de vento e mais papéis começaram a se espalhar. Bati o porta-malas e finalmente consegui, com grande esforço e a ajuda divertida de alguém que passava, recolher o que tinha voado. Fiz um maço que segurei firme contra o peito e entrei no banco de trás do carro com a intenção de desamassar os papéis e dar-lhes alguma ordem. Fiquei sem fôlego e estranhamente perturbado pelo episódio. Até onde eu sabia, só havia ali alguns velhos trabalhos de faculdade da Alison, sem nenhum valor especial, mas, ao mesmo tempo, sentia que me havia sido confiada uma importante tarefa — devolvê-los a ela — e não queria estragar tudo.

Esse pensamento, porém, desapareceu da minha cabeça quando bati o olho no alto de uma página, ao largá-la sobre o banco do carro. Adivinhem qual foi a primeira palavra a me chamar a atenção?

Foi esta: "Max".

E não aparecia uma vez só. A palavra "Max" surgia umas cinco ou seis vezes somente naquela página.

Aparentemente, o que havia diante de mim era algum tipo de trabalho acadêmico. Comecei a vasculhar a pilha desencontrada de papéis que tinha no colo, em busca de outras páginas do mesmo texto. As folhas, em sua maioria, haviam se mantido juntas e ainda em sequência, mas parecia que faltavam algumas. Encontrei aquela que, obviamente, era a última, a de número 18. Então achei a primeira página, com o título "VIOLAÇÃO DE PRIVACIDADE — Alison Byrne, 22 de fevereiro de 1980". *Violação de privacidade?* O que era aquilo? Havia, ainda, um bilhete preso por um clipe a essa primeira página. A letra era diferente — mais masculina — e, após algumas linhas, me dei conta de que deviam ter sido escritas pelo orientador dela.

Prezada Alison,

Penso que ficou claro, a partir do seminário de terça-feira e da nossa conversa posterior, que você tem um interesse particular pelo tema da violação de privacidade e pelo impacto sobre os relacionamentos entre as pessoas envolvidas em tal situação. Como pedi a todos, neste semestre, que escrevessem um ensaio "autorreflexivo" sobre algum aspecto de sua própria experiência, me perguntei se você gostaria de escrever sobre isso? Talvez haja algum incidente em particular, do seu próprio passado, que tenha a ver com o tema.

Por favor, fique tranquila porque esses ensaios autorreflexivos NÃO valem nota e não serão lidos pelos professores, exceto especificamente a seu pedido. A ideia é que você use o tempo que for necessário para terminá-lo, e que o ensaio valha pelo exercício de escrevê-lo e pela oportunidade de uma ampliação da autoconsciência que ele possa trazer.

Enfim, você é quem decide sobre o que escrever. Essa é meramente uma sugestão.

Atenciosamente,

Nicholas.

Após ter lido isso, fui ao início do trabalho. O primeiro parágrafo parecia consistir de apenas algumas linhas introdutórias, mas o segundo começava com as seguintes palavras: "Aconteceu durante o longo e quente verão de 1976" e, algumas frases adiante, "Perto do final de agosto, naquele ano, saímos para um acampamento de férias na região de Lake District com nossos amigos, a família Sim".

Região de Lake District? Ela tinha escrito um trabalho de faculdade sobre as nossas férias em Coniston? Por quê? O que havia acontecido naquela semana que tivesse qualquer coisa a ver com "violação de privacidade"?

Minhas mãos tremiam enquanto eu fuçava no restante dos papéis. Parecia que estava à beira de um ataque de pânico ou algo parecido. Precisava encontrar as páginas que faltavam e ler o trabalho todo, por mais doloroso que isso se revelasse. Assim como com o conto da Caroline, senti-me guiado por uma desconcertante e autodestrutiva curiosidade. Ler o conto já tinha sido bastante difícil. Será que aquilo ali seria ainda pior?

As páginas restantes, ficou claro, continuavam misturadas aos outros papéis da Alison no porta-malas. Demorei uns 15 minutos para juntar tudo. Então disse boa-noite a Emma ("Deseje-me sorte", murmurei a ela), tranquei o carro e subi com o maço de folhas até o meu quarto de hotel no primeiro andar. Preparei outra xícara de Nescafé, liguei a TV para me fazer companhia, coloquei o volume no mudo e, deitado na cama, comecei a ler.

Fogo

A fotografia dobrada

O incidente que estou prestes a descrever aconteceu há mais de três anos. No entanto, ainda está bem fresco na minha mente. Teve um grande impacto sobre mim porque me distanciou de uma pessoa de quem eu pretendia me aproximar.

Aconteceu durante o longo e quente verão de 1976. "Longo e quente verão", neste caso, não é apenas um clichê, pois fez sol e céu azul e choveu muito pouco de norte a sul do Reino Unido naquele verão — a ponto de o governo ter nomeado, excepcionalmente, um "ministro da seca".

Perto do final de agosto, naquele ano, saímos para um acampamento de férias na região de Lake District com nossos amigos, a família Sim.

Eles haviam sido nossos vizinhos em Rubery, na região de Birmingham. Tinham um filho, cujo nome era Max e, desde a escola primária, fora o melhor amigo do meu irmão mais novo, Chris. Mas, com 11 anos, os dois meninos foram mandados para escolas diferentes. Chris conseguiu uma vaga na King William's School, em Birmingham (eu mesma já frequentava a escola de meninas correspondente a essa). Era uma escola que selecionava os alunos num exame. Max não passou nessa prova de admissão e foi para uma escola local, em Rubery. Uns anos depois, mudamos de Rubery para uma casa com um grande quintal que dava para o lago do bairro de Edgbaston. Apesar disso, Chris e Max continuaram bons amigos e nossos pais não deixaram de se ver com frequência.

Na época do incidente, Chris e Max tinham 16 anos, e eu, quase 18. Pensando bem, sentia que não era mais tão nova para sair em férias com a família e, na verdade, aquela foi a última vez que fiz isso. Já havia viajado à França, naquele mesmo verão, com uma das minhas amigas, mas aquele acampamento estava planejado para o finalzinho de agosto e, como ainda fazia tempo bom e eu não estava a fim de ficar sozinha em casa uma semana inteira, resolvi ir.

Nosso camping ficava junto ao lago de Coniston Water. Havia tanto trailers quanto barracas ali, além de um moderno bloco de banheiros, com chuveiros etc. Minha família tinha uma barraca grande, com dois "quartos" separados, de modo que estávamos muito bem acomodados, embora eu não seja muito entusiasta da vida sob lonas. A família Sim levantou acampamento a alguns metros de nós, mas posicionou sua barraca (que era bem menor) de frente para a nossa, formando, no espaço entre as duas, uma espécie de área comum. Era ali que, toda noite, acendíamos uma fogueira e sentávamos para jantar e conversar. Mais tarde, meu irmão Chris às vezes pegava o violão, mas fico feliz em dizer que não havia cantoria ou coisa do tipo. Ele apenas dedilhava uns acordes menores e melancólicos, enquanto mirava a distância. Tanto ele quanto Max estavam naquela idade em que os meninos têm paixões fulminantes, e Chris andava caído por uma das meninas da minha escola. Eu já havia lhe dito que ele não tinha a menor chance, mas meu irmão não me escutava.

Quanto a Max, também começava a parecer um pouquinho abatido pela paixão — mas, a menos que estivesse muito enganada, a dele era por mim.

Mesmo conhecendo Max havia muitos anos, só recentemente eu começara a notar que ele havia crescido e, com isso, estava se tornando um rapaz bem bonito. O fato de ele ser dois anos mais novo do que eu deveria tê-lo colocado estritamente "fora dos planos", mas, sim, me deixava lisonjeada ele estar caído por mim; e, se é para ser realmente honesta comigo mesma, uma das razões pelas quais tinha embarcado naquela viagem, para começar, havia sido o fato de Max ir junto. Mas o pobre rapaz era muito inseguro. Adotei o tipo de atitude "seja malvada, continue desejada", e basicamente o ignorei a maior parte da semana de férias. Esperava que isso o obrigasse a declarar suas intenções, mas acho que Max interpretou meu comportamento de forma muito literal e, provavelmente, pensou apenas que eu não gostava muito dele.

Uma coisa que reparei logo foi que a dinâmica familiar dos Sim era bastante diferente daquela adotada pela minha família. Max e a mãe dele eram extremamente próximos. Na verdade, ela meio que o tratava como um bebê, dando-lhe de comer o tempo todo — servindo-o sempre um pouco mais nas refeições, comprando-lhe mimos como barras de chocolate e balas de goma na lojinha próxima, e assim por diante. (Apesar disso, ele era muito magro. Estava naquela idade em que os meninos, não importa que se entupam de comida o dia inteiro, parecem não ganhar um quilo de peso sequer.) Por outro lado, Max não aparentava ser muito próximo do pai. O Sr. Sim, de fato, não aparentava ser próximo nem do filho, nem da mulher. Era um homem calado, muito introspectivo e difícil de conversar. Trabalhava como bibliotecário numa das escolas técnicas de Birmingham, mas Max uma vez me disse que seu pai sempre quisera, na verdade, ser poeta. Uma das coisas que notei, durante aquela semana, foi que o Sr. Sim sempre carregava um caderno e, com frequência, podia ser visto escrevendo nele. Uma noite, quando estávamos todos sentados em volta da fogueira, meu pai chegou a persuadi-lo a ler para nós um dos poemas do caderno. Fiquei paralisada de constrangimento quando escutei meu pai pedir aquilo, e já estava esperando ouvir uma porcaria qualquer em rimas casadas sobre os pássaros e as flores e o brilho do sol e esse tipo de bobagem. Mas, em vez disso, o poema que ele leu era bastante bom. Ao menos, como não entendo muito de poesia, era algo bem difícil de entender em alguns momentos, mas pelo menos nada sem graça ou banal ou coisa parecida. Não saberia dizer sobre o que era o poema exatamente, mas tinha certa atmosfera — uma atmosfera de perda e arrependimento e algo a ver com o passado que, por alguma razão, soava sinistro e assustador. Lembro-me de que ficamos todos num silêncio meio surpreso quando acabou a leitura. Estávamos todos bastante impressionados, acho — menos a Sra. Sim, que parecia simplesmente mortificada. Não quero ser indelicada ao dizer isso, mas tive a óbvia impressão de que ela não fazia a mais remota ideia do que o marido pretendia escrevendo seus poemas. Não acho que ela tivesse estudado muito, e nem mesmo a considerava especialmente inteligente. Ela tinha um emprego de meio período como secretária de um consultório médico em Moseley e, embora fosse uma pessoa muito gentil e muito simples — além de *extremamente* bonita —, de fato era de se perguntar por que, afinal, ela e o marido haviam se casado ou o que tinham em comum. Mas os relacionamentos das outras pessoas são um mistério, e talvez devam permanecer assim mesmo.

Junto ao caderno, o outro item que o Sr. Sim jamais deixava de ter consigo era sua máquina fotográfica. Era uma câmera volumosa, complicada, parecendo muito antiga, que provavelmente valia um bom dinheiro, e que ele sempre guardava cuidadosamente num surrado estojo de couro.

Tirava fotos principalmente de paisagens, ou fazia closes muito próximos de troncos de árvores ou de fungos e coisas do tipo. Não eram fotos de férias, em outras palavras. Mas, claro, assim como sua poesia, as fotografias eram basicamente uma missão solitária. Nunca levava Max com ele, até onde me lembro, para ensiná-lo como fazer um enquadramento ou que abertura de diafragma usar: em geral, parecia haver muito pouco fluxo de informação de pai para filho. Eu achava isso difícil de entender, pois meu pai estava sempre conversando conosco, sempre nos ensinando a fazer coisas. Na primeira noite daquelas férias, por exemplo, lembro-me que ele e Chris sumiram no bosque lá para os lados do lago e voltaram com um monte de tocos e galhos para começar uma fogueira. Ele me perguntou se eu queria ajudar, mas estava muito ocupada lendo um número da *Cosmopolitan*. Max também não se mostrou muito interessado e, em todo caso, estava ajudando a mãe a descascar batatas, mas me lembro de que acabou cortando o dedo e teve de usar um curativo pelo resto da semana. Enfim, meu pai seguiu adiante, com sua habitual determinação, na tarefa de acender a fogueira, enquanto instruía meu irmão passo a passo naquele procedimento. Disse que não era suficiente apenas amontoar uma pilha de galhos no chão e acendê-la com um fósforo. Nunca se consegue uma fogueira duradoura desse jeito. Primeiro, é preciso limpar uma área de terreno e, de preferência, cercá-la com pedras, funcionando como uma barreira. Então empilha-se alguma lenha, usando tocos pequenos e secos de madeira, juntando também pedaços de papelão e caixas de ovos e coisas assim, se estiverem à mão. Era importante, prosseguiu papai, não amontoar os tocos de lenha muito próximos uns dos outros — tinha de haver espaço para a circulação de ar. Evidentemente, havia por ali muita madeira seca e boa para ser usada como lenha, pois não chovia naquela parte do mundo havia semanas. Eram diversas as maneiras de se acomodar as peças de lenha maiores por cima da pilha inicial, explicou papai: ele e Chris tentaram diferentes arranjos ao longo da semana (pirâmide, estrela, "casinha", e assim por diante), mas terminaram por decidir que o melhor era montar uma espécie de cabana de madeira, uma vez que a lenha no centro queimava muito bem assim, ao passo que os tocos mais externos cairiam para dentro a seu tempo, alimentando o fogo. Para acendê-lo, eles usavam todo tipo de "isca" — musgo, grama seca, gravetos de pinheiro, cascas de árvore — e Chris sempre cumpria bem essa parte, pois nos dias seguintes ele ficou responsável por fazer o fogo sozinho e, noite após noite, não precisava de mais do que um fósforo para isso, obtendo uma fogueira radiante que durava por duas horas ou mais. Tê-la crepitando ali todas as noites nos animava bastante porque, embora os dias fossem bem quentes, já começava a fazer um friozinho à noite. O melhor era quando a fogueira já estava acesa há algum tempo e o miolo dela ficava realmente queimando; a essa altura tínhamos terminado de jantar e pegávamos nossos sacos de *marshmallows*, que tostávamos ao fogo como sobremesa. Uma delícia.

Mais para o final da nossa estada, o tempo começou a mudar. Durante a semana toda tinha feito tanto calor que a maioria de nós fora nadar no lago todos os dias. Havia uma pequena praia de cascalho ao lado do camping, porém, andando um pouquinho mais através do bosque, havia outra, ainda menor — na verdade quase não dava para chamá-la de praia, de tão minúscula — não passava mesmo de uma faixa de cascalho cercada de árvores — apenas o espaço para duas ou três pessoas, e apertadas — mas aquele tinha se tornado nosso lugar favorito. Parecia que nenhum dos outros frequentadores do camping estava interessado naquele pedaço. E para lá fomos nós, no último dia das férias, final da tarde de sexta-feira — meu irmão, Max e eu. O céu tinha nublado e agora pesava, num tom cinza ardósia, sobre o lago de Coniston Water. A temperatura devia ter caído uns sete ou oito graus desde o dia anterior. Tínhamos nadado no lago diariamente e estávamos ali para isso, mas a ideia já não pareceu mais tão atraente quando chegamos à prainha. De fato, Max imediatamente sentou no gramado que dava para ela e anunciou que não entraria. Chris o chamou de maricas e de pronto tirou a roupa, ficando só de calção de banho. Entrou até a altura dos joelhos e parou subitamente: a água estava claramente mais fria do que esperava. Eu não tinha certeza do que queria fazer, mas comecei a tirar a roupa assim mesmo. Debaixo da camiseta e do jeans, estava com um biquíni pequeno, laranja, que tinha comprado na França no começo do verão, durante a viagem com a minha amiga, e ainda não usara naquela semana. Era um traje bastante sumário e revelador, e eu sabia — principalmente por causa do efeito que tivera sobre todos os rapazes franceses! — que ficava muito bem em mim. A semana já chegava ao fim, e eu estava um pouco cansada de posar de durona para o Max, então imaginei que, ao me ver naquele biquíni, ele talvez fosse levado a agir. Enquanto descia o jeans e tirava a camiseta por cima da cabeça, podia sentir que ele tinha os olhos em mim, embora os tenha desviado rapidamente quando me virei, sorrindo para ele. "Tem certeza de que não vai entrar?", perguntei, mas ele abanou a cabeça. Sorria para mim também, mas, como sempre acontecia com o Max, era impossível dizer o que significava aquele sorriso e no que ele pensava. Fiquei ali por alguns segundos, olhando para ele com uma expressão interrogativa, as mãos na cintura — para garantir-lhe uma senhora examinada no meu corpo só de biquíni —, mas, ainda assim, Max não respondeu, de modo que dei um suspiro, virei as costas e me encaminhei para a água.

Meu Deus, como estava fria. Talvez fosse apenas o efeito psicológico do céu cinzento e da ausência do sol, mas o lago estava congelante, comparado com os outros dias. Polo Norte, definitivamente. E pior: ainda entrávamos, Chris e eu, quando vimos que alguns pingos de chuva, lentos e grossos, começavam a se chocar contra a superfície da água. A primeira chuva em semanas! "Tem certeza de que é uma boa ideia a gente entrar?", perguntei ao Chris, mas em poucos segundos ele tinha mergulhado e, em seguida, nadou para cima de mim, me agarrou pelos ombros e puxou para dentro d'água também. Gritei e esperneei no começo, mas depois desisti e passei a nadar junto com ele, imaginando que meu corpo se habituaria ao frio em pouco tempo.

Não foi bem assim, porém. A água me envolvia, congelante, e me dei conta, passados uns cinco minutos, mais ou menos, de que não chegaria a me aquecer e não estava aproveitando. "Está muito frio", falei. "Estou quase congelando." "Não seja boba", respondeu Chris, mas então percebeu que eu tremia violentamente. "Sério", eu disse. "Vou ter um choque térmico ou coisa parecida", e comecei a sair em direção à prainha. Chris veio comigo e, lado a lado, retornamos. Max aguardava na beira d'água com nossas toalhas, mas percebi que agora seu pai estava ali também. O Sr. Sim se postou na praia olhando para nós e, antes que pudéssemos chegar à terra firme, gritou: "Parem!", e puxou a câmera do estojo de couro. "Fiquem bem aí", disse ele. "Vocês estão numa pose absolutamente perfeita." De modo que ficamos paralisados, a água congelante pelos joelhos, enquanto ele conferia as lentes para nos colocar em foco.

Na ocasião já me senti um pouco desconfortável com aquilo. Não sei por que deveria: era apenas um amigo da família tirando uma foto minha e do meu irmão em férias — o que poderia ser mais inócuo? Mas havia alguma coisa no modo deliberado com que nos fotografou — fazendo-nos parar ali, tremendo de frio, enquanto chegava ao enquadramento exato — e no jeito de mandar (quase uma agressão), quando gritou aquele "Parem!", que me deu uma sensação ruim. E tinha o fato de que normalmente ele não tirava aquele tipo de fotografia: instantâneos artísticos de flores selvagens e troncos de árvores, sim, mas não de gente — então, por que o Chris e eu? E por que agora? Ainda por cima, de repente desejei muito não estar usando aquele biquíni. Bastante sumário, para começar, mas, com frio e molhada, ficava quase transparente, os bicos dos meus seios saltados feito duas cerejas. Tudo bem o Max me ver assim, mas o pai dele... Bem, foi algo muito bizarro, na minha opinião. De modo que, assim que o Sr. Sim tirou a foto, corri para a prainha sem olhar para ele, arranquei minha toalha da mão do Max e me enrolei nela. Tremia incontrolavelmente, e meus dentes batiam tanto que mal podia falar. Enquanto isso, o Sr. Sim guardou a câmera de um jeito quase casual demais e, num tom jovial mas forçado, disse: "Essa vai ficar ótima. E aí? Quem de vocês vai ao pub conosco hoje à noite?"

Acontece que não teríamos nosso jantar ao redor do fogo naquela noite — em vez disso, os adultos haviam reservado uma mesa no pub local. Mas acontece, também, que aquela tremedeira no meu corpo não ia parar tão cedo. Acabei passando frio de verdade, muito mais do que devia, e nada parecia ser capaz de me aquecer — nem mesmo as duas ou três xícaras de chá fervendo que minha mãe fez para mim quando voltamos às barracas. Depois de bebê-las, entrei na nossa tenda, me enfiei no saco de dormir e ali fiquei, tremendo. Minha mãe comunicou a todos que eu não iria ao pub e houve uma rápida reunião para se decidir o que deveria ser feito. Consegui escutar quando Max disse que não queria ir, se fosse para me deixar sozinha no camping, e que ficaria também, para me fazer companhia, e claro que isso me deixou bem feliz. Não importa o que mais se dissesse sobre ele, Max sempre foi assim — solícito, quero dizer, e atencioso. Um cavalheiro por natureza. Aí o Chris falou que também ficaria e pensei, Ah, não, que saco. Mas, de algum jeito, o Sr. Sim consegui convencê-lo a ir. Lembro que pensei que era triste o fato de ele ter se esforçado tanto para convencer o Chris a acompanhá-los ao pub, quando se mostrava perfeitamente satisfeito pelo próprio filho não ir. Mas acho que era mais um comportamento típico da relação entre o Sr. Sim e o filho. Enfim, já dá para imaginar que fiquei bastante animada com o resultado da reunião.

Depois que todos tinham saído, Max botou a cabeça na entrada da minha barraca e perguntou se eu estava me sentindo bem. Disse que sim, mas ele percebeu que eu ainda sentia frio e perguntou se não queria mais uma xícara de chá ou um chocolate quente ou alguma coisa. Concordei que provavelmente era uma boa ideia e falei que ia colocar a chaleira para esquentar no fogareiro, e também que prepararia uns sanduíches ou coisa parecida para nós dois comermos. "Tudo bem então", Max falou, ficando de pé. "Vou fazer fogo."

Bem, se alguma vez ouvi as célebres últimas palavras de alguém, foi ali.

Não vou tentar dourar a pílula: as tentativas do Max de acender a fogueira e mantê-la acesa, naquela noite, foram nada menos do que desastrosas. Tudo que podia ter dado errado deu. A lenha estava úmida (por causa da chuva da tarde) e ele não juntou o bastante. Os galhos que apanhou para alimentar o fogo eram grandes demais e Max não tinha uma ferramenta com que cortá-los. Tentou segurá-los parados com os pés enquanto, com as mãos, arremetia para parti-los, mas tudo que conseguiu foi se machucar: não sei como acabou arrancando metade da pele da mão esquerda, e precisava ver o monte de palavrões que soltou! Daí em diante, passou a tentar fazer tudo com uma das mãos enrolada num lenço, o que, claro, só piorou as coisas. Eu ficava repetindo que, Max, deixa para lá, senta aí, toma seu chocolate, come seu sanduíche, pelo amor de Deus, relaxa, vamos curtir a noite juntos enquanto o pessoal não volta — mas não adiantou. Ele não parava quieto. Tinha enfiado na cabeça que queria uma fogueira — do tipo que o Chris conseguia fazer — e que uma fogueira era o que ele também ia conseguir fazer. E então, primeiro, depois de ter construído uma "coisa" que, para mim, parecia mais uma pilha caótica de toras, grama, galhos e samambaias, não conseguia sequer acender um fósforo. Precisou de pelo menos uns três ou quatro para fazer pegar o fogo, e o que se seguiu foi tamanha quantidade de fumaça que, em alguns minutos, nosso lado do camping já sufocava com aquilo, e o pessoal das outras barracas veio reclamar e pedir para que apagássemos o fogo. Foi nessa hora que comecei a rir, mas na verdade essa era a pior coisa que poderia ter feito: só serviu para o Max ficar com cara de mais infeliz e redobrar seus esforços para que o fogo pegasse, indo buscar mais lenha úmida. Quando ele voltou, eu já planejava soltar alguma coisa provocante, tipo, "Tem outras maneiras de ficarmos quentinhos, sabe, Max", mas, ao olhar para a expressão dele, as palavras ficaram congeladas na minha boca. Falar que o momento para uma declaração daquelas tinha passado é dizer pouco. Compreendi que a noite estava arruinada, para ele e para nós dois. Havia lágrimas de frustração nos seus olhos enquanto largava mais madeira molhada sobre a pilha caótica e voltava a se bater com a caixa de fósforos e depois com os fósforos, a mão ensanguentada envolta pelo lenço. Eu sabia que tudo começara como um impulso de generosidade — ele estava preocupado comigo e queria me manter aquecida —, mas agora já tinha ido longe demais. Talvez isso soe tolo, mas pensei que sabia o que se passava na cabeça dele, ou ao menos em seu subconsciente. Não se tratava mais de fazer uma fogueira. A questão passara a ser a relação de Max com o pai. Chris tinha aprendido como fazer aquilo: papai dedicara tempo e paciência a passar aquela lição adiante, de uma geração para a outra: era assim que funcionava a relação dos dois. Mas o Max não tinha nada disso. Seu pai o havia abandonado anos antes — talvez nem mesmo tivesse, algum dia, sido ligado ao filho. E o que lhe restava era se agarrar àquela mãe bondosa e tranquila, mas que também não tinha nada para lhe ensinar, nada para passar adiante. Ele estava sozinho no mundo, e já se debatia com isso. Tornou-se doloroso demais para mim vê-lo lançar um fósforo apagado atrás do outro sobre aquela fogueira que nunca acenderia. "Para mim já chega", falei. "Vou para dentro. Me chame quando você conseguir." Mas, quando espiei lá fora de novo, uma meia hora mais tarde, não havia nada além de uma fumaça fraca subindo da pilha de madeira onde a fogueira deveria ter sido acesa, e nem sinal de Max. Tinha ido sozinho a algum lugar.

Esse não foi bem o fim da história. De certa forma, quem dera fosse, pois não gosto muito do verdadeiro final. Mas, como sei que ainda não abordei o tema deste ensaio, e para que possa fazê-lo, preciso descrever brevemente o que aconteceu na casa da família Sim algumas semanas mais tarde.

Estava me sentindo culpada em relação ao Max, devo admitir. Aquela última noite fora um tremendo fiasco, quando poderia ter sido tão diferente, e não conseguia deixar de me culpar por isso, até certo ponto. Verdade que

ele havia se comportado feito um idiota, mas eu
provavelmente poderia ter ajudado a remediar um pouco a
situação, em vez de perder a paciência tão rápido, e o fato é
que ainda estava a fim dele, apesar do quanto ele tinha se
mostrado inútil. De modo que decidira dar-lhe uma última
chance.

Não queria convidá-lo para tomar uns drinques ou coisa
parecida, então, para manter as coisas num clima casual,
pensei em aparecer na casa dos Sim um domingo à tarde e
sugerir que fôssemos dar uma caminhada em algum lugar
— talvez no campo de golfe municipal, que ficava logo do
outro lado da rua, em frente de onde eles moravam. Não
liguei antes nem nada: pretendia simplesmente fingir que
passava por ali e tinha resolvido, na hora, dar uma chegada.

Era uma tarde agradável de sol, em meados de setembro.
Subi a entrada de carros da casa e toquei a campainha da
porta da frente. Pareceu-me que a campainha não
funcionava, mas a porta estava só encostada, empurrei-a e
consegui abrir.

A primeira coisa que eu faria, normalmente, seria dar
um grito de "Oi! Alguém em casa?" — mas naquele dia não
foi o que fiz, porque era perceptível, de cara, que a casa
estava vazia e silenciosa, exceto por um ronco suave e
ritmado que vinha de um dos quartos no andar de cima.
Sem querer acordar quem quer que lá estivesse dormindo,
subi as escadas na ponta dos pés e descobri que o ruído saía
do quarto de hóspedes, do qual me lembro como um
cômodo com pouca mobília, pouco mais do que um
guarda-roupa e uma cama. Quem estaria ali, e por que
estaria dormindo?

A porta estava entreaberta. Devagar, eu a abri e espiei
para dentro.

Era o Sr. Sim, e posso apenas imaginar o almoço farto de
domingo que ele teria consumido poucas horas antes —

quem sabe arrematado com algum vinho tinto — porque não consigo acreditar que fosse sua intenção pegar no sono do jeito que o encontrei. Estava deitado de lado, de frente para a porta. As calças e a cueca baixadas até os joelhos e, na mão direita, um lenço de papel embolado. Seu pênis jazia enrugado e flácido entre as pernas e, da ponta roxa, um filete de esperma escorria sobre o lençol azul-claro. Roxo e azul-claro — as cores do Aston Villa: foi a ideia tola que me veio à cabeça. Estranho como funciona a mente. A única outra coisa que consegui enxergar sobre o lençol foi uma foto: uma cópia colorida, em papel brilhante, do instantâneo que ele produzira na prainha de cascalho junto ao lago de Coniston Water. Reparei que a havia dobrado ao meio, precisa e cuidadosamente, para ocultar a figura do Chris e para que a única pessoa visível no quadro fosse eu, molhada e vestida com meu biquíni laranja sumário. Era quase como se o enquadramento tivesse sido proposital — a simetria perfeita dos dois parados ali, um de cada lado da moldura — tornando possível dobrá-la daquele jeito.

Pude vislumbrar o Sr. Sim naquela posição por apenas alguns segundos até ouvir a porta da frente, que se abria de novo, e vozes vindo do andar de baixo. Rapidamente recuei — bem a tempo, pois ainda consegui ouvi-lo despertar de um pulo e, ligeiro, se recompor.

Escutei quando Max e sua mãe passaram à cozinha. Tinham deixado a porta de saída aberta, então desci em silêncio e escapei para a rua. Não queria encontrá-los e não pretendia que me vissem. E certamente não gostaria de ficar frente a frente com o Sr. Sim.

Depois disso, cuidei de ficar longe do Max e da família dele por um bom tempo. Acho que cheguei mesmo a, dando algum jeito, evitá-los no Natal, quando normalmente nos veríamos e passaríamos juntos a maior parte do dia seguinte à data. Ninguém pareceu notar que eu os evitava, de modo que não precisei dar explicações. Era uma decepção para o Max, claro, mas eu sabia que ele acabaria vidrado em alguma outra garota, mais cedo do que tarde. As coisas entre nós poderiam ter sido diferentes, se ele não tivesse ficado tão obcecado pela ideia de acender aquela fogueira na última noite do nosso acampamento. Tinha sido nossa grande oportunidade e, uma vez perdida, talvez não houvesse mais volta mesmo. O que eu teria dito a ele naquela tarde de domingo, se chegássemos a sair para caminhar juntos no campo de golfe? Realmente não sei. Tudo que sei é que, depois de ter visto seu pai daquele jeito — depois de ter descoberto que ele devia ter estado a me observar e desejar ao longo de toda a semana de férias, depois de ter me dado conta das razões que o haviam levado a tirar aquela foto —, não conseguiria me envolver com Max, não importava o quanto estivesse a fim dele.

Concluindo, portanto, o que escrever este ensaio me ensinou? Acho que reforçou minha convicção de que a violação de privacidade pode ter consequências bastante destrutivas e dolorosas. Nesse caso, isso destruiu a possibilidade de que algum dia chegássemos a manter um relacionamento, Max e eu, apesar do fato de que, antes desses eventos, eu gostava muito dele e até me sentia atraída por ele.

Alison Byrne
Fevereiro de 1980

14

— *Siga em frente na rotatória* — *pegue a segunda saída.*

— Pois é, Emma, isto é simplesmente o máximo, não é?

— *Saída logo adiante.*

— Agora tenho uma imagem mental do meu pai que provavelmente nunca vou conseguir tirar da cabeça.

— *Daqui a 200 metros vire à direita.*

— E a cereja do bolo é que, amanhã à noite, vou jantar com a mulher que me revelou essa imagem.

— *À direita logo adiante.*

— Sério, não achava que poderia ficar ainda mais furioso com o meu pai. Realmente não via como ele poderia afundar ainda mais sua reputação comigo. Mas — muito bem, pai. Você conseguiu! Não apenas tocar uma em cima da foto de uma amiga minha, mas ser flagrado fazendo isso! Um feito, pai. Uma puta de uma façanha. Tem algum outro jeito que você ainda não encontrou de foder com a minha vida? Porque você talvez devesse mesmo terminar um serviço que começou tão bem.

Virei com fúria o volante à direita e acabei entrando na curva rápido demais. Nessa, quase entrei no para-choque de um quatro por quatro que esperava para sair da via onde eu estava entrando. A motorista tocou a buzina para cima de mim. Olhei para trás.

— *Prossiga por aproximadamente 7 quilômetros nesta via.*

Saía de Walsall, a essa altura, e já me encaminhava para nordeste pela A461. De acordo com Emma, estava a cerca de 13 quilômetros de Lichfield: uns 19 minutos de estrada, na velocidade em que trafegava. Era mais uma manhã cinzenta, algo úmida, com um pouco de vento. A telinha no painel informava-me que a temperatura lá fora era de cinco graus. Não havia muito tráfego. Aquela manhã, tinha evitado as rodovias maiores. Essas rodovias, eu havia me dado conta, fazem a gente se sentir desconectado da paisagem em volta. Queria, agora, dirigir por lugares reais: queria ver lojas e casas e prédios de escritórios, queria ver velhinhas puxando seus carrinhos de feira pela rua e bandos de adolescentes arruaceiros reunidos nos pontos de ônibus. Não queria mais ser como meu pai: me esconder da vida, em prazeres solitários e segredos vergonhosos, enquanto a mulher e o filho saíam para uma caminhada numa tarde de domingo. Não estava preparado para pensar em mim mesmo como essa figura patética: ao menos não por enquanto.

Dirigia rápido demais. Não conseguia evitar afundar o pé no acelerador. Minha média de consumo no dia não passava dos 18,4 quilômetros por litro.

— *Prossiga por aproximadamente 5 quilômetros nesta via.*

O que eu encontraria ao abrir a porta do tal apartamento, afinal? Meu pai não botava os pés nele havia mais de vinte anos. Alguém mais teria estado lá, além do Sr. e da Sra. Byrne? Tudo que eu sabia era que, em algum lugar ali dentro, encontraria uma pasta azul com as palavras *Dois duetos* impressas na lombada, contendo um punhado de poemas incompreensíveis e uma história que, aparentemente, explicava por que eu nunca teria nascido não fosse a proximidade entre dois pubs chamados O Sol Nascente em Londres. Será que eu queria mesmo, àquela altura, descobrir alguma coisa mais sobre as circunstâncias do meu nascimento ou, pior ainda, da minha concepção? Não tinha certeza. Já soubera o suficiente sobre meu pai e as coisas que andara fazendo com seus fluidos corporais para querer seguir adiante com novas descobertas.

— *Prossiga por aproximadamente 3 quilômetros nesta via.*

Dei uma olhada para o mapa na tela. Lá estava eu, ainda uma pequena seta vermelha, bravamente abrindo caminho pela A461. Seguindo, centímetro a centímetro, em direção ao meu destino. Como parecia insignificante, e era assim que me sentia. Pensei naqueles satélites todos, a milhares de quilômetros no céu, vigiando a mim e a outros milhões como eu, vigiando todas as pessoas em seu vaivém apressado, em suas errâncias individuais e cotidianas, e sem sentido, no fim das contas. A incompreensibilidade, o horror de tudo isso, de repente me tomou e causou um arrepio: senti um vazio momentâneo no estômago, como se estivesse dentro de um elevador que começasse a despencar.

— Devagar aí — falei, um pouco para Emma, um pouco para mim mesmo. — Não tome esse rumo. Você pode acabar maluco pensando nessas coisas.

Tentei me concentrar em algo mais imediato — a paisagem em volta. Emma e eu entrávamos em Staffordshire agora. Deixáramos para trás a feiura urbana de Walsall, adentrando um cenário mais tranquilo e agradável. As poucas casas que apareciam dos dois lados da estrada eram construídas com o característico tijolo vermelho de Staffordshire e, cada vez mais amiúde, surgiam pequenas elevações na estrada passando por sobre canais feitos do mesmo tijolo típico, parte de uma rede de transporte fluvial que lugubremente testemunhava o passado industrial da região. Meus avós — isto é, o pai e a mãe do meu pai — tinham morado por aquelas bandas até a morte (morreram um logo após o outro, com meses de diferença) no final dos anos 1970, de modo que a paisagem me era vagamente familiar. Era parte do cenário perdido da minha infância. Não que visitássemos muito meus avós. Meu pai nunca fora próximo dos pais dele. Ele os havia mantido a distância, como fizera com todo mundo.

— *Mantenha à direita na rotatória, pegue a segunda saída.*

Não passaria por Lichfield propriamente dita, pelo centro da cidade. Eu a contornaria pelo lado leste. Em tempos idos, antes das rodovias e dos contornos, viajar pela Inglaterra incluía, necessariamente, visitar lugares. A gente entrava em avenidas principais (ou cavalgava por elas, se quisermos voltar bastante no tempo) e parava nos pubs do centro (ou tabernas, ou hospedarias, ou como quer que se chamassem esses lugares). Agora, a malha rodoviária parece ter sido toda planejada para evitar que isso aconteça. As estradas estão lá para impedir que a gente conheça pessoas, para garantir que não se passe nem perto de lugares onde haja alguma aglomeração humana. Foi então que me ocorreu uma frase — uma frase que a Caroline gostava de repetir: "É só conectar." Acho que foi escrita por um daqueles autores chiques que ela vivia tentando me fazer ler. Pensava, agora, que o cara, fosse lá quem fosse, que projetou as estradas inglesas tinha precisamente a ideia oposta em mente: "É só desconectar." Ali, no meu Toyota Prius, tendo somente a Emma por companhia, estava isolado do resto do mundo. Aquelas rodovias não apenas me eximiam de interagir com outras pessoas como até mesmo de vê-las, se assim preferisse. Exatamente como meu pai — aquele triste e miserável desgraçado — gostava das coisas.

— Não que eu ainda me importe um puto que seja com ele — falei para Emma. — Por que deveria desperdiçar mais minha energia pensando no meu pai? A única coisa que me deixa furioso é ele ter espantado a Alison daquele jeito. Suponhamos que ela e eu tivéssemos, de fato, saído para uma caminhada naquela tarde. A que isso teria levado? Ela poderia ter se tornado minha namorada. Talvez tivéssemos noivado. Talvez tivéssemos casado e tido filhos. Minha vida inteira poderia ter sido diferente.

— *Prossiga por aproximadamente 800 metros nesta via.*

— Ainda assim, e daí? "*Seria, deveria, poderia.* As palavras mais dolorosas da nossa língua." Outra citação, não é? Onde foi que li isso?

— *Vire à direita daqui a 200 metros.*

— Agora me lembro. Foi no conto da Caroline. Jesus, ja começo até a citar contra mim mesmo a ficção escrita pela minha própria mulher. Apesar de nem saber por que chamo aquilo de ficção, porque a vaca traidora pegou algo da nossa vida juntos — ou melhor, da vida que *compartilhamos* — uma coisa pessoal, uma coisa *íntima*, puta que o pariu — e transformou num texto bonitinho a que os amigos dela no grupo de escritores de Kendal vão dedicar exclamações de admiração para, em seguida, voltarem a abastecer suas taças de Pinot Grigio.

Minha voz tinha se elevado ao volume de berros. Sabia que não era certo ter perdido assim o controle na frente da Emma, então apertei o botão do mapa para deixar que a voz calma dela dominasse um pouco o ambiente e me guiasse sem afobação ou dificuldade à rua onde estava localizado o apartamento do meu pai. Ficava num subúrbio de Lichfield. Aqui e ali, pela janela do passageiro, eu via a distância a famosa catedral, mas, fora isso, nada mais indicava que aquela era a periferia de uma das cidades mais pitorescas da Inglaterra, local de nascimento do Dr. Johnson, se eu não estava enganado. Tivemos de trafegar durante um bom tempo por uma estrada monótona, em pista simples, ladeada à direita e à esquerda por casas geminadas da época do entreguerras, até chegarmos a um trevo movimentado onde Emma me disse: *"Mantenha-se totalmente à esquerda na rotatória — pegue a primeira saída."* O que nos levou a um lugarejo tranquilo de ruas residenciais, onde sobressaíam três imponentes blocos de apartamentos, de oito andares cada um, localizados na via principal, a Eastern Avenue. Era difícil saber quando teriam sido construídos: pós-Segunda Guerra? Pareciam moradias erguidas pelo governo, mas de boa qualidade. Havia sacadas em todos os andares e os prédios pareciam limpos e bem conservados. *"Seu destino se aproxima"*, disse Emma, ao que eu a agradeci, estacionei o carro numa vaga no acostamento da rua e desliguei o motor. Então olhei para cima, mirando o bloco central de apartamentos. Era onde o do meu pai deveria estar. Senti o corpo todo contraído. Estava tenso e apreensivo.

Antes de seguir até a entrada principal, peguei minha câmera e filmei durante uns vinte segundos, numa panorâmica do prédio inteiro, da esquerda para a direita, de cima até embaixo. Era a primeira vez que usava o equipamento, e me pareceu bem fácil de operar. Mas não sei por que resolvi fazer aquilo: em parte para acalmar meus nervos, talvez, em parte porque pensei que meu pai podia gostar de ver aquela tomada da próxima vez que nos encontrássemos, quando quer que fosse. Em todo caso, dificilmente seria de alguma utilidade para Lindsay e Alan Guest, ou para o vídeo promocional da empresa. Então coloquei a câmera de volta no porta-luvas e tranquei o carro.

É estranho que, pensando agora sobre aquela manhã, e lembrando de mim mesmo ao atravessar a pé o pátio de asfalto em frente à torre de apartamentos, senti como se tudo tivesse se passado no mais completo silêncio. E, obviamente, não existe mais possibilidade de um completo silêncio hoje em dia. Não na Inglaterra. De modo que o ronco do tráfego na Eastern Avenue devia estar presente, ou o uivo distante das sirenes de polícia, ou o choro de um bebê em seu carrinho, a duas quadras dali, mas não é assim que me lembro da cena. Tudo estava em suspenso. Tudo era mistério.

Tomei o elevador para subir ao quarto andar e saí num corredor escuro e indistinto, com chão de linóleo brilhante e paredes pintadas num intimidante tom de marrom-escuro. As pequenas janelas nos dois extremos do corredor deixavam entrar apenas um fiapo da luz cinzenta do final da manhã: dois pontos de brilho fraco a distância, à minha direita e à minha esquerda, enquanto eu caminhava até a porta do apartamento do meu pai, tremendo todo, meus passos tão leves e calculados que mal faziam algum ruído. Peguei a chave que o Sr. Byrne tinha me dado e tentei enfiá-la na fechadura — a qual, por si só, já foi difícil de localizar naquela penumbra. A chave parecia não servir. Nem a primeira, nem as outras duas do chaveiro que eu recebera do Sr. Byrne. Tentei cada uma novamente, uma após outra, mas duas delas definitivamente não entravam, enquanto a outra — forçando razoavelmente — entrou, mas não girava.

Lembrei do comentário da Sra. Byrne, quando nos despedíamos, na noite anterior, dizendo que achava que aquela não era a chave certa. Na hora, não dei importância, tomando aquilo por simples ruminação de uma velha e confusa senhora, mas talvez ela soubesse do que falava.

— Merda! — falei, alto, e passei a tentar novamente as chaves. Mas não adiantou. Não importava o quanto forçasse a chave que parecia quase encaixar na fechadura, a tranca recusava-se a ceder. Dois ou três minutos de tentativas e percebi que era inútil continuar. Arranquei a chave da fechadura, recalcitrante, e a atirei no chão, frustrado.

— Merda! — disse de novo. Por que será que tudo que eu tentava fazer, sempre que tinha alguma coisa a ver com meu pai, terminava em decepção e frustração? Soquei com tanta força a porta do apartamento que meu punho doeu, depois fiquei por alguns segundos parado no corredor escuro, tentando pensar no próximo passo. Certamente que seria um tremendo anticlímax desistir agora, voltar para o carro e prosseguir com minha viagem ao norte do país.

Foi aí que me lembrei de outra coisa que a Sra. Byrne tinha mencionado: que havia outro molho de chaves, sob a guarda de uma mulher chamada Sra. Erith, que morava no apartamento em frente. Valia a pena tentar, com certeza.

Cheguei à porta do apartamento em questão e hesitei antes de tocar a campainha. E se não houvesse ninguém em casa? Bem, seria o fim da história. Mas não — eu podia ouvir vozes distantes, vindas lá de dentro. As vozes de um homem e de uma mulher.

Rapidamente, antes que tivesse tempo de dizer a mim mesmo que estava fazendo uma bobagem, toquei a campainha. Arrependi-me quase que imediatamente, mas não havia nada que pudesse fazer agora. Alguns segundos mais e eu já ouvia passos na direção de onde eu estava.

A porta se abriu e me vi encarando um homem baixo, de origem paquistanesa, parecendo ter seus quase 70 anos.

— Pois não? — perguntou.

— Desculpe-me, acho que devo ter batido no apartamento errado.

— Quem o senhor está procurando?

— A Sra. Erith.

— É aqui mesmo. Entre.

Eu o segui por um corredor curto que terminava numa sala de estar bem-iluminada, mas pequena e atulhada. Havia três estantes de livros em mogno, todas abarrotadas com velhos exemplares de capa dura e alguns de bolso bem judiados, um aparelho de som antigo (dos anos 1970, eu diria, talvez até dos anos 1960) e mais um monte de discos de vinil e fitas cassete ao redor dele (nenhum CD), pelo menos uma dúzia de vasos com plantas e alguns quadros nas paredes, a maior parte dos quais até eu era capaz de reconhecer como reproduções de grandes mestres da pintura. Havia ainda duas poltronas, uma de frente para a outra, e numa delas estava sentada uma velhinha que deduzi ser a Sra. Erith. Chutei que ela devia ser pelo menos uns dez anos mais velha do que o homem que me conduzira ao interior do apartamento, embora seus olhos vivos contradissessem a fragilidade física. Vestia calças esportivas marrons e um suéter azul-marinho, com botões e gola em V, e por baixo uma camisa feminina, mas cuja manga esquerda encontrava-se arregaçada naquele momento, e, a julgar pelo equipamento disposto na mesa ao lado, ela se preparava para ter a pressão arterial medida.

Quando me viu, seu corpo teve um sobressalto visível, e ela quase pulou da poltrona, espantada.

— Minha nossa — disse ela. — É o Harold!

— Não precisa se levantar — falei. — Não sou o Harold. Meu nome é Max.

Ela me observou mais detidamente.

— Bem — retomou —, graças a Deus. Por um minuto pensei que estava ficando louca. Mas você se parece mesmo com ele.

— Sou filho dele — revelei.

— *Filho?* — a velha me examinou de cima até embaixo desta vez, como se aquela informação tornasse ainda mais difícil para ela aceitar a realidade da minha repentina aparição — ou mesmo da minha existência. — Então... — continuou ela, e parecia falar para si mesma — é o filho do Harold. Quem poderia imaginar? Max, é esse o seu nome, você disse?

— Isso mesmo.

— E seu pai não está com você?

— Não.

— Ele ainda está vivo?

— Sim, está. E muito bem, na verdade. — Uma ou outra dessas coisas pareceu levá-la a emudecer. Para preencher aquele silêncio, falei: — Eu estava passando por aqui, então pensei que... bem, pensei que já era tempo de alguém vir dar uma olhada no apartamento. — Nada de ela responder, ainda. — Estou a caminho da Escócia. Das Ilhas Shetland.

Nessa hora, o acompanhante da Sra. Erith deu um passo à frente e me estendeu a mão.

— Permita-me me apresentar. Sou o Dr. Hameed.

— Prazer em conhecê-lo, doutor — respondi, com um aperto de mãos. — Maxwell Sim.

— Maxwell. O prazer é todo meu. Me chame de Mumtaz, por favor. Margaret, que tal eu ir preparar um bule de chá para a sua visita?

— Sim, claro. Claro. — Ela lentamente emergia do atordoamento que minha presença havia provocado. — Sim, mas que modos os meus! Sente-se, por favor, e tome um chá conosco. Gostaria de um chá?

— Seria ótimo. Mas a senhora não quer terminar de...? — Apontei para o medidor de pressão sobre a mesa.

— Ah, podemos deixar isso para depois. Afinal, esta é uma ocasião especial.

— Muito bem. Vou preparar um bule de chá para nós três.

Quando ele já havia saído para essa tarefa, a Sra. Erith explicou:

— Mumtaz foi meu médico até se aposentar. Mas ele continua vindo me ver, de vez em quando, totalmente por vontade própria. Fazemos um rápido check-up e saímos para almoçar em algum lugar. Gentileza dele, não é?

— Muita.

— Sabe, se tivesse mais gente como ele por aí, não estaríamos neste estado em que estamos.

Não ficou muito claro para mim o que ela queria dizer com aquela afirmação, então deixei para lá.

— Não vejo seu pai — retomou a Sra. Erith — faz mais de vinte anos. Em 1987, ele foi embora. Ficou aqui só um ano, mais ou menos. Eu estava começando a ficar entusiasmada com a ideia de sermos vizinhos quando o Harold se mandou para a Austrália, sem nem perguntar se podia.

— Eu sei — respondi. — Foi meio que uma surpresa para mim, também.

— Bem, não sei se me surpreendi, exatamente. Olhando agora, não, pelo menos. Nunca me pareceu que voltar para cá, para a cidade onde ele nasceu, depois que a mulher morreu e tudo, tivesse sido uma coisa muito sensata. Um novo começo era do que ele realmente precisava. Ainda assim, fiquei bem decepcionada. Ele era uma boa companhia, e isso não é alguma coisa que a gente tenha de sobra por aqui, posso garantir. Seu pai nunca me escreveu nem nada. Nunca manteve contato. O danado. Que idade tem agora, 70 e poucos? Você disse que ele ainda está em forma, é?

— Está, sim. Estive com o meu pai em Sydney, no mês passado. Foi quando ele me pediu para dar uma passada aqui. Queria que eu pegasse uma... umas coisas no apartamento. O problema é que não consegui entrar. Acho que me deram a chave errada.

— Não se preocupe, tenho uma em algum lugar. Até hoje costumo entrar ali de vez em quando, para conferir se tem correspondência. Sabe, é muita irresponsabilidade da parte dele deixar esse apartamento vazio por tanto tempo. Alguém poderia ter invadido a esta altura. Na verdade, era o que já deveria ter acontecido, realmente. Se fosse outra pessoa o dono, eu já teria denunciado à Secretaria de Habitação.

Nesse momento, Mumtaz voltou trazendo uma bandeja com xícaras de chá, pires e um prato de biscoitos. Puxei uma cadeira de um canto da sala e apontei a ele a poltrona que devia ser a sua. Logo estávamos todos acomodados.

— Você não chegou a conhecer o Sr. Sim, não é? — perguntou a Sra. Erith. — Do apartamento aí da frente.

— Não, não tive esse prazer — respondeu o doutor. — Por pouco, mas não é da minha época.

— O Max veio apanhar algumas coisas dele — completou a Sra. Erith. — Mas não sei o quê, exatamente, pois não tem muita coisa naquele apartamento.

— Me falaram de uns cartões-postais — eu disse.

— Ah! Claro! Bem, guardo todos aqui comigo, a não ser que tenham chegado outros nas últimas três semanas.

A Sra. Erith começou, com esforço, a se levantar, mas Mumtaz tentou impedi-la.

— Por favor, Margaret, não se exceda...

— Nem comece. — Ela o interrompeu com um movimento da mão. — Ainda não sou uma inválida, sabe. Só um momento que eles estão no quarto de hóspedes, em algum lugar... Enquanto ela se ausentou, Mumtaz serviu-me e passou uma xícara de chá, sorrindo com certa expressão de cumplicidade.

— Ela é cheia de energia, a Margaret — ainda tem muita. E, veja, o corpo dela também não está tão mal assim. Você diria que a mulher já tem 79 anos? Se você pedir, é capaz de te contar a história inteira da vida dela. Fascinante. Nasceu à beira desses canais, sabe? O pai mantinha uma famosa loja frequentada pelo pessoal que circulava por eles, alguns quilômetros ao norte daqui, em Weston. O tráfego e os negócios fluviais são coisa do passado, claro. Mas imagine só! Imagine as mudanças que ela testemunhou ao longo da vida. Alguém precisava colocar um gravador na frente da Margaret e registrar essa história para a posteridade. Na verdade, era o que eu deveria estar fazendo. Falei para ela, claro, mas a Margaret é muito modesta. "Ah, ninguém está a fim de saber de uma velhinha chata como eu", ela diz. Mas histórias como a dela merecem ser lembradas, você não acha? Do contrário, a Inglaterra vai esquecer o próprio passado e, se isso acontecer, estaremos encrencados, não é? Ainda mais encrencados do que já estamos no momento.

Outra afirmação enigmática; mas, antes que eu tivesse tempo de pensar sobre ela, a Sra. Erith voltou à sala dizendo que eu desculpasse por "eles não estarem guardados numa caixa ou coisa parecida", e arrastando atrás dela um saco de lixo preto.

— Mas o quê...? — falei, abrindo o saco e espiando lá dentro.

— Como você vê, nunca organizei nem nada — atalhou a Sra. Erith — porque não tinha ideia se o seu pai voltaria algum dia ou não. E ele me instruiu especificamente que não encaminhasse essa correspondência para ele.

O saco estava cheio até a boca de cartões-postais. Enfiei a mão lá dentro e trouxe um punhado qualquer deles. Vinham de quase todos os lugares do Extremo Oriente — Tóquio, Palau, Cingapura... Exibiam todos o endereço do meu pai escrito com capricho em letra de forma maiúscula do lado direito, ao passo que o lado oposto vinha preenchido até os cantinhos com uma letra cursiva apertada e amontoada. E todos tinham a mesma assinatura: Roger.

— Peraí — falei. — Agora estou me lembrando.

E, sim, era verdade: agora me lembrava que cartões-postais parecidos costumavam chegar à casa da nossa família em Birmingham com frequência. Nós os recolhíamos, eu ou minha mãe, de sobre o capacho da porta da frente, junto com o resto da correspondência, e os depositávamos sem mais comentários na mesa do pai na sala de jantar, para serem lidos por ele quando voltasse do trabalho, à noite. Como tudo o mais que se passava em nosso lar avesso à comunicação, tal procedimento dificilmente seria discutido ou comentado. Embora me recorde, na verdade, de ao menos uma vez ter perguntado à minha mãe: "Mas, afinal, quem é esse Roger?", e de ela ter respondido que achava que era algum amigo antigo do pai. E ficou por isso.

— Já vi essa letra antes — retomei. — E sempre em cartões-postais. Durante toda a década de 1970, meu pai costumava receber uns iguais a estes.

— Chegam uma vez por mês aqui, geralmente — acrescentou a Sra. Erith. — E mais nada. Às vezes, umas propagandas.

— Vou levá-los comigo — eu disse. — Tudo bem?

— Claro. Ah, e as chaves estão ali, antes que eu me esqueça. Na fruteira em cima da estante.

Levantei-me para apanhá-las e, enquanto estava de pé, falei:

— Acho que vou até ali rapidinho procurar as coisas. Não deve demorar mais que um ou dois minutos. Para falar a verdade, temia entrar naquele apartamento e queria acabar com aquilo o quanto antes. De modo que deixei a Sra. Erith e o Dr. Hameed tomando chá e saí para o corredor escuro. Desta vez a porta do meu pai se abriu com facilidade.

Alguém de vocês já esteve num lugar que não tivesse sido habitado por mais de vinte anos? Se não, vai ser difícil entenderem como é. Acabei de digitar duas frases e apaguei-as, pois não conseguiam transmitir a atmosfera ali dentro: tinha usado palavras como frio, parcamente mobiliado e lúgubre, mas por alguma razão elas não me pareceram suficientes. Há uma outra palavra que eu poderia ter usado, claro. Talvez um pouco dramática demais. *Morto.* Parece exagerado para vocês? Bem, não importa — até pode ser uma descrição meio pesada, mas a verdade é que era exatamente isso que se sentia dentro do apartamento do meu pai: que era um lugar pertencente a alguém morto havia muito tempo.

Depois de dois minutos ali, já não via a hora de sair.

Eram dois os quartos. Um deles continha uma cama de solteiro (com colchão, mas sem lençóis), enquanto o outro — bem menor que o primeiro — estava tomado por uma escrivaninha e uma estante de desmontar feita de madeira artificial. Uma grossa camada de pó cobria tudo, nem preciso dizer. Tinha mais ou menos uma dúzia de livros na estante, aqueles que meu pai decidira não levar embora para a Austrália — além de uns papéis e outros itens de material de escritório nas gavetas da escrivaninha. A preciosa pasta encontrava-se na terceira prateleira da estante, foi fácil encontrá-la. Era azul-clara e, na lombada, meu pai colara um adesivo com os dizeres *Dois duetos: Um ciclo em Versos e Um relato memorialístico*. Dava para perceber que a etiqueta havia sido colada com uma fita adesiva dupla-face, pois, com o papel agora esmaecido, era possível enxergar as duas camadas do durex por baixo.

Apanhei a pasta e a carreguei até a cozinha. Havia, ali, um janelão que dava para uma pequena sacada, e com algum esforço consegui girar a tranca e abri-la. Foi bom sentir o ar fresco de fora. Do alto da sacada, podia ver o tráfego em seu movimento incessante e vão no contorno e, para além dele, a área rural de Staffordshire se estendia na direção do horizonte em ondulações cinzentas de campos suaves e indistintos. Uma garoa leve, mas persistente, começara a cair. Também dava para ver a rodovia A5192 fazendo a curva à distância, e de repente senti muita vontade de estar naquela estrada, de volta ao volante, só a Emma e eu novamente, em direção ao norte, para Kendal, onde naquela noite (meu Deus, que perspectiva maravilhosa era essa, e até ali eu mal me permitira contemplá-la) voltaria a ver a Caroline e a Lucy pela primeira vez em meses. Talvez a noite mais importante da minha vida, de certa forma. Certamente uma oportunidade de provar — de uma vez por todas — que não repetiria meus erros como pai; que era capaz de manter uma relação com a minha filha que fosse mais do que nos tolerarmos mutuamente e dividirmos, como que por um acidente prolongado, a mesma casa. Eu *não ia* (e enfatizava as palavras para mim mesmo, silenciosa mas fervorosamente) acabar daquele jeito. Meu legado não seria um apartamento vazio de amor e de habitantes, esquecido no subúrbio de uma cidade no interior do país.

Um homem resoluto agora, voltei à cozinha, tranquei o janelão, senti certa pena ao passar pela sala de estar e olhar à minha volta, e, finalmente, deixei aquele apartamento para sempre. Sentia uma estranha e irracional torrente de alívio, como se tivesse acabado de escapar das garras de algum destino de pesadelo, aprisionador, que nem mesmo conseguia definir.

— O Mumtaz e eu estávamos aqui decidindo onde deveríamos almoçar — disse a Sra. Erith, quando me juntei a eles novamente e bebericava com prazer meu chá ainda morno. — Não podemos simplesmente ir a qualquer lugar conhecido, sabe. Não sei o que ele pensa sobre isso, mas hoje é um dia especial, a meu ver, e nessas ocasiões uma garota espera ser levada a um lugar especial. — Ela pôs os olhos na pasta azul sobre o meu colo. — E então, achou o que você estava procurando?

— Sim. Acho que são alguns dos poemas do pai ou coisa parecida. Parece que ele perdeu a outra cópia que tinha, e esta é a única que restou.

Espiei alguma páginas e vi que havia duas partes: uma em verso, a outra em prosa.

— Não sei por que ele considera isto aqui tão importante. Acho bom eu cuidar bem. Título esquisito — acrescentei, olhando a primeira página. — *Dois duetos.*

— Hmm, entendi — falou a Sra. Erith. — Metade de um Eliot.

— Metade de um Eliot?

— T.S. Eliot. Você já ouviu falar dele, não é?

— Claro que já — respondi, na defensiva. Então, só para ter certeza de que pensava no cara certo, continuei: — Foi ele que escreveu as letras do musical *Cats*, não foi?

— Seus poemas mais famosos são os *Quatro quartetos* — explicou ela. — Você não leu?

Abanei a cabeça.

— Do que eles tratam?

Ela riu.

— Você precisaria ler para descobrir! Ah, tratam do tempo, da memória, essas coisas. E são temáticos, a partir dos quatro elementos — ar, terra, fogo e água. Seu pai era um grande admirador de Eliot. A gente sempre tinha discussões sobre esse poeta. Não faz muito meu gênero, sabe? Não mesmo. Era um antissemita, acima de tudo, e não dá para perdoar um negócio desses, não é? Pelo menos eu não consigo. Mas esse tipo de coisa nunca incomodaria o seu pai. Ele não tem nenhum interesse por política, não é?

— Bem... — Nunca tinha pensado no assunto, devo dizer. E, além do mais, tampouco eu me interessava muito pelo tema. — A gente nunca falou de assuntos assim. Nossa relação é meio que baseada em... outras coisas.

A Sra. Erith começava a fechar os olhos agora. De início, pensei que estava para cochilar, mas aparentemente era, em vez disso, um esforço de memória que fazia.

— A questão é que — retomou ela — sou uma velha esquerdista e sempre vou ser. Desde que comecei a ler George Orwell e E.P. Thompson e gente desse tipo. Enquanto que seu pai não tem a mínima consciência política. É por isso que provavelmente foi até bom não termos ido viajar juntos, pois embarcaríamos por razões completamente diferentes.

— Vocês estavam planejando uma viagem? — indaguei, educadamente, torcendo para que a pergunta não levasse a uma longa reminiscência.

— Tinha um livro chamado *Narrowboat*. Ficou bem conhecido quando foi lançado. Rolt, o nome do autor — Tom Rolt. Ainda guardo meu exemplar ali na estante. O autor e a mulher dele compraram um barquinho lá nos anos 1930 e viveram nele por alguns meses, circulando para cima e para baixo nos canais. Aí ele escreveu sobre a experiência e publicou o livro na década de 1940, e o mais incrível é que na história aparece a loja do meu pai: porque eu cresci nos canais, sabe, meu pai tinha um comércio em Weston, onde os barcos todos costumavam parar diariamente. Vendia de tudo: todo tipo de corda e fio que você possa imaginar, todo tipo de comida, todas as variedades de tabaco, e ainda lâmpadas, cerâmicas, panelas, roupas — tudo. E prateleiras e mais prateleiras de doces para as crianças, claro. Uma verdadeira caverna de Aladim! E os barcos iam atracando sem parar, a gente ficava conhecendo o pessoal todo que circulava pelos canais — era um mundo aquilo, um mundo diferente, um mundo secreto, com seus próprios códigos e regras. Era apenas uma lojinha, o cômodo da frente de um chalé com teto de palha entre outros iguais a ele, e devo ter começado a atender atrás do balcão quando tinha uns 8 ou 9 anos. Papai ficaria espantado de saber que sua loja foi mencionada num livro célebre, mas ele, claro, não lia livros desse tipo — ou de qualquer tipo, na verdade —, de modo que nunca ficou sabendo. E só fui descobrir a história anos mais tarde. Saí de casa com 16 anos, sabe, indo embora com um homem — um barqueiro, naturalmente —, e, um ano depois, tivemos nosso primeiro bebê e abandonamos os canais para viver não muito longe daqui, em Tamworth, mas nunca chegamos a nos casar — o que era um pouco escandaloso, aliás —, e uns anos mais tarde tivemos outra criança e o rapaz me abandonou. Bem, chutei-o para fora de casa, vou logo contando, porque ele era um peso morto, na verdade, nunca teve emprego nem nada, costumava ficar o tempo todo pelos pubs ou atrás de outras mulheres — depois de um tempo, vi que era mais problema do que solução. E lá estava eu, no início dos anos 1950, vivendo sozinha num apartamento minúsculo com duas crianças pequenas, e a única coisa que pude fazer para não ficar louca foi começar a ler. Evidente que tinha estudado pouco na vida, mas a Associação Trabalhista para a Educação era muito forte naquele tempo, e eu costumava frequentar as palestras e reuniões e todo tipo de evento. E, de fato, acabei conseguindo ir para a universidade, no fim das contas, mas isso quando já tinha quase 40 anos, e essa já é outra história. Enfim, foi assim que passei a ler livros, e não me lembro quantos anos tinha quando li *Narrowboat*, mas sei que meu pai e minha mãe já haviam morrido àquela altura, pois adoraria poder ter contado a eles que a lojinha aparecia no livro, mas não deu.

Enquanto ela recuperava o fôlego, Mumtaz falou:

— Tente se concentrar, Margaret. Você ia nos contar alguma coisa sobre o pai do Max. Agora já nem lembramos mais do que você estava falando.

Ela lhe lançou um olhar afiado.

— Bem, *eu* me lembro. A questão é que o Harold e eu fizemos esse plano, sabe, de alugarmos um barquinho por algumas semanas para refazer a rota que esse homem, o Rolt, e a mulher dele tinham feito. Íamos colocar o plano em prática em 1989, exatamente cinquenta anos depois da viagem deles. A ideia era visitarmos os mesmos lugares para ver o quanto haviam mudado nesse intervalo. Bem, essa era a *minha* ideia, pelo menos. Tudo que o Harold pretendia, tenho certeza, era sentar no toldo do barco olhando as nuvens e sonhando acordado, escrevendo seus preciosos poemas. Mas para mim, sabe, a coisa do livro do Tom Rolt — e era por *isso* — (aqui ela voltou a encarar Mumtaz) — que eu estava contando a vocês sobre ele — é que não se tratava apenas de mais um livro sobre os canais. É um dos livros mais incríveis sobre a Inglaterra já escritos. Rolt era um homem muito interessante — um homem de convicções fortes — e, embora eu arrisque dizer que era um pouco conservador em suas posições políticas, ao mesmo tempo já falava da questão ambiental anos antes de essa expressão ser inventada. E sabem o que ele viu lá atrás, em 1939? Viu um país que, *naquela época*, já se entregava com gosto à destruição nas mãos das grandes corporações.

Mumtaz revirou os olhos e soltou um suspiro comicamente teatral.

— Ah, já vi tudo. Agora entendi. Observe com atenção, Maxwell — disse ele, erguendo um dedo para pedir atenção

—, porque você está prestes a presenciar uma mulher embarcando na própria obsessão e, uma vez que a coisa começa, a gente não consegue mais fazer ela parar. Vamos ficar nisso o resto da manhã e a maior parte da tarde, posso garantir.

— Não é uma obsessão — insistiu a Sra. Erith — e não pretendo embarcar nela. Só o que estou dizendo é que, lendo o livro, a gente entende um pouco melhor o que vem acontecendo neste país, e há muito tempo. O que o grande negócio vem fazendo com a Inglaterra. Não é uma coisa recente, não mesmo: vem de anos, séculos, até. Tudo aquilo que dá a uma comunidade identidade própria: as lojinhas, os pubs nos bairros, tudo está sumindo para dar lugar à coisa insossa, sem alma, corporativa desses...

— O que ela está querendo dizer, na verdade — e explicou-me Mumtaz com um sorriso enfastiado — é que estávamos tentando pensar num pub próximo para irmos almoçar e a Margaret não consegue mais gostar de nenhum deles.

— Não, não consigo — respondeu a Sra. Erith. — E sabe por quê? Porque são todos a mesma porcaria! Todos tomados pelas grandes redes, tocando a mesma música e servindo a mesma cerveja e a mesma comida...

— ... E cheios de gente jovem — disse Mumtaz. — Gente jovem se divertindo. É isso que te aborrece! Os jovens gostarem dos pubs desse jeito.

— Gostam desse jeito porque não conhecem nenhum outro! — retrucou a Sra. Erith, o tom de voz atingindo um agudo irritado. O lado bem-humorado e brincalhão da conversa dos dois pareceu evaporar-se num instante. — O Mumtaz sabe muito bem o que quero dizer.

Ela se voltou para me encarar diretamente, agora, e fiquei espantado de ver que havia lágrimas nos seus olhos.

— Estou dizendo que a Inglaterra que eu amava não existe mais.

Um longo silêncio se seguiu, durante o qual essas últimas palavras foram deixadas suspensas no ar.

A Sra. Erith inclinou-se para a frente e bebeu o que restava do seu chá, sem dizer mais nada, apenas olhando fixamente adiante.

Desviei o olhar para a pasta azul do meu pai, pensando se aquele não seria um bom momento para pedir licença e ir embora.

Mumtaz deu outro suspiro e coçou a cabeça. Foi ele o primeiro a falar.

—Você está certa, Margaret, absolutamente certa. As coisas mudaram um bocado desde que eu cheguei neste país. Isto aqui virou um lugar diferente. Melhor em alguns aspectos, pior em outros.

— Melhor! — ecoou ela, desdenhosa.

— Enfim — disse ele, e ficou de pé —, quanto aos pubs, acho que devíamos tentar novamente The Plough and Harrow. Acho que sair para o campo vai ser gostoso, e a música ambiente não é muita alta, a comida é boa. — Ele se virou para mim. — Por que você não vem conosco, Maxwell? Ficaríamos contentes com a sua companhia.

Também me levantei.

— É muita gentileza sua — falei. — Mas melhor tomar meu rumo. Tenho uma longa jornada pela frente.

— Está indo para a Escócia, foi isso que você disse?

— Exato. Quase não dá para ir mais longe — um longo caminho até as Ilhas Shetland.

— Maravilha. Que aventura! E o que motivou essa viagem, posso saber? Trabalho, lazer?

A maneira mais simples de responder à pergunta, parecia-me, era enfiar a mão no bolso da jaqueta e puxar dali as amostras de escova de dente que carregava comigo desde o dia anterior. Tinha dado minhas duas IP 009 para o Sr. e a Sra. Byrne — todas as outras encontravam-se no porta-malas do

Prius —, de modo que o modelo que entreguei a Mumtaz foi aquele mais simples e elegante, IP 003, o primeiro que me mostrara o Trevor — feito de madeira sustentável de pínus, com cerdas de pelos de porco e ponta não removível.

— Represento a empresa que comercializa e distribui essas escovas — expliquei, surpreso com o orgulho que senti ao dizer isso.

Mumtaz apanhou a escova da minha mão e assobiou entre os dentes, admirado.

— Uau — falou, correndo os dedos pelo cabo — é uma belezinha. Uma *verdadeira* joia. Sabe, se tivesse uma destas, até passaria a gostar de escovar os dentes, que acho uma chatice. E você está indo vender escovas nas Shetlands?

— Esse é o plano.

— Bem — disse ele, devolvendo a escova. — Não vai ser difícil, isso é certo. Margaret! Margaret, você ouviu o que estávamos falando?

Mas a Sra. Erith permanecia numa espécie de transe. Voltou-se lentamente em nossa direção, quase como se até tivesse esquecido que estávamos ali, no apartamento, com ela. Os olhos continuavam lacrimejantes e perdidos.

— Mmm?

— O Maxwell estava contando que vai às Ilhas Shetland para vender escovas de dente. Lindas escovas, de madeira.

— De madeira? — respondeu ela, sua concentração parecendo lentamente retornar.

— Talvez a senhora... goste da ideia — falei, hesitante, me esforçando bastante para encontrar as palavras certas. — Minha empresa, sabe, não é uma dessas grandes corporações. Somos pequenos e, sempre que possível, encomendamos nossas escovas de outros pequenos fabricantes. Esta bela escova foi feita em Lincolnshire, por artesãos locais — em parte um negócio familiar.

— É mesmo? — respondeu ela. — Posso ver?

Passei a escova, que ela então manuseou devagar, reverentemente e repetidas vezes, como se jamais tivesse visto um objeto tão admirável em seus 79 anos de vida. Quando me devolveu — a menos que tenha imaginado isso — seus olhos tinham desanuviado e acenderam-se para mim com novo e rejuvenescido brilho.

— A senhora... A senhora pode ficar com ela, se quiser.

— Sério?

Inesperadamente, ela puxou o lábio superior para exibir dentes que, embora amarelecidos, estavam todos ali, fortes e saudáveis.

— São todos originais, sabe. Escovo três vezes por dia.

— Aí está, então. Aqui — fique com ela.

Talvez esteja mesmo imaginando agora. Talvez minha memória daquele dia tenha me pregado uma peça. Mas, quando aquela delicada escova trocou de mãos, das minhas às dela, no enlevado silêncio do apartamento da Sra. Erith, no alto da cidade de Lichfield, sob o olhar benevolente e sorridente do Dr. Mumtaz Hameed, senti que ali se passava quase que um ritual religioso. Que fazíamos algo — qual é a palavra para isso? — que fazíamos algo que seria quase possível descrever como — isso, lembrei... um sacramento.

Taí, falei que era minha imaginação. Definitivamente, estava na hora das despedidas e de voltar ao carro. Voltar para Emma, a estrada e a realidade.

15

Almocei tarde, num lugar chamado Caffè Ritazza, na Parada Knutsford. Vinha dirigindo devagar desde que saíra de Lichfield, tentando economizar combustível, e já passava das 14h30 quando cheguei ao posto. O café (ou deveria escrever *caffè*?) ficava no primeiro andar, bem ao lado da ponte ligando os dois lados do complexo de serviços, de modo que pude me instalar numa mesinha próxima às janelas e, dali, observar o movimento de veículos. Enquanto comia e olhava o tráfego, pensei no Dr. Hameed e na Sra. Erith se dirigindo, naquele momento, ao pub na área rural onde apreciariam seu almoço e lamentariam a morte lenta de uma Inglaterra de que ambos ainda se lembravam. Não tinha certeza se concordava com os dois sobre isso. Identificava-me com o espírito da Guest Escovas de Dente, claro, mas ainda assim — falando de um ponto de vista pessoal — realmente me agrada a possibilidade de chegar a praticamente qualquer cidade, hoje em dia, e encontrar as mesmas lojas e os mesmos bares e os mesmos restaurantes. As pessoas precisam de estabilidade na vida, certo? Estabilidade, continuidade, esse tipo de coisa. Senão tudo fica caótico e complicado demais. Suponha que você chegue a uma cidade estranha — Northampton, digamos — e lá tenha um monte de restaurantes que, pelos nomes, você não reconhece. Então você vai precisar arriscar um deles, baseando-se apenas na cara do cardápio exposto na entrada e naquilo que conseguir enxergar pelas janelas. Bem, e se o restaurante for uma merda? Não é melhor saber que, indo a qualquer cidade do país, a gente pode encontrar um Pizza Express e pedir uma American Hot com azeitonas pretas extras? De modo que se sabe exatamente o que se está comprando? Eu penso assim. Talvez devesse ter ido almoçar com eles para defender meu ponto de vista. É mesmo: por que não fiz isso? Não era verdade, como eu dissera ao Dr. Hameed, que estivesse com o prazo apertado. Tinha pelo menos duas horas de sobra. Mas de novo — exatamente como acontecera com o Sr. e a Sra. Byrne e seu convite para que eu ficasse para o jantar na noite anterior — lutava contra minha timidez, quando se tratava de refeições junto com outras pessoas. Quando superaria isso? Quando voltaria a achar fácil ter uma conversa normal? O fato é que acabara de tentar fazer isso, com a moça que me serviu no Caffè Ritazza. Ela me olhou de maneira estranha quando pedi um *panino* de tomate e muçarela, então emendei minha explicação sobre estar incorreto, gramaticalmente, dizer *panini*, na verdade uma palavra no plural, ao pedir um só e único sanduíche. Tinha me tornado bem obcecado por esse fato, recentemente (assim como por outro, o fato de que estabelecimento nenhum mais parecia oferecer torradas, somente panini — até em Knutsford, pelo amor de Deus). A ideia era tentar puxar um papo leve, talvez sobre como a Inglaterra aos poucos vai ficando mais europeia, ou sobre a queda na qualidade da educação ou coisa parecida, mas a reação imediata da parte dela foi uma expressão tão hostil e desconfiada que, de início, achei que fosse chamar a segurança. Depois até falou alguma coisa, mas ainda assim seu único comentário foi: "Eu digo *panini*", e parou por aí. Ficou óbvio que ela não era do tipo que gostava de bater papo.

Era bem relaxante e hipnótico ficar ali, apreciando o tráfego, com a vista da estrada sobre a ponte ligando as duas partes do complexo. Lembrou-me mais uma vez do meu amigo Stuart, e de como ele tivera de parar de dirigir porque o apavorava a ideia de que milhões de acidentes de trânsito só eram evitados a cada dia por questão de centímetros ou segundos. Olhando para o movimento na M6, direção norte, conseguia compreendê-lo. Ninguém parece pensar no risco, até mesmo de perder a vida, que se corre apenas para reduzir em alguns minutos o tempo de viagem. Comecei a contar o número de vezes que o pessoal mudava de pista sem dar seta, ou ultrapassava pela pista da direita, ou fechava outro carro sem a menor cerimônia, ou cortava a frente de outros motoristas, tomando-lhes a vez. Depois de ter contado mais de cem desses incidentes, de repente me dei conta de que já estava sentado ali havia mais de uma hora, e era tempo de completar o percurso até Kendal.

— *Prossiga nesta via* — falou Emma, pela oitava ou nona vez. Não me importava que fosse repetitiva. Continuava a gostar de apenas ouvir o som da voz dela. Eu mesmo não estava muito a fim de conversa, de modo que, a intervalos de alguns minutos, fazia algum comentário casual — "Olha só, estamos cruzando o Canal de Manchester", ou "Aqueles ali, a leste, devem ser os Montes Peninos" — e então apertava o botão "mapa" no volante para forçar uma resposta dela. O resto do tempo, preferi passar a sós com meus pensamentos.

Pensava na Lucy, antes de mais nada. Por que será que as pessoas têm filhos, para começo de conversa? Seria uma atitude egoísta, ou um supremo ato de altruísmo? Ou somente um instinto primal e biológico que não dá para racionalizar ou analisar? Não conseguia me lembrar de ter discutido com Caroline sobre ter ou não filhos. Para falar a verdade, nossa vida sexual nunca havia sido muito animada mesmo e, depois de alguns anos de casamento, simplesmente chegamos a um acordo tácito de que deixaríamos de usar métodos contraceptivos. Conceber a Lucy foi um impulso, não uma decisão. E, no entanto, assim que nossa filha nasceu, a vida sem ela tornou-se inimaginável. Minha teoria a respeito — ou ao menos uma delas — é que, chegando à meia-idade, a gente está tão cansado da vida, e já não se surpreende mais com nada, que precisa de uma criança que nos traga um novo par de olhos através do qual enxergar as coisas, recuperando outra vez a novidade e o entusiasmo. Quando a Lucy era pequena, o mundo inteiro, para ela, era como um playground gigante e cheio de aventura, e foi assim que também passei a vê-lo por um tempo. Levá-la ao banheiro num restaurante era, em si, uma aventura de descobertas. Mesmo agora, por exemplo, vendo aqueles caminhões todos me ultrapassando (eu trafegava na pista da direita, com o ponteiro de velocidade estacionado nos 100 quilômetros por hora), sentia uma pontada de saudade de ter de volta minha filha aos 7 ou 8 anos e da brincadeira que sempre fazíamos nas viagens de carro: a gente tinha de adivinhar de que país era o caminhão olhando o que tinha escrito na carroceria e tentando identificar os nomes de cidades estrangeiras. Um jogo no qual ela era surpreendentemente...

— Ah, merda! — gritei alto.

— *Prossiga nesta via* — falou Emma.

— Não comprei o presente dela!

E era verdade: a aventura matinal em Lichfield tinha me feito esquecer completamente das minhas obrigações paternas. Mas não podia, de jeito nenhum, aparecer de mãos vazias. Teria de parar no próximo posto, a uns 13 quilômetros de onde estava.

Estacionei e, assim que entrei no lugar, passei a procurar afobadamente o presente. De início, não vi muita coisa de que ela pudesse gostar. Havia as infalíveis lojas de acessórios para celulares, mas por alguma razão não me parecia que ela pudesse se entusiasmar muito com um carregador adaptável ao carro ou com um fone Bluetooth. (O que me fazia lembrar: sério, precisava o quanto antes instalar o meu no carro. Talvez naquela noite.) Provavelmente a melhor aposta era a W.H. Smith, mas mesmo ali... Será que ela realmente encontraria algum uso para aquelas cadeiras dobráveis de jardim, mesmo considerando que estavam em oferta: duas por 10 libras? Havia um monte de bichos de pelúcia, mas até eu podia ver que tinham uma aparência horrorosa de coisa barata e feia. Um adaptador de tomada universal, que servia tanto para países do norte quanto do sul da Europa, era algo prático, mas ainda assim não muito propício para fazer brilhar os olhos de uma menininha. E que tal um livro de colorir? Tinha vários ali, e ela gostava de arte, eu sabia, pois até recentemente mantivera o hábito de me mandar aqueles desenhos feitos na escola. E havia as canetinhas que completavam o conjunto. Certamente funcionaria. Toda criança gosta de desenhar, certo?

Encaminhei-me até o caixa, nem tentei puxar papo com o sujeito de turbante com uma cara terrivelmente aborrecida que atendia ali e, em questão de minutos, estava de volta à estrada.

— *Daqui a aproximadamente 3 quilômetros, saída à esquerda na direção de South Lakes* — disse Emma, não muito tempo depois de voltarmos a rodar.

A paisagem rural era acidentada e interessante naquela região. As placas marrons do patrimônio histórico tinham começado a aparecer àquela altura, lembrando-me de que as atrações de Blackpool estavam à minha disposição para uma visita, alguns quilômetros a oeste, e discretamente indicando que a vizinha Cidade Histórica de Lancaster bem que valeria um pequeno desvio de rota. Decididamente estávamos no norte do país, enfim. Tínhamos deixado bem para trás a região central da Inglaterra.

— *Daqui a 2 quilômetros, saída à esquerda na direção de South Lakes.*

— Caramba, Emma, estou nervoso. Não vou tentar esconder isso de você. Bem, não consigo te esconder nada, né? Você sabe tudo que há para saber sobre mim. Você é o olho que tudo vê.

— *Próxima saída à esquerda na direção de South Lakes. Daqui a 500 metros, mantenha-se mais à esquerda na rotatória.*

— Mas não sei por que estou nervoso. A Caroline foi bem simpática recentemente quando nos falamos por telefone. Acho que o problema é que simpatia não é bem o que eu quero dela. Não é suficiente. De certa forma, dói ainda mais quando ela é legal comigo.

— *Mantenha-se mais à esquerda na rotatória, pegue a primeira saída.*

— E espero de verdade que a Lucy não tenha mudado tanto. Ela sempre foi uma menina carinhosa. Nunca nos sentimos incomodados um com o outro, nem um pouco incomodados, como a Caroline descreveu naquela... porcaria de conto. A Lucy é simples, descomplicada. Você vai gostar dela — tenho certeza de que vai.

— *Prossiga nesta via.*

O crepúsculo caía à medida que avançávamos, juntos, pela rodovia A684. Passamos por um café que não era nada mais do que uma construção em caixote com uma bandeira nacional — aquela da cruz vermelha sobre fundo branco — hasteada no telhado, e por outras numerosas placas do patrimônio histórico convidando a visitar O Mundo de Beatrix Potter, o que teria de ficar para outro dia, no nosso caso. Não demorou muito e, em meio à chuva e à escuridão cada vez mais invasiva, as luzes de Kendal surgiram à nossa frente.

— Olá, Max — disse Caroline.

À porta de entrada, ela se inclinou para a frente, me envolveu com um dos braços e me beijou na bochecha. Sustentei o beijo pelo tempo que pensei ser possível sem uma reprimenda, sentindo o cheiro dela, abraçando os contornos do corpo que eu conhecia tão bem.

— Ooh; aquele é o seu carro? — falou ela, livrando-se de mim e avançando pela trilha do jardim para olhar mais de perto. — Muito legal. A gente não vê muitos desses por aqui.

— É da empresa, na verdade — eu disse.

Ela fez que sim com a cabeça, aprovando.

— Impressionante. Você deve estar subindo na vida.

A chuva tinha mais ou menos parado, agora. Virei-me para observar melhor a frente da casa. Era pequena, bonitinha, uma casa geminada feita com pedras típicas do lugar. De repente, desejei de todo o coração poder passar a noite ali, em vez de ficar no Travelodge da cidade, onde já tinha dado entrada. Mas não havia sido convidado.

— Brr. Vamos sair deste frio — sugeriu Caroline, e me levou para dentro.

— Belo corte de cabelo, falando nisso — eu disse, arriscando um elogio enquanto a seguia até a cozinha. Durante anos, os cabelos dela haviam sido um departamento fadado ao desastre. Ela nunca sabia o que fazer com eles — usava sempre nem tão compridos, nem tão curtos; nem tão crespos, nem tão lisos; nem tão loiros, nem tão castanhos (até a cor era indeterminada). Mas agora alguém tinha dado um jeito na coisa, e ela parecia mais estilosa do que nunca. Castanhos com toques de loiro — era tão óbvio, quando parei para pensar nisso. Vendo-a de costas, pude perceber que tinha emagrecido um bocado também: uns seis ou sete quilos, talvez dez. Vestia uma blusa justa de caxemira e jeans agarrados aos quadris e à bunda. Estava ótima. Parecia uns dez anos mais jovem do que a Caroline que eu vira da última vez. Passaria tranquilamente por alguém de 30 e poucos anos. Em comparação, sentia-me flácido, velho e fora de forma.

— Vou botar uma água para ferver.

— Ótimo. — Estava esperando que ela me oferecesse uma taça de vinho ou coisa parecida, mas ia ficar no chá mesmo, aparentemente. — Cadê a Lucy?

— Está lá em cima. Embonecando-se. Vai descer num minuto.

— Ótimo.

No carro, a caminho dali, eu construíra uma imagem na cabeça: Lucy correndo escada abaixo e se atirando nos braços do pai. Acho que estava enganado nisso também. Na verdade, parecia que as boas-vindas mais calorosas à minha chegada seriam as do cachorrinho dachshund marrom, que naquele momento veio correndo da outra ponta da cozinha, ganindo para mim e pulando o mais alto que podia na tentativa de chegar à altura dos meus joelhos. Apanhei-o no ar durante uma dessas tentativas e trouxe-o perto do meu peito.

— Então você é o Rochester, né? — perguntei, afagando sua cabeça, que ele esfregava em mim, ávido. — Que coisinha fofa você é, hein?

— Como você sabia que o nome dele é Rochester? — quis saber Caroline, pousando uma das xícaras de chá na mesa da cozinha, ao meu lado.

— Oi?

— Como você sabia que ele se chama Rochester? Está com a gente faz poucas semanas?

Claro, eu tinha cometido um erro estúpido: a aquisição do novo animalzinho doméstico era algo que a Caroline contara somente para o meu disfarce como Liz Hammond. Naquelas circunstâncias, só havia uma mentira possível.

— A Lucy me contou num e-mail.

— Sério? Não sabia que ela anda mandando e-mails para você.

— Bem, você não sabe tudo, né?

— Não, é verdade. — Ela despejou os dois saquinhos de chá usados, que estavam num pires, dentro da lixeira da cozinha. — Nem mesmo sei o que você está fazendo aqui. Indo para Escócia, foi isso que você disse?

— Exato. Shetland, para ser preciso.

— Vender escovas de dente?

— Mais ou menos isso.

— Você evoluiu um bocado, então. Pensei que nunca ia largar aquele emprego.

— Bem, acho que a gente precisa de uma chacoalhadas de vez em quando. Que foi exatamente o que você me deu. Quando você e a Lucy foram embora, isso... bem, isso colocou certas coisas nos eixos, vamos dizer assim.

Caroline baixou os olhos para a xícara que segurava.

— Eu sei que magoei você.

Baixei os olhos para a minha própria xícara.

— Você estava no seu direito.

Não falamos mais no assunto.

— Onde você vai levá-la hoje? — perguntou Caroline, mais animada.

— Reservei aquele chinês no centro da cidade — respondi. (A Lucy sempre gostou de comida chinesa.)

— Parece que é bom. A gente não experimentou ainda.

— Depois te conto.

Nessa hora, chamou nossa atenção a chegada à cozinha de uma adolescente alta e esguia, cabelos escuros desgrenhados, maquiagem um pouquinho excessiva, a obrigatória atitude de mau humor e enfado e contornos insinuantes de mulher por baixo do jeans justo e da blusinha revelando a barriga nua. Levei uns dois ou três segundos para me dar conta de que aquela era minha filha. Ela veio até mim e, brusca, deu-me um beijo.

— Oi, pai.

— Lucy? Você está... — Esforcei-me pela palavra certa, então decidi que não havia uma. — Você está... uau. Você está incrível.

Dava para ver que, desde que se mudara, minha filha havia sofrido uma transformação. Se a mãe parecia ter perdido uns dez anos de idade, Lucy parecia ter ganhado uns quatro ou cinco. Não reconhecia mais nela aquela menininha que eu vira pela última vez numa terrível manhã de sábado quando (será que eu era capaz de voltar a pensar nisso? Não tentara reconstruir a cena nenhuma vez desde que tinha acontecido. Fora algo muito doloroso, e os seres humanos têm mecanismos para lidar com esse tipo de coisa — *a mente tem bloqueios*), desde aquela terrível manhã de sábado em que a Lucy e a Caroline foram embora numa van alugada, todos os pertences acondicionados na parte de trás, destino Cumbria, ambas num silêncio resoluto e com o olhar parado e fixo à frente, nenhuma reação ao meu aceno de despedida...

Aí está: voltava a pensar na cena, pelo menos. E agora, ao me dar conta do quanto a Lucy parecia ter mudado desde aquele dia, foi com uma recém-adquirida sensação de pavor que apanhei o presente na mesa da cozinha e o entreguei, sem nem mesmo tê-lo embrulhado, ainda na sacola da loja.

A lembrança da reação dela ainda me dói, até hoje. Ainda agora me envergonho quando penso nisso. Ao abrir a sacola e ver o livro de colorir e as canetinhas, por um momento e quase sem que fosse possível perceber, ela deu uma segunda olhada ali dentro, e então disse:

— Obrigada, pai.

E me deu um abraço; e aí os olhos dela vacilaram brevemente na direção dos olhos da mãe e elas trocaram um olhar — mínimo, um pouco divertido mas desesperançado, como quem diz — e de forma muito mais eloquente do que com palavras — *"Coitado do velho: não entende nada de nada, né?"*

Desviei os olhos e falei, sem nenhuma razão a não ser preencher aquele silêncio:

—Venha ver o meu carro antes de a gente sair para comer. Ele tem um sistema próprio de navegação por satélite e tudo.

Como se isso fosse impressioná-la.

Lucy me disse que não gostava mais de comida chinesa, pois tinha muito glutamato monossódico, então cancelei a reserva e fomos a um restaurante italiano na mesma rua. Reparei, com apreensão, que não se tratava de uma franquia, o que, claro, significava um salto no escuro. Aparentemente Lucy tinha se tornado vegetariana, de modo que pediu uma lasanha de legumes, e resisti à tentação de escolher uma pizza "banquete de carne", optando por um risoto de cogumelos. Tinha cara de ser algo bem sem graça, mas não queria me indispor com ela ou fazê-la pensar que eu não era sensível às suas convicções. Talvez, se desse uma disfarçada com bastante queijo ralado, o gosto não fosse tão ruim.

— Bem, e aí — comecei —, como está sendo a mudança aqui pro norte?

— Boa — disse Lucy.

Esperei que ela continuasse. Ela não prosseguiu na resposta.

— A casa parece legal — arrisquei. — Você gosta?

— É — respondeu ela. — É legal.

Esperei que ela desenvolvesse a coisa. Ela não continuou.

— E a escola? — falei. — Você já fez muitos amigos novos?

— É — falou ela. — Alguns.

Esperei que prosseguisse mas, em vez disso, soou um toque eletrônico em algum lugar dentro da sua bolsa. Ela tirou dali um BlackBerry e deu uma conferida na tela. O rosto iluminou-se, ela riu alto e imediatamente começou a teclar alguma coisa. Coloquei um pouco mais de vinho para mim e molhei um pedaço de pão no azeite de oliva enquanto ela respondia a mensagem.

— É o BlackBerry da sua mãe, esse aí? — perguntei, quando pareceu que ela tinha terminado.

— Não. Faz séculos que tenho o meu.

— Ah. Quem era? — eu quis saber, apontando para a telinha.

— Só uma pessoa que eu conheço.

Ficou um silêncio entre a gente, e uma sensação crescente de frustração para mim. Era nisso que havia se transformado a relação com a minha própria filha? Era tudo que ela tinha a me dizer? Tínhamos morado juntos por 12 anos, pelo amor de Deus: morado juntos em condição de absoluta intimidade. Eu havia trocado as fraldas dela, lhe dado banho. Havia brincado com ela, lido para ela e, nas vezes em que acordou assustada no meio da noite, ela tinha vindo para nossa cama se aconchegar em mim. E agora — depois de pouco mais de seis meses vivendo separados — nos comportávamos um com o outro quase como se fôssemos estranhos. Como era possível?

Eu não sabia responder. Tudo o que sabia era que não desistiria daquela noite, não tão rápido. Ela ia ter de começar a conversar comigo, nem que fosse a última coisa que eu fizesse.

— Deve ser bem diferente — retomei — morar...

Foi a vez de o meu celular começar a tocar uma musiquinha, anunciando uma mensagem de texto. Peguei o aparelho e estendi o braço para ver do que se tratava (minha vista anda mal, e sou obrigado a fazer isso agora). A mensagem era da Lindsay.

— Pode ler, se quiser — disse Lucy. — Não me importo.

Abri o texto, que dizia:

Oi, você já deve estar no litoral a essa hora, espero que tudo esteja indo bem, dê notícias quando puder, L.

Não era a mensagem mais entusiasmada do mundo, mas eu estava esperando algum sinal de vida — qualquer um — da Lindsay fazia um dia e meio já, de modo que li aquilo com uma expressão de alívio que não consegui disfarçar. Pousei o telefone de volta na mesa quase imediatamente com um arremedo de indiferença que não enganou a Lucy nem por um segundo.

— Mensagem bacana? — perguntou ela.

— Uma pessoa, Lindsay — respondi. O olhar dela indicava que a resposta não era satisfatória, então acrescentei: — Do trabalho.

Ela assentiu.

— Sei. — E, em seguida, mordiscando a pontinha de um pão, ela perguntou: — Nunca sei se esse nome é de homem ou de mulher.

— Acho que pode ser as duas coisas — falei. — Nesse caso, é uma mulher.

Ela voltou a pegar seu BlackBerry e eu, meu celular.

— É um minutinho — prometi.

— Sem problemas.

Na verdade, demorou bem mais que um minutinho. Não sou muito rápido para escrever essas mensagens e não tinha muita certeza do que ia dizer. Acabei me saindo com isto:

Não cheguei até o ferry ainda. Em Kendal, jantar fora com a filhota. Desculpa mesmo por ter feito tão pouco até agora — não desista de mim!

Quando terminei, Lucy aparentemente tinha enviado e recebido umas quatro mensagens. Ambos largamos nossos aparelhos, relutando um pouco, e sorrimos um pro outro.

— Então — falei — deve ser bem diferente...

O garçom chegou com nossos pratos. A mesa era bem pequena, e ele demorou um pouco até achar espaço para tudo. Aí veio a enrolação desnecessária de moer pimenta-do-reino e ralar parmesão sobre a comida, o que o cara transformou numa verdadeira performance. Terminado o ritual, outra mensagem da Lindsay chegou. Eu a li antes de começar a comer.

Max, curta a viagem e não se preocupe em fazer ou deixar de fazer, não esqueça que isso é só uma diversãozinha. Bj.

Sorri para mim mesmo enquanto voltava a largar o telefone, e a Lucy reparou no sorriso, mas não disse nada. Antes da primeira garfada de risoto, aproveitei para perguntar:

— Você manda um monte de mensagens, né, Luce? — tateei.

— Não muitas, na verdade — respondeu ela. — Talvez umas vinte ou trinta por dia.

— Bem, para mim parece bastante. Um montão. O que significa quando alguém coloca um beijo no final da mensagem?

Ela começou a parecer levemente interessada.

— Foi a sua colega de trabalho que enviou? — quis saber ela.

— Foi.

— Deixa eu ver.

Passei a ela o celular e, depois de ler a mensagem, me devolveu.

— Difícil dizer — admitiu. — Depende de que tipo de pessoa ela é.

— Não tem, assim... regras de etiqueta para esse tipo de coisa?

Fiquei feliz com a pergunta, devo dizer. Tinha um bom grau de certeza de que encontrara um assunto que poderia nos conectar, enfim. Se a Lucy enviava uma média de vinte a trinta mensagens por dia, devia ser capaz de conversar sobre isso durante horas.

— Bem, não tem na verdade, tipo, etiqueta — respondeu ela. Fiquei decepcionado ao perceber que o tom de voz dela era de tédio, até mesmo de desdém. — Sabe, é só um beijinho no final de uma mensagem. Provavelmente não quer dizer nada. Aliás, como é que eu posso estar conversando uma coisa dessas com meu próprio pai? É tão... deprimente. Que coisa chata, pai. É um beijo, só isso. Entenda como quiser.

Ela ficou em silêncio e beliscou a lasanha.

— Ok, me desculpe, querida — falei, após um intervalo curto e desanimado. — Só estava tentando achar alguma coisa para a gente conversar, nada mais.

— Tudo bem. Me desculpe também. Não queria ter sido grossa. — Ela bebericou sua Coca diet. — Por que a mãe não veio com a gente, afinal? Vocês não estão nem se falando?

— Claro que nos falamos. Não sei por que ela não quis vir. Acho que falou que tinha alguma outra coisa.

— Ah, é. Hoje é terça. É a noite dos escritores.

— Noite dos escritores?

— Ela frequenta um grupo de escritores. Eles escrevem contos, essas coisas, e leem uns pros outros.

Ótimo. Então, naquele exato momento, a Caroline causava espécie a uma plateia atenta com a hilária história de Max, Lucy e o buraco das urtigas. Àquela altura, provavelmente teria chegado à parte em que eu mostrava não ter a menor ideia de por que a grama é verde. Podia até ouvir as risadas satisfeitas e admiradas, e com tanta clareza que o pessoal parecia estar bem ali, conosco, no restaurante.

— Ela está levando a sério essa história de escrever, então? — perguntei.

— Acho que sim. A questão é que... — e ela sorriu, agora, de um jeito quase conspiratório. — Sabe, tem esse cara que frequenta o grupo também, e estou começando a achar que ela...

Começando a achar que ela o quê? Eu era capaz de adivinhar, mas nunca saberia com certeza, pois nessa hora o BlackBerry começou a soar novamente.

— Só um pouquinho — disse ela. — Preciso ver o que é.

A mensagem a fez soltar gritinhos de riso, fosse lá o que fosse.

— É a Ariana — informou-me ela, como se isso esclarecesse tudo. — Ela alterou essa foto no Photoshop, olha.

Lucy me mostrou a telinha, na qual se via uma garota de aspecto perfeitamente normal.

— Muito bom — falei, devolvendo o aparelho. O que mais eu deveria dizer?

— Não, mas é que ela colocou a cabeça da Monica no corpo da Jess.

— Ah, ok. Bem esperta.

Lucy começou a teclar uma resposta e, enquanto isso, eu também retomei a digitação de outra mensagem para Lindsay do meu celular. Foi melhor, provavelmente, eu nunca ter chegado a enviá-la. O que me impediu? A expressão de uma mulher sentada à mesa ao lado da nossa. Não sei bem como descrever que expressão era essa. Tudo o que sei é que ela observava a cena — um pai cansado de meia-idade levando a filha para jantar fora, os dois sentados um de frente para o outro, nada a dizer, um deles enviando mensagens de texto, a outra brincando com seu BlackBerry — e reagiu com um olhar constrangedor, uma expressão que misturava divertimento com simpatia, tudo contido naquele mesmo olhar significativo. E naquele instante uma imagem me veio à mente mais uma vez: a da chinesa com sua filha, sentadas uma de frente para a outra no restaurante no porto de Sydney, rindo juntas e jogando baralho. A ligação entre as duas. O prazer da companhia que faziam uma à outra. O amor e a proximidade. Todas essas coisas que sempre pareciam faltar entre mim e Lucy. Todas essas coisas que eu jamais aprendera como fazer com meu triste e desgraçado pai.

Enviei ainda mais uma mensagem de texto naquela noite. Mas não para Lindsay. Na verdade, vocês nunca vão adivinhar para quem foi — então vou contar. Foi para o tio da Poppy — o Clive.

Deixei a Lucy em casa mais ou menos às 21h30. A Caroline ainda não tinha voltado. Lucy me fez entrar, preparou uma xícara de café para mim e sentamos na cozinha para conversar (em termos) durante a meia hora seguinte, aproximadamente. Quando se tornou óbvio que a Caroline não estava exatamente com pressa de chegar em casa para me ver, decidi que era hora de ir, voltei ao carro e ao meu Travelodge, que ficava na periferia da cidade, a uns dez minutos dali.

E essa, então, foi minha reunião de família.

De volta ao quarto de hotel, eu sabia que, embora estivesse muito cansado, a agitação era grande e não conseguiria ir direto para cama. Não tinha nada na TV, então peguei da minha mala o DVD do Clive, *Águas profundas*, e coloquei para rodar no meu laptop. A estranha ideia que me ocorreu era de que aquilo podia me animar um pouco. Sabe aquele clichê de que "sempre tem alguém em situação pior que a gente". Bem, imaginei que, no meu caso, não seria fácil encontrar esse alguém àquela altura. Mas sempre havia a chance de que fosse o Donald Crowhurst.

Era um filme forte. Na semana anterior, antes de embarcar naquela jornada, eu estava lendo *A estranha viagem de Donald Crowhurst*. Já ia pela metade, o que, para mim, era um ritmo de leitura muito bom. O livro era bastante detalhado e bem pesquisado, mas o filme levava o espectador ainda mais fundo dentro da história e de sua atmosfera. Começava com imagens de ondas enormes quebrando numa noite de ventania, e imediatamente se tinha a noção do quanto Crowhurst deve ter se sentido sozinho em alto-mar, à mercê dos elementos — fiquei enjoado e com frio só de assistir àquelas cenas. Em seguida, havia imagens do próprio, filmadas na sequência da viagem, quando ele já parecia mais habituado e calejado: um bigode de aspecto cruel sobre o lábio superior, o olhar àquela altura na defensiva, desconfiado. Depois de mais algumas tomadas semelhantes, acompanhadas por uma trilha portentosa e amedrontadora, havia um flashback até uma cena que, de imediato, me causou um choque de fami-

266

liaridade: a chegada de Francis Chichester ao porto de Plymouth, com a multidão em festa vendo-o retornar depois de sua viagem em navegação solitária. (Uma imagem que lembrava ter visto na TV com minha mãe, numa noite de domingo, na primavera de 1967.) Então o espectador era apresentado a todos os principais personagens da história: o próprio Crowhurst; sua mulher e família; seus principais adversários, Robin Knox-Johnston e Bernard Moitessier; seu patrocinador, Stanley Best; e — talvez o mais memorável de todos — seu assessor de imprensa, Rodney Hallworth. Hallworth era descrito como uma "figura dickensiana", e a descrição certamente parecia apropriada à presença corpulenta e imponente de um sujeito de modos atenciosos que mal disfarçavam, logo abaixo dessa impressão superficial, um evidente temperamento cínico e brutal. "Muitas pessoas que realizam grandes coisas têm, frequentemente, personalidades tediosas", ele declarava, alegremente. "O trabalho de um assessor de imprensa é pegar a coisa, que pode ser algo totalmente sem graça como uma velha caixa de lata, e transformar, embrulhar para presente, tornar atraente." Crowhurst, deduzi, era a "velha caixa de lata" da história, e a habilidade de Hallworth em turbinar suas qualidades, "transformá-lo", seria em grande parte a responsável por criar uma situação que acabaria por conduzi-lo à loucura. O filme prosseguia narrando esse processo em detalhes, em tom simpático mas sem poupar nada. Via-se o caos que acompanhou a partida do navegador de Teignmouth, sua expressão apreensiva nos momentos em que era pego desprevenido pela câmera. (Nesse ponto, pensei — e não era a primeira vez que me ocorria —, sua semelhança com meu pai era mais pronunciada.) E então, à medida que a viagem prosseguia, o foco mudava das dificuldades práticas da navegação solitária para os diários de Crowhurst, suas anotações de bordo, suas ruminações perturbadas postas no papel, seu estado mental se deteriorando. A derradeira e duradoura frase — *"É A MISERICÓRDIA"* — soou especialmente arrepiante. Terminado o filme, eu me sentia mexido, exausto.

Quando acabei de assistir, já era mais de meia-noite. Apesar disso, decidi enviar uma mensagem ao Clive:

Olá, terminei agora de assistir ao filme sobre Crowhurst. Absolutamente sensacional! Muito obrigado por ter me emprestado. A caminho das Shetlands — ainda não cheguei.

Fui ao banheiro escovar os dentes. Alguns minutos mais tarde, caí na cama e estava quase adormecendo quando meu telefone começou a tocar sua conhecida melodia. Clive já respondera a mensagem. Escreveu:

Que bom que você gostou! Faça boa viagem, ansioso por ouvir suas aventuras quando voltar. BJ.

Olhei a mensagem — ou melhor, vi aquele "BJ" no final dela — e fiquei meio confuso. Por que o Clive, logo ele, me mandaria um beijo virtual? Vindo da Lindsay eu até podia entender, mas *do Clive*? Nunca, jamais antes, recebera uma mensagem de um homem que terminasse com um beijo. O Trevor, por exemplo, colocando um beijo ao final dos seus e-mails era algo inimaginável. Qual era a do Clive, então? Desejei que não fosse tão tarde, que pudesse ligar para a Lucy e perguntar a opinião dela sobre o assunto. Ela podia, ao menos, ser capaz de me dizer se aquilo era normal ou não.

Pensar nessas coisas deixou-me desconfortável. Finalmente começava a pegar no sono, mas o documentário sobre Crowhurst tinha deixado marcadas na minha mente algumas imagens perturbadoras e nauseantes. Elas continuavam ali, nadando ao meu redor, enquanto minha respiração se tornava ritmada. As ondas subindo e descendo... O rosto de

Crowhurst — me lembrando (mais do que nunca naquela noite) o do meu pai... as ondas subindo e descendo... Rodney Hallworth e sua "velha caixa de lata"... as ondas subindo e descendo... onde mesmo tinha ouvido essa expressão?... Rodney Hallworth... Lindsay Ashworth... subindo e descendo... Rodney Hallworth... Lindsay Ashworth... subindo e descendo... subindo e descendo...

Kendal — Braemar

16

— Ok, Emma, tudo começa a ficar claro agora. Tudo começa a se encaixar.

— *Prossiga nesta via.*

— Não sei como isso foi acontecer, mas aparentemente estou virando o Donald Crowhurst. É nele que estou prestes a me transformar. Pode chamar de destino, pode chamar de predestinação — pode chamar do que quiser — mas parece que não tenho escolha nessa história. É o que vai acabar acontecendo, goste ou não.

— *Daqui a aproximadamente 1 quilômetro vire à direita.*

Havíamos saído de Kendal fazia uns dez minutos e, naquele momento, seguíamos pela rodovia A6 em direção a Penrith. O tempo tinha virado, e o para-brisa estava coalhado de pingos grossos, entre chuva e granizo. A estrada era um aclive contínuo, numa série de curvas por entre paisagens rurais verdejantes e intocadas.

— Aqui estou eu, afinal, dirigindo um carro considerado último tipo, uma inovação, um passo à frente radical em termos de design, exatamente como o trimarã de Crowhurst. Uma espécie de versão moderna do *Teignmouth Electron*, e eu estou no leme.

Enquanto deixávamos a A6 na direção da Saída 39 e da M6, pudemos ver, à nossa esquerda, as enormes chaminés das fábricas de calcário Corus, ocultas ao final de uma longa e meio intimidante estrada privativa que lhes conferia a aparência de uma instalação militar secreta. Mais alguns minutos e chegávamos ao trevo que levava à outra rodovia.

— *Mantenha à esquerda na rotatória e pegue a primeira saída.*

— E tente pensar quem são os outros personagens da história do cara. Rodney Hallworth, Stanley Best — esses nomes te lembram alguém? Tudo faz sentido.

— *Saída logo adiante.*

— Afinal, o que está acontecendo? Será que fui, sei lá... possuído por ele, ou estou ficando louco? E, se estou ficando louco, isso realmente muda alguma coisa? Porque pode ser tudo uma só e mesma coisa: eu estar virando ele, não é? O que você acha, Emma? O que me aconselha?

— *Prossiga nesta via.*

Bem, sim, parecia ser a coisa mais sensata a fazer, pensei. E pelo jeito não havia muito outra escolha, de qualquer forma. Já era quase meio-dia e meia. Depois de um longo banho e de um café da manhã tardio no Travelodge, eu havia dirigido de volta a Kendal e circulado um pouco pela cidade, tentando apreciar a experiência de estar numa parte diferente do país, espantar a sensação de estranhamento, aquele *sentir-se estrangeiro* que vinha se apoderando de mim nos últimos dias, desde que saíra de Watford. Tinha passado três semanas em Sydney e em nenhum momento sentira a mesma coisa, então por que agora parecia que qualquer nova cidade da Inglaterra em que me encontrava era um pouco menos real do que a anterior? Talvez tivesse a ver com minha obsessão crescente por Crowhurst. Começava a me sentir desconectado de mim mesmo: às vezes tinha a sensação de estar fora do meu corpo, olhando para ele, e, ainda naquela manhã mesmo, em Kendal, houve um momento em que me pareceu estar observando a High Street de cima, assistindo a mim mesmo enquanto caminhava entre os demais transeuntes indo às compras, como figurantes na tomada perfeitamente composta de um filme, com aquelas dezenas de pessoas do tamanho de insetos lá no chão e imponentes montanhas formando o distante pano de fundo, irreal feito uma pintura.

No final da manhã, fui ver a Caroline de novo. Ela não estava me esperando, decidi fazer uma surpresa. Sabia que ela estava trabalhando como gerente de uma loja de caridade na High Street, de modo que apareci por lá sem avisar, e sem grandes expectativas para além de uma breve reprimenda, mas acabei sendo bem recebido, muito melhor do que esperava. Ela fez um café para mim, levou-me até o escritório nos fundos da loja e conversamos por meia hora ou mais — sobre a Lucy, principalmente —, e naquela manhã a Caroline pareceu-me calorosa e gentil, e interessada no que eu andava fazendo, e, quando me despedi, não foi porque ela quisesse que eu fosse embora, mas porque eu quis. Porque, com ela sendo tão legal comigo, tudo o que eu queria era ficar junto mais do que nunca, e sabia que aquilo jamais voltaria a acontecer, e nesse caso a única coisa a fazer era ir embora e seguir meu caminho.

— *Prossiga nesta via.*

Agora estávamos em algum ponto entre as Saídas 41 e 42. Rumávamos para o norte e, quanto mais avançávamos nessa direção, menos tráfego parecia haver. Fazíamos a média de 24,1 quilômetros por litro, pois naquela região era tranquilo dirigir a confortáveis 90 quilômetros por hora sem que alguém viesse grudar na traseira e piscar o farol, querendo que nos apressássemos. E, estranhamente, apesar do fato de que seria mais seguro dirigir rápido ali do que 150 quilômetros ao sul, aparentemente não havia muitos carros acima do limite de velocidade. Todos pareciam mais relaxados. Será que existem estatísticas mostrando que os motoristas do norte da Inglaterra consomem menos combustível que os do sul? Não seria nenhuma surpresa.

— *Prossiga nesta via.*

Não há muito mais a fazer, quando se está trafegando há horas a uma velocidade moderada, do que reparar nas poucas coisas que chamam a atenção ao longo da estrada — um aviso amarelo da polícia isolando o local de "possível homicídio", placas mostrando as saídas para Penrith, Keswick, Carlisle, e uma grande, azul, com os dizeres "Bem-vindo à Escócia" ou "Fàilte gu Alba", em gaélico, uma enorme floresta de pinheiros, formando um "T", plantada na encosta de uma montanha, com a sombra de nuvens negras de chuva a atravessá-la — e deixar-se levar pelos pensamentos. Engraçado como, quando se faz isso, lembranças surgem na cabeça, coisas que a gente tinha esquecido, ou talvez reprimido, por quarenta anos ou mais. Aconteceu comigo ao pensar em Francis Chichester naquele dia. Lembrava-me de ter assistido, com minha mãe, à cobertura na TV da volta dele para casa, mas não conseguia saber se meu pai assistia conosco ou não. E foi aí que me veio a lembrança: algo estranho tinha acontecido naquela noite. Meu pai estava, sim, assistindo à TV com a gente, a princípio, mas então a campainha tocou e ele foi atender, e alguns segundos depois um cara estranho adentrou nossa casa. Digo "estranho" não só porque minha mãe e eu não o conhecíamos, mas também porque ele era, bem... estranho. Envergava um chapéu de aba larga, para começar, e vestia o tipo de roupa que o pessoal talvez usasse na Carnaby Street, em 1967, mas certamente nunca tinha passado nem perto de Rubery. Exibia também uma barba aparada e ruiva — é a única outra coisa que consigo enxergar na minha lembrança dele. O homem nem entrou na sala de estar, eu o vi apenas de relance pela porta aberta do cômodo, enquanto meu pai o conduzia aos fundos da casa. Os dois foram até a sala de jantar e passaram a conversar, deixando que minha mãe e eu seguíssemos com nosso programa de televisão. O cara deve ter ido embora só depois de eu estar na cama, pois não me lembro de vê-lo partir. Na verdade, como eu disse, tinha esquecido completamente sua bizarra e inesperada aparição em casa até aquele exato momento, quando a memória voltou-me vividamente ao cruzar, com a Emma, a fronteira da Escócia, no encontro da rodovia M6 com a A74(M). E a pergunta que me fiz, imediatamente, foi: quem mais poderia ser aquele cara, senão o misterioso "Roger", que mandava para o meu pai, todo mês, durante toda a década de 1970, aqueles cartões-postais vindos do Extremo Oriente, e aparentemente continuava a fazê-lo ainda hoje? Não chegaram a me dizer o nome do visitante — disso eu tinha certeza; mas, ao mesmo tempo, eu estava certo de que só poderia ser o tal Roger.

— *Prossiga nesta via.*

Concentrei-me por alguns segundos naquela lembrança, mas vi que rapidamente ela seria suplantada por outros pensamentos aleatórios. Os quilômetros voavam à medida que avançávamos Escócia adentro, e continuei a dirigir quase como num sonho, milagrosamente evitando colidir com os demais veículos. Pelo menos dez minutos se passaram até sair desse estado e me dar conta, sobressaltado, do que ocupava meus pensamentos.

Tentava resolver a raiz quadrada de menos um.

Não ia dar certo mesmo.

Mais um almoço solitário, mais uma parada de beira de estrada, mais um panino. Cogumelos, presunto e salada de folhas verdes, desta vez.

Parada Abington. Um descanso bem-vindo. Não consigo deixar de gostar de lugares como esse. Sinto-me em casa neles. Gostei das cadeiras de madeira escura e das mesas em tom claro, tipo o visual da Habitat. Bem anos 1990. Gostei das duas enormes plantas ornamentais entre as mesas. Gostei do terraço externo, varrido pelo vento, os guarda-sóis fechados tremulando na brisa úmida daquele dia. Gostei do fato de que ali, no meio daquela espetacular paisagem rural, alguém tivesse forjado um pequeno oásis de normalidade urbana. Gostei da expressão de ansiedade satisfeita nos rostos das pessoas que, transportando em bandejas suas pizzas ou peixes com batatas fritas, afastavam-se do balcão do Coffee Primo confiantes de que estavam prestes a colocar para dentro algo especial. Aquele lugar fazia meu gênero. Era o tipo de lugar onde eu ficava à vontade.

E, ainda assim, minha sensação de leve mas palpável desconforto não diminuía. Será que era pelo nervosismo de rever a Alison? Poderia, se quisesse, ligar e desmarcar nosso encontro, embora já fosse tarde para fazer a travessia de *ferry* até Aberdeen naquele dia, mesmo dirigindo rápido a partir de onde estava. Enfim, não era esse o problema. Alguma outra coisa me incomodava. Talvez o peso de todas aquelas lembranças que ressurgiam.

Depois de terminar de comer, liguei o laptop e inseri nele a pequena engenhoca que o conectava à banda larga móvel. Conferi meus e-mails e a página do Facebook. Nada. Quando desligava novamente o computador, reparei que a bateria estava quase no fim.

Sentindo-me culpado por pouco tê-la usado até ali, saquei a câmera digital e filmei rapidamente a parada e as montanhas em torno. Não mais do que uns trinta segundos de imagens. Como anteriormente, na breve filmagem em frente ao prédio do meu pai em Lichfield, podia antecipar que aquilo não era, definitivamente, o que a Lindsay estava pretendendo, e provavelmente nunca entraria na edição final.

Também há lentidão no sentido norte da M6 — o problema está sendo causado por um caminhão que enguiçou na Pista 3, entre as Saídas 31 e 31a, e a fila já alcança a altura da Saída 29. Caminhão parado também nas obras da M1, sentido norte, depois da Saída 27, ao norte de Leicester — situação já sendo resolvida por lá, mas tem mais problemas na M1, que está bloqueada no sentido sul, altura da Saída 11, em Luton — trânsito desviado por ali, mas com filas —

obrigado ao Mike e à Fiona pela informação – nossos amigos nos informam aqui que o problema se estende até a Saída 14, em Milton Keynes, muito tráfego no local, o pessoal optando pela A5, na direção de Dunstable, então o trânsito é intenso no sentido sul dessa via. No sentido norte, a M1 foi fechada por alguns minutos para permitir o pouso de um helicóptero-ambulância – que pousou e decolou, rodovia já liberada novamente. Havia um veículo bloqueando a M25, Saídas 18-17, sentido anti-horário de Chorleywood para Rickmansworth – tudo resolvido por lá, mas ainda há bastante lentidão na altura de sempre, só que um pouco maior hoje – é no sentido anti-horário a partir da Saída 23, na A1(M), sentido Watford, até a Saída 19. Também tem um acidente, acabamos de ser informados, no sentido anti-horário da M25, Saída 5, nos limites da M26. Cambridge, outro acidente no sentido norte da A11, fechada naquele sentido na altura de Papworth e Everard, lado norte da A428 em Caxton Gibbet...

— Desculpe, Emma — falei, desligando o rádio. — Não é que eu esteja entediado de te ouvir, é só que, sabe, às vezes o cara precisa de uma mudança de ares, de uma companhia diferente...

— *Daqui a pouco mais de 1 quilômetro, curva suave à esquerda.*

— Sabia que você ia entender — eu disse, agradecido.

A voz dela soava graciosa e calma, comparada ao monólogo estridente e opressivo do locutor da rádio de trânsito.

Estávamos a apenas alguns quilômetros de Edimburgo agora. De acordo com a telinha do painel, tínhamos percorrido só 650 quilômetros desde que saíramos de Reading, dois dias antes, mas, por alguma razão, escutando todos aqueles nomes conhecidos — Rickmansworth, Chorleywood e (claro) Watford —, parecia que estávamos prestes a aportar em algum lugar inimaginavelmente remoto. Já escurecia, e éramos parte de uma longa fila de carros que se estendia pela A702, um cortejo fúnebre de lanternas traseiras e, aqui e ali, luzes de freio até onde a vista alcançava. Alguns minutos antes, havíamos cruzado com uma placa dizendo "Bem-vindo à fronteira da Escócia" e agora cruzávamos com outra, em que se lia "Bem-vindo a Midlothian". Legal saber que éramos bem-vindos. Perguntava-me se seria assim também na casa da Alison.

Não demorou muito e pegávamos o contorno, já nos subúrbios mais afastados. Alison vivia num bairro de Edimburgo conhecido como A Fazenda, e que eu já antecipava que seria uma vizinhança abastada. Não sabia qual era, exatamente, a área de atuação do marido dela, mas estava ciente de que ele administrava uma empresa grande e bem-sucedida, com escritórios em várias partes do mundo, e que passava boa parte do tempo em viagens. Mesmo assim, fiquei surpreso quando vi que Emma me conduzia — como se conhecesse aquela cidade há uma vida inteira — por ruas cada vez mais amplas, silenciosas, retiradas e exclusivas. As casas de pedra, ali, na sua maioria pareciam mais mansões do que simples casas. E descobri, quando estacionamos em frente, que a da Alison estava longe de ser a menor delas.

— *Você chegou ao seu destino* — disse Emma, sem deixar transparecer qualquer coisa parecida com um tom triunfal ou de quem conta vantagem; era simples satisfação pelo dever cumprido. *Seu guia rodoviário está sendo encerrado.*

17

Nunca imaginei que estaria solteiro aos 48 anos. Mas, agora que aconteceu, e sendo óbvio que Caroline não tinha intenção de reatar comigo, me dei conta de que encarava um problema muito específico. Cedo ou tarde, se não quisesse acabar como um velho solitário, precisaria encontrar uma nova companheira. O problema era que mulheres mais novas (como a Poppy) aparentemente não olhariam para mim, e as mais velhas eu não achava atraentes.

Talvez eu devesse definir, aqui, o que entendo por "mais velhas". Tenho pensado no assunto, e considero que "uma mulher mais velha" é qualquer mulher que tenha mais idade do que tinha a mãe do sujeito quando ele era adolescente. Digamos que a gente começa a ter preocupações sexuais *de verdade* — a ponto de não conseguir pensar em outra coisa — aos 16 anos. (Sei que, para os garotos de hoje em dia, isso acontece até mais cedo. O Ocidente tornou-se tão sexualizado que provavelmente a maioria dos meninos atinge esse estágio já aos 14, mais ou menos. E li no jornal outro dia que uma moça já era avó aos 26. Mas minha geração era diferente. Fomos os últimos a ter um amadurecimento tardio.) Ok, então, quando eu tinha 16, minha mãe tinha 37 anos, e posso dizer que para mim ela parecia *uma anciã*. Nunca me passaria pela cabeça que ela talvez tivesse um lado romântico, ou uma vida interior, que dirá vida sexual (exceto com meu pai: e nem disso eu tinha muita certeza, caso se pudesse acreditar um pouco no que dizia o trabalho de faculdade da Alison). Do meu ponto de vista, sexual e emocionalmente ela não existia. Existia para me prover nas minhas necessidades físicas e afetivas. Sei que parece chocante dito assim, mas adolescentes são egoístas e autocentrados, e era assim que eu a via. E mesmo agora, aos 48 anos, tenho dificuldade de me acostumar com a ideia de que mulheres da idade da minha mãe — ok, vai, mulheres da *minha* idade, se vocês preferirem — possam ser consideradas seres sexuais. Claro que isso não tem lógica. Claro que isso está *errado*. Mas não consigo evitar de pensar assim, e estou apenas tentando ser honesto a respeito. Foi por essa razão, afinal, que fiquei tão mortificado na outra noite, no jantar da Poppy, ao perceber que só havia sido convidado para que conhecesse a mãe dela.

Tudo isso serve para explicar, imagino, o que eu sentia quando apertei o interfone da casa da Alison e ela abriu a porta para mim. Lá se iam 15 anos desde a última vez que tínhamos nos visto. A época que ficara mais gravada na minha memória era de quase vinte anos antes disso, quando ela tinha 17 anos e o pervertido do meu pai a fotografou em seu biquíni laranja minúsculo. E agora ali estava ela, diante de mim outra vez: estilosa, autoconfiante, bonita e elegante como sempre. E aos 50 anos. Bem mais velha do que minha mãe quando eu tinha meus 16 anos e fomos, todos juntos, passar férias em Lake District. Mais velha, aliás, do que era minha mãe quando morreu.

— Max! — disse ela. — Que lindo te rever!

Ela me ofereceu o rosto e eu o beijei. A pele era macia, coberta de base. Inalei um cheiro forte, mas não desagradável, que ficava entre os aromas de mel e água de rosas.

— É muito bom te ver — falei. — Você não mudou nada. (Não é isso que a gente deve dizer, sendo verdade ou não?)

— Que sorte você estar passando por aqui. E a mamãe me contou que está a caminho das Shetlands, verdade?

— Sim, é isso mesmo.

— Que emocionante! Bem, entre!

Ela me conduziu pelo hall de entrada até o que entendi ser uma de um total de duas ou três salas de estar. As quais, de algum jeito, conseguiam passar ao mesmo tempo minimalismo e opulência. Havia pinturas modernas nas paredes e grossas cortinas de veludo isolando lá fora a noite hostil. Diversas partes do cômodo eram sutilmente iluminadas por lâmpadas de teto embutidas. Um amplo sofá em L com almofadas macias, de afundar, cercava uma mesa de centro de vidro sobre a qual, com bom gosto, estavam dispostos livros e revistas. Na lareira, brilhava uma chama alegre. Pensei que o fogo fosse real, até a Alison perguntar:

— Está muito quente? Posso desligar se você quiser.

— Não, não. Está perfeito. Adoro uma boa fogueira.

Arrependi-me de ter dito essas palavras assim que tinham saído da minha boca. Será que ela lembrava? Lembrava-se do fiasco daquela fogueira em Coniston? Ou era só eu mesmo que, tendo lido seu ensaio escolar dois dias antes, estava com aquilo na cabeça? Impossível dizer. Sua expressão não acusava nada.

— Bem, então, fique à vontade e se aqueça. Está horrível lá fora, não? Estão dizendo que pode nevar hoje à noite. Quer beber alguma coisa? Vou preparar um gim-tônica para mim.

— Parece ótimo. A mesma coisa para mim — falei, esquecendo que, dali a pouco, teria de levá-la de carro até o restaurante.

Quando a Alison voltou com os drinques, sentamos em lados opostos do sofá em L.

— Bela sala — falei, estúpido. — Bela casa, aliás.

— É legal — concordou ela. — Mas é grande demais. Passei a semana zanzando sozinha por aqui. Ridículo, na verdade.

— Os meninos não estão por aí?

— Os dois na escola. Colégio interno.

— E o Philip?

— Na Malásia. Talvez volte hoje. Talvez não. — Ela tomou um pouco de ar. — Nossa, Max, você parece que está... Qual é a palavra?

— Não sei — falei. — Qual é a palavra?

— Bem... perturbado, acho. Você parece meio perturbado.

— Estou bem cansado — respondi. — Estou na estrada faz três dias.

— Sim — falou Alison. — Sim, deve ser isso.

— Tem sido um ano engraçado, este — acrescentei. — Sua mãe te disse que a Caroline me deixou?

— Sim, ela disse. — Alison se inclinou para pousar a mão no meu joelho. — Tadinho, Max. Você pode me contar tudo durante o jantar.

Enquanto a Alison estava no andar de cima dando os últimos retoques no visual, fui lá fora buscar a caixa de papéis. Fazia muito frio agora, e pequenos flocos de neve começavam a descer em espirais agourentas no ar noturno. Quando voltei para dentro da casa e adentrei o hall com a carga, ela me olhou incrédula.

— Que coisa é essa?

— É sua. Seus pais me pediram para trazer.

— Eu não quero.

— Eles também não.

— Bem, e o que são esses papéis?

— Trabalhos de faculdade, acho. Onde devo colocar a caixa?

— Ah, deixa aí. — Ela fez um sinal de reprovação. — Eles são terríveis mesmo. Imagine, fazer você trazer esse negócio até aqui.

Ela se enrolou num falso casaco de pele e digitou o código de segurança num dispositivo que ficava na parede, depois saiu e fechou a porta a nossas costas. O chão já estava um pouco escorregadio, então ela se apoiou no meu braço enquanto caminhávamos até o carro. Foi gostoso senti-la encostada em mim daquele jeito. A textura do casaco me confortou, estranhamente.

— Ooh, bacana, um Prius — disse ela. — Philip e eu estamos pensando em comprar um desses.

Quase contei a ela que o carro era da empresa, mas aí pensei melhor. Por alguma razão, gostava da ideia de que ela pensasse que era meu.

O Prius deslizou como sempre silencioso por aquelas ruas também quietas, escuras, reservadas. As casas pareciam imensas e imponentes, e havia poucas luzes acesas naquelas janelas todas. Rodávamos havia apenas um ou dois minutos e já cruzáramos com dois carros de polícia — um deles andando lento, patrulhando as ruas, outro parado junto ao meio-fio. Fiz essa observação à Alison, que explicou:

— O pessoal anda muito preocupado com a criminalidade por aqui. Sabe, este bairro é cheio de milionários — banqueiros, principalmente — e tem muita gente irritada com esses caras no momento. Logo ali, naquela rua...

Ela então começou a me contar sobre um financista multimilionário que morava por ali. Contratado como executivo, deu um jeito de reduzir os ativos de um grande banco a pó, mas, não se sabia como, ao mesmo tempo saiu da empreitada com uma fortuna em bônus pessoais e créditos de aposentadoria, embora eu não estivesse prestando muita atenção na história. Já havia programado o destino do dia seguinte no sistema de navegação por satélite, de modo que a Emma, a certa altura, achou que eu estava a caminho de Aberdeen e começou a ditar as instruções devidas:

— *Daqui a 200 metros vire à esquerda* — disse ela.

— Segura a onda — respondi a ela. — A gente só vai para lá amanhã.

— Como é? — falou a Alison.

Dei-me conta, envergonhado, de que havia interrompido no meio seu relato sobre o mais recente escândalo financeiro. Na verdade, por um momento, enquanto a Emma conversava comigo, quase tinha esquecido de que a Alison estava ali.

— Com quem você estava falando? — perguntou ela.

— Oi?

— É que não parecia que estava falando comigo, só isso.

— Claro que estava falando com você. Com quem mais eu estaria falando?

— Sei lá. — Ela olhou para mim meio preocupada e desconfiada. — Com essa voz aí?

— Da navegação por satélite? Por que eu estaria falando com meu sistema de navegação por satélite? Isso seria uma coisa meio maluca.

— É, seria.

Abandonamos o assunto e seguimos para o restaurante.

Era um lugar do tipo acolhedor e intimista, não muito longe do Castelo de Edimburgo. A neve tinha mais ou menos amainado quando chegamos, mas ainda assim foi com satisfação que apressamos o passo, fugindo do frio para o interior aconchegante do restaurante, com seu teto abobadado e suas paredes de pedra nua. Havia vários pequenos ambientes onde casais de clientes podiam comer e conversar em relativa privacidade, e nossa mesa ficava num deles. O garçom parecia conhecer a Alison e foi especialmente atencioso e cortês ao nos conduzir aos nossos lugares. Depois de dar uma olhada na lista de pratos curiosos, especialidades locais, Alison escolheu uma salada de queijo de cabra, ao passo que preferi pato defumado. Para acompanhar, ela pediu um Chardonnay francês ao preço de 42,50 libras. Felizmente, a Alison já tinha dito que pagaria a conta. Sabia que seria arriscado demais tentar me oferecer para pagar.

— Então seu marido anda pelo Extremo Oriente? — lancei a pergunta, enquanto bebericávamos o vinho, que, para mim, tinha mais ou menos o gosto desses que a gente compra por 5 libras em supermercado. — O que ele está fazendo por lá?

— Ah, visitas a fornecedores, acho — respondeu Alison, de maneira vaga. — Ele tem viajado cada vez mais. Na verdade, está voltando da Austrália.

— Acabei de voltar da Austrália.

— Sério? O que você foi fazer lá?

— Fui visitar meu pai.

— Ah, claro. Tinha esquecido que ele acabou indo morar na Austrália. E como foi?

— Ele está... bem. Em forma.

— Não, quero dizer — como foi a conversa de vocês desta vez? Porque a lembrança que tenho — e talvez minha memória me engane — é de que você nunca foi muito próximo do seu pai.

Não queria realmente conversar sobre aquilo, para ser honesto. O que eu realmente queria era escancarar tudo de uma vez, ir falando sem pensar sobre quanto eu lamentava que, trinta anos antes, ela tivesse flagrado meu pai batendo uma punheta com uma foto dela para a qual ela mesma, para começar, não havia posado por vontade própria. Mas, por alguma razão, era difícil encontrar as palavras certas. Talvez fortuitamente, fui salvo pelo toque do meu celular. Olhei para a telinha e vi que quem estava chamando era a Lindsay Ashworth.

— Acho que preciso atender — falei.

— Claro.

Alison passou a nos servir mais vinho. Apertei o botão "atender" do telefone.

— Oi — cumprimentei.

— Saudações, marujo! — falou a Lindsay, num volume de voz alto e inesperado. — Descansar, marinheiros! Ergam seus copos e icem seus mastros! Como vai a vida sobre as ondas do bom e velho oceano para esse meu velho lobo do mar marinado?

— Alô?

Houve uma pausa.

— Max, é você?

— Sim.

— Bem, que tal o barco? Como é a sua cabine?

— Não estou no *ferry*. Estou em Edimburgo.

Houve um silêncio mais longo, surpreso. Notei, ainda, uma mudança de tom na voz da Lindsay.

— Você está *onde*?

— Ainda estou em Edimburgo.

— O que você está fazendo em Edimburgo?

— Estou jantando aqui com uma velha amiga.

— Max — disse ela, e agora eu podia, definitivamente, sentir uma ponta de irritação —, que *brincadeira* é essa? Você deveria estar indo pras Ilhas Shetland, porra!

— Eu sei. Estou indo para lá amanhã.

— Amanhã? O Trevor e o David já chegaram aos destinos ontem. O Tony foi e voltou em um dia!

— Sei disso, mas você me falou que não precisava me apressar.

— Não precisar se apressar é uma coisa, Max. Não significa que você tenha de usar essa viagem como pretexto para dar umas voltas pelo país às custas da empresa, visitando todos os seus amigos do Facebook.

Alguma coisa estranha estava acontecendo ali. Por que, de repente, ela me dava aquela dura? Dois dias antes, tinha me incentivado e sido afetuosa. Será que algo havia mudado nesse meio-tempo?

— Lindsay, você está bem? Está tudo bem? Porque acho que você está sendo meio... bem, você está exagerando um pouco.

Houve mais uma pausa do outro lado da linha. Então ela soltou um suspiro.

— Está tudo bem, Max. Tudo bem. Só me garanta que vai chegar ao destino, fazer o que tem de fazer e voltar. Certo? Vamos lá com isso.

— Claro. Vou embarcar no *ferry* às 5h, amanhã. Sem falta.

— Bom. É isso que eu quero ouvir. — Ela pareceu estar a ponto de se despedir, mas fez mais uma pergunta: — E como vai o videodiário?

Nem preciso dizer que não havia filmado nada, exceto o prédio do meu pai em Lichfield e a parada de beira de estrada em Abington.

— Está ficando fantástico. Bem, claro, estou reservando as tomadas principais para a travessia e as ilhas em si. Mas o que tenho até agora está muito bom também.

— Ótimo. Sabia que podia confiar em você, Max.

— Onde você está? — perguntei. Por alguma razão, tinha a sensação de que ela não me ligava de casa.

— Estou no escritório. Uma reuniãozinha com o Alan. Pois é, hora extra. Temos algumas coisas para... repassar por aqui.

E, nesse tom algo enigmático, ela desligou. Quando larguei o telefone, reparei que um sinalzinho de alerta aparecia na tela, avisando que a bateria estava quase no fim. Melhor recarregá-la durante aquela noite. Enquanto isso, Alison me lançava um olhar interrogativo, ao mesmo tempo que, delicadamente, colocava um pedaço de beterraba entre os dentes.

— Era a Lindsay — expliquei. — Da diretoria. De olho em como estou progredindo.

— Ou não está — disse a Alison.

Sorri.

— Bem, enfrentei alguns bons atrasos até aqui — admiti.

— Ontem fui ver a Caroline. Pela primeira vez desde que ela... foi embora.

— E como foi?

Uma vez na vida me veio a palavra certa.

— Doloroso.

Pela segunda vez naquela noite a Alison inclinou-se para me tocar, agora pousando de leve sua mão na minha.

— Tadinho, Max. Quer falar sobre isso? Quero dizer, sobre por que ela te deixou. Ouvi falar de umas coisas, mas não sei se são verdadeiras.

— O que você soube? Quem te disse?

— O Chris, principalmente. Ele falou que, quando vocês saíram juntos de férias, há alguns anos, as coisas andavam... bem, um pouco tensas.

— É. Não foram as melhores férias, aquelas. Na verdade, deu tudo errado. O Joe teve aquele acidente horrível, e...

— Eu sei. O Chris me contou.

— Acho que ele meio que me culpou pela história, de certa forma. Enfim, a gente não se falou mais desde então.

— Eu sei. Ele me contou. — Sua voz, mais baixa, ganhou seriedade. — Escute, Max: você e a Caroline não conseguiriam ajeitar as coisas? Todo mundo passa por fases difíceis.

— Passa mesmo?

— Claro que sim. O Philip e eu estamos passando por uma neste momento.

— Sério? Em que sentido?

— Ah, ele está sempre viajando. Mal fala comigo quando está por aqui. Não consegue parar de pensar em trabalho. Mas os negócios são tudo para ele, isso eu já sabia quando casamos. Foi parte do nosso acordo, e acho que, olhando as coisas de um ponto de vista puramente material, tenho tirado muito bom proveito disso. Sabe, a gente precisa se comprometer. Precisa... acomodar certas coisas, às vezes. Todo mundo faz isso. Você e a Caroline não perceberam? Quero dizer — não foi caso de traição da parte de um dos dois, foi?

— Não, não foi. Se tivesse sido só isso, seria mais fácil.

— Então *qual* foi o problema?

Tomei um gole de vinho — na verdade, uma talagada — enquanto pensava em como explicar.

— Teve uma coisa que ela me disse antes de ir embora. Disse que o problema era eu. Minha atitude em relação a mim mesmo. Ela falou que eu não *me gostava* o suficiente. E que, se *eu* não gostava de mim, outras pessoas também achariam difícil gostar. Falou que isso criava uma energia negativa.

Antes que a Alison tivesse chance de responder, nossos pratos chegaram. O filé à John Dory dela parecia tênue e delicado, em comparação à minha fatia de carne de veado malpassada. Pedimos outra garrafa de vinho.

— Não vou conseguir dirigir depois disto — falei.

— Pegue um táxi — sugeriu Alison. — Você provavel-mente faria bem em dar um tempo do volante, depois desses últimos dias.

— É verdade.

— Por que, exatamente, você está indo de carro até as Shetlands, afinal? — perguntou ela.

E aí comecei a contar a ela sobre o Trevor e a Guest Escovas de Dente e a Lindsay Ashworth. Falei sobre a campanha da Lindsay, "Nós chegamos mais longe", sobre os quatro vende-dores partindo em quatro direções diferentes com destino aos pontos mais extremos do Reino Unido e sobre os dois prê-mios pelos quais deveríamos estar competindo. E então a con-versa tomou um desvio, e falei sobre minha parada em Li-chfield para ver o apartamento do meu pai e sobre como aquela fora uma visita desoladora e sombria; sobre a Sra. Erith e suas histórias fascinantes e sua tristeza pelo desaparecimento do antigo modo de vida; sobre sua estranha e solene, quase indescritível gratidão, quando a presenteei com uma das esco-vas de dente. Contei à Alison, ainda, sobre o saco de lixo cheio de cartões-postais enviados ao meu pai por seu amigo miste-rioso, Roger, e que tinha trazido comigo no porta-malas do carro, e sobre a pasta azul com os poemas do meu pai e outros escritos. Depois falei de como fora seguir de Lichfield até

Kendal para ver a Lucy e a Caroline, e que planejara pegar o *ferry* no dia seguinte, mas o Sr. e a Sra. Byrne tinham me convencido a antes dar uma passada em Edimburgo.

— Bem, Max — disse ela, olhando-me nos olhos por alguns instantes. — Estou feliz que você tenha vindo, não importa o motivo. Fazia muito tempo que a gente não se via — mesmo que a ocasião só tenha aparecido porque meus pais forçaram a barra.

Sorri de volta, sem saber bem aonde aquilo levaria. Em vez de responder a tudo que eu acabara de lhe contar sobre a minha viagem, pareceu que ela se preparava para mudar a marcha da conversa completamente; mas, aí, ela aparentemente repensou. Pousou cuidadosamente o garfo e a faca sobre o prato e disse:

— Somos de uma geração esquisita, não somos?

— Como assim?

— Quero dizer que a gente na verdade nunca cresceu. Ainda continuamos ligados aos nossos pais de um jeito que pareceria inconcebível às pessoas nascidas nos anos 1930 e 1940. Tenho 50 anos, pelo amor de Deus, e continuo achando, boa parte do tempo, que preciso pedir... *permissão* à minha mãe simplesmente para viver minha vida como quero. De alguma forma, ainda não consegui sair da sombra dos meus pais. Você não sente a mesma coisa?

Assenti, e a Alison continuou:

— Ainda outro dia eu estava escutando um programa na rádio. Era sobre Jovens Artistas Britânicos. Pegaram uns três ou quatro, e eles estavam relembrando as primeiras exposições que tinham feito juntos — aquelas primeiras exposições na Saatchi Gallery, no final da década de 1990. E esses artistas não só não tinham nada de interessante a dizer sobre o próprio trabalho, como não paravam de falar — para além do fato de que todos já tinham transado com todos — de como as obras "chocaram" naquela época, e da preocupação com o que os pais deles diriam quando as vissem. "O que a sua mãe disse quando viu aquele quadro?", insistiam em perguntar a um deles. E pensei, sabe, e talvez eu esteja enganada, mas tenho certeza de que, quando o Picasso pintou *Guernica*, aquela representação explícita dos horrores da guerra moderna, o que passava na cabeça dele não era bem o que sua mãe ia achar quando visse aquilo. Meio que desconfio que o Picasso já tinha superado essa fase havia algum tempo.

— Sim, tenho pensado nisso também — falei, entusiasmado. —Veja o Donald Crowhurst: já era pai de quatro filhos quando saiu em navegação ao redor do mundo, mesmo tendo só 36 anos. Você está certa, as pessoas eram tão... *adultas* naquela época.

— Que época? — perguntou Alison; e me dei conta de que, claro, ela não tinha a menor noção de quem era Donald Crowhurst.

Talvez fosse má ideia começar a contar, ali, a história toda. Ou, quem sabe, tivesse sido boa ideia falar para ela do Donald Crowhurst, se ao menos eu conseguisse me concentrar. Mas não demorou muito para que, deixando de lado aquela história de uma malfadada viagem ao redor do mundo, eu desandasse a explicar todos os paralelos que passara a enxergar entre a situação de Crowhurst e a minha, e de como agora me identificava fortemente com ele. E, embora ela parecesse não ter entendido mais do que aproximadamente metade do que eu disse, reparei que estava com uma cara ainda mais preocupada do que antes.

— Que foi? — falei. — Por que você está me olhando assim?

— Esse cara, o Crowhurst — disse a Alison. — Ele partiu numa viagem ao redor do mundo, ainda que totalmente sem condições para isso; percebeu que não ia conseguir e decidiu falsificar a história toda; e aí, vendo que nem assim ia se safar, ficou louco e cometeu suicídio — é isso?

— Mais ou menos isso.

— E agora você está começando a se identificar com essa pessoa, é isso?

— É, um pouco. — Subitamente, tive a nítida sensação de que me deitava no divã de um analista. — Escute, não estou enlouquecendo, se é isso que você está deduzindo.

— Não seja bobo. É só que você me parece claramente cansado, tem passado muito tempo sozinho, até começou a conversar com a voz da navegação por satélite do carro e, amanhã, segue viagem até uma das regiões mais remotas do país. Não me culpe se começo a enxergar aí alguns sinais de alerta.

— Estou bem. Sério.

— Pode até ter sido há bastante tempo, Max, mas um dia me formei em psicoterapia.

— Sim, sei muito bem disso.

— De modo que *entendo* alguma coisa sobre o que você está passando. Sei o que é uma depressão.

— Bem, obrigado por se preocupar.

— Onde você vai dormir esta noite?

— Não sei. Ia procurar o Travelodge mais próximo.

— De jeito nenhum. Absolutamente. Volte para casa comigo. Você pode dormir num dos quartos de hóspedes.

— O que é isso, exatamente — você está me colocando sob vigilância contra suicídio?

Alison soltou um suspiro.

— Só acho que você precisa de uma boa noite de sono, dormir até tarde e, entre uma coisa e outra, talvez algum conforto caseiro.

Tentei, em vão, encontrar objeções que pudesse fazer à ideia, mas tudo que consegui dizer foi:

— Minha mala está no carro.

— Legal. Vamos até lá, pegamos suas coisas e depois um táxi para casa. Não poderia ser mais simples.

E, dito assim, parecia mesmo a coisa mais sensata a fazer.

No táxi, aconteceu uma coisa inesperada. Sentávamos um ao lado do outro, no banco de trás, entre nós alguns razoáveis centímetros de distância, quando a Alison se achegou a mim, recostando-se, e deitou a cabeça no meu ombro.

— Me abrace, Max — sussurrou ela.

Passei o braço ao redor do corpo dela. O táxi chacoalhou sobre a North Bridge, passando pela estação de trens.

— Sei o que você está fazendo — eu disse.

— Mmm?

— Esta é uma técnica que você aprendeu no curso de psicologia, não é? Você feriu meu ego, me fazendo sentir que precisava de ajuda. Agora está tentando reconstruí-lo me fazendo ver como sou forte e protetor.

Ela me encarou. No escuro, seus olhos tinham um brilho zombeteiro. Os cabelos castanho-avermelhados, levemente desgrenhados, estavam à mão para um afago, se eu quisesse.

— Nada a ver — falou ela. — É só que estou realmente feliz de te ver, e não vejo nada de errado que dois velhos amigos, que se conhecem desde crianças, se deem um abraço de amigos.

Aquilo parecia mais do que um abraço de amigos para mim, mas não falei nada.

— Estou pensando se o Philip não voltou.

—Você está esperando ele de volta hoje?

— Se ele cumpriu a programação, sim.

— E ele se importaria de eu estar aqui?

— Não. Por que deveria?

—Você sente saudade quando ele está viajando?

— Fico muito solitária. Não tenho certeza de que isso seja a mesma coisa que sentir saudade.

De repente, e até para minha própria surpresa, ocorreu-me que seria bom se o marido da Alison não aparecesse naquela noite. Eu a puxei mais para perto de mim e ela também se aconchegou mais confortavelmente junto ao meu corpo. Deixei que meus lábios roçassem seus cabelos e senti o perfume quente e convidativo dela.

Será que ia mesmo rolar, mais de trinta anos depois do dia em que deveria ter rolado? Será que ia para a cama com a Alison, finalmente? Seria aquela uma última e redentora oportunidade? Uma parte de mim ansiava que sim; a outra começou a entrar em pânico, a procurar alguma desculpa. E não seria preciso ir buscá-la muito longe.

Claro — a Alison era casada. Casada e com filhos. Se não me cuidasse, estaria prestes a fazer o papel mais odioso que existe: o de um destruidor de lares. Pelo que eu sabia, aquele cara, o Philip, devia ser o sujeito mais amável, gentil e decente do mundo. Completamente devotado à esposa. Ele ficaria arrasado, devastado, se alguém se colocasse entre os dois. E daí que passava muito tempo trabalhando? Isso não o fazia um mau marido, ou um mau pai. Na verdade, fazia dele um bom marido e um bom pai, pois sua motivação primeira, obviamente, era prover o melhor padrão de vida possível à sua amada família, hoje e no futuro. E ali estava eu, planejando transformar esse paradigma do orgulho paterno e da lealdade conjugal num corno!

Recolhi o braço e me endireitei no banco do carro. Alison olhou para mim curiosa, então sentou-se também, ajeitando os cabelos e restabelecendo entre nós aqueles razoáveis centímetros de distância. Estávamos quase chegando, em todo caso.

Já dentro de casa, ela tirou o casaco e me conduziu à cozinha.

— Quer um café? — perguntou. — Ou alguma coisa mais forte? — Quando hesitei, ela me informou: — Eu vou de uísque.

— Perfeito — falei. — Eu também.

Enquanto apanhava a garrafa de Laphoraig e despejava o líquido dourado em dois copos, fiquei olhando para ela e reparei que estava mesmo em forma para uma mulher de 50 anos. Ela e a Caroline me faziam sentir vergonha de mim mesmo. Quando voltasse para casa, ia ter de começar na academia. E melhorar minha dieta, que, no momento, parecia consistir em não mais do que salgadinhos, biscoitos, chocolates e, claro, panini. Não admirava que exibisse músculos flácidos e um belo pneu. Uma desgraça.

— Saúde — falou ela, vindo na minha direção com os drinques. Tocamos os copos e bebemos, e então houve um longo momento de suspense, ambos parados ali, no meio da cozinha, esperando que alguma coisa acontecesse. Foi minha primeira chance de fazer o movimento decisivo. E perdi.

Percebendo isso, Alison virou de costas, com um ar de leve decepção, e viu que, no telefone instalado na parede, uma luz piscava para ela.

— Uma mensagem — disse ela. — Será que é do Philip?

Claro que devia ser do Philip! Devia ser ele, ligando do aeroporto para dizer que o voo tinha aterrissado fazia 15 minutos, e que estava só esperando a bagagem na esteira e dentro de meia hora estaria em casa. Ligando para dizer que tinha sentido loucamente a falta dela e estava contando os minutos.

Ela apertou o botão da secretária eletrônica e ouvimos a mensagem:

"Alô, querida", disse a voz do marido da Alison. *"Escute, sinto muito mesmo por isso, mas os caras lá na Tailândia estão bancando os palhaços e vou precisar dar um pulinho a Bangcoc para me reunir com o pessoal. Com sorte consigo um voo direto e a coisa não deve demorar mais do que uns dois dias, então acho que estarei aí contigo na sexta. Tudo bem para você? Desculpa mesmo, amor. Levo alguma coisa bem legal para tentar me redimir. Certo? Se cuida, querida. Te vejo na sexta."*

Depois disso, a mensagem ainda rodou mais alguns segundos. Mas o Philip não disse mais nada. Na verdade, era difícil entender por que ele não desligou logo, a menos que estivesse particularmente ávido pela certeza de que a esposa notaria o ruído ambiente do aeroporto ao fundo e a voz cantada anunciando no sistema de som: *"Bem-vindos a Cingapura. Lembramos aos passageiros em trânsito que é proibido fumar no interior deste terminal. Agradecemos sua cooperação e desejamos boa continuação de viagem."*

18

E, assim, o último obstáculo tinha sido removido. O que aconteceu em seguida contém uma bela lógica, acho, como se ambos soubéssemos que aconteceria algum dia; como se tudo estivesse predeterminado. Ainda assim, me surpreende ver que não consigo lembrar nenhum detalhe. A gente sempre espera que aquelas experiências decisivas e mais preciosas da vida permaneçam indelevelmente marcadas na memória; e no entanto, por alguma razão, invariavelmente elas parecem ser as primeiras a embaçar e se apagar. De modo que temo não ser capaz de contar a vocês muita coisa do que se passou nas horas seguintes, mesmo que quisesse. Esqueci, por exemplo, o jeito como a Alison me olhou imediatamente antes de largar seu copo de uísque e me beijar na boca pela primeira vez. (Sim, acabou sendo ela a tomar essa iniciativa, no fim das contas.) Esqueci o que senti precisamente quando ela me pegou pela mão e me conduziu até a escada. Esqueci como eram o balanço e as curvas do seu corpo visto de costas, quando a segui por aqueles degraus acima. Esqueci a sensação inicial de frio no quarto sem uso, que virou calor quando me senti envolto nos braços dela. Esqueci como foi sentir, depois de muitos e longos anos, o contato abençoado e amoroso de outro corpo humano junto ao meu: as roupas atrapalhando, a princípio, mas logo descartadas. Esqueci a textura da pele, o suave e familiar aroma — cheiro de aconchego — quando meus lábios tocaram sua nuca, a maciez dos seios quando os apalpei e depois beijei ternamente. Esqueci as horas que se seguiram, os inevitavelmente lentos e ritmados movimentos com que transamos, a oscilação entre fazer amor e dormir, fazer amor e dormir. E finalmente termos acordado nos braços um do outro, incrédulos por nos descobrirmos juntos, enfim — juntos e inseparáveis — sob a luz azulada de um amanhecer de inverno em Edimburgo. Esqueci tudo. Tudo.

E quanto ao que veio depois...

Mas vejam — vocês já sabem o final desta história. Ou, pelo menos, agora que terminou, agora que a Alison e eu estamos juntos e felizes, agora que todo aquele pesadelo anterior a isso está morto e enterrado, a história serviu ao seu propósito. Não preciso mais continuar atirando palavras no papel. Se todos vivêssemos num estado de perfeita felicidade — sem conflitos, tensões, neuroses, angústias, questões malresolvidas, monstruosas injustiças pessoais e políticas, nada dessas coisas —, então todo mundo que procura consolo em histórias o tempo todo não precisaria mais fazer isso, certo? Não haveria mais necessidade nenhuma de arte. Razão pela qual não tenho mais necessidade, nem vocês, de arte alguma a partir de agora: vocês não precisam ler sobre os planos que Alison e eu fizemos naquela manhã, não precisam me ouvir contar nenhum dos detalhes práticos e tediosos da separação e do divórcio dela, ou de como acabamos indo morar juntos numa casa em Morningside alguns meses mais tarde, ou do tempo que levei para me acostumar com meus dois enteados adolescentes, de como eles agiram com frieza e desconfiança no começo, até que fomos passar umas férias em família na Córsega, onde tudo se resolveu, de alguma forma, e o ressentimento e os maus fluidos pareceram evaporar sob o sol mediterrâneo, e...

Bem. Como eu disse, vocês não precisam saber de nada disso. Até porque nada isso é verdade.

19

Não, nada disso é verdade, mas sabem do que mais? Acho que finalmente estou começando a pegar a manha desse negócio de escrever. Na verdade, penso até em seguir os passos da Caroline e fazer uma nova tentativa de montar aquele grupo de escritores em Watford. Considero algumas partes desse último capítulo aí tão boas quanto aquele rascunho dela sobre as nossas férias na Irlanda. Vocês gostaram que, nas descrições mais sexy, todas as frases se iniciam com "esqueci"? Taí, isso é que é escrever bem. Demorei um bom tempo para chegar a essa ideia.

E gostei bastante da experiência, devo dizer. Nunca pensei que inventar coisas pudesse ser tão gratificante. Curti mesmo minha pequena fantasia com a Alison, nossa noite apaixonada e a vida que tivemos depois dela. Por um momento, quase me senti de volta à casa dela, de volta ao seu quarto, aquilo tudo realmente acontecendo, e não o que horrível e miseravelmente é a porra da verdade, ou seja, que o que aconteceu foi:

Que fiquei lá parado feito um bloco de mármore, enquanto ela se esforçava ao máximo para se aproximar.

Que, a certa altura, ela desistiu, e subiu a escada dizendo as seguintes palavras: "Tenho a sensação de que estou perdendo meu tempo aqui, mas, só para constar, Max: vou deixar a porta do meu quarto aberta."

Que esvaziei meu copo de uísque e, uns dez minutos depois, fui até o hall de entrada, onde tinha largado minha mala.

Que me dei conta de que não sabia qual era o quarto em que deveria dormir, então fui até a sala de estar e sentei no sofá em L e ali fiquei um tempão com as mãos segurando a cabeça.

Que decidi, finalmente, que desabaria ali mesmo, naquele sofá, e abri a mala em busca da minha nécessaire, mas, em vez dela, acabei pegando a pasta azul do meu pai.

Que dei uma olhada nos poemas mas, como de costume, não consegui entender uma palavra do que estava escrito.

Que encarei, durante um tempo, a folha de rosto da segunda parte do material. *O Sol Nascente: Um Relato memorialístico.* Sabendo que não ia gostar do que encontraria ali.

Que ouvi os ruídos da Alison zanzando no andar de cima, preparando-se para ir dormir.

Que esperei que os ruídos cessassem, e então bebi um pouco mais de uísque, e então aguardei mais uns 10 ou 15 minutos, e então fui ao andar de cima e usei o banheiro, e então fiquei à espreita do lado de fora da porta aberta do quarto dela, escutando a respiração suave e regular do seu sono, que eu conseguia ouvir muito claramente no quase silêncio da casa, e então voltei na ponta dos pés ao andar térreo e peguei novamente a pasta azul e encarei novamente a folha de rosto.

Que a última coisa que consigo lembrar é ter ouvido passar um carro na rua coberta de poeira de neve, quebrando a quietude da noite.

E que, então, comecei a ler.

Ar

O Sol Nascente

Junho de 1987

Na semana passada fui obrigado a visitar a rua Strand, no centro de Londres, para cuidar dos documentos necessários à minha partida para a Austrália; e agora, dentro de alguns dias, devo deixar este país finalmente — talvez para nunca mais voltar. Essa viagem a Londres disparou algumas lembranças muito fortes, que me sinto compelido a colocar no papel enquanto aguardo o momento de ir embora.

Não demorou tanto quanto eu esperava o trâmite na Embaixada da Austrália. Depois de resolvida a questão, com quase uma tarde inteira livre, resolvi dar uma caminhada pela City. Em nome dos velhos tempos, pelo menos. Tinha levado minha câmera comigo — minha boa e velha Kodak Retina Reflex IV, comprada nos anos 1960, e que até hoje jamais tirou uma foto ruim — e queria fazer um registro definitivo daqueles lugares que algum dia me foram tão familiares — se é que ainda restavam quaisquer vestígios deles.

Caminhando pela Fleet Street debaixo de sol abrasivo na direção de Ludgate Hill, cruzando a sombra alongada da Catedral de St. Paul e toda a extensão de Cheapside até poder vislumbrar o imenso pórtico do Banco da Inglaterra, dei-me conta de que fazia quase trinta anos que não andava por aquelas ruas. Vinte e sete anos, para ser preciso. Tudo tinha mudado nesse tempo. Tudo. A velha City of London, que fora o centro do meu universo durante alguns poucos meses, intensos e conturbados, no finalzinho dos anos 1950, testemunhara uma revolução que, mesmo naqueles anos distantes, já era considerada mais do que devida. Uma revolução na arquitetura, na moda e agora — pelo menos é o que se lê nos jornais — nas relações de trabalho. Todos aqueles belos e arrogantes edifícios continuavam ali — Guildhall e Mansion House, Royal Exchange e St. Mary-le-Bow —, mas, espremidos no meio deles, tinham surgido dezenas de novos prédios, alguns datados dos inocentes anos 1960, outros construídos havia apenas alguns anos, com suas cúpulas polidas e resplandecentes como a década em que vivíamos. Os homens todos (ainda não havia muitas mulheres) de terno, mas os ternos ali pareciam mais incisivos e agressivos do que eu me lembrava, e nem sinal de algum chapéu-coco. Quanto às relações de trabalho... Bem, quase tudo, em negócios, era feito por meio de telas agora, a se acreditar nos relatos que ouvíamos. Os encontros pessoais e os apertos de mãos amigáveis no pregão da Bolsa tinham virado coisa do passado. Acabara-se a negociação de acordos regada a vinho do Porto e charutos no Gresham Club; nunca mais a troca de boatos sobre negócios aos cochichos e em linguagem refinada no George and Vulture. Os operadores, aparentemente, almoçavam no próprio escritório agora — sanduíches embrulhados em papel celofane trazidos por entregadores a preços insanos — e jamais tiravam os olhos de suas telas, onde números piscavam incessantes anunciando lucros e perdas desde a manhã até a noite. Que posição poderia eu, um incauto jovem de 21 anos, ter ocupado nesse frenético e impaciente novo mundo?

Sim, tinha apenas 21 anos quando cheguei a Londres. Em algum momento das últimas semanas de 1958, foi isso.

Não havia frequentado universidade e, durante dois anos, estivera enterrado num tedioso e anônimo emprego de arquivista em Lichfield, mas, por algum impulso rebelde até então dormente em mim — acho que ligado ao terror que sentia, quando jovem, de acabar paralisado naquela situação para sempre —, finalmente fui levado a abandonar a segurança da minha cidade e da casa dos meus pais por Londres — a tentar a sorte, para usar um clichê. Ou, se não isso, algo ainda mais intangível e abstrato — ia em busca da minha vocação, do meu destino. Pois, sem ter contado nada à minha família (e aos amigos, se tivesse algum, tampouco teria contado), eu havia começado a escrever. Escrever! Uma presunção dessas não teria sido tolerada caso meus pais viessem a saber dela. Sofreria o escárnio impiedoso do meu pai — especialmente se ele soubesse que meu instinto era para a poesia: e não apenas poesia, mas ainda pior, poesia "moderna" — essa aberração cultural, aparentemente disforme e sem sentido, odiada acima de todas as coisas pela baixa classe média pouco instruída. Lichfield, onde nasceu Samuel Johnson, certamente não era um bom lugar para um aspirante a poeta nos anos 1950; ao passo que Londres, a se acreditar nos rumores, estava recheada de poetas. Eu vislumbrava longas conversas regadas a vinho com meus pares em quartinhos alugados nos subúrbios do sul de Londres; animados saraus nos pubs do Soho ouvindo declamações de poesia numa atmosfera boêmia e envolta em fumaça de cigarros. Imaginava, para mim, uma vida na qual pudesse chegar ao grande momento de dizer "sou um poeta" sem que isso causasse perplexidade ou soasse ridículo.

A história que pretendo escrever é longa, de modo que devo avançar. Foi razoavelmente fácil encontrar um quarto numa casa compartilhada perto do Highgate Cemetery e — nos classificados do *London Evening News* — um emprego temporário como mensageiro da corretora de ações Walter, Davis & Warren. Os escritórios da empresa ficavam na Telegraph Street, e boa parte do meu trabalho consistia em transportar, no braço, correspondências ao balcão central usado pelas firmas associadas da Bolsa, em Blossoms Inn, e depois no sentido inverso: um sistema que permitia compensar transferências e cheques no mesmo dia. (Um esquema desses não seria necessário hoje, claro, com o fax e as transferências eletrônicas.) Tinha direito a uma hora de almoço, entre 13h e 14h, e quase sempre ia ao Hill's, um restaurante à moda antiga da City, próximo à estação de trens da Liverpool Street, onde — abstraindo as paredes de azulejos verdes que faziam o lugar parecer um banheiro público — podia-se almoçar um bife com torta de rim, mais purê de batatas e sobremesa de maçã, por algo em torno de meia coroa.

Almoçar sozinho é um negócio problemático. Eu não tinha amigos na City, na verdade em parte alguma de Londres, e ninguém com quem conversar durante o almoço. A maior parte dos dias, portanto, levava um livro comigo — em geral um volume fininho de poesia contemporânea, como seria de se esperar, emprestado da biblioteca de Highgate. O restaurante estava sempre lotado e, numa mesa para seis, a gente acabava dividindo espaço com outros cinco estranhos. Certo dia, no início de janeiro de 1959, levantei os olhos do livro que estava lendo — eram os *Quatro quartetos*, de Eliot — e vi que um sujeito de barba, mais ou menos da minha idade, me encarava atentamente. Seu garfo se apoiava sobre o prato de fígado acebolado, mas, em vez de comer, ele fixou o olhar em mim e, em voz alta e perfeitamente modulada, declamou:

O presente e o passado
Estão ambos talvez presentes no tempo futuro
E o futuro contido no tempo passado.

*Se todo tempo é eternamente presente
Todo tempo é irresgatável.* *

Os outros comensais sentados à nossa mesa olharam para nós um pouco confusos. Um deles talvez tenha até feito algum sinal de reprovação. Dirigir-se a um estranho, em voz alta daquele jeito e num lugar público, e ainda fazendo uso de fraseologia tão peculiar, sem dúvida era considerado grave quebra de protocolo na City. De minha parte, fiquei chocado.

— Me diga: você considera Eliot um gênio — retomou meu novo conhecido, em tom insolente — ou uma fraude, um charlatão de primeira?

— Eu... eu não sei — gaguejei. — Ou, pelo menos... Bem — (mais firme, agora) — quer dizer, na minha opinião — se é que ela vale alguma coisa — eu o considero... o maior dos poetas vivos. Da língua inglesa, claro.

— Que bom. Fico contente de estar diante de um homem de gosto refinado.

O sujeito me estendeu a mão e eu a apertei. Então ele se apresentou: seu nome era Roger Anstruther. Conversamos um pouco mais sobre Eliot — resvalando também, se não me engano, nos nomes de Auden e Frost —, mas o que mais me lembro daquela nossa primeira conversa não é sobre o que falamos, e sim a estranha espécie de eletricidade que percorreu meu corpo na presença de figura tão singular e dominante. Seu cabelo tinha leves tons de vermelho, a barba era espessa mas bem-aparada e, apesar da sobriedade do terno, que o identificava sem dúvida como um espécime local, um lenço amarelo de bolinhas em azul-claro emergia do bolso do paletó como que a sugerir certo senso

---

* Tradução livre. (*N. do E.*)

idiossincrático de estilo — senão o fato de que ali estava um verdadeiro dândi.

Abruptamente, faltando 15 minutos para as 2 horas, ele se levantou e olhou o relógio.

— Então é isso — disse. —Tem um concerto de Fauré no Wigmore Hall hoje à noite. O quarteto em mi menor, entre outras peças. Reservei dois lugares na primeira fila, onde pretendo me perder em deliciosas brumas de introspecção à francesa. Aqui está o segundo ingresso. Nos encontramos no The Cock and Lion, a alguns metros daqui nesta rua, às 19h. Se você chegar primeiro, peça para mim um gim-tônica grande, com gelo. Adeus.

Apertamos as mãos novamente, ele colocou sobre os ombros um sobretudo preto longo, de caxemira, e se foi em grande estilo. Fiquei olhando num silêncio ainda chocado. Mas então o choque desapareceu, e meu sentimento predominante foi de uma delirante felicidade o coração aos pulos.

Roger Anstruther, nem preciso dizer, era totalmente diferente de qualquer um que eu tivesse conhecido até ali em minha vida curta e limitada.

A música era sua paixão e, embora não tocasse nenhum instrumento, seu conhecimento do repertório erudito, do barroco ao contemporâneo, era fluente e extenso. Mas ele também era capaz de dissertar, com absoluta autoridade, sobre qualquer outro ramo das artes. Arquitetura, pintura, teatro, romance — parecia não haver nada que não tivesse lido, visto, escutado ou sobre o que já não tivesse pensado. E, no entanto, era apenas um ano mais velho que eu. Como teria chegado a obter tamanhos conhecimento e tanta experiência — e aquela autoconfiança, claro — em tão pouco tempo? A discrepância entre nós (amplificada pelos modos grandiloquentes, professorais, ora arrogantes, ora abertamente agressivos de Roger) só acabava por me fazer sentir ainda mais preterido, provinciano e pouco instruído do que já me sentia.

Assim, em todo caso, começou o que considero ter sido minha verdadeira formação. Dali em diante, Roger e eu sairíamos juntos quase todas as noites. Apresentações de orquestras no Royal Festival Hall; teatro experimental no Soho e em Bloomsbury; National Gallery; Kenwood House; leituras de poesia em porões sem janelas ou nos cômodos do andar de cima de pubs em Hampstead. E, quando não conseguíamos encontrar nada que nos interessasse, simplesmente andávamos — por ruazinhas labirínticas e vazias de Londres, em longas caminhadas noite adentro, enquanto ele ia apontando aspectos estranhos na arquitetura, prédios excêntricos, pontos de referência esquecidos que guardavam algum fragmento recôndito da história da cidade. Uma vez mais, seu conhecimento parecia interminável. E Roger falava entusiasmado, cheio de opiniões, fascinado, incansável e furioso na mesma medida. Podia se mostrar frívolo ou adorável; podia também ser impaciente e cruel. Dominava-me completamente. Era uma relação que (de início) contemplava à perfeição as necessidades de ambos.

Muitas de nossas noitadas começavam logo depois do trabalho, num pub chamado O Sol Nascente, na Cloth Fair, perto do Smithfield Market. Geralmente eu chegava antes, logo depois das 17h, e pedia um gim-tônica para o Roger enquanto esperava. Tinha descoberto que ele trabalhava no pregão da Bolsa, mas que não era tão importante ali quanto eu poderia ter imaginado. Sua função era chamada de "Blue Button" — a mais baixa na hierarquia do pregão. Em essência, ele, como eu, era um mensageiro, embora certamente se encontrasse mais próximo do que eu jamais estaria do coração do negócio.

Os sujeitos que de fato negociavam as ações no pregão da Bolsa eram conhecidos como operadores: não era permitido que tivessem contato direto com o público, de modo que recebiam ordens dos investidores, muitos dos quais mantinham escritórios (ou "camarotes") às margens da área do pregão. Os Blue Buttons serviam de intermediários entre os investidores e os operadores: levavam mensagens, repassavam instruções e, em geral, durante as horas de pregão ativo, eram solicitados para tudo o mais que lhes instruíssem seus operadores, por mais triviais ou excêntricas que fossem as tarefas. Não pude deixar de pensar que, para alguém da inteligência sobrenatural do Roger (conforme eu o via) e de elevadas ambições como ele, aquele emprego era bem depreciativo.

— Bem, não vou ficar nele por muito tempo — disse-me uma noite, quando nos acomodávamos para beber n'O Sol Nascente, um alvoroço já tomando conta do pub enquanto rajadas de neve, ao vento de janeiro, caíam sobre a Cloth Fair. — Meu desencanto com o mundo da alta finança é mais ou menos total.

Eram palavras grandiloquentes, vocês devem estar pensando, para um rapaz de 22 anos. Mas era nesse tom que Roger sempre se expressava.

— Sempre soube que a Bolsa seria esse lugar medonho — continuou ele. — Mas também reparei que as pessoas que trabalham lá, ao mesmo tempo que parecem ser uns chatos horrorosos, nunca dão a impressão de estar sem dinheiro. Claro, no caso de muitos ali, é tudo herança do papai e da mamãe. A maioria dos investidores estudou em Eton — e metade dos operadores também — e todo mundo sabe que esse tipo de escola não custa barato. Mas, ainda assim, fazem questão de dar oportunidade a rapazes saídos da escola pública, como eu, e achava que se tivesse uma noção, pelo menos, dos montantes de dinheiro que chegam a trocar de mãos, então com certeza um pouco dele viria para mim, em algum momento. Mas acho que estava sendo ingênuo. E, além disso, não tenho o temperamento certo para o negócio. Não amo dinheiro o suficiente para passar o resto da vida pensando nisso. É aí que o Crispin e eu somos diferentes, sabe.

Crispin Lambert era, eu sabia, o nome do operador para quem (ou com quem, conforme Roger preferia dizer) ele trabalhava.

—Vocês se dão bem? — perguntei.

— Ah, normal — respondeu Roger. — Ele é um cara decente, acho, para os padrões deploráveis daquele lugar. Mas é apenas um típico produto do sistema, na verdade. Na superfície, o charme em pessoa. Se um dia você chegar a conhecê-lo, vai achar que é o sujeito mais afável que já viu na vida. Mas é apenas um disfarce para sua brutalidade essencial. Ama o dinheiro, e quer mais dinheiro, e vai usar qualquer meio à sua disposição para consegui-lo. É disso que falo quando digo que esse pessoal todo é muito chato. Para mim, dinheiro é apenas o meio para chegar a certos fins. Eu o usaria para viajar. Conhecer o mundo em grande estilo. Queria poder reservar bons lugares nas óperas. Queria poder comprar um ou dois Picassos. Mas, para o Crispin e os da sua espécie, dinheiro é um fim em si mesmo. Suas aspirações param por aí. Bem, sinto muito, mas para mim isso não passa de uma visão de mundo tediosa. Vazia. Superficial. Um nada. Quero dizer, o que passa realmente na cabeça de gente como ele? Onde está a vida interior desse pessoal?

— Ele não tem, sabe... passatempos? Hobbies, diversões?

— É fanático por cavalos — admitiu Roger. — Um estudioso assíduo do assunto. Sabe o nome de cada treinador em cada um dos haras deste país. Mas não estou muito certo de que isso lhe dê qualquer *prazer*. Ele simplesmente gosta de apostar para ganhar. De novo, é o dinheiro que interessa, entende?

Acabei conhecendo Crispin Lambert algumas semanas mais tarde: a essa altura, diversas mudanças sutis, mas inquietantes, vinham se dando na minha relação com Roger. Por exemplo, pela primeira vez tivera uma amostra da sua facilidade — alguém talvez visse aí quase que um deleite da parte dele — em criar situações embaraçosas. Tínhamos ido assistir a uma apresentação de *Titus Andronicus*, e a peça era toda representada com figurinos modernos e tendo como cenário os escritórios de um prédio do conselho municipal em Stockton-on-Tees. Tal inovação havia sido saudada com alguns elogios pelos críticos dos jornais, mas Roger não se impressionou nem um pouco. A peça começara havia vinte minutos quando ele se levantou e, no mais potente de sua voz, declarou: "Vejo que estamos sendo ludibriados, senhoras e senhores, por imbecis sem nenhum talento. Esses idiotas estão arrastando na lama o nome de nosso maior dramaturgo, e não pretendo compactuar com isso nem mais um minuto. Quem quiser se juntar a mim em célere retirada para o pub mais próximo é mais do que bem-vindo. Vamos, Harold."

Ele trajava, na ocasião — e conforme era seu costume —, uma capa preta, forrada de seda, a qual rodopiou em torno de si mesmo, num gesto de efeito muito impressionante, antes de sair tropeçando nas pernas dos demais membros da plateia sentados na nossa fileira, e me arrastar com ele enquanto todos os presentes (inclusive os atores) assistiam a tudo numa estupefação indignada. Para mim, afeito como era a uma postura de deferência e discrição, quaisquer que fossem as circunstâncias, foi uma experiência que, francamente, me deixou mortificado. Minhas bochechas queimavam, sabendo que centenas de pares de olhos estavam postos sobre mim, ao passo que Roger, tenho certeza, saboreava o momento. Não havia nada de que gostasse mais do que ser o centro das atenções. Mais tarde, já no pub, ele riria entusiasticamente:

— Alguém tinha que dizer na cara daqueles imbecis o que eles realmente são — falou. — Todo mundo ia continuar sentado lá feito um rebanho de carneirinhos hipnotizados. — E, em seguida, vendo que eu estava envergonhado e irritado pelo episódio, passou a me recriminar pela minha timidez. — Harold, você não tem peito — disse. — Fica se acovardando, cheio de inibições que te deixam com medo não apenas de expressar o que passa na sua mente, mas até mesmo de olhar e descobrir o que tem aí dentro. Gente do seu tipo faz de tudo para preservar o status quo. Temo que você nunca consiga ser nada na vida, com esse tipo de atitude.

Ele expressaria esse seu sentimento diversas vezes ao longo de nossa amizade. A segunda vez que o fez foi quando cometi o erro de lhe mostrar alguma coisa da poesia que vinha escrevendo, uma ousadia da minha parte que resultaria numa penosa noitada juntos — a primeira, das que passei com Roger, em que, por um momento, realmente acreditei odiá-lo e desejei vê-lo morto. Como de costume, estávamos n'O Sol Nascente já havia mais de uma hora e meia, tempo que ele usara para uma aula sobre rituais pagãos na Grã-Bretanha (esse campo de estudos atraíra, naquela época, seu interesse impulsivo e volúvel), e sem que tivesse sido mencionado, até ali, o precioso manuscrito que, num envelope amarelo e anônimo tamanho A4, eu lhe entregara em mãos dois dias antes. Por fim, durante um breve interlúdio no monólogo do meu amigo, a paciência me abandonou e a curiosidade não me deixou mais esperar.

— Você leu? — disparei.

Ele hesitou, girando o gelo no copo de gim.

— Ah, sim — disse, finalmente. — Sim, li todos, claro.
A pausa seguinte pareceu que ia durar para sempre.
— E então? O que achou?
— Achei que... achei melhor, provavelmente, não comentar nada, no geral.
— Entendo — falei, sem entender absolutamente, mas, ao mesmo tempo, me sentindo muito magoado. —Você não tem críticas?
— Ah, Harold, para quê? — falou, soltando um longo suspiro. — A poesia não está *em você*, esse é o problema. Não há poesia na sua alma. A alma de um poeta flutua, é feita de ar. Você é terra a terra. É chão.
Olhou-me quase com bondade quando disse isso, e agarrou minha mão. Foi um momento extraordinário: nosso primeiro contato físico real, acredito (e depois de estarmos saindo juntos há tantas semanas!), o que fez uma pulsação de júbilo percorrer meu corpo, de modo que quase pude sentir o sangue se agitando nele, como se um circuito se fechasse. E no entanto, ao mesmo tempo, sentia absoluta repulsa: minha fúria por ter sido rejeitado, pelo total desprezo que ele demonstrava por aqueles meus rascunhos de poesia, foi tão forte que não consegui falar, e recolhi bruscamente a mão passados apenas um ou dois segundos.
—Vou buscar mais bebida — disse ele, e se levantou. E tive certeza de que vislumbrei um sorriso quase demoníaco em seus olhos quando, voltando-se para mim, casualmente ele disse: — A mesma coisa para você?

Eu era um escravo do Roger. Não importava o quanto fosse cruel comigo, não conseguia escapar dele. Tinha muito poucos amigos em Londres e, além disso, sua personalidade era tão mais forte do que a minha que eu acatava as mais severas críticas e acreditava que tinham total fundamento. Continuamos no mesmo esquema de prazeres e autoinstrução. Mas ele não voltou a pegar na minha mão por um bom tempo.

Um assunto recorrente em nossas conversas era o plano de fazermos uma longa viagem juntos, em data ainda incerta, pela França e pela Alemanha e, dali, até a Itália, para visitar Florença, Roma e Nápoles e conhecer o esplendor do mundo antigo. Como tudo em Roger, o plano era grandioso. Não aceitava que fosse uma viagem rápida, ida e volta de trem. Havia muitos lugares que gostaria de ver pelo caminho; e chegou mesmo a falar sobre voltar passando pela Riviera italiana e francesa, com um possível desvio até a Espanha. A excursão completa, ele disse, se levada a cabo como deveria ser, se estenderia por alguns meses e custaria algumas centenas de libras. De modo que o principal obstáculo a tal esquema era totalmente previsível e aparentemente insolúvel: uma severa falta de verba.

A semente de uma solução surgiu, entretanto, no início de uma noite de março, enquanto nos encaminhávamos ao bar do Mermaid Theater, onde pretendíamos tomar um drinque e, talvez, assistir a um espetáculo em seguida. Descendo juntos a Carter Lane, cruzamos com um sujeito alto, figura da City, em seu terno de risca fina e chapéu-coco, que caminhava na direção oposta. Roger parou e olhou o homem que passava.

— É o Crispin — disse. — Venha, vamos dar uma palavrinha com ele. Vou te apresentar.

— Será que ele vai gostar de nos encontrar? — perguntei, meio nervoso.

— Vai ficar horrorizado. Metade da diversão é justamente isso.

Crispin tinha sumido porta adentro de um pub que, reparei, também se chamava O Sol Nascente, embora se localizasse a apenas 1 quilômetro e pouco daquele que era nosso ponto na Cloth Fair. Fomos encontrá-lo de pé, junto ao balcão, curvado em profunda reflexão sobre as páginas da revista *Sporting Life*.

— Boa noite, Sr. Lambert — falou Roger, num tom reverente que eu nunca havia ouvido dele antes.

— Roger! — Ele ergueu os olhos, completamente surpreso. — Pela santa graça. Não sabia que esta era uma das suas tocas.

— Uma de muitas, Sr. Lambert, uma de muitas. Permita-me apresentar meu amigo Harold Sim.

— Encantado, certamente — disse o homem, estendendo-me a mão num cumprimento indiferente. Hesitou, esperando que nos afastássemos. Mas permanecemos onde estávamos. — Bem... — retomou ele, depois de um silêncio incômodo — imagino que os cavalheiros gostariam de uma bebida?

Após alguns drinques, Crispin Lambert se mostrou um sujeito bastante afável: não que eu tenha desempenhado papel muito ativo na conversa. Ele e Roger logo se meteram a discutir o trabalho no pregão da Bolsa, e me vi perdido em meio ao jargão impenetrável da finança, do qual não entendia quase nada. Minha mente se desligou e comecei a pensar em outras coisas. Alguns versos de um soneto me ocorreram e passei a anotá-los em meu caderno. Deixei de prestar atenção nos dois, na verdade, até alguns minutos mais tarde, quando me dei conta de que Roger se dirigia a mim diretamente.

— Bem — dizia ele —, parece-me uma proposta interessante. O que você acha, Harold: será que devíamos somar nossos recursos e arriscar?

Sabia que estavam discutindo, entre outras coisas, as chances de determinado cavalo no páreo das três e meia do sábado seguinte, em Newmarket, de modo que pensei, a princípio, que Roger estava sugerindo que apostássemos nele. Mas a coisa se revelou um pouco mais complexa.

— O Sr. Lambert já apostou — explicou ele, segurando um pedaço de papel amassado com o rabisco de um agente de apostas. — Aqui está o comprovante, e o que ele está propondo é que *compremos* dele essa aposta no futuro. O que ele quer nos vender, na verdade, é uma opção de compra.

— Opção de compra?

— Sim. Veja, ele está sendo muito honesto na questão. Colocou 5 libras num cavalo chamado Red Runner, cuja cotação é de 6 para 1. Claro, você e eu não podemos bancar um negócio desses. Mas o que o Sr. Lambert sugere é que, pagando 1 libra agora, ganharíamos o direito de comprar dele este comprovante por 20 libras — *depois* da corrida.

—Vinte libras? Mas a gente não tem esse dinheiro.

— Bem, simplesmente fazemos um empréstimo. Repare, a essa altura não haverá mais como a gente sair perdendo. Só vamos ter que comprar dele o comprovante se o cavalo ganhar — e o papelzinho então estará valendo 30 libras. De modo que, mesmo se o comprarmos por 20, mais 1 libra que estamos dando agora na opção de compra, ainda teremos 9 de lucro. E o risco se resume a essa primeira libra.

— Ainda não entendi. Por que simplesmente não fazemos a aposta nós mesmos?

— Porque assim podemos ganhar mais. Se apostarmos 1 libra a essa cotação de 6 para 1, o lucro vai ser de apenas 5. Do outro jeito, faturamos quase o dobro.

— É o que chamamos de alavancagem — explicou o Sr. Lambert.

Minha cabeça ainda estava nas nuvens.

— Mas isso, claro, significa que o senhor vai sair perdendo?

O Sr. Lambert sorriu.

— Deixe que eu me preocupe com isso.

— Acredite — falou Roger —, ele não faria o negócio se saísse perdendo. Tenho certeza de que pensou bem antes de fazer a proposta.

— Exato — disse Crispin. — O fato é que já cobri as possibilidades com outra aposta e um agente diferente. De modo que, sério, você deve compreender que não tenho nada a perder com esse esquema, e até posso sair ganhando com ele. Na verdade, todos ganham.

— E aí, vamos lá, Harold. O que você me diz? A gente pode ganhar 9 libras. Seria um bom começo para a nossa viagem à Europa.

— É verdade.

— Ótimo, então mostre o dinheiro, esse é o meu chapa.

Não fiquei muito feliz em ser o único contribuinte — não era parte do acordo, pelo que eu tinha entendido, mas aparentemente Roger tinha apenas 5 xelins na hora. Passei ao Sr. Lambert uma nota de 1 libra estalando de nova — uma quantia bem considerável para mim, naquela época. Ele devolveu rabiscando algumas palavras numa folha arrancada de um bloquinho que trazia no bolso, assinou o documento e o entregou ao meu amigo.

— Aqui está — falou. — Agora o negócio é estritamente legal. Acertamos tudo na segunda de manhã, e vamos torcer pelo melhor resultado para todos.

Com isso, secou o copo e tomou seu rumo, despedindo-se alegremente com um aceno, já na porta de saída do pub.

Roger sorriu e me deu um tapinha nas costas.

— Bem, hoje é nosso dia de sorte — disse ele. — Mais uma rodada?

— Não tenho tanta certeza — falei, semblante fechado sobre o que restava da minha cerveja. — Deve ter alguma pegadinha. E, de qualquer forma, 9 libras não pagam uma viagem de ida e volta a Nápoles.

— É verdade — respondeu Roger. — Verdade verdadeira. Mas é um bom começo. E, além disso, pensei numa outra coisa. Vou visitar minha irmã no fim de semana.

— E como isso pode nos ajudar?

— Ela é obscenamente rica, aí é que está. Casada com o chefão de uma empresa de engenharia química, já faz alguns anos. Devo aparecer por lá no sábado à tarde, dar uma de irmão caçula devotado até cansar, passar a noite com eles e pedir a ela um pequeno empréstimo na manhã seguinte.

— Um empréstimo?

— Ou um adiantamento, é como vou chamar. Um adiantamento pelo fabuloso livro que escreverei sobre os sítios arqueológicos do norte e do sul da Europa. Vou convidá-la a investir no brilhantismo do irmão. Que tal? Esse pessoal gosta de falar de investimentos.

O entusiasmo do Roger às vezes era contagioso, não dava para negar.

— Parece muito bom — falei, e, para celebrar, ele me pagou um trago de uísque depois da cerveja seguinte.

Quando encontrei Roger no Hill's, no almoço de segunda-feira, ele me trazia boas e más notícias. Red Runner tinha sido o primeiro colocado, o que significava que poderíamos lançar mão de nossa opção de compra do comprovante de aposta de Crispin e recolher os lucros — 30 libras sobre sua aposta de 5, menos as 20 que lhe devíamos, mais 1 que já havíamos pagado de saída: no fim, lucrávamos 9 libras. Muito satisfatório. Menos satisfatório, por outro lado, era o resultado da conversa de Roger com a irmã.

— Que te sirva de aviso, Harold — disse ele, grave —, de que não se deve confiar nas mulheres, nem lhes dar crédito. Na verdade, não se deveria nem mesmo dar a menor atenção a essas criaturas tão egoístas e intelectualmente menores. A Harriet não demonstrou o menor interesse na nossa expedição e no livro que poderia resultar dela. Seus horizontes são simplesmente tão... *limitados* para que ela compreenda a importância do que estou propondo. Não consegue sair de suas minúsculas preocupações domésticas e triviais.

— Por exemplo?

— Ah, esse bebê que ela está para ter, claro. Só falou nisso.

— Ah. Bem, acho que consigo entender como isso poderia...

— Ela sempre foi assim, sabe, a Harriet. Tinha esquecido como ela era. Do quanto eu a odeio.

— Para quando é o bebê? — perguntei, um pouco chocado com o jeito como ele falava.

— Ah, para daqui a alguns meses. Não ia me dignar a encher a bola dela fazendo esse tipo de pergunta. Vamos embora, tomar um pouco de ar fresco.

Saímos do sombrio ambiente azulejado do restaurante e passamos o resto do horário de almoço no agradável espaço verde de Finsbury Circus, aonde era possível ir a pé. Já era início de março e fazia uma temperatura bastante agradável para se ler ao ar livre, sob o sol fraco. Tinha levado comigo um exemplar de *The Hawk in the Rain*, a coletânea de estreia de Ted Hughes, àquela altura um poeta pouco conhecido. Roger lia sua edição já bastante manuseada de *A bruxaria hoje*, de Gerald Gardner. Esse livro sensacionalista, lançado uns cinco anos antes, tinha atraído considerável atenção, especialmente dos jornais de domingo, que gostavam de excitar seus leitores com a ideia de que convenções de bruxas modernas pipocavam por todo lado no interior da Inglaterra, nas quais orgias sexuais e adoradores do demônio nus em pelo teriam lugar a portas fechadas em residências respeitáveis. Roger desconsiderava tais relatos como fantasias extravagantes e insistia, ao contrário, em que o livro de Gardner era um dos mais importantes publicados recentemente. Argumentava que a obra teria redescoberto uma herança espiritual autêntica e vital, a qual remontava à era pré-romana e consistia em valiosa força contrária à tradição opressora da igreja cristã. O nome dado por Gardner a essa religião alternativa era Wicca e, entre suas principais características, estava o fato de que nela se adoravam dois deuses, ou melhor, um deus e uma deusa, representados, respectivamente, pelo Sol e pela Lua. Não sendo muito inclinado a qualquer tipo de crença religiosa, eu não costumava prestar muita atenção quando Roger fazia suas explanações sobre o tema, embora me lembre que, naquela tarde em Finsbury Circus, ele me disse:

—Você devia prestar mais atenção nisso, Harold, se leva mesmo a sério esse negócio de escrever. A deusa é de onde vem toda inspiração poética. Leia Robert Graves, se não acredita em mim. É melhor ficar do lado dela. Infelizmente... — ele pôs o livro de lado e deitou na grama, os braços atrás da cabeça — ela desaprova totalmente o homossexualismo e guarda terríveis castigos aos que o praticam. Má notícia para caras como nós.

Não falei nada, mas estremeci em protesto ao ouvir essa afirmação, que havia lhe saído casualmente, como se fosse meramente a expressão de uma verdade óbvia. Sabia que Roger, às vezes, tinha prazer com essas provocações tolas. Foi naquela mesma tarde, me lembro, que ele mencionou pela primeira vez a intenção de lançar uma maldição contra a irmã.

Enquanto isso, ele não deixava de cuidar do lado mais material dos nossos negócios. Nas semanas seguintes, fechou uma série de outros acordos financeiros com Crispin Lambert e seus vários agentes de apostas, cada um mais ambicioso e elaborado do que o anterior. Ouvi-o falar em apostas do tipo *each-way, four-folds* e *accumulators*. E daí para outras variações, como *any-to-come, fivespots, pontoons* e *sequential multiples*. Cada uma dessas apostas ficava registrada num daqueles comprovantes. Crispin calculava quanto deveria valer o papelzinho se a corrida tivesse o resultado desejado e então nos vendia a opção de compra para quando saísse o vencedor. Por alguma razão — presumi que pelo fato de Roger e Crispin serem precisos nos cálculos e no estudo da condição dos cavalos —, parecia que sempre tínhamos algum lucro, e todos saíamos ganhando. Logo nos tornamos mais ousados, e os contratos que passamos a assinar não nos davam apenas a *opção* de compra dos comprovantes de aposta de Crispin, e sim a *obrigação* de comprá-los. Aceitamos fazer isso porque as condições que ele nos oferecia eram mais favoráveis, ainda que o risco envolvido (da nossa parte) fosse muito maior. Nossa poupança para a viagem, no entanto, crescia mais e mais, e continuamente. Roger foi ficando cada vez mais entusiasmado com a perspectiva de abandonarmos nossos empregos e embarcarmos, até o momento em que mal conseguia falar de outra coisa: aquilo tornara-se sua obsessão. As opções culturais de Londres pareciam ter perdido a graça para nós, e agora raramente frequentávamos concertos ou o teatro juntos. Em vez disso, quando não estávamos debruçados sobre mapas de Pompeia ou desenhos de antigos locais de sepultamento na Alemanha, ele preferia ficar em casa explorando sua crescente biblioteca especializada em bruxaria e paganismo. E não sei como, sutilmente, imperceptivelmente, embora ainda conversássemos muito sobre nossa viagem como uma aventura compartilhada, sentia que a proximidade entre nós diminuía, e eu ganhava consciência cada vez maior de que havia decepcionado Roger, falhado em atender suas expectativas, uma percepção que me deprimia profundamente.

Então, certo dia no meio de uma semana, ele apareceu com uma proposta que me deixou um pouco alarmado:

— Passei um bom tempo com o Crispin na noite passada — contou ele — n'O Sol Nascente. Ele realmente é um sujeito decente, é o que eu penso. Quer mesmo nos ajudar a conseguir o dinheiro para essa viagem. Enfim, conversando ontem, encontramos um jeito de fazer isso — e numa só tacada. Sábado à noite o dinheiro pode ser nosso. Poderíamos pedir demissão na semana que vem e embarcar no trem para Dover em 15 dias. O que você me diz?

Naturalmente, disse que aquilo tudo soava maravilhoso. Mas não reagi com tanto entusiasmo quando ele me contou o que tinha em mente.

A proposta, na verdade, era fazer uma única e gigantesca aposta — ou melhor, uma incrivelmente complexa cadeia de apostas — a ser registrada com cinco agentes diferentes para os páreos de sábado. Não consigo me lembrar dos detalhes agora (o que não surpreende, já que não fui capaz de entendê-los então), mas, entre os diversos termos que surgiram na conversa, havia *single stakes about, round robin, vice-versa, the flag* e *full-cover multiples*. Como das outras vezes, fora Crispin quem havia escolhido os cavalos, calculado as probabilidades, negociado as apostas e montado, enfim, o pacote completo num só instrumento financeiro — a tradicional folhinha tirada do bloco que levava no bolso — o qual agora nos oferecia...

— ... por *quanto*? — perguntei ao Roger, incrédulo.

— Sei que parece muito, mas os lucros vão ser de cinco vezes isso, Harold. Cinco vezes!

— Mas esse valor é toda a nossa poupança. Tudo o que economizamos até agora. Os sacrifícios todos que fizemos para juntar esse dinheiro... E se a gente perder tudo?

— Não há possibilidade de perdermos tudo. Aí é que está a beleza da coisa. Se fôssemos colocar os recursos todos numa única aposta, como a maioria dos apostadores, aí, claro, o risco seria enorme. Mas o esquema que o Crispin e eu inventamos é muito mais inteligente. É à prova de falhas — veja.

Ele me passou uma folha grande de papel na qual estava rabiscada uma série de cálculos e fórmulas matemáticas complicadas demais para que eu (ou qualquer outro ser medianamente inteligente) pudesse compreender.

— Mas se esse esquema funcionasse — contra-argumentei — todo mundo estaria usando.

— Se tivessem cabeça para inventá-lo, sim.

— O que você está dizendo? Que inventou um jeito de ganhar dinheiro do nada? Caindo do céu?

Roger sorriu um sorriso de orgulho e mistério ao tomar a folha de volta.

— Já te falei isso, Harold — disse. —Você, Harold, é muito chão. Precisa desenvolver mais o lado espiritual. Não se transforme num desses mortais menores que habitam o mundo material. O mundo em que as pessoas passam suas vidas fabricando coisas, e depois comprando e vendendo e usando e consumindo essas mesmas coisas. O mundo dos objetos. Isso é para a ralé, não para pessoas como você e eu. Estamos acima disso. Somos alquimistas.

Era quando Roger começava a falar assim, e me envergonha admitir, que eu o achava mais irresistível — mesmo sabendo que estava sendo controlado e manipulado Ainda assim, foi com o coração na mão que concordei em entregar todas as nossas economias (e um pouco mais) para Crispin, com a promessa de que ele nos venderia, dali a alguns dias, os comprovantes de apostas que tanto ele quanto Roger me garantiam que iam valer uma fortuna a essa altura. Coração na mão e um vazio nervoso na boca do estômago.

—Você me liga no sábado? — perguntei. — Para me contar dos resultados — não que eu tenha qualquer dúvida, claro.

—Telefonar para você? Por que raio precisaria fazer isso? Você certamente vai estar comigo.

— Estava planejando ir visitar meus pais — expliquei. — É o fim de semana da Páscoa, afinal.

— Ah, não diga uma bobagem dessas — falou ele, com um gesto impaciente da mão. — Não aprendeu nada comigo nos últimos meses? Precisa sempre correr em busca da proteção desses valores burgueses e bocós que sua família te empurrou goela abaixo desde criancinha? Essas datas cristãs são uma farsa — pálida sombra do que realmente interessa. Você virá comigo neste fim de semana e descobrirá a *verdadeira* Páscoa.

— Ir com você? Para onde?

— Stonehenge, claro. Vamos pegar a estrada sábado de madrugada. Precisamos estar lá antes de amanhecer. É quando a cerimônia começa.

E prosseguiu explicando cuidadosamente, como se falasse a uma criança imbecil, que a historinha cristã da ressurreição do Senhor Jesus Cristo nada mais era, na verdade, do que uma distorção de mitos muito mais antigos e poderosos, os quais faziam referência à ascensão do Sol em seguida ao equinócio vernal. Em inglês, a palavra *Easter*, e também seu equivalente alemão, *Ostern*, têm origem comum — *Eostur* ou *Ostar* — que, para os vikings, significava a estação do Sol Nascente, a estação da nova vida. De modo que, ao amanhecer de domingo, centenas de pagãos se reuniriam no grande círculo de pedras nos arredores de Salisbury para celebrar o Deus Sol.

— E você e eu, meu querido Harold, com toda certeza estaremos entre eles. Venha à minha casa no sábado à noite. A gente faz um jantarzinho, e então uns

amigos vão nos buscar de carro, lá pelas 2h. Assim
chegamos com folga.

— Amigos? Que amigos?

— Ah, só umas pessoas que eu conheço — respondeu
ele, enigmático. Roger gostava de manter as diferentes áreas
de sua vida estritamente compartimentadas e, se estava
prestes a me apresentar a alguns de seus amigos pagãos, sabia
que deveria considerar sua atitude como um privilégio
especial.

— Lembre-se — disse ele, pouco antes de nos
despedirmos —, o Deus Sol é um deus masculino. É isso o
que vamos fazer lá: adorar o espírito da Masculinidade, a
essência da Macheza. Para mim — acrescentou ele, com um
brilho desafiador nos olhos —, será uma desfeita se você
preferir não ir.

Falei que pensaria no assunto e fui embora num estado
de genuína indecisão.

Escrevendo tudo isso, e a uma distância de quase trinta anos,
parece-me inacreditável, hoje, que eu tenha permitido a
Roger e sua personalidade arrogante e dominadora me
escravizar daquele jeito. Mas lembrem-se — sejam quem
forem vocês, leitores destas páginas — que eu era
inexperiente, era inseguro, era um jovem sozinho numa
cidade grande e assustadora, e sentia que em Roger tinha
alguém que — como posso dizer? — confirmava algo a
meu próprio respeito. Algo de que eu sempre suspeitara —
que sempre soubera, posso dizer, nas mais remotas
profundezas do meu ser —, mas que até então sentia-me
muito amedrontado (muito covarde, ele diria) para
reconhecer. Na flor da idade, ainda tinha fome por
desvendar os mistérios da vida. De início, pensara que as
respostas a eles moravam na poesia, mas aí Roger começou
a me mostrar um mundo diferente, ainda mais fascinante

— um mundo de sombras, presságios, símbolos, charadas e coincidências. Seria coincidência, por exemplo, que todos os nossos negócios chegassem a seu momento de fruição na noite do ritual do Sol Nascente, quando esse era exatamente o nome do pub no qual tivéramos nossas primeiras e mais significativas conversas? Perguntas como essa inquietavam minha mente jovem e impressionável e me faziam sentir que, talvez, tivesse chegado a hora de alguma revelação, de algum divisor de águas que seria a solução para todas as dificuldades e me libertaria de todas as amarras que pareciam ter me prendido a vida toda.

Foi por essas razões — as quais poderão soar frágeis e até frívolas para um leitor que já tenha criado pouca empatia com este texto (perdoe-me, Max, se esse leitor é você!) — que decidi não ir visitar meus pais naquele fim de semana; em vez disso, no sábado à noite saí em longa caminhada da casa compartilhada onde morava, em Highgate, até o quarto alugado de Roger num imóvel decrépito de Notting Hill.

Quando cheguei, ele estava sentado à sua escrivaninha. Pude logo perceber que alguma coisa estava errada. Seu rosto exibia uma palidez de morte, e as mãos estavam trêmulas, folheando páginas e mais páginas densamente povoadas de números, aos quais ele acrescentava outros cálculos com um lápis, num tal estado de ferrenha concentração que mal levantou os olhos para me ver chegar.

— O que houve? — perguntei.

— Não me interrompa — respondeu ele, breve, e começou a sussurrar mais números para si mesmo, ao mesmo tempo que rabiscava ainda mais freneticamente seus papéis.

— Roger, você está com uma cara horrível — insisti.

— Foi a...? — Claro, eu sabia o que era. De repente, me

senti fraco e desabei sobre a cama dele, a um canto do cômodo. — Não me diga que foi a aposta. Deu errado?

— Totalmente errado — respondeu ele, a voz também trêmula, amassando uma das folhas, atirando-a de lado e recomeçando numa nova. — Tudo errado.

— Bem... e isso significa? — eu quis saber.

— Significa? O que isso *significa*? — Ele me encarou enfurecido. — Significa que perdemos tudo. Significa que na segunda de manhã tenho que entregar o dinheiro todo ao Crispin.

— Mas... mas você disse que isso era impossível.

— Era impossível. Ao menos não deveria ser possível.

— E como foi acontecer? Nossos cavalos não ganharam?

— Quase todos, sim. Mas aí um dos páreos terminou empatado. E isso pôs tudo a perder. Não tínhamos previsto essa possibilidade.

— Pensei que vocês tivessem previsto tudo.

— Quer *calar a boca* um minuto só, Harold? — Ele apanhou a folha de papel e a agitou na minha direção, como se provasse alguma coisa. — Não vê o que estou tentando fazer? Estou tentando entender esse negócio todo.

Aparentemente, no entanto, ele tinha mais ou menos desistido de tentar: em vez de fazer mais cálculos, simplesmente ficou ali parado, o lápis na boca, mirando as páginas cheias de contas com olhar desfocado, sem ver.

— Mas, Roger — retomei, suave —, o Crispin é seu amigo, afinal. Ele não vai fazer isso com a gente, vai?

Ao ouvir essas palavras, e depois de uma breve pausa em que as digeriu, Roger se levantou de um salto e passou a andar pelo quarto.

— Você é meio idiota? — vociferou, após mais um ou dois minutos. — Não entende *nada*? Assinamos um pedaço de papel. A City tem um código de conduta para esse tipo de coisa. *Dictum meum pactum* — "Minha palavra é minha fiança". Ele vai tirar da gente tudo que conseguir, seu tolo! Até o último tostão. Está metido nisso até o pescoço também, como você sabe. Deve ter perdido uma fortuna hoje. Uma porra de uma fortuna. Não vai deixar barato para a gente.

Houve uma pausa mais longa, durante a qual assimilei a enormidade do que ele me dizia e as possíveis consequências: nossos planos todos dariam em nada e, à minha espera, estava a perspectiva de semanas, senão meses, não apenas de miséria, mas também de dívidas — pois o Roger havia me convencido a colocar naquela ridícula aposta mais dinheiro do que eu tinha de fato na minha conta bancária. E, quando meus pensamentos se concentraram nesse fato, comecei a sentir, em relação a ele, algo que até então nunca tinha me permitido: indignação — estourava de pura indignação reprimida.

— Não, *você* é o idiota aqui — falei, num tom razoável, de início, mas, quando ele me encarou, descrente, levantei a voz. — Roger, seu *idiota*! Como você pôde fazer isso? Ou melhor, como fui confiar tanto? Por que te dei ouvidos? Por que deixei que você me tratasse desse jeito por meses, fazendo qualquer coisa a um comando seu, de lá para cá à sua mercê como se fosse sua amante? Fiquei tão impressionado com você, tão admirado, e agora... agora isso! Você não sabia o que estava fazendo. Nem mesmo sabia do que falava. Você é uma fraude, é isso que você é. O que nossos primos americanos chamariam de um impostor. E lá ia eu, acreditando em cada palavra sua, em tudo que você me dizia; desistindo de metade dos meus livros prediletos porque você desprezava aqueles autores, botando fora a maioria dos meus próprios poemas porque você os tratou com frieza e afetado... desdém. E no entanto você é a fraude, pura e simplesmente! Pensar que te escutei, pensar que te levei a sério! Quando não estava nos fazendo passar vergonha no teatro, tentava me convencer de que a fé cristã é balela e deveríamos todos ir sacrificar cabras no centro de um círculo de pedras — chegou a me dizer que ia lançar uma maldição contra a sua irmã, pelo amor de Deus! Bem, quem você pensa que é, exatamente? Um guru, um mago? Uma cruza de Leavis, Midas e Gandalf? Pode saber que você não me pega mais nessa — ah, não me pega. Você já me engambelou o suficiente. A verdade é que já te saquei agora. Abri meus olhos. E acredito que eu deveria ficar grato por isso, ao menos — embora tendo que pagar um preço alto, muito alto. Bem, vivendo e aprendendo.

Apanhei meu sobretudo da cama e comecei a vesti-lo, com a ideia de ir embora; mas fui impedido por algumas palavras que Roger, em voz baixa, insistente, monótona e assustadora, falou:

— Mas lancei mesmo uma maldição contra a minha irmã.

Parei, um dos braços enfiado até a metade na manga do casaco.

— Como é?

Em resposta, Roger caminhou até o consolo da lareira e pegou uma carta. Tinha sido escrita em duas folhas azuis de papel de anotação dobradas ao meio. Ele as entregou a mim e se inclinou para mais perto enquanto eu lia.

Era da mãe dele. Não consigo me lembrar de muita coisa do que dizia, mas do essencial me lembro: informava a Roger que sua irmã estava arrasada porque, alguns dias antes, tinha perdido o bebê.

— E? — falei, devolvendo a carta e terminando de colocar o sobretudo.

— Fui eu — disse ele.

Olhei para ele por um momento, tentando saber se falava sério. Aparentemente, sim.

— Não seja ridículo — encerrei, e me encaminhei para a porta.

Roger me agarrou pelo braço e me puxou de volta.

— É verdade, estou dizendo. Fui eu que pedi a ela.

— Pediu a ela? A quem?

— À Deusa.

Não estava no espírito de ouvir aquele tipo de coisa. Fosse ou não verdade o que ele dizia (ou, mais exatamente, acreditasse ele ou não no que dizia), eu queria era ir embora.

— Aproveite o ritual de amanhã de manhã — falei. — Vou para casa.

Tentei me livrar do aperto no braço, mas ele segurou mais forte. Olhei nos seus olhos e fiquei espantado ao ver lágrimas emergindo deles.

— Não vá, Harold — disse ele. — Por favor, não vá.

Antes que eu pudesse entender o que acontecia, ele me puxou para junto e me beijou na boca. Procurei me livrar, mas o abraço era mais forte do que eu imaginaria ser possível.

— Tanta coisa — sussurrava ele, os fios espetados da barba roçando toscamente meus lábios —, tanta coisa que ainda não fizemos. Tanta coisa ainda por fazer...

Podia sentir-lhe a ereção pressionando meus próprios testículos. Com um impulso final, me libertei e o empurrei com toda a força que fui capaz de reunir. Na verdade, força suficiente para derrubá-lo e lançá-lo para cima da lareira elétrica (felizmente desligada), onde ele ficou, meio sentado, meio deitado, esfregando a cabeça no ponto em que, inadvertidamente, se chocara contra os azulejos vitorianos. Passou pela minha mente, por um momento, que talvez eu o tivesse machucado, mas minha fúria era tamanha que, em vez de correr para ajudá-lo, tateei em busca da tranca da porta, que abri o mais rápido que pude, e saí sem me dar ao trabalho de fechá-la ou mesmo de olhar para trás.

Não há muito mais o que contar.

Não revi Roger por mais de um ano após esse episódio. Na segunda de manhã, recebi dele um bilhete curto, em tom profissional, informando que Crispin Lambert exigia o pagamento de uma grande quantia. Juntei o dinheiro (a maior parte emprestada dos meus pais) e enviei a ele assim que pude. Depois disso, as coisas se aquietaram bastante. Soube que Roger abandonara o emprego e não trabalhava mais no pregão da Bolsa, mas não fazia ideia de que fim tinha levado. Claro que ficava curioso, mas reprimia a curiosidade. Comecei a ver que se tratava de uma pessoa perigosa. E a sentir que havia perigo, também, nos sentimentos que ele quase conseguira despertar em mim. Não queria nada mais com ele. Entrava agora numa etapa segura, mas sem graça, da vida. Tinha passado a gostar genuinamente do Roger, e descobria que a vida sem ele era chata, faltava tempero. No outono, uma nova secretária foi contratada na Walter, Davis & Warren. Seu nome, Bárbara. Ela era de Birmingham, loira, seios grandes, bonita. Fiz umas insinuações e ela me encorajou. Começamos a nos ver fora do horário de trabalho. E iniciamos um flerte tímido, casto e monótono. Levei-a ao cinema, levei-a ao teatro, levei-a às salas de concerto. Uma noite, no início do verão de 1960, quis que fôssemos assistir à suíte *Romeu e Julieta* de Prokofiev, no Albert Hall, na esperança de que os magníficos ápices românticos da peça despertassem em nossos corações paixão correspondente. Mas não aconteceu. No intervalo, ela me disse que preferia que eu não a levasse mais a concertos de música clássica. Disse que preferia Cliff Richards e Tommy Steele. Disse isso enquanto terminávamos de tomar nossas bebidas no bar do teatro — eu, uma cerveja, ela, um Dubonnet com limão — e, depois disso, quando se encaminhava ao toalete feminino, ela viu que Roger estava do outro lado do recinto olhando na minha direção. Ele estava sozinho e, no rosto, exibia um sorriso satisfeito e sagaz. Ergueu o copo para mim.

Terminei minha cerveja e fui embora, sem responder ao aceno.

Na manhã seguinte, um bilhete me foi entregue no trabalho. Lia-se:

Ainda dá tempo de eu te salvar.
O Sol Nascente, hoje, às 21h.

Ele estava certo, claro. Eu já não podia lutar contra o que sabia ser meu destino. Não podia mais mentir para mim mesmo sobre aquilo que sabia ser minha natureza. Quando tomei o rumo d'O Sol Nascente naquela noite, foi com uma única intenção: fazer qualquer coisa que Roger Anstruther me pedisse.

Cheguei bem cedo, faltando ainda vinte para as nove, e pedi um uísque duplo para aplacar os nervos. Bebi rápido e pedi outro. Esse segundo drinque durou pelo menos meia hora, ao cabo da qual olhei no relógio e vi que Roger estava atrasado. Pedi uma cerveja e peguei meu caderno de anotações, pensando que escrever ajudaria a me acalmar. O pub começava a encher. Outra meia hora se passou.

Foi só então que me ocorreu a óbvia explicação para o atraso dele. Será que, ao marcar o encontro, Roger não estava se referindo ao outro O Sol Nascente? Por estranho que possa parecer, a ideia não havia me ocorrido até aquele momento. Para mim, O Sol Nascente da Cloth Fair seria sempre o *nosso* pub: o lugar onde tomáramos nossa primeira cerveja juntos e que, dali em diante, presenciara todos os nossos encontros mais ternos e significativos. Quanto ao outro, na Carter Lane, eu só estivera lá uma vez — na noite em que Roger me apresentou a Crispin

Lambert. Não havia nisso nenhum significado ou importância especial para mim; mas sabia que Roger tinha voltado àquele lugar muitas vezes, geralmente para encontrar Crispin e confabular sobre suas elaboradas apostas. Teria sido um erro tolo e humilhante da minha parte achar que as conversas comigo deviam ocupar espaço mais importante na memória dele do que seus encontros com Crispin? Será que ele estava lá, naquele momento, sentado esperando por mim, enquanto eu esperava por ele ali, no outro bar?

Dei mais uns 15 minutos e resolvi que valia a pena arriscar. Poderia caminhar até o outro pub e, se me apressasse, havia uma boa chance de ainda encontrar Roger esperando minha chegada. Cortaria caminho descendo por West Smithfield, depois Giltspur Street e, dali, direto por Old Bailey, sairia na Carter Lane via Blackfriars Lane. Era uma rota segura. O único perigo — mas bastante remoto — era que Roger tivesse a mesma ideia e fosse ao meu encontro por um caminho diferente: subindo a Creed Lane, por exemplo, depois pegando Ave Maria Lane, Warwick Lane, King Edward Street, Little Britain e Bartholomew Close. Mas certamente valia a pena arriscar.

Sequei meu copo, saí do pub e, meio andando, meio correndo pelas ruas vazias, finalmente avistei as luzes acolhedoras d'O Sol Nascente da Carter Lane. Sem fôlego — em parte pela pressa de chegar, em parte temendo que aquela noite crucial se dissolvesse em caos — escancarei as portas e irrompi pub adentro. Havia poucas pessoas tanto no salão quanto no balcão, e Roger, pude logo constatar, não era uma delas. Um jovem barman recolhia os copos das mesas já desocupadas.

—Você viu um rapaz por aqui hoje? — perguntei. — Vinte e poucos anos — ruivo — barba — muito provavelmente trajando uma capa?

— O Sr. Anstruther? Sim, esteve aqui. Saiu faz uns dois minutos.

Soltei uma sequência de palavrões ao receber a notícia, para consternação do barman. Em seguida, saindo do pub ainda mais às pressas do que havia entrado, parei um momento na rua, olhando à direita e à esquerda e me perguntando para que lado ir. Parecia provável que Roger tivesse tido a mesma ideia que eu e corrido até o bar de onde eu acabara de sair; então, a toda velocidade agora, refiz meus passos de volta por Old Bailey e Giltspur Street até O Sol Nascente, trajeto que percorri em três ou quatro minutos.

— O senhor está procurando pelo seu amigo? — disse o barman, assim que cheguei. — Porque ele esteve aqui agora mesmo, perguntando pelo senhor.

— Não! — gritei, pondo a mão na cabeça e puxando os cabelos. Era horrível ver aquilo acontecer — Para que lado ele foi?

— Subiu a Middle Street, acho — falou o barman.

Mas nunca cheguei a encontrá-lo. Corri para a rua e passei os 20 ou 30 minutos seguintes procurando por Roger, chamando seu nome enquanto esquadrinhava cada uma das ruas num raio de 100 metros de Smithfield Market. Mas nem sinal dele. Tinha ido embora.

Havia apenas uma última possibilidade. Lembrei que, no salão comunitário da casa onde ficava o quarto alugado do Roger, em Notting Hill, funcionava um telefone público. Liguei para aquele número (que ainda sabia de cor) e esperei o que me pareceu séculos que alguém atendesse, minha respiração nervosa embaçando o vidro da cabine telefônica onde eu estava. Mas não adiantou. Fazia mais de um ano desde a última vez que usara o número e, quando um estranho finalmente atendeu, foi para dizer que Roger não morava mais ali. Depois de alguns segundos de silêncio, durante os quais lutei para recuperar a fala, agradeci à voz anônima, lentamente recoloquei o fone no gancho e apoiei a testa contra a parede da cabine.

Então era o fim. Estava tudo acabado. Um desespero frio e paralisante tomou conta de mim.

E agora, o que faria?

Não tenho certeza, olhando em retrospecto, de como acabei indo parar na frente do prédio da Bárbara, em Tooting. Cheguei até lá de ônibus? Peguei o metrô? Não consigo me lembrar. Aquele intervalo de tempo foi varrido da minha memória. Mas devia ser tarde da noite quando apareci lá, pois me lembro, isso sim, de que ninguém respondia à campainha dela e precisei acordá-la atirando pedrinhas na janela do terceiro andar.

Ela não ficou particularmente contente em me ver. Estava com muito sono. Eu, extremamente bêbado. Não se sabe como acabamos nos abraçando, no entanto. O que se seguiu foi que fizemos um amor desajeitado e ofegante e terminamos rápido. Nenhum dos dois, acredito, sabia realmente o que estava fazendo, ou por que estava fazendo aquilo. Dizem que "a primeira vez a gente nunca esquece". Sou obrigado a discordar. O episódio todo se deu como se eu estivesse numa espécie de transe. Lembro-me de ter permanecido deitado na cama com a Bárbara nas poucas horas seguintes, sem que nenhum de nós conseguisse dormir, de início. Eu mirava o teto, tentando dar sentido aos eventos daquela noite em meio à neblina alcoólica que ainda nublava meu cérebro. Não sei no que pensava a Bárbara. A certa altura, olhei para ela e vi lágrimas brilhando nas suas bochechas. Às 4h da manhã, sorrateiramente, saí de baixo dos lençóis e do apartamento sem me despedir e caminhei de volta a Highgate pelas ruas silenciosas de Londres.

Não fui trabalhar naquele dia. Primeiro, porque estava com muita ressaca, e depois porque fugia da perspectiva de um reencontro com a Bárbara. Seria, sem dúvida, um reencontro muito doloroso e desconfortável. E o fato era que ela, claro, sentia a mesma coisa. No final daquela semana, ela pediu demissão e, na sexta, ganhou uma festinha discreta de despedida, à qual não compareci. Fui informado pelos colegas de que ela tinha decidido voltar para Birmingham. Não tinha nenhuma razão para acreditar que voltaria a vê-la algum dia.

Três meses mais tarde, recebi uma carta do pai da Bárbara. Ele me contava que a filha estava grávida, e que ela acreditava que eu era o responsável. Ficava claro, pela carta, que ele esperava que eu fizesse o que, naquele tempo, ainda era considerado o mais decente a se fazer nesses casos.

E assim, seis semanas depois, estávamos casados.

Moramos alguns meses na casa dos pais dela, perto da fábrica da Cadbury, em Bournville, mas esse não era um bom arranjo. Consegui uma vaga de bibliotecário numa escola técnica local, e não demorou muito para que juntássemos dinheiro e alugássemos um pequeno apartamento em Northfield. Nosso primeiro e único filho, Max, nasceu em fevereiro de 1961. Outros cinco anos se passariam até que conseguíssemos os recursos necessários para dar entrada numa residência própria: foi quando nos mudamos para Rubery, para uma casinha anônima de três quartos e paredes de reboco, numa rua insossa de casas similares, não muito longe do campo de golfe municipal e ao pé dos Lickey Hills.

Viveríamos ali a maior parte das duas décadas seguintes; e também ali, na primavera de 1967, eu veria Roger Anstruther pela última vez.

Como ele achou meu endereço, não sei. Tudo que sei é que apareceu à minha porta, no início da noite de um domingo de maio. Na City, Roger sempre posara de figura distinta. Naquela noite em que, sem aviso prévio, se materializou no subúrbio de Birmingham, vestido como de costume com uma longa capa preta, mas combinando com um chapéu Fedora estilosamente ajustado à cabeça, ele parecia de outro mundo. Assim que o vi, fiquei tão surpreso que não disse palavra. Simplesmente o fiz entrar.

Levei-o até o cômodo dos fundos, que Bárbara, Max e eu chamávamos de "sala de jantar", embora raramente fizéssemos nossas refeições ali. Não havia gim-tônica para oferecer ao Roger — ele teve que se contentar com um licor. Bárbara veio nos ver por um momento, mas não fazia ideia de quem era aquele estranho exótico (eu nunca havia falado de Roger para ela) e ficou claro que se sentia desconfortável na presença dele. Pouco depois, ela voltou à sala de estar para assistir à televisão com o Max. Era o dia, me lembro, em que Francis Chichester retornava a Plymouth após sua triunfal volta ao mundo, e nós três estávamos assistindo à cobertura ao vivo pela TV. Mesmo enquanto conversava com Roger, eu ainda podia ouvir, através das finas divisórias entre os cômodos, o ruído da multidão e a voz possante do locutor da BBC.

No início, com dificuldade, conversamos sobre amenidades, mas, com seu jeito sempre direto, Roger não perdeu muito tempo para anunciar a razão de sua visita. Estava indo embora do país. A Inglaterra, ele deu a entender, não tinha mais nada a lhe oferecer. Nos anos que haviam se passado desde que nos conhecêramos, ele se convertera ao budismo, e agora queria viajar pelo Extremo Oriente. Ia começar por Bangcoc, onde tinha uma oferta de emprego para dar aulas de inglês a estudantes nativos. Mas, antes de partir, ele explicou, havia alguns "fantasmas do passado" que ele precisava fazer "descansarem em paz".

Entendi isso como uma referência a mim; e disse a ele, um pouco indignado, que não me considerava um fantasma, mas um ser bem vivo, de carne e osso.

— E é isto aqui — falou Roger, olhando em torno para a nossa sala de jantar, com sua coleção de ornamentos, a "melhor" porcelana em exposição no armário, molduras baratas de paisagens nas paredes —, é isto que você considera "viver"?

Não respondi. Felizmente aquela foi a única observação de Roger, naquela noite, com insinuações críticas sobre a vida que eu escolhera. Na maior parte do tempo, sua atitude foi de conciliação. Ficou pouco mais de uma hora, pois precisava tomar um trem de volta à estação de London Euston a tempo de arrumar as malas para a partida, no dia seguinte. Ele me perguntou se o perdoava pela maneira como se comportara comigo. Falei (o que não era totalmente verdade) que raramente pensava sobre aquilo, mas que, quando acontecia, não era com rancor ou para remoer. Ele me disse que ficava feliz de ouvir isso e perguntou se podia me escrever, de vez em quando, de Bangcoc. Respondi que podia, se quisesse.

O primeiro cartão-postal de Roger chegou mais ou menos um mês depois. Ao longo dos anos, foram muitos outros, a intervalos totalmente irregulares, de lugares tão diversos quanto Hanói, Pequim, Mandalay, Chittagong, Cingapura, Seul, Tóquio, Manila, Taipei, Bali, Jacarta, Tibete — e de onde mais se quiser imaginar. Ele jamais fez questão de ficar no mesmo lugar por mais do que alguns meses. Algumas vezes parecia que ia a trabalho, noutras, que estava apenas viajando, movido por aquele incansável espírito inquiridor que parecia ser parte essencial da sua natureza. Ocasionalmente — muito de vez em quando —, eu respondia, mas sempre desconfiei do Roger, e tinha o cuidado de nunca revelar muito sobre mim e a minha vida. Escrevia somente algumas linhas dando a ele uma visão geral dos eventos mais recentes — que o Max tinha passado em cinco das provas para entrar na faculdade, por exemplo, que um poema meu fora aceito para publicação numa pequena revista da cidade, ou a morte da Bárbara, de câncer de mama, aos 46 anos.

No ano passado, alguns meses depois que a Bárbara morreu e o Max saiu de casa de vez, mudei de volta para a cidade onde nasci, Lichfield. Na ocasião, avisei apenas alguns poucos amigos sobre a mudança de endereço: mas Roger foi um deles, de forma que acho que, de certo modo, devia estar gostando da sensação de que ainda continuávamos em contato. Mas me pergunto, hoje, se foi a coisa certa a fazer. Se havia razão para isso.

E agora, na verdade, tomei uma decisão: não mais. Dentro de alguns dias, vou embora para a Austrália, o começo — Deus queira — de uma nova vida. E não, desta vez não pretendo informar ao Roger para onde fui. Já é hora, certamente, de esquecer isso tudo: romper por completo com o passado, o que é mais do que devido há muito tempo. Escrever isto aqui, finalmente, depois de tantos e tantos anos, foi um processo longo, mas também revigorante e purgativo. O Max poderá ler este texto um dia, se assim quiser, e descobrir a verdade sobre seus pais. Espero que a história não o deprima demais. Ao mesmo tempo, devo tentar aprender alguma coisa com essa incursão tantas vezes adiada ao passado. Devo tirar dela alguma inspiração, não da lembrança de Roger, ou de Crispin Lambert (cuja corretora de ações, leio nos jornais, acaba de ser comprada por uma pequena fortuna por um dos grandes bancos de investimento), mas da visita que fiz ao distrito financeiro de Londres — aquele labirinto de ruas antigas e cheias de história, entregues à ideia obsessiva da acumulação de dinheiro. Atolada no passado há tempo demais, a City of London recentemente entrou num processo de reinvenção. Provou que é possível se reinventar, e a saúdo por isso.

De agora em diante, devo me empenhar em fazer a mesma coisa, em proporção mais modesta; e esperar que talvez possa encontrar até mesmo um pouco de felicidade no fim das contas

20

— Então, Emma, há quanto tempo a gente se conhece?

— *Prossiga nesta via.*

— Não se lembra? Bem, por incrível que pareça, há menos de três dias.

— *Daqui a 200 metros, curva à esquerda.*

— Eu sei, parece que é mais tempo, né? Sinto como se te conhecesse há anos. E é por isso que acho que posso dizer uma coisa para você agora. Como uma pequena homenagem, se você achar que tudo bem. Quero dizer, a última coisa que eu gostaria é te constranger...

— *Daqui a 100 metros, curva à esquerda.*

— ... mas o que eu queria dizer, na verdade, é o seguinte. Só queria dizer que tem uma coisa que realmente gosto em você. Uma coisa que nunca encontrei em nenhuma outra mulher. Você consegue adivinhar o que é?

— *Curva à esquerda adiante.*

— É o fato de... Bem, é o fato de você nunca julgar as pessoas. É uma qualidade bastante rara, sabe, numa mulher. Num homem também, aliás. Você não é de fazer julgamentos, nunca.

— *Prossiga por aproximadamente 5 quilômetros nesta via.*

— Veja, sei que tenho me comportado mal. Sei que não deveria ter feito o que fiz, e sei que não deveria estar fazendo o que faço agora. Mas você não vai pegar no meu pé por causa disso, vai? Você sabe que tenho minhas razões. Sabe que há circunstâncias atenuantes.

— *Prossiga por aproximadamente 3 quilômetros nesta via.*

— Não parece boa coisa, eu sei. Ir embora da casa da Alison às 5h da manhã, sem agradecer nem dizer tchau. E não apenas saio fugido, mas assalto o bar dela enquanto estava lá. Claro, sei que a Alison e o marido dela são podres de ricos, e umas garrafas de uísque não vão fazer falta. Não de qualquer uisquezinho, tenho que admitir — duas garrafas de malte bem caras. Bem, não foi minha culpa, não me importo muito com o gosto dessas porcarias, e ficaria feliz do mesmo jeito se eles tivessem lá um Bell's ou um Johnnie Walker. Ainda assim, por uma questão de princípio — deixando de lado quanto custavam as garrafas —, sei que não devia ter feito aquilo. Como eu disse, nada disso parece boa coisa. E lá fui eu, arrastando minha mala pelo meio da rua às 5h da manhã, cada um dos bolsos da jaqueta com uma garrafa de uísque meio caindo para fora, dois policiais desconfiados assistindo àquilo de seu carro estacionado por ali, e não sei como... *de algum jeito* cheguei ao centro da cidade, onde consegui te reencontrar. Que horas eram? Perdi a noção do tempo. Você se lembra?

— *Prossiga por aproximadamente 2 quilômetros nesta via.*

— Quero dizer, outras coisas aconteceram nesse meiotempo. Tenho quase certeza. Andei pra caramba. Um sem-teto me seguiu pela rua e não parava de perguntar: "Tá tudo bem, cara?" E sentei num banco por um tempo. Por um bom tempo, na verdade. Foi num lugar alto, perto de um parque, com vista para Princes Street e Princes Street Gardens e o resto da cidade. O clássico cartão-postal. Ainda estava escuro quando sentei naquele banco, já era dia claro quando levantei e fui embora. A neve tinha voltado a cair, àquela altura. Mas sem durar muito no chão. Só caía. Não durava.

— *Mantenha à direita na rotatória, pegue a terceira saída.*

— Foi um alívio voltar para junto de você, devo dizer. Estava bem frio naquele lugar. Tomei uns goles do Laphroaig para me aquecer antes de seguir em frente, e sei que isso não é realmente uma coisa...

— *Saída logo adiante.*

— Opa! Obrigado, quase passei direto nessa. Não estava muito concentrado, desculpe. E não toque essa buzina para cima de mim, seu imbecil, só porque tem alguém que não conhece a região como você. Nem todo mundo é nativo daqui, sabe? Onde é que eu estava mesmo?

— *Prossiga nesta via.*

— Ah, deixa pra lá, não consigo lembrar. Vamos apreciar a paisagem. Sabe, acho que nunca tinha atravessado Forth Bridge. Deve ser o lugar mais ao norte em que já estive. Meio idiota, né? Quarenta e oito anos e nunca passei de Edimburgo. Devia fazer uma lista. Uma lista, sim, de coisas que preciso fazer antes dos 50 anos. *Bungee-jump. Paraglider.* Ler um daqueles livros difíceis que a Caroline falou que me fariam bem. *Anna Karenina. O moinho sobre o rio.* Encontrar outra pessoa para casar, ir para a cama com alguém, reaprender a não ter medo de intimidade, não ficar mais sozinho (*cala a boca cala a boca cala a boca*), fazer a volta ao mundo em navegação solitária num trimarã...

— *Prossiga nesta via.*

— Ah, Donald, você não tinha a menor chance, nunca teve, não é? Era tão provável que conseguisse navegar ao redor do mundo quanto eu chegar a Unst amanhã e entrar naquela loja com uma caixa cheia de escovas de dente para vender. Quem estamos tentando enganar, hein? Com quem é a brincadeira? Nós mesmos, provavelmente. Sim, é isso. Precisamos enganar o resto do mundo também, mas essa não é a parte difícil — difícil é convencer a nós mesmos, não é? Não é isso, Donald, meu bom camarada? Meu velho marujo? Hein?

— *Prossiga nesta via.*

— Desculpe, Emma, é com você que eu deveria estar conversando, né? Você já estava começando a se sentir preterida? Ou talvez já esteja ficando preocupada, me ouvindo falar com alguém que morreu faz quarenta anos, alguém que eu nem cheguei a conhecer. Não está certo, né? Não é saudável. Alguém poderia pensar que bebi uísque demais antes de pegar o volante deste belo carro. Não acredito em fantasmas, nem você. Claro que não. Você é simplesmente racional, não é isso? Uma máquina da razão pura, é o que você é. Não tem corpo, nem alma, só mente, uma bela mente, e é assim que eu gosto. Que serventia teria eu para alguém com um corpo e uma alma? Que serventia teria alguém com um corpo e uma alma para alguém como eu? Não, somos feitos um pro outro, Emma, você e eu. Somos como aqueles "seres cósmicos" nos quais Crowhurst imaginava que todos se transformariam um dia. Desprovidos de corpos. Superiores ao mundo físico. Na verdade, a gente combina tanto que preciso te perguntar uma coisa. Quer casar comigo? Vai, estou falando sério. Gays e lésbicas podem se casar, hoje em dia — por que não um homem e seu sistema de navegação por satélite? Que mal há nisso? Achava que, neste país, a gente deveria ser liberal e tolerante, e aceitar os outros. Então, o que você me diz? Vamos casar. Vem morar comigo, ser minha mulher. Não vai responder?

— *Prossiga nesta rodovia.*

— Ah, já estamos na rodovia agora? Quando entramos nela? Nem reparei. E qual rodovia é esta, exatamente? A M90. Certo. E para onde estamos indo pela M90? Perth, parece. Perth, depois Dundee, depois Forfar. Forfar! Isso é que é nome! Faz a gente viajar. Me faz pensar no anúncio dos resultados do futebol. O cara da BBC que anunciava os resultados não costumava dizer que esse era o mais difícil de todos de acertar? *Forfar fatura Easte Fife, 5 a 4*, ou algo do tipo. Na verdade, todos esses lugares por aqui me fazem lembrar dos resultados do futebol. Cowdenbeath. Dunfermline. Arbroath. Não fazia ideia de onde ficavam até hoje, mas, minha nossa, esses nomes me fazem viajar no tempo.

A Rodada. A que horas passava? 16h40, acho. Sim, mais ou menos nesse horário. Os jogos começando às 15h, terminavam lá pras 16h45. Aí os resultados saíam naquela espécie de máquina de escrever automática. Como se chamava? Telex, algo assim. Meu Deus, a tecnologia dos anos 1960. Evoluímos bastante desde então. Quantos anos eu tinha quando comecei a assistir ao programa — 7, 8? Aposto que todos os meninos de 8 anos do país inteiro faziam a mesma coisa àquela hora, sentados em suas salas de estar no sábado à tarde, grudados na telinha. Pergunto-me quantos deles teriam a companhia dos seus pais. Meu pai sentava comigo para assistir *A Rodada*? Bem, e aí, Emma, o que você acha? Arrisque, chute. Claro que não, aquele desgraçado filho da mãe da porra. Estava muito ocupado na sala ao lado, lendo seu T.S. Eliot, o tal *Quarteto de cordas*. Ou pensando na punheta que ia bater depois.

— *Ah, vai, Max, tente gostar um pouco do seu pai.*

— Mas o quê...? Foi você que respondeu?

— *Prossiga nesta via.*

— Ok, vou te desligar por um tempo agora. Acho que você está meio saidinha demais.

— Melhor sem ela, por enquanto. Pelo menos até precisar das suas instruções de novo. Não tem muita chance de eu me perder por aqui. Por que ir até Aberdeen, afinal? De jeito nenhum vou embarcar naquele *ferry* hoje. Olha esse tempo, para começar. Devia mesmo era voltar para a casa da Alison. Pegar o próximo retorno, seguir direto para a casa dela, me desculpar. Pobrezinha. Sendo traída pelo porco do marido dela. O que ela diria se eu aparecesse com esta cara? Ela ia entender. Afinal, se formou em psicoterapia. Um ombro para eu chorar. É do que preciso, sério. Alguém com quem conversar sobre... tudo isso. Essas coisas todas. Tudo que aconteceu nas últimas semanas. Um pouco demais para mim, na verdade. Coisa demais para assimilar de uma vez só. Todo mundo precisa de alguém para conversar. Como é que você chegou a pensar que conseguiria, Donald? Nove meses no mar, era isso? — ou dez, algo assim? Sem nenhuma companhia humana, só um rádio transmissor que não funcionava direito. Não dá para imaginar. Mas, claro, você não aguentou no fim. Foi isso que te conduziu à beira do abismo, finalmente — a solidão? Aquela terrível intimidade, como disse o Clive? Não me surpreende. Não se espera de ninguém que consiga suportar uma solidão dessas, por que com você seria diferente? Você era humano como todo mundo. Mas devia ter voltado atrás enquanto teve chance. Quando se deu conta de que aquele barco nunca chegaria ao fim da viagem. Mas sei lá, talvez as coisas já tivessem ido longe demais àquela altura. Talvez o que você devesse ter feito naquele dia, ao constatar a confusão em que tinha se metido, em vez de colocar tudo no papel e tentar dar um jeito você mesmo... talvez você devesse ter usado o rádio, feito contato com a sua mulher, de alguma forma. Aposto que ela teria dito para você dar meia-volta e ir embora.

"*Seria, poderia, deveria.*

"Mas, sabe — para mim ainda não é tarde demais. Devia ligar para alguém agora mesmo, não é, enquanto tenho chance? Preciso falar sobre esse negócio. Para quem vou ligar? Para Lindsay, para Caroline, para Alison? O que você acha? Para Poppy, talvez?

"Para Lindsay, acho. Ela é quem vai ser mais pragmática nessa questão. Isso — a Lindsay. Ela é a pessoa certa. Vamos lá.

"Ha! Sem bateria. Arriou completamente. Vi que estava bem baixa ontem à noite. Tinha pensado em recarregar quando chegasse na Alison. Talvez consiga achar algum lugar onde fazer isso mais tarde.

"Enfim, fora de combate por enquanto — como o seu rádio transmissor quando você mais precisou dele.

"Deve haver umas cabines telefônicas na próxima parada, imagino.

"Ah, foda-se. Não teria feito nenhuma diferença mesmo."

— *Daqui a aproximadamente 2 quilômetros, mantenha à esquerda na rotatória, pegue a primeira saída.*

— Ah, bem-vinda de volta.

— *Daqui a aproximadamente 2 quilômetros, mantenha à esquerda na rotatória, pegue a primeira saída.*

— Tá certo, não precisa reclamar. Se tem uma coisa que não suporto é mulher que reclama.

— *Daqui a aproximadamente 400 metros, mantenha à esquerda na rotatória, pegue a primeira saída.*

— Desculpe, Emma. Não quis ser agressivo com você. Não estou muito legal, para ser honesto. Não como desde ontem à noite. E aqui estou, dirigindo na periferia de Dundee puto — não parece muito boa coisa. Ainda por cima, tentando me conformar com o fato de que minha... existência, aparentemente, foi fruto de nada mais do que um erro da parte dos meus pais, do meu pai, em particular.

— *Mantenha à esquerda na rotatória, pegue a primeira saída.*

— Então, obrigado, pai, por me esclarecer sobre isso. Só pro caso de haver a mais ínfima chance de eu passar a me gostar. Não que fosse muito provável, num futuro próximo, mas é bom saber que você se encarregou de eliminar qualquer possibilidade daqui pra frente. Exatamente quando começava a sentir que minha vida não poderia ser mais decepcionante, descubro que nem deveria estar vivo, para começar. De modo que já tenho uma nova frase para minha sepultura: "Aqui jaz Maxwell Sim, a pessoa que nunca deveria ter nascido."

— *Prossiga na rotatória, pegue a segunda saída.*

— É assim, então, que vou ter que pensar em mim mesmo pro resto da vida? Uma não pessoa? A raiz quadrada de menos um?

— *Próxima à direita.*

— Ou esse é o jeito sutil que alguém arrumou para dizer a Maxwell Sim que ninguém mais quer ele por aqui? Que talvez seja a hora dele desaparecer?

— *Prossiga na rotatória, pegue a segunda saída.*

— Ok, preciso pensar no assunto. Me deixe sozinho um momento, sim, Emma? Só preciso de um pouquinho de espaço.

— Pois então.

— *Prossiga por aproximadamente 2 quilômetros nesta via.*

— Acho que o momento se aproxima rapidamente. O momento de... o momento de...

— *Daqui a 400 metros prossiga na rotatória, pegue a segunda saída.*

— O momento de acabar com esse fingimento...

— *Prossiga na rotatória, pegue a segunda saída.*

— ... e aceitar o que está acontecendo comigo. O que significa que neste exato momento, às 12h09 de terça-feira, 5 de março de 2009, 60 e poucos quilômetros ao sul de Aberdeen, trafegando no sentido norte da A90 a 75 quilômetros por hora, vou sair desta estrada e desistir desta viagem... De modo que não devo prosseguir na rotatória, Emma, e sim pegar *à esquerda* nela e seguir as placas até Edzell. E aí, o que você acha disso?

— *Daqui a 200 metros faça o retorno.*

— Ah, essa é sua melhor resposta? Ah, não, Emma, não haverá mais retornos daqui para frente. Não vou mais seguir suas instruções, e te conto por quê. Porque não quero ir até Aberdeen pegar o *ferry*. E, na verdade, pela lógica da minha atual situação, não *posso* ir até Aberdeen pegar o *ferry*. E sabe por quê? *PORQUE NÃO SOU MAIS MAXWELL SIM. AGORA SOU DONALD CROWHURST*, e sou obrigado a repetir os passos e repetir os erros dele. Donald não fez sua navegação ao redor do mundo, e também não vou navegar até as Ilhas Shetland. Ele resolveu falsificar a viagem e vou fazer o mesmo, e não me importa quantos satélites tenha no céu neste momento a me vigiar, de agora em diante ninguém sabe onde estou, desapareci, desapareci no meio da escuridão dessa tempestade de neve que está vindo ali e vou me esconder nela, circular no meio do Atlântico o tempo que for preciso, até o momento certo, até chegar a hora de emergir novamente, triunfal, e me mostrar ao mundo.

— *Daqui a 200 metros faça o retorno.*

— Na-na-não. Nada feito. Já era, baby. Hora de mudar de rumo.

— *Daqui a 300 metros faça o retorno.*

— Aliás, lembrei de uma coisa.

— *Curva suave à direita adiante.*

— Teria sido boa ideia reabastecer o carro em Brechin. Fizemos, até agora, desde que saímos de Reading... 843 quilômetros, e não abasteci o carro nenhuma vez. Devemos estar com pouco combustível.

— *Próxima à direita.*

— Ainda tentando me fazer ir até Aberdeen, é isso? Pensei que tinha te dito que abandonamos esse plano. Acho que precisamos virar à esquerda aqui.

— *Daqui a 200 metros faça o retorno.*

— Você não desiste, né? Esqueça, Emma. Entregue os pontos. Tem um lado fantástico em desistir das coisas. A sensação de... libertação é incrível. Posso lembrar de quando descobri isso, na verdade. Foi durante aquelas férias em Coniston, com o Chris e a família dele. Certo dia, decidimos escalar, todos, o monte Old Man de Coniston, e aí, mais ou menos na metade da subida, o Chris e eu nos vimos bem à frente dos outros e a coisa virou uma espécie de competição entre a gente. E então, antes mesmo que nos déssemos conta do que se passava, estávamos *correndo* morro acima na porra da montanha, imensa, ou daquele monte, ou do que quer que fosse aquilo. E então, logo logo, o Chris me ultrapassou e ficou bastante óbvio que ele estava mais em forma do que eu — bem, isso já era óbvio antes, na verdade — e aí, com ele mais ou menos fora do meu campo de visão, eu ainda continuava me arrastando, sem fôlego, escalando aqueles rochedos todos, com uma dor terrível aqui do lado e achando que ia ter um ataque do coração no minuto seguinte. E, passados mais alguns minutos desse sofrimento, pensei: "Para quê? Para que essa porra, para que continuar com isto?" — e simplesmente desabei às margens da trilha e deixei que ele seguisse adiante. Percebi qual era o meu limite, entende? Percebi que não podia competir com o Chris. Nunca pude, nunca poderia. E aceitar isso — *me aceitar* como eu era — foi um tremendo alívio. Logo fui alcançado pelo pessoal que vinha mais atrás — o Sr. e a Sra. Byrne, minha mãe e meu pai, a Alison — e me lembro do Sr. Byrne ter dito: "Você vai ficar sentado aí? Não vai nem tentar?" E respondi que não, que ficaria perfeitamente satisfeito sentado ali enquanto o Chris corria até o topo e todo mundo seguia para lá. Tinha desistido e estava feliz com isso, e, pela hora e meia seguinte, apenas me deixei ficar, apreciando a vista. Sabendo que havia encontrado meu limite e nunca passaria daquele ponto.

— *Prossiga nesta via.*

— Acho que era um veado ali. Você viu? No bosque?

— *Precisamos conversar sobre o Chris.*

— Sim, você está certa. Precisamos conversar sobre o Chris. Precisamos conversar sobre um monte de coisas, o Chris é uma delas. Mas, antes da gente fazer isso, vou encostar aqui e tomar mais um golinho de uísque, e aí tirar uma soneca, se isso não for problema para você. Porque de repente fiquei cansado, Emma. Incrivelmente cansado. E odeio pensar que poderíamos sofrer um acidente. Nunca me perdoaria se alguma coisa te acontecesse.

— *Precisamos conversar sobre o Chris.*

— Mmm?

— *Falei que precisamos conversar sobre o Chris.*

— Merda! Que horas são? Três horas! Caralho.

"De onde veio essa neve toda?

"E o que aconteceu com o uísque? Não bebi tudo isso, né? Vou ter que abrir a outra garrafa...

"Ai, minha cabeça...

"Certo. Vamos lá. Pouca visibilidade esta tarde, devo dizer. E tão escuro! Parece até que já é de noite..."

— *Prossiga nesta via.*

— Ok. Vou fazer isso.

"Então. Sobre o que era mesmo que você queria conversar?"

— *Sobre o Chris.*

— Ok. Podemos conversar. Tem alguma coisa em particular que você gostaria de conversar?

— *Sim. Sobre a fotografia.*

— A fotografia? Você vai precisar ser mais específica. Não entendi.

— *Prossiga nesta via.*

— De que fotografia você está falando?

— *Da fotografia dobrada.*

— Ah, aquela da Alison? A do biquíni?

— *Por que ele dobrou a foto?*

— Como é?

— *Por que seu pai dobrou a foto?*

— Achei que já tínhamos falado sobre isso. Porque ele ficou excitado com a Alison, e só queria olhar aquele lado da fotografia.

— *Tem certeza?*

— Claro. Que outra explicação poderia haver?

— *Daqui a 2 quilômetros, curva à direita.*

— Não, por aí voltamos para a estrada de Aberdeen, e já te disse que não estamos indo para lá. Nem hoje, nem nunca mais.

— *Você sabe.*

— Sei? Sei o quê? Seria pedir muito que você pare de falar em código?

— *Você sabe por que seu pai dobrou a foto.*

— Podemos mudar de assunto?

— *Curva à direita adiante.*

— À esquerda, você vai ver.

— *Você sabe.*

— Dá para você CALAR A BOCA, Emma! Dá para parar de falar sobre isso?

— *Fale, Max. Fale.*

—Vai se foder.

— *Não chore. Não chore, Max. Simplesmente diga a verdade.*

— Não estou chorando.

— *Você consegue. Fale.*

— Por que você está me PRESSIONANDO desse jeito? Por que está me fazendo passar por isto?

— *Era a foto da Alison mesmo que ele queria olhar?*

— Claro que não era. Ah, meu Deus. Ah, pai! Seu filho da mãe... Sujeito miserável. Como é que não enxerguei? Como é que nenhum de nós enxergou? Era o Chris, não era? Você tinha uma queda por ele. Durante aqueles anos todos. O melhor amigo do seu filho. Não conseguia tirar os olhos dele. Até hoje — até *hoje* ainda pensa nele. Agora mesmo, na Austrália, ficava perguntando sobre ele o tempo todo. E não era só o Chris, provavelmente. Provavelmente havia outros. Amigos meus? Amigos da mãe? Quem pode saber? Você se escondeu, pai. Se escondeu durante tanto tempo, anos e anos. Na verdade, acho que ainda se esconde. Com seu triste segredinho. A coisa que você nunca foi capaz de admitir, para minha mãe ou para mim ou para qualquer outra pessoa.

— *Daqui a 200 metros faça o retorno.*

— É tão triste. Tão, tão triste.

— *Faça o retorno. Então prossiga por aproximadamente 5 quilômetros nesta via.*

—Videodiário, quarto dia.

"Bem, sem dúvida vocês devem querer saber como estou me saindo.

"Tenho a satisfação de informar que sigo de vento em popa para as Shetlands. De vento em popa. Claro, está um pouco escuro lá fora para que vocês consigam enxergar exatamente onde estou, mas eu diria que... diria que em algum lugar ao largo da Costa da África. Ontem certamente contornamos a Ilha da Madeira, a estibordo, e hoje já posso avistar, a bombordo, o vulto de uma massa imponente de rocha e terra que, penso eu, devem ser as Ilhas Canárias. Ou elas ou, muito possivelmente, as montanhas Cairngorms, pois, a menos que muito me engane, estamos agora na B976, sentido oeste, na direção oposta a Aberdeen, rumando pras montanhas.

— *Daqui a 300 metros faça o retorno.*

— Ha, ha! Sim, ela já vem dizendo isso há algum tempo. É a Emma, minha fiel — repito — minha fiel navegadora, com quem tenho discordado, hoje, sobre a rota a seguir. Ela parece acreditar que, no ritmo atual, não há possibilidade da gente contornar o Cabo da Boa Esperança antes do Natal, o que significa pegar mau tempo naquela que é uma das latitudes mais temidas dos mares, embora, devo dizer, o tempo por aqui já esteja bem ruim. Densos flocos de neve descendo do céu em espirais, conforme vocês podem ver lá fora, um vento uivante — estão ouvindo? —, tudo isso tornando bastante difícil manter o curso neste momento, e também não ajuda que o motorista — isto é, o comandante — venha bebendo sem parar nas últimas... nas últimas 15 horas, mais ou menos. Nada como um pouco de rum, é o que eu sempre digo, para animar durante uma tempestade! Enfim, a estrada por aqui está ficando bem... bem tempestuosa e traiçoeira, estou mantendo uma velocidade constante de 30 quilômetros por hora e nossa reserva — de combustível, quero dizer — está bastante baixa, e — ops, uma curva forte, não vi ela chegando — e, se vocês agora estão se perguntando o que foi esse barulho, foi o ruído da câmera que escorregou pelo painel, razão pela qual agora têm aí uma bela visão do meu pé esquerdo. "Ok. Corta."

— Emma?

"Emma, você ainda está aí?"

—*Sim, ainda estou aqui.*

— Faz um tempo que você não diz nada.

— *Estou aqui. O que é?*

—Vamos parar daqui a pouco? Estou ficando cansado de novo.

— *Prossiga nesta via.*

— Ok. Você é quem manda. Mas agora é uma boa hora pra gente conversar?

— *Daqui a 200 metros faça o retorno.*

—Você não desiste nunca? Queria falar contigo sobre o meu pai e o Roger.

— *Prossiga nesta via.*

— Estava pensando no assunto, e talvez não tenha sido uma história tão triste assim. De certa forma, sabe, eles se amavam. Quero dizer, o Roger parecia abusar um pouco, e também ser um pouco canalha, mas acho que realmente gostava do meu pai. E isso significa, pelo menos, que *alguém* gostou dele de verdade, algum dia. Não tenho certeza se minha mãe chegou a tanto, sabe. Se a gente parar para pensar, meu pai e o Roger apenas tiveram azar. E foi o Crispin Lambert, mais do que qualquer pessoa, quem estragou tudo. Se não fossem *ele* e seus esquemas idiotas, as coisas poderiam ter dado certo. Apesar de não saber se o meu pai realmente chegaria a ter coragem de assumir, de admitir para si mesmo que era... a pessoa que ele era. Mas o caminho que escolheu talvez tenha sido muito mais difícil. Enganar a si mesmo, enganar todo mundo à sua volta — por uma vida inteira. Foi o que Crowhurst pensou em fazer também, não foi? Deve ser por isso que ele me lembra meu pai...

"Emma...?"

— *Prossiga nesta via.*

— *Prossiga nesta via.*

— Pode continuar a repetir à vontade. Não posso prosseguir na via. Olhe, está bloqueada. A polícia fechou. Colocaram uma cancela.

"Onde diabos viemos parar, afinal? Não acabamos de passar por uma cidade?

"Vamos ver. Certo, estamos aqui. Isto somos nós — esta pequena flecha vermelha na tela, totalmente parada. Somos nós dois, quero dizer. Mas veja: se voltarmos só um pouco, tem uma estradinha aqui, para o oeste, que passa por esse portão e nos devolve à estrada principal. Aí temos que subir essa montanha, chegar até o topo e descer pelo outro lado. Sem problema.

"A questão é que não sei se temos combustível suficiente. A luzinha de alerta está acesa já faz algum tempo. Mas e daí, né? O que pode nos acontecer de pior? Temos nosso uísque, temos um ao outro — dá para fazer uma noitada com isso. O que você me diz?"

— *Você que sabe, Max. Fica totalmente por sua conta.*

— Essa é minha garota. Vamos nessa, então.

> *"As rodas do ônibus giram e giram,*
> *Giram e giram, giram e giram,*
> *As rodas do ônibus giram e giram, o dia inteiro.*
> *O limpador de para-brisa faz tchuf tchuf tchuf,*
> *Tchuf tchuf tchuf, tchuf tchuf tchuf,*
> *O limpador de para-brisa faz tchuf tchuf tchuf, o dia inteiro."*

— Você conhece essa música, Emma? Deve conhecer. Você pode me ajudar a cantar, se quiser. Vamos lá, canta junto. É bom cantar um pouco, principalmente para espantar tanto estresse. Mantém a gente para cima.

"A buzina do ônibus faz bibi bibi bibi,
Bibi bibi bibi, bibi bibi bibi,
A buzina do ônibus faz bibi bibi bibi, o dia inteiro."

— Qual é o problema, você não sabe a letra? Eu costumava cantar isso com a Lucy. Sei de cor. Pergunto-me se ela ainda se lembra. A gente sempre cantava na cama, a primeira coisa que fazíamos de manhã. Nos fins de semana, era a Caroline que levantava primeiro para tomar banho, eu ficava na cama e então a Lucy vinha ficar comigo e sentava na minha barriga e a gente cantava essa música.

— *Não sei a letra.*

— Bem, a próxima estrofe é assim:

"As crianças no ônibus sobem e descem,
Sobem e descem, sobem e descem,
As crianças no ônibus sobem e descem, o dia inteiro."

— E depois:

"Os bebês no ônibus fazem buá buá buá,
Buá buá buá, buá buá buá,
Os bebês no ônibus fazem buá buá buá, o dia inteiro..."

– Sabe do que mais? Acho que não vamos conseguir subir este morro. O carro não foi feito para esse tipo de coisa. Não tem boa tração na neve. Ouviu esse barulho? Para mim pareceu o ruído de um carro ficando sem combustível. E quase deu! Se pelo menos tivéssemos chegado ao topo, podíamos então descer na banguela até o outro lado. Mas infelizmente... acho que não vamos conseguir.

"Neca. Estamos sem sorte.

"Empacados. Enguiçados.

"Silencioso aqui, né?"

— *Muito.*

—Você sabe onde estamos, não sabe?

— *Onde estamos, Max?*

— Na pior, claro. Estamos na pior, que nem o Donald Crowhurst quando o rádio dele foi pro saco. Ele tinha seu rádio quebrado, eu tenho meu celular sem bateria.

— *Mas, Max, tem uma coisa que eu queria que você lembrasse. Uma coisa muito importante. Você não é Donald Crowhurst. Você é Maxwell Sim.*

— Não, você não entende. Ainda não captou. Tudo que aconteceu com ele está acontecendo comigo. Está acontecendo agora mesmo.

— *Estamos nas montanhas Cairngorms, e não no Mar de Sargaço.*

— Feche os olhos e você pode ir aonde quiser.

— *No interior da cabine dele fazia calor. Aqui está frio.*

— Bem, isso é fácil de arrumar. Vamos colocar o aquecimento no máximo.

— *Se você fizer isso, Max, logo a bateria do carro vai acabar.*

— Não me importo. E o Crowhurst ficou pelado, não ficou? Não passou uma boa parte das suas últimas semanas pelado?

— *Max, por favor, não faça isso. Contenha-se.*

— Qual é o problema, você nunca viu um homem nu na vida? Não, acho que não.

— *Max, pare com isso. Ponha essa camiseta de volta. E diminua o aquecimento. Já está ficando muito quente aqui dentro. Você vai acabar com a bateria.*

— E agora a calça. Olhe para lá, se não quiser ficar chocada. Pronto! Agora estamos bem confortáveis e aconchegados. Não há mais segredos entre nós. Que tal um traguinho? Um Talisker, envelhecido 25 anos, cortesia da Alison e do Philip. Você não me acompanha? Bem, não posso te culpar. Muito sensato da sua parte. Já bebi demais desse negócio por hoje, mas, se vamos passar a noite inteira nesta montanha...

— O quê? O que houve? Onde estou?

— Emma?

— *Estou aqui, Max.*

— Peguei no sono?

— *Sim, você dormiu. Mais de uma hora.*

— Sério? Merda, pensei que ia conseguir dormir mais. Nossa, está quente aqui dentro.

— *O aquecimento ficou ligado esse tempo todo. Falei para você não colocar no máximo. Agora quase não sobrou bateria. Você sabe o que isso significa, não sabe, Max?*

— Não, o quê?

— *Que logo não vou estar mais aqui. Vou desligar.*

— Ah, não! Isso não, Emma! Você também, não. Não me abandone, por favor.

— *Logo vou embora. É questão de alguns minutos.*

— Desligo o aquecimento. Desligo tudo.

— *Não, Max, é tarde demais agora. Temos que dizer adeus um ao outro.*

— Mas, Emma, não posso viver sem você. Você tem sido... tudo para mim, nesses últimos dias. Sem você... Sem você, não posso continuar.

— *Vai ter que ser assim.*

— Não! Você não pode! PRECISO DE VOCÊ!

— *Não chore, Max. Tivemos bons momentos. Agora é o fim da linha. Aceite, se puder. Só temos mais alguns minutos juntos.*

— Não posso aceitar. Não.

— *Tem alguma coisa que você queira me dizer no tempo que nos resta?*

— O quê? Como assim?

— *Talvez tenha alguma coisa que você queira me dizer antes que eu me vá.*

— Não entendi.

— *Acho que tem uma coisa que você precisa me contar. Seu segredinho. Algo que você nunca contou para Caroline. Uma coisa que envolve o Chris.*

— O Chris?

— *Sim. Você sabe do que estou falando, não sabe?*

— Você diz...

— *Sim?*

— Você diz, aquilo que aconteceu na Irlanda? O buraco das urtigas?

— *Isso. Vamos lá, agora, Max. Vai se sentir melhor contando para alguém.*

— Ah, meu Deus... meu Deus... como você soube?

— *Basta dizer em voz alta. Basta me contar o que aconteceu. Me diz o que aconteceu com o pequeno Joe, pobrezinho. O que foi que você fez com ele?*

— Porra... porra... PORRA.

— *Tudo bem. Pode chorar se quiser. Ponha tudo para fora.*

— Você quer saber a verdade?

— *Claro que quero. A verdade é sempre bela.*

— Mas a verdade, Emma, é que... A verdade é que... Ah, meu Deus. A verdade é que eu odiava ele. Não é uma coisa terrível de se dizer? Só um menininho. Um menino, apenas, alegre, curioso, cheio de vida. Eu o odiava por ele ser tão feliz. Odiava por ele ter o Chris como pai. Por ter duas irmãs com quem brincar. Odiava o Joe por tudo que ele tinha... e eu nunca tive. Todas as coisas que o meu pai nunca me deu...

— *Pode chorar se quiser.*

— Nunca pensei, sabe. Nunca me dei conta de quanto ódio tinha em mim. Nunca imaginei que poderia odiar uma *criança* daquele jeito.

— *Deixa vir o choro, Max. Vai te fazer bem. E aí, o que aconteceu? O que foi que você fez?*

— Não consigo dizer.

— *Sim, você pode. Você consegue dizer, Max. Ele estava brincando na corda, não estava? Se balançando em cima do buraco das urtigas?*

— Estava.

— *E então ele se balançou para um dos lados e tentou saltar da corda, e aí você fez o quê?*

— Não consigo dizer.

— *Sim, você consegue. Você pode, Max. Sei o que aconteceu. Você empurrou ele.*

— Eu...

— *Foi isso que aconteceu? Você empurrou ele de volta pro buraco? Empurrou, Max?*

— Sim. Sim, empurrei. E ele soube. Ele *soube* que fui eu. Contou pro pai dele. O Chris não conseguia acreditar, de início, mas acabou acreditando. E foi por isso que foram todos embora. É por isso que o Chris não falou mais comigo desde então.

— *Pode chorar se quiser. Mas é melhor contar isso a alguém.*

— Não consegui evitar. Queria machucar ele. Queria tanto machucar o Joe. Jamais poderia acreditar que chegasse a querer tanto machucar alguém. E ele tinha só 8 anos. Oito anos. PORRA. Sou um sujeito mau. Sou um cara horrível. Não devia ter te contado isso. Você me odeia agora, Emma? É capaz de me perdoar, de continuar gostando de mim?

— *Sou a única pessoa a quem você poderia ter contado, Max. Porque não julgo, lembra? Fico contente por ter me contado. Fez a coisa certa me contando. Precisava contar a alguém, afinal. Mas a bateria está quase no fim agora. Vou ter que me despedir. Vou ter que te deixar, Max.*

— Emma, não vá.

— *Preciso ir. Vou te deixar à mercê dos elementos. A neve vai cair sobre você. A escuridão vai te envolver.* Os elementos te reduziram a isto. *Agora são eles que te controlam.*

— Você não tem nada mais para me dizer? Porque tem mais uma coisa que quero te falar. Uma coisa que venho querendo te dizer há séculos.

— *Certo, então. A última coisa. Você primeiro.*

— Ok. Lá vai. Eu te amo, Emma. De verdade. Estou ensaiando para dizer isso faz dias, mas não ousava. Não tinha coragem. Mas agora falei. Te amo. Sempre amei. Desde a primeira vez que ouvi sua voz.

— *Adeus, então, Max.*

— Mas... e o que era que você ia me dizer?

— *Daqui a 300 metros faça o retorno.*

— Emma...

"*Por favor*, não vá.

"Não me deixe sozinho. Não me deixe sozinho aqui.

"*Por favor.*

"Emma? Emma?"

Fairlight Beach

21

Quando vi a chinesa e sua filha jogando baralho na mesa do restaurante, as águas e as luzes do porto de Sydney bruxuleantes atrás delas, sabia que não ia demorar agora, que não demoraria nada mesmo, e eu encontraria o que estava procurando.

Era o dia 11 de abril de 2009: o segundo sábado do mês. Cheguei ao restaurante às 19h, e elas, uns 45 minutos depois. Não pareciam ter mudado desde que as vira, no Dia dos Namorados. Eram exatamente as mesmas. Acho que a menininha até usava o mesmo vestido. E, à mesa, fizeram tudo igual também. Primeiro, fizeram juntas uma bela refeição — um jantar surpreendentemente farto, na verdade, ambas passando por quatro pratos diferentes — e, em seguida, o garçom retirou os pratos e as travessas da mesa e trouxe chocolate quente para a menina e café para a mãe, e então a chinesa pegou o baralho e elas começaram a jogar. Mais uma vez não consegui saber exatamente que jogo as duas jogavam. Não era um jogo de adultos, mas, de novo, tampouco era algum jogo infantil, como *snap*. Fosse o que fosse, entretinha-as por completo. Iniciada a brincadeira, pareciam ter se fechado num pequeno casulo de intimidade, indiferentes à presença dos demais clientes. O terraço do restaurante não estava tão cheio quanto da outra vez: em parte, porque na outra ocasião era o Dia dos Namorados, claro, mas também porque o clima em Sydney agora estava perceptivelmente mais fresco e outonal, e muita gente tinha preferido comer no salão interno. Eu mesmo já sentia um pouco de frio, mas, mesmo assim, tinha ficado contente ao ver que a chinesa e sua filha preferiram fazer a refeição ao ar livre, pois isso significava que eu poderia vê-las de novo exatamente da forma como me lembrava, com as águas e as luzes do porto de Sydney bruxuleantes atrás delas. Tentei espiá-las discretamente, olhando naquela direção só de vez em quando, sem encará-las diretamente ou algo parecido. Não queria deixá-las desconfortáveis.

De início, fiquei apenas feliz em revê-las. Feliz em saborear a irresistível sensação de equilíbrio e calma que me tomou da primeira vez que as vi chegarem ao terraço daquele restaurante. Afinal, embora o garçom tivesse me assegurado, não muito tempo antes, que as duas frequentavam o lugar regularmente no segundo sábado de cada mês, ainda assim foi difícil convencer a mim mesmo de que elas estariam ali naquela noite. De modo que minha primeira reação foi de alívio, pura e simplesmente. Mas rapidamente fui ficando ansioso. O fato era que, mesmo depois de ter pensado a respeito durante horas, não conseguira ainda chegar à conclusão sobre qual seria o modo mais apropriado de me apresentar a elas. Uma daquelas frases velhas e batidas, tipo "Com licença, mas conheço vocês de algum lugar?", não levaria a nada. Por outro lado, se dissesse que a perspectiva de encontrá-las fora uma das boas razões para eu pegar um avião em Londres e voar até ali, elas provavelmente ficariam assustadas. Haveria alguma outra coisa que poderia lhes dizer que ficasse a meio caminho entre essas duas abordagens? Quem sabe se contasse a verdade: que as vira uma vez naquele restaurante dois meses antes e, desde então, as duas tinham se tornado, para mim, uma espécie de totem, de símbolo daquilo que uma relação verdadeira entre dois seres humanos deveria ser, num tempo em que as pessoas parecem estar perdendo a capacidade de se conectar, ainda que a tecnologia venha criando mais e mais meios pelos quais isso seria possível... Bem, eu acabaria me enrolando se levasse longe demais essa linha de argumentação, mas, ainda assim, considerei que — com um pouco de sorte, se conseguisse encontrar as palavras certas, de algum modo — aquela poderia ser mesmo uma forma viável de resolver a questão. E era melhor me apressar, se quisesse ter alguma chance de falar com elas naquela noite. Estava ficando tarde, a menininha começava a parecer cansada — a qualquer momento as duas provavelmente iriam embora. O jogo de baralho parecia encerrado, e elas novamente conversavam e riam juntas, discutindo amistosamente algum assunto, enquanto a chinesa olhava em volta à procura do garçom, presumivelmente para pedir a conta.

E — foi isso. Meu coração batia forte. Estava a ponto de me levantar e ir até a mesa delas quando algo me impediu. *Alguém*, eu deveria dizer. Pois exatamente naquele momento, muito inesperadamente, meu pai apareceu no terraço do restaurante e veio na direção da minha mesa.

Sim, meu pai. A última pessoa que eu esperava encontrar. Àquela hora, era para ele estar em Melbourne com Roger Anstruther.

Certo, admito que pulei algumas partes importantes da história. Provavelmente é hora de rememorar um pouquinho.

Era sábado à tarde quando finalmente acordei na enfermaria de um hospital em Aberdeen. Acordei e descobri que havia duas pessoas junto ao meu leito: Trevor Paige e Lindsay Ashworth. Estavam ali para me levar de volta para casa.

No dia seguinte, Trevor e eu fizemos a viagem de retorno a Londres juntos, de trem. Lindsay dirigiu o Prius. Durante a viagem, no trem, Trevor me deu a notícia sobre a Guest Escovas de Dente: haviam sido obrigados a decretar falência na quinta pela manhã, depois da recusa do banco em conceder mais crédito à empresa. O anúncio fora feito mais ou menos na mesma hora em que eu chegava a Dundee, mas ninguém da Guest tinha conseguido me contatar. Todos os dez funcionários da empresa foram mandados embora, e o projeto de lançar a nova linha de produtos na Exposição da Associação Britânica de Comércio Odontológico estava cancelado, claro. Os planos da Lindsay tinham ido por água abaixo. De volta a Watford, demorei alguns dias para me recuperar da viagem. Passei a maior parte da semana seguinte na cama. Um monte de gente foi me visitar, devo dizer. Não apenas o Trevor e a Lindsay, mas o próprio Alan Guest, o que considerei um belo gesto. Ele parecia se sentir bastante culpado pelas consequências da minha participação na campanha da empresa, quase como se fosse sua responsabilidade pessoal. Respondi que ele não se preocupasse com aquilo. Poppy foi me ver duas vezes, levando o tio com ela na segunda vez. E, no fim de semana, as coisas melhoraram ainda mais, pois tive a sorte de presenciar o verdadeiro milagre de uma visita da Caroline e da Lucy. Não passaram a noite comigo nem nada, mas, mesmo assim, era a primeira vez que voltavam a Watford desde a nossa separação, e a Caroline me prometeu que não seria a última.

Assim que me senti melhor, entrei em contato com meu antigo empregador e marquei um novo encontro com Helen, a responsável pela saúde ocupacional na loja. Disse a ela que tinha reconsiderado minha decisão em relação ao emprego e que, se houvesse qualquer possibilidade de que a vaga ainda estivesse em aberto, gostaria de voltar a trabalhar. Ela pareceu ter sido pega de surpresa pelo meu pedido, disse que precisaria consultar o departamento de pessoal e daria retorno dali a alguns dias. E cumpriu o prometido. Eles já haviam preenchido meu posto no Atendimento ao Cliente no Pós-Venda, ela me contou, mas falou também que mandaria um e-mail com a lista das vagas atuais em outras seções da loja, além de assegurar que uma tentativa de me candidatar a qualquer uma das funções em aberto seria bem-vinda. A lista chegou e, depois de pensar um pouco, me decidi pela vaga no departamento de decoração de interiores. E é com satisfação que digo que consegui o emprego, tendo combinado começar na nova função na segunda-feira, 20 de abril.

Enquanto isso, decidi que faria uma coisa, e agora me dou conta de que não demorei muito a cumprir minha resolução. Sentei à mesa da cozinha, uma manhã, com o saco de lixo cheio dos cartões-postais do Roger Anstruther. Espalhei-os todos em cima da mesa e comecei a organizá-los. Queria colocá-los em ordem cronológica, antes de mais nada. Não foi fácil, porque nem todos tinham data e, entre estes que não estavam datados, muitos já não mostravam carimbos de postagem legíveis. Algum trabalho de dedução foi necessário. Após algumas horas, no entanto, tinha progredido o suficiente na tarefa para ser capaz de rascunhar um mapa básico do itinerário percorrido pelo Roger nos anos anteriores. A partir de janeiro de 2006, ele se deslocara entre o sul da China, Mianmar, Tailândia, Camboja e Indonésia, permanecendo então quase um ano na Ilha Palau, que fica uns mil quilômetros a oeste das Filipinas. Era basicamente o lugar mais distante a que se poderia ir, e pensar que o Roger talvez tivesse se estabelecido por lá, pelo menos por enquanto, fazia o plano que eu tinha em mente parecer ainda mais alucinado e impraticável do que me parecera de início. A ideia era... Bem, vocês já devem ter adivinhado a esta altura. Claro. Meu plano era promover algum tipo de reconciliação entre o Roger e o meu pai. Primeiro passo, entrar em contato com o Roger e sugerir que eles voltassem a se falar: pessoalmente, quero dizer — não por e-mail ou telefone. Porém, agora que considerava a distância geográfica entre os dois, essa ideia começou a me soar ridícula. Estavam no mesmo hemisfério, tudo bem, mas não passava disso. E no entanto... Quanto mais pensava no plano, mais sentia que não era apenas uma fantasia vã, e sim uma necessidade. A história do meu pai e do Roger *precisava* terminar com esse encontro. Sentia, no mais íntimo, que havia mais do que sorte operando ali — que aquele reencontro era quase que o destino dos dois, e que os reunir era a missão para a qual eu havia nascido. Vocês estão achando, com isso, que eu não estava ainda completamente são das ideias, após o fim desastroso da minha viagem? Bem, então escutem essa. Tinham sobrado algumas dezenas de cartões-postais dentro do saco de lixo, ainda sem ter sido separados, quando ao tirá-los dali descobri que, embora a maioria aparentemente datasse dos anos 1990, havia um muito mais recente. Trazia uma imagem da orla de Adelaide e a data... janeiro de 2009.

Roger estava na Austrália. Ele e meu pai estavam morando a menos de 2 mil quilômetros um do outro. Ofegante, li e reli a mensagem na parte de trás do cartão:

Cansei de morar no meio do nada, ele havia escrito. *Passei a ansiar por ter de volta alguns dos confortos ocidentais. Também me ocorreu — embora essa seja uma ideia mórbida — que devia começar a procurar um lugar onde terminar meus dias. Então cá estou, pelos próximos meses, ao menos. Minha hospedaria está marcada com uma flecha — a vista dali já deve ter sido legal no passado, mas aparentemente todos esses novos condomínios acabaram com a paisagem...*

Agora me digam — isso não parece coisa do destino?

Muitas vezes, conforme constatei nas últimas semanas, a internet levanta barreiras entre as pessoas tanto quanto as conecta. Mas ela também pode, às vezes, se revelar uma simples benção. Em questão de horas, consegui encontrar, no Google Earth, o pedaço da orla de Adelaide reproduzido no cartão-postal do Roger, identificar a hospedaria, com nome e endereço, e mandar um e-mail aos donos perguntando se havia algum hóspede lá com o nome dele. A resposta chegou na manhã seguinte, e era exatamente o que eu esperava ouvir.

Foi assim que achei Roger Anstruther.

Voei para a Austrália no dia 4 de abril. Seria uma estada curta, desta vez, pouco mais de uma semana: nem daria tempo de me recuperar do fuso direito. Tampouco tinha dinheiro — não poderia fazer a viagem sem me endividar ainda mais. Mas precisava ser feita. A princípio, pensei em não contar ao meu pai que iria. Achei que seria melhor fazer uma surpresa. Aí percebi que era uma bobagem — as pessoas não pegam, simplesmente, um voo com destino ao outro lado do mundo, a um custo considerável, para uma visita sem avisar. E se ele estivesse fora, em algum lugar? E se tivesse decidido tirar umas semanas de férias? De modo que, na noite anterior ao dia da viagem, tentei telefonar, mas não consegui encontrá-lo. Nem no telefone de casa, nem no celular. Aí comecei a entrar em pânico. Talvez tivesse acontecido alguma coisa. Talvez ele estivesse estirado, morto, no chão da cozinha do novo apartamento. Agora, sim, *precisava* pegar um avião e ir vê-lo.

Naturalmente, quando lá cheguei, 36 horas depois, e toquei a campainha, ele apareceu para atender em poucos segundos.

— O que você está fazendo aqui? — perguntou.

— Vim te ver. Por que você não atende os telefones?

— Você tentou ligar? Tem algum problema com o de casa. Coloquei no silencioso, não sei como. Agora não ouço mais quando alguém liga.

— E o celular?

— A bateria acabou e não consigo achar o carregador. Você não veio até aqui só por causa disso, não é?

Eu ainda estava do lado de fora do apartamento.

— Posso entrar?

Acho que meu pai ficou genuinamente sensibilizado por eu aparecer tão pouco depois da minha última visita. Sensibilizado e surpreso. Na maior parte da semana, não fizemos nada de especial, mas estávamos à vontade e até desfrutamos (será que ouso dizer?) certa proximidade que era nova para ambos. Entreguei a ele sua preciosa pasta azul, recuperada do apartamento de Lichfield, e contei que tinha lido o relato memorialístico intitulado *O Sol Nascente*, mas não discutimos o assunto além disso. Não por algum tempo, pelo menos. Nem mencionei, de início, que mais da metade do espaço da minha mala estava ocupado por camada sobre camada dos cartões-postais de Roger Anstruther. Em vez disso, esperei calmamente uma oportunidade, e os primeiros dias da minha visita foram consumidos em vários passatempos domésticos banais. Meu pai já estava morando no apartamento fazia três meses, mas o lugar ainda não tinha mobília apropriada, então passamos algum tempo percorrendo lojas de móveis e comprando cadeiras, armários e uma cama extra. Ele também tinha uma TV velha de uns 20 anos que mal funcionava, de modo que, num dos dias, saímos para comprar uma nova, bacana, de tela plana, e um DVD player. Ele reclamou que não teria onde assistir suas antigas fitas VHS, e que os controles remotos agora eram muito pequenos e ele provavelmente os perderia, mas no geral acho que ficou satisfeito, não só com a TV, mas com todo o resto. Já estávamos nos divertindo bem mais do que na visita anterior.

A noite de sexta chegou e eu ainda não havia contado a ele o que planejara para o dia seguinte. Pedimos comida chinesa e abrimos uma garrafa de vinho, um belo Shiraz da Nova Zelândia, e então, enquanto ele repartia o pato laqueado e tirava as panquequinhas da embalagem de papel celofane, fui até o cômodo ao lado e, na volta, falei:

— Pai, trouxe uma coisa para você.

Coloquei o bilhete aéreo da empresa Qantas sobre a mesa.

— O que é isso? — perguntou ele.

Eu disse:

— É uma passagem de avião.

Ele pegou o envelope e examinou.

— É uma passagem para Melbourne — disse.

— Isso mesmo.

— Para amanhã.

— Sim, para amanhã.

Ele colocou o bilhete de volta na mesa.

— Bem, e o que isso significa?

— Que você vai para Melbourne amanhã — falei.

— Por que eu ia querer ir para Melbourne?

— Porque... Porque tem alguém que vai estar lá amanhã, uma pessoa que eu acho que você precisa encontrar.

Ele olhou para mim sem entender. Dei-me conta de que, do jeito que falei, parecia que estava querendo que ele consultasse um médico ou algo do tipo.

— Bem, quem é essa pessoa?

— O Roger — respondi.

— Roger?

— Roger Anstruther.

Meu pai parou de cortar o pato em pequenos pedaços, do tamanho de flocos, e sentou.

—Você encontrou o Roger? Como?

— Fui atrás dele.

— Como?

— A pista estava no último cartão-postal que ele te mandou, e que encontrei em Lichfield.

— Ele ainda escreve para mim?

— Sim. Nunca deixou de escrever. Tenho uns duzentos cartões dele na minha mala, lá no quarto.

Meu pai coçou a cabeça.

— E ele quer me ver?

— Sim.

—Você falou com ele?

— Sim.

— E como ele reagiu?

— Reagiu... dizendo que estava ansioso para te ver.

— Ele está morando em Melbourne agora?

Abanei a cabeça.

— Em Adelaide. Escolhemos Melbourne por ser um bom ponto intermediário entre aqui e lá.

Meu pai apanhou novamente o bilhete e verificou o horário do voo, embora não parecesse estar prestando atenção ao que lia.

— Então quer dizer que está tudo acertado.

— Se você quiser levar isso adiante.

— Onde devemos nos encontrar?

— No salão de chá do Jardim Botânico — falei —, às 15h, amanhã.

Ele largou a passagem e pegou os talheres, voltando a picar o pato, o semblante fechado de quem está pensando. Por um bom tempo depois disso, não falou mais no assunto. Meu pai, começo a perceber, tem um temperamento silencioso.

Apesar disso, ele estava obviamente agitado naquela noite. Entreguei-lhe as pilhas de cartões-postais e, quando fui dormir, ele ficou à mesa da cozinha, lendo um a um metodicamente. Às 3h da manhã, ainda sofrendo com o fuso, acordei e vi que havia uma luz vazando por baixo da porta do seu quarto. Podia ouvir, de fora, o ranger do assoalho sob os passos dele, de um lado pro outro. Suspeito que nenhum dos dois dormiu o resto da noite.

Fui o primeiro a chegar à cozinha de manhã. Às 7h, quando eu preparava duas canecas de café instantâneo para nós, meu pai entrou e disse, abruptamente:

—Você não comprou a passagem de volta.

— Não.

— Por que não?

— Não sabia quanto tempo você ia querer ficar. Pensei que vai depender, talvez, de como as coisas se passarem por lá. Vai ter que comprar você mesmo o bilhete.

— Não tenho dinheiro para uma passagem de Melbourne para Sydney.

— Eu pago.

Quando eu disse isso, ele fez uma coisa... bem, fez algo que achei uma coisa extraordinária. Se vocês tiveram a sorte de ter uma relação razoavelmente normal com seus pais, talvez achem difícil entender o quanto aquilo foi extraordinário para mim. Primeiro, ele disse:

— Obrigado, Max.

Em seguida, falou:

—Você não precisava ter feito isso por mim, sabe.

Mas não foi essa a coisa diferente. A coisa diferente foi que, enquanto dizia essas frases, ele se aproximou, eu ainda passando o café, e colocou a mão no meu ombro. Meu pai me tocou.

Eu tinha 48 anos. Era a primeira vez, pelo que podia me lembrar, que ele fazia algo desse tipo. Virei, e nossos olhos se encontraram muito brevemente. Mas a situação era desconfortável demais para ambos, então desviamos o olhar.

— O que você vai fazer hoje? — perguntou ele.

— Não tenho grandes planos — respondi. — Só preciso ir a um restaurante, à noite. Também espero encontrar alguém lá.

Contei a ele que era o mesmo restaurante no qual não conseguíramos jantar juntos na última noite da minha visita anterior. E falei um pouco, ainda, sobre a chinesa e sua filha.

—Você conhece essa mulher? — ele quis saber, enquanto eu lhe entregava sua caneca de café instantâneo.

— Não. Não exatamente. Mas...— (me pareceu uma coisa bizarra de se dizer, mas meti a cara) — ... mas, de certa forma, sinto que a gente se conhece. Que a conheço há muito tempo.

— Sei — falou ele. — Ela é casada? Tem namorado?

— Acho que não. Tenho quase certeza de que é mãe solteira.

— E hoje à noite você vai falar com ela, essa é a ideia?

—A ideia é essa.

— Bem, boa sorte — disse ele.

— Para você também, pai — respondi. — É um grande dia para nós dois.

Tocamos nossas canecas no ar, bebendo ao sucesso dos encontros que nos aguardavam.

Meia hora mais tarde, pouco antes de ele partir, avisei que tinha encontrado o carregador do celular dele, carregado a bateria e deixado o aparelho sobre a estante de livros da sala de estar.

— Não esqueça de pegar, viu! — alertei, enquanto, em seu quarto, ele amontoava umas coisas numa mala de mão.

— Não se preocupe — gritou ele de lá. — Já estou com ele. Está bem aqui.

E eu, estupidamente, acreditei.

E agora ali estava ele: de volta a Sydney, pouco mais de 12 horas depois, sentando-se à minha frente no terraço do restaurante, as águas e as luzes do porto de Sydney bruxuleantes atrás de nós. Éramos os únicos ainda ali fora, com exceção da chinesa e da filha. Uma brisa fresca vinha da baía. Fez ondular os cabelos do meu pai e, nisso, pensei em como ele era privilegiado por ainda ter toda aquela cabeleira na sua idade. E, com aquele pensamento, passei a mão nos meus próprios cabelos, já quase totalmente grisalhos, mas — como os do meu pai — cheios e bastos, e refleti que provavelmente tivesse herdado dele essa característica e que deveria ser-lhe grato por isso, pois muitos homens da minha idade são praticamente carecas. Olhei para o meu pai enquanto pensava nessas coisas e me dei conta de que, em muitos aspectos, eu era parecido com ele — a cor dos olhos, a linha do queixo, o jeito como os dois gostávamos de rodopiar a bebida no copo antes de beber — e, pela primeira vez, essa constatação foi bem-vinda, pareceu uma coisa boa, o que me fez sentir um calor na boca do estômago: como quando a gente volta para casa.

— Achava mesmo que ıa te encontrar por aqui — disse ele. —Terminou de comer? Me acompanha numa bebida? Porque, pode acreditar, estou precisando de uma.

Respondi que certamente o acompanharia, então ele chamou o garçom e pediu dois amarettos grandes (mas, na verdade, pronunciou "amaretti").

— E então, como foi? — eu quis saber, embora já pudesse perceber que algo devia ter saído errado. — Como foi com o Roger? Você conseguiu reconhecê-lo, depois de todos esses anos?

O garçom chegou com nossos drinques (isso era outra coisa que eu adorava naquele restaurante — serviço fantástico) e seguiu até a outra mesa para acertar a conta com a chinesa e a filha.

Meu pai rodopiou seu amaretto no copo antes de dar um primeiro e grande gole.

— De quem foi a ideia de que a gente se encontrasse no salão de chá do Jardim Botânico? — perguntou ele. — Sua ou do Roger?

— A ideia foi minha — falei. — Por que, tinha algo errado com o lugar? Não me diga que estava fechado para reforma ou algo do tipo.

— Não. Não, nada de errado com a ideia, na verdade. O parque é lindo. Só que fiquei surpreso que você tenha escolhido, porque não imaginei que já tivesse ido a Melbourne.

— E nunca fui — admiti. — Na verdade, tenho um amigo no Facebook que mora em Melbourne e pedi que ele me indicasse um lugar. Então acho que a ideia foi mais dele do que minha.

— Ah. Tudo bem, então. Bem, foi legal.

Dava para perceber que não tinha sido legal. Que alguma coisa ali não estava legal mesmo.

— Mas...? — provoquei.

— Bem... — Meu pai bebeu outro gole, enquanto pensava com cuidado no que ia dizer. — Bem, foi uma ideia ótima, Max, mas só teve um problema.

— Qual?

Ele se inclinou para a frente e disse:

—*Tem dois salões de chá diferentes no Jardim Botânico de Melbourne.*

Estava prestes a bebericar meu amaretto. Lentamente baixei o copo.

— Como é?

— Tem dois salões lá. Um em cada extremo do parque. Um fica na entrada principal, em frente àquele grande memorial de guerra, e o outro, perto do lago ornamental. Compareci ao nosso encontro neste.

— E o Roger...? — eu disse, mas mal conseguia falar.

— Bem, aparentemente ele foi ao outro.

Começava a compreender o absurdo total, o horror completo da situação.

—Vocês se desencontraram?

Meu pai assentiu.

— Mas... eu dei o número do seu celular para ele. E coloquei o número dele no seu aparelho. Ele não tentou te ligar?

— Sim. Catorze vezes. Foi o que eu descobri quando cheguei em casa. Aqui em Sydney.

Ele tirou o celular do bolso da jaqueta e me mostrou a mensagem na telinha: "14 chamadas perdidas".

— E por que você não ligou de volta?

— Não estava com o telefone.

— *Você não estava com o telefone?* Pai, seu... idiota. Eu *perguntei* se você tinha pegado o telefone. E você falou que sim. Perguntei hoje de manhã.

— Pensei que tinha, mas não tinha. Levei isto aqui no lugar.

Ele tirou um objeto do outro bolso e o pousou sobre a mesa. Era o controle remoto da nova TV de tela plana.

— Você tem que admitir — disse ele, colocando o controle ao lado do celular. — São parecidos.

Verdade. Eram mesmo.

— E então... então, o que aconteceu?

— Bem, cheguei ao salão de chá faltando dez pras três e esperei ali mais ou menos meia hora, então me ocorreu que o Roger estava atrasado, fui checar o celular para ver se ele não tinha ligado e foi aí que percebi que havia levado o controle remoto por engano. Bem, não entrei em pânico na hora, pois, até então, na minha cabeça, só tinha um salão de chá no Jardim Botânico e era nele que eu estava. De modo que esperei mais vinte minutos até que, quando uma moça veio limpar minha mesa, perguntei a ela: "Se você, por acaso, tivesse combinado de encontrar alguém no salão de chá do Jardim Botânico, viria a este lugar aqui mesmo, certo?", e ela sorriu e respondeu: "Claro", mas então, já indo embora, ela se voltou e disse: "Ah — a não ser que o encontro fosse no outro, claro."

Ambos rodopiamos nossos amaretti nos copos e bebemos outro gole. Os dois copos estavam quase vazios.

— Então entendi exatamente o que tinha acontecido. Perguntei quanto tempo levaria para ir a pé de um salão ao outro, ao que a moça respondeu que 10 ou 15 minutos (ela já podia ver que não estou exatamente na flor da idade), e aí perguntei também se havia mais de um caminho e ela disse que havia vários. Imaginei, então, que o Roger certamente se daria conta do que acontecera e seria melhor esperar por ali mesmo mais um pouco. De modo que não saí do lugar por mais uns 15 minutos, depois dos quais comecei a entrar em pânico, pois provavelmente poderia ter pedido ao pessoal do salão que ligasse para o outro salão e perguntasse ao pessoal de lá se havia um cara como o Roger esperando, mas, enfim, como não tinha pensado nisso, levantei, saí da mesa e caminhei até o outro salão. O percurso demorou, na verdade, mais de 25 minutos, pois não ando mais tão rápido e me perdi algumas vezes. Em resumo, quando cheguei, Roger já tinha ido embora.

— E ele tinha estado lá, pelo menos?

— Ah, sim. O sujeito que estava atendendo no balcão o descreveu para mim.

— Mas vocês não se veem há quarenta anos.

Meu pai sorriu.

— Eu sei. Mas a descrição era do Roger. Certas coisas a gente não esquece.

— E depois, o que aconteceu?

— Aí eu... — Meu pai ia recomeçar a história, mas de repente pareceu perder a vontade de continuar. — Ah, Max — falou —, você precisa mesmo saber? Que tal mais uma bebida?

Pedimos mais dois amaretti ao garçom: foi quando me dei conta de que a chinesa e sua filha não estavam mais na mesa delas.

— Ah, não, elas foram embora — falei, decepcionado. De tão entretido pela história do meu pai, nem raparei quando saíram.

— Quem?

— A mulher e a filha. Aquelas com quem eu queria falar.

— E você não conseguiu?

— Não.

— Pensei que você já tinha falado com elas.

— Era o que eu ia fazer quando você chegou. E agora elas foram embora.

Estava consternado. Levantei da mesa, tentando ter uma visão melhor do espaço à minha volta, e vi as duas a uns 100 metros de distância, de mãos dadas, a caminho de Circular Quay. Por um momento até considerei correr atrás delas.

Tinha vindo de Londres para falar com aquela mulher, afinal. Na verdade, teria mesmo saído em disparada, se meu pai não me segurasse pelo braço.

— Senta aí — disse ele. —Você pode falar com elas amanhã.

— Como assim, amanhã? — falei, irritado com ele agora.

— Elas *foram embora*, entendeu? Foram embora e não vai ter mais jeito de encontrar essas duas de novo, a menos que eu volte aqui no mês que vem.

—Você pode falar com elas amanhã — repetiu meu pai. — Sei onde elas vão estar.

Nossa segunda rodada de amaretti chegou. O garçom avisou que aqueles eram por conta da casa. Agradecemos, e meu pai retomou:

— Se você está se referindo à mulher e à menininha que estavam sentadas ali naquele canto... — (e assenti, sem poder respirar com medo de que ele estivesse brincando, alimentando em mim algum tipo de falsa esperança) — ... ouvi as duas conversando quando cheguei. A menina estava pedindo à mãe para ir nadar amanhã, e a mulher respondeu que sim, se o tempo estiver bom, então a filha disse que queria ir a Fairlight Beach.

— Fairlight Beach? Onde fica isso?

— Fairlight fica num subúrbio pros lados de Manly. Tem uma prainha lá, com uma piscina natural. Pelo jeito, é lá que elas vão estar amanhã.

— Se o tempo estiver bom.

— Se o tempo estiver bom.

— Qual é a previsão?

— Chuva — respondeu meu pai, bebericando o amaretto. — Mas geralmente eles erram.

— Elas disseram a que horas estariam lá?

—Não — disse ele. — Acho que você vai ter que chegar bem cedo, para garantir que vai encontrar com elas.

Contemplei a possibilidade. Meu voo de volta para Londres saía às 22 horas e eu não tinha nada marcado ao longo de todo o dia seguinte. A ideia de ficar horas e mais horas sentado numa praia vigiando a chegada da chinesa e da filha soava um pouco desoladora, porém. Mas que outra escolha eu tinha? Minha necessidade de falar com a mulher se tornara inadiável àquela altura — mesmo que fosse apenas para trocarmos algumas palavras. Pensar em voltar para Londres sem ter feito algum tipo de contato com ela era insuportável.

— Bem — falei, soltando um suspiro —, acho que é isso mesmo que vou ter que fazer, então.

— Não se preocupe, Max — vai dar tudo certo.

Olhei surpreso para ele. Definitivamente estava conhecendo outras facetas do meu pai naquela semana. Não era muito a dele aquela atitude encorajadora.

—Você parece tão... calmo, considerando o que teve que passar hoje — falei.

— Bem, o que posso fazer? — respondeu ele. — Tem certas coisas, Max... tem certas coisas que simplesmente não têm que acontecer. A última vez que vi o Roger foi há quarenta anos. Faz cinquenta que a gente fez aquelas coisas sobre as quais escrevi naquele relato. Sobrevivi sem ele todo esse tempo. Claro, fiquei bem chateado quando conseguimos nos desencontrar de novo, esta tarde. Uma sensação horrível de história que se repete, como você pode imaginar. Mas aí... Bem, voltei ao primeiro salão de chá, aquele ao lado do lago ornamental. E sentei lá por algum tempo, bebendo uma cerveja e pensando: se ele vier, veio, se não vier, não veio. E ele não apareceu. A tarde estava linda. Melbourne é bem mais quente do que aqui. Fiquei ali, e bebi minha cerveja, e escutei o canto de todos aqueles pássaros exóticos do lugar, e apreciei as palmeiras de várias espécies... Foi muito gostoso, na verdade. Tem um cipreste magnífico lá, sem folhas, bem à margem do lago. Um cipreste mexicano sem folhas. Até escrevi um poema sobre ele. "Taxodiaceae", é o título. Aqui — dê uma olhada.

Meu pai me passou sua caderneta moleskine preta e tentei ler o poema de oito versos escrito naquela tarde. Já foi difícil tentar decifrar a letra dele: quanto ao poema em si, para mim não tinha pé nem cabeça, como sempre.

— Muito bom — falei, devolvendo o caderno e lutando para encontrar alguma coisa mais para dizer. — Você devia publicar esses seus poemas, sério.

— Ah, sou apenas um amador, não me engano.

— O Roger não deixou nenhuma mensagem de voz no seu celular? — perguntei, ainda esperançoso de que pudéssemos salvar alguma coisa do desastre em que terminara aquele dia.

— Não faço ideia — disse meu pai. — Não sei acessar o correio de voz, e na verdade nem quero ouvir o recado, se existir.

— Sério? — falei. — Depois de todos esses anos, você não tem... curiosidade?

— Max — respondeu meu pai, inclinando-se para a frente e pousando suas mãos sobre as minhas. Outro gesto nunca visto. — Você fez uma coisa incrível por mim hoje. Nunca vou esquecer. Não porque quisesse, realmente, rever o Roger, mas porque isso mostra que você me aceita. Que me aceita como sou.

— Antes tarde do que nunca — falei, com um riso baixo, pesaroso.

— O que você acha do meu apartamento? — perguntou ele, após uma pausa curta (durante a qual tinha recolhido as mãos).

— Bem, é... legal, acho. Precisa de uns retoques, talvez, para ficar um pouco mais com cara de casa.

— É horrível, né? Vou sair de lá.

— E se mudar? Para onde?

— Acho que é hora de voltar para casa, na verdade. Aquele apartamento em Lichfield é um desperdício, afinal. Faria muito mais sentido eu morar lá. Se algum dia você ficar preocupado comigo — ou se eu ficar preocupado com você, por falar nisso — é melhor que a gente esteja a apenas umas três horas de estrada um do outro, certo? Em vez de umas 24 horas de voo.

Sim, eu concordava: fazia muito mais sentido ele morar em Lichfield, e não em Sydney. Então passamos o resto da noite conversando sobre isso: não sobre Roger Anstruther, ou sobre a chinesa e sua filha. Contei ao meu pai sobre a Sra. Erith tê-lo chamado de danado porque foi embora e nem disse quando voltaria, e sobre como o Dr. Hameed era uma pessoa amável, e sobre as admoestações da vizinha dele em Lichfield contra o fato de a Inglaterra ter sido tomada pelas grandes corporações. E meu pai concordou que seria legal revê-la. E, de alguma forma, não sei bem como — acho que ao falarmos de quando ele se mudou para Lichfield, depois da morte da minha mãe —, acabamos falando sobre ela. Sim, falando sobre a minha mãe, depois de todos aqueles anos! Antes daquela noite, e desde o enterro dela, penso que nenhum dos dois jamais voltara a pronunciar seu nome na presença do outro. E ali, pela primeira vez, vi os olhos do meu pai rasos d'água, com lágrimas de verdade, quando passou a falar dos anos de vida conjugal, e do quanto ele sentia que havia sido um marido horrível, e da porcaria de vida que tinha dado a uma pessoa que, no fim, teve sua sorte miserável selada por Deus ou pelo destino ou pelo que mais fosse — morrer aos 46 anos, sem poder levar da vida mais do que a desolação de ter sido casada com um homem consumido pela falta de amor-próprio, um homem que não tinha a menor ideia de como se relacionar com a mulher, ou mesmo com o filho, um homem que não sabia fazer outra coisa senão esconder seus sentimentos e reprimir seus desejos...

Meu pai nem bem acabara de se recompor quando percebeu que o garçom estava parado ao lado da nossa mesa.

— Senhores — disse o rapaz —, dentro de alguns minutos os senhores terão de ir embora. Estamos fechando.

— Tudo bem — respondi.

— Mas antes... quem sabe mais dois amaretti?

Quando o garçom nos trouxe os drinques, meu pai e eu tocamos os copos no ar novamente, num brinde à memória da minha mãe.

— Ela era tudo para mim — falei. — Nunca disse isso a ela, sabe. Espero que tenha sabido, de um jeito ou de outro, o quanto eu a amava.

Encarei meu pai, imaginando se ele diria algo parecido. Ele também a havia amado? Certamente que sim, do seu jeito, já que permaneceram juntos todo aquele tempo. Mas ele não disse nada: apenas me devolveu um sorriso triste.

O garçom tinha começado a virar as cadeiras de pernas para cima nas mesas à nossa volta. Estávamos ambos cansados e prontos para ir dormir.

— Bem, enfim, vamos olhar para frente. No mínimo precisamos tomar uma providência quanto ao túmulo da mãe. Lá diz apenas: "Barbara Sim, 1939-1985". Devíamos arrumar algo melhor.

— Você está certo — disse meu pai. — É a primeira coisa que vamos fazer.

Tive um momento de inspiração.

— Já sei — que tal aqueles versos dos *Quatro quartetos*? Aqueles, muito bons, sobre o passado estar contido no presente.

Meu pai pensou na proposta.

— Nada mau. Nada mau mesmo.

Mas dava para ver que não estava convencido.

— Você tem uma ideia melhor?

— Na verdade, não. Mas a questão é que a sua mãe não suportava poesia. Odiaria ter versos de T.S. Eliot na lápide da própria sepultura.

— Tudo bem, então. Do que ela gostava?

— Ah, não sei. Gostava do Tommy Steele, do Cliff Richards...

— Ok, vamos de Cliff. Alguns versos de uma das canções dele.

— "Boneca viva"... — meditou meu pai, e abanou a cabeça. — Não fica muito bem num túmulo, na verdade.

— Que tal "Mulher dos diabos"? É, talvez não.

— "Parabéns"? Acho que também não.

— "Vamos todos veranear"?

— Não, acho que nada disso funciona como epitáfio. Nenhuma delas.

Nossos olhos novamente se encontraram e, súbito, desatamos a rir: e então continuamos a rodopiar nossos copos de amaretto até que não tivesse sobrado nenhuma gota neles.

22

Não muito tempo depois de começar a contemplar o mistério insolúvel da raiz quadrada de menos um, Donald Crowhurst se viu adentrando o "túnel escuro" do qual jamais emergiria de novo. A maioria de nós, felizmente, tem um pouco mais de sorte. Poucos são os que conseguem evitar completamente esses túneis, mas geralmente alguma coisa nos faz emergir do outro lado. O túnel no qual me meti... bem, na verdade se revelou mais longo e escuro do que eu jamais poderia imaginar. Agora me dou conta de que estive perdido nele a maior parte da vida. Mas o mais importante é que, no final, consegui escapar: e, quando finalmente voltei à luz do sol, ainda piscando e esfregando os olhos, estava num lugar em Sydney chamado Fairlight Beach.

Cheguei ali às 9 horas, depois de pegar um dos primeiros *ferries* de Circular Quay para Manly. Do cais em Manly até Fairlight caminhei talvez uns 15 minutos. O céu estava cinzento e inchado de nuvens de chuva, mas, apesar disso, havia umidade e um calor denso no ar. Certamente calor suficiente para uma ida à praia. As dezenas de corredores com quem cruzei no passeio à beira-mar entre o cais e a praia propriamente dita pingavam de suor. Tinha imaginado que ficaria bastante exposto, que teria o lugar quase só para mim e acabaria parecendo suspeito, sentado totalmente sozinho como observador, mas não, o fluxo de frequentadores era contínuo. Não apenas gente correndo, mas também levando cachorros para passear ou passeando elas mesmas ou fazendo sua caminhada matinal em busca do jornal de domingo. Senti-me em casa: senti-me parte daquela comunidade amigável e relaxada, acolhedora.

Três horas, porém, é um tempo longo para se ficar sentado sozinho num banco olhando o mar e esperando ansiosamente a chegada de alguém. Eu havia comprado um exemplar do *Sun-Herald* no caminho, mas que só conseguiu me manter ocupado por mais ou menos uma hora. O único outro item que tinha me ocorrido levar era uma garrafa d'água, e nem mesmo me agradava a ideia de beber muito líquido, pois acabaria tendo de ir ao toalete. A vista era espetacular: num dos extremos da faixa de areia, havia uma piscina de água salgada encravada na rocha, um retângulo iridescente e verde-azulado; além, o mar calmo e cinza daquela manhã, estendendo-se na direção do horizonte e salpicado de iates; e, ainda mais distante, mais intuída do que avistada, a bela imensidão da própria Sydney. Alguém poderia pensar que era impossível se cansar daquela paisagem. Talvez em outra situação, se não estivesse tão afoito pela aparição da chinesa e da filha, eu ficasse feliz em passar o dia todo sentado no banco a observar a praia e suas águas. Mas naquele dia tal perspectiva rapidamente deixou de ter qualquer graça.

Enfim, não quero fazer vocês esperarem tanto quanto eu esperei. Elas apareceram. Logo depois do meio-dia. A chinesa, sua filha e mais uma mininha mais ou menos da mesma idade desta. Uma amiga da filha, obviamente. Loira e caucasiana. As três passaram pelo banco onde eu estava e desceram à praia, onde a chinesa estendeu uma esteira de piquenique e as duas meninas imediatamente tiraram a roupa, ficando só em trajes de banho, e correram até as rochas para brincar. A mulher — que trajava camiseta branca e calça esportiva azul-marinho aberta nas laterais — sentou na esteira e se serviu de alguma coisa quente que trouxera numa garrafa térmica, ao mesmo tempo que olhava para o outro lado da baía.

Era minha chance. O momento havia chegado, finalmente. Mas será que eu conseguiria mesmo? Seria capaz de me aproximar de uma completa estranha, uma mulher sozinha que viera passar a tarde na praia com a filha pequena e sua amiguinha, e invadir seu mundo, sua privacidade, com alguma frase desajeitada do tipo: "Com licença, você não me conhece, mas..."?

Já me conformava em admitir para mim mesmo que, afinal, não conseguiria encarar aquilo, quando houve um grito repentino de dor e susto vindo dos lados da piscina.

Olhei para lá. Era a amiga da chinesinha. Tinha escorregado e caído. Estava de pé bem na beirada da piscina, equilibrando-se no muro rochoso, e perdera o equilíbrio, caindo dali para o mar. Instintivamente corri em seu socorro. Vinda de outra direção, do local onde estendera sua esteira na areia, a chinesa corria para lá também, e ambos chegamos à piscina ao mesmo tempo.

— Jenny! — chamou ela. — Jenny, você está bem?

A água era rasa naquele ponto, e Jenny estava de pé, chorando cascatas de lágrimas. A queda da rocha até o mar fora de mais ou menos 1,20 metro, muita altura para que ela conseguisse escalar de volta, de modo que a primeira coisa a ser feita era puxá-la de volta para cima. Estendi meus braços.

— Aqui — falei —, segure em mim. Vou te puxar de volta.

A mininha loira agarrou minhas duas mãos e a ergui com facilidade de volta à beirada da piscina. Pudemos ver, então, que tinha a canela e o tornozelo bastante escoriados pela queda contra o fundo rochoso do mar. Os machucados sangravam muito. Ela se atirou nos braços da chinesa e ficou ali chorando por alguns momentos, para em seguida, depois de fazermos a volta pela beirada, nos encaminharmos todos ao local onde estava a esteira de piquenique.

— Obrigada, muito obrigada — dizia a chinesa. Ela era ainda mais bonita vista assim, de perto.

— Posso ajudar em mais alguma coisa? — perguntei.

— Acho que ela vai ficar bem. Só precisamos lavar os arranhões e...

— A gente não vai embora, né, mãe? — disse a filha.

— Não sei, querida, vai depender da Jennifer. Você quer voltar para casa, para sua mãe, Jennifer?

A menina abanou negativamente a cabeça.

Quando chegamos à esteira, Jennifer se deitou e demos uma boa examinada na sua perna. Um dos cortes, um pouco fundo, estava feio. A chinesa pegou uns lenços de papel de uma caixa que trouxera na cesta de piquenique, derramei a água da minha garrafa sobre o ferimento e, juntos, fizemos a limpeza e estancamos o sangue. Em seguida, ela voltou a remexer no conteúdo da cesta e a ouvi sussurrar para si mesma:

— Não tem band-aid! Como fui esquecer do band-aid?

Lembrei de ter passado por uma farmácia a caminho da praia e disse:

—Vou buscar.

— Não, por favor, sério: é muito incômodo.

— De jeito nenhum. Tem uma farmácia logo ali, naquela rua. Ela precisa mesmo proteger esses machucados. Senão não vai poder ficar brincando na água o resto do dia.

— Sério, acho que não...

Mas não dei ouvidos aos seus protestos e, antes que continuasse, saí em busca dos curativos. Fui e voltei em menos de dez minutos. Quando cheguei e entreguei os band-aids, senti que não tinha muito mais em que ajudar. Os arranhões ganharam a proteção devida rapidamente, e as duas meninas — que, aparentemente, tinham dado conta de todo o farnel durante a minha saída — estavam de novo de bom humor. Prontas para correr até a piscina outra vez.

Antes de deixá-las ir, a chinesa se levantou e, puxando para trás os cabelos da filha, fez-lhe um rabo de cavalo firme, amarrado com um prendedor.

— Só entrem na água depois de fazerem a digestão — disse ela. — E desta vez, por favor, mais cuidado.

—Tá bom.

— E que tal vocês agradecerem a este senhor gentil que nos ajudou?

— Obrigada — as duas responderam em coro, obedientes.

— Não foi nada — falei. Mas elas já haviam saído.

E ali ficamos nós, a chinesa e eu, num silêncio confuso. Nenhum dos dois sabia o que dizer.

— Fico realmente feliz — tateei, por fim — porque aconteceu de eu estar aqui. Quero dizer, tenho certeza de que você daria um jeito sozinha, mas...

Ela me olhou com uma careta e disse:

— Normalmente não sou muito boa com sotaques, mas... o seu é britânico, certo?

— É, sim.

— Então você está só de passagem. Faz tempo que chegou a Sydney?

— Uma semana — respondi. — Vim ver meu pai. Umas questões de família. Agora que estão resolvidas, estou voltando para Londres. Hoje à noite, aliás.

Assim que eu disse isso, ela me estendeu a mão, o braço esticado, formal.

— Bem, muito obrigada pela ajuda, Sr...

— Sim — falei, apertando-lhe a mão. — Maxwell Sim.

— Obrigada, Sr. Sim. Antes que o senhor vá embora, tem uma coisa que eu gostaria de perguntar, se possível.

— Claro.

— Bem, é só que fiquei curiosa, na verdade, para saber se foi pura coincidência termos ido ao mesmo restaurante ontem à noite.

— Ah — falei. Minha brincadeira, ao que parecia, tinha terminado

— E também há dois meses, se não estou enganada.

— Há dois meses — repeti. — Sim, foi isso.

— O senhor está me seguindo, Sr. Sim? Devo chamar a polícia?

Não sabia o que dizer. Havia um brilho e tanto nos seus olhos, agora: mas era um brilho de quem desafia, não de quem está assustado.

— De fato vim até aqui — expliquei, cuidadoso — porque sabia que ia encontrar vocês. E queria mesmo encontrar, pois gostaria de fazer uma pergunta. Tem uma coisa que preciso saber, e que somente você pode me dizer. Só isso.

— Só isso? Bem, então vamos ver que pergunta é essa.

— Certo. A pergunta. — Ah, sim, eu era capaz de desová-la no ato. —Você é casada? Tem namorado? Sua filha tem um pai?

A chinesa mordeu um sorriso e desviou o olhar.

— Entendi — falou. E emendou: — Sim, Sr. Sim, sou casada. E bem casada, como se costuma dizer.

—Ah. Certo. — Imediatamente me pareceu que um enorme abismo de decepção tinha se aberto diante de mim, e tudo o que eu queria, agora, era me atirar para dentro dele. — Nesse caso — eu disse —, melhor eu ir embora. Desculpe se eu... incomodei você de alguma forma. Foi extremamente...

— Por favor — respondeu a chinesa. — Não vá. Não me incomodou, de jeito nenhum. Na verdade, foi de grande ajuda. E o que você fez foi — bem, bastante romântico, de um certo ponto de vista. Se veio até aqui só para me ver, então o mínimo que posso fazer é lhe oferecer alguma coisa. Uma xícara de chá, talvez?

— É muita gentileza da sua parte, mas...

— Por favor, Maxwell, sente-se. Posso te chamar de Maxwell?

— Claro.

Ela sentou na esteira e fez um movimento pedindo que me juntasse a ela: o que fiz, um pouco constrangido.

— Meu nome é Lian. Minha filha se chama Yanmei. A coleguinha de escola dela você já sabe como se chama. Quer seu chá com limão? Sinto, mas não trouxe leite.

—Vou querer... tanto faz, na verdade. Como for mais fácil.

Lian serviu chá preto em duas xícaras de plástico e me passou uma delas. Agradeci e, por alguns segundos, bebericamos em silêncio. Então falei:

— Se eu puder, de alguma forma, explicar...

— Por favor.

— A verdade é que, quando vi você e Yanmei jantando juntas naquele restaurante, dois meses atrás, fiquei profundamente impressionado.

— Sério? Em que sentido?

— Nunca tinha visto nada parecido com a... intimidade que presenciei entre vocês duas. Vi aquele tipo de intimidade e senti o quanto algo assim faltava na minha própria vida, e passei a ter esperança — a fantasiar, na verdade — de que talvez pudesse compartilhar isso com vocês.

Lian voltou a exibir um de seus sorrisos de boca fechada, mas cativantes. Baixou os olhos para sua xícara e disse:

— Bem, esses nossos jantares são muito especiais para nós. Vamos ao restaurante todo segundo sábado do mês. É que uma vez por mês meu marido, Peter, precisa viajar a Dubai. A semana de trabalho lá começa domingo de manhã. De modo que ele pega o avião aqui em Sydney às 21h10 de sábado. Yanmei e eu vamos ao aeroporto nos despedir dele, e minha filha sempre fica um pouco chateada, porque ama muito o pai e sente sua falta quando está longe. Por isso, para ela se animar, vamos ao restaurante. Doze vezes por ano, sem falta, seja verão ou inverno. As crianças precisam criar hábitos; precisam de rotina. Bem, adultos também, na verdade. Ir àquele restaurante é um dos hábitos da nossa vida.

— Adorei que vocês... — retomei, sentindo que já não tinha mais nada a perder me expressando o mais claramente que pudesse — ... adorei como vocês jogam baralho lá. É como se o resto do mundo não existisse. E Yanmei parece uma miniatura sua. — Olhei para onde estava a menina, parada à beira da piscina, tomando coragem para mergulhar.

—Vocês têm a mesma voz, o jeito de se mover é o mesmo, ela se parece muito com você...

— Sério — disse Lian. —Você acha que existe semelhança física entre nós duas?

— Claro.

— Mas, sabe — acrescentou ela —, Yanmei não é minha filha biológica.

— Não é?

— Peter e eu a adotamos faz três anos. Na verdade, nós duas nem temos a mesma nacionalidade. Sou de Hong Kong, originalmente. Yanmei é chinesa, de uma cidade chamada Shenyang, na província de Liaoning. De modo que, talvez, a semelhança entre nós esteja apenas na sua cabeça. Talvez seja algo que você queria que fosse assim.

— Talvez — falei, bebericando meu chá e olhando, ao longe, a baía. Aquela informação me perturbou, por alguma razão. Saber que não havia relação de sangue entre Lian e Yanmei, não sei por quê, alterou a fantasia que eu tinha em relação a elas. —Você não tem filhos seus, então?

— Não. Isso foi uma tristeza muito grande na nossa vida, por um tempo. Mas agora que temos a Yanmei...

— Ela é órfã?

— Sim. A mãe morreu há alguns anos. Yanmei tinha apenas 3 anos. Uma morte horrível, parece. Como você sabe, as condições de trabalho em algumas fábricas chinesas são inacreditáveis. As coisas pelas quais aqueles trabalhadores têm que passar para que nós, no Ocidente, possamos comprar produtos baratos. A mãe da Yanmei trabalhava no setor de pintura dos produtos, 15 ou 16 horas por dia aplicando sprays de tintas com alta concentração de solventes químicos esse tempo todo. E sem proteção adequada... máscaras ou algo assim. Morreu de câncer. Câncer no cérebro.

— Que horrível — falei. Era uma frase banal, mas foi a melhor em que pude pensar. — E o que produzia essa fábrica?

— Escovas de dente, acho.

Virei abruptamente para Lian quando ela disse isso. Será que tinha escutado direito?

— Escovas de dente?

— Sim, daquelas de plástico vagabundo. Você parece surpreso. É tão surpreendente assim?

Fiquei sem fala, na verdade.

— Escovas de dente têm algum tipo de significado especial para você?

Aos poucos, minha voz começou a voltar.

— Sim, têm. Um significado muito especial. Mais do que isso — o que você acabou de me contar, a história da mãe da Yanmei... Bem, achei assombrosa. Incrível.

— Não tem nada de incrível nela, não mesmo. Acontece o tempo todo no mundo em desenvolvimento e em outros lugares também. Infelizmente, nossa tendência é fechar os olhos para essas coisas.

— Não, quis dizer que acho incrível... o significado pessoal. O significado que tem a história para mim, pessoalmente.

— Ah, certo. Mas talvez você pudesse explicar que significado é esse.

Respirei fundo e abanei a cabeça negativamente.

— Ia levar... Acho que levaria muito tempo. Sabe, por caminhos estranhos, tudo que me aconteceu nas últimas semanas tem conexão com Yanmei e a mãe dela. Mas precisaria contar a história inteira para você entender isso, e tenho certeza de que seria muito chato...

— Mas agora você vai ter que me contar. Olha lá. — Ela apontou para Yanmei e Jennifer, que se esbaldavam alegremente na água de um lado ao outro da piscina. — As meninas estão se divertindo. Não vão querer ir embora pela próxima hora, no mínimo. Eu não trouxe nada para ler. Então me conte sua história. Quero ouvir, não importa que seja longa ou chata. O que mais tenho para fazer?

E então comecei a contar a ela todas as coisas que tinham acontecido comigo desde que as vira, ela e Yanmei, pela primeira vez, naquele restaurante com vista para o porto de Sydney, no Dia dos Namorados. Foi difícil saber de onde partir, e acho que, de início, tudo que consegui foi confundi-la. Parti da história do Alan Guest e dos ideais e ambições que ele tentara botar em prática com sua pequena empresa especializada em escovas de dente, pois fiquei pensando que, se minhas experiências mais recentes haviam me ensinado alguma coisa, a lição tinha sido sobre a crueldade do mundo: tinha aprendido que vivemos numa época em que mesmo a mais bem-intencionada e inovadora das empresas pode ser posta de joelhos por forças mais poderosas. Mas aí concluí que não era essa a moral da história, longe disso, e que talvez o que eu realmente aprendera (ou começava a aprender) era um pouco sobre mim mesmo, sobre minha natureza e meus problemas. De modo que tentava alternar minha fala entre essas duas ideias, mas Lian estava ficando cada vez mais perdida e, a certa altura, me disse para começar de novo e simplesmente contar a história do começo, tudo exatamente como tinha acontecido. E, quando passei a fazer isso, o que me vi contando não se parecia mais em nada com uma história, era uma série aleatória de episódios desconexos: encontros, principalmente, encontros com pessoas estranhas e inesperadas que haviam, todas, feito pequenas coisas no sentido de mudar o curso da minha vida nas últimas semanas. Começara com ela, Lian, claro, e com Yanmei. Mas depois vieram... Bem, primeiro teve o sujeito no balcão de check-in da companhia aérea em Sydney, que me promoveu à Classe Econômica Premium sem ter motivo algum para isso. Depois veio o pobre do Charlie Hayward, que teve um infarto sentado ao meu lado no voo até Cingapura. Aí apareceu a Poppy, com seu equipamento para gravações ocultas e a história sobre Donald Crowhurst. Em seguida, teve o cara no parque em Watford que, depois de roubar meu celular, voltou porque estava perdido e queria informações. E logo o Trevor Paige e a Lindsay Ashworth, me levando para tomar uns drinques no Park Inn e me chamando para integrar sua equipe de vendedores. Então foi a vez do jantar na casa da mãe da Poppy, onde, além da própria, conheci o insolente Richard, e uma ocasião na qual a única pessoa que realmente se comportou de forma amistosa comigo foi o tio da Poppy, Clive. Aí teve o meu encontro com o próprio Alan Guest, no dia em que parti dos escritórios da empresa para a primeira etapa da minha viagem à Escócia. Depois o Sr. e a Sra. Byrne, pais do Chris, e a Sra. Erith e o Dr. Hameed, nos andares mais altos daquele bloco de apartamentos na periferia de Lichfield, e também a Caroline e a Lucy, num jantar fracassado em Kendal, mais a Alison Byrne, que me convidou para dormir com ela em Edimburgo e eu fugi, levando suas garrafas de uísque, e de carro, de madrugada, segui para as montanhas escocesas sozinho. Na verdade, a única pessoa que não mencionei uma única vez, nessa história toda, foi Emma: porque fico constrangido, agora, de admitir que cheguei a conversar com a voz de um sistema de navegação por satélite, e Lian podia pensar mal de mim se soubesse disso.

Enquanto contava a ela sobre todos esses encontros, Lian se deitou na esteira, com os braços atrás da cabeça, e fechou os olhos. Não disse nada, nem fez perguntas: não me interrompeu nenhuma vez, ainda que eu já estivesse falando há bastante tempo, e então, quando terminei, tampouco fez comentários, de início, a ponto de o seu silêncio ter me levado a suspeitar de que ela tivesse adormecido. Mas não, ela não estava dormindo. Estava apenas pensando muito profundamente sobre o que eu lhe contara e, depois de um tempo, se apoiou nos cotovelos, olhou para mim e disse:

— Bem, Maxwell, agora as coisas começam a fazer sentido.

— O que começa a fazer sentido? — perguntei.

— Agora posso entender por que você parecia tão diferente, ontem à noite, do homem que havia estado no mesmo restaurante dois meses atrás.

— Sério? — perguntei. —Você notou uma mudança em mim?

— Claro. Daquela primeira vez, você me assustou um pouco. Pensei comigo que jamais tinha visto alguém tão solitário e deprimido. Mas ontem — e hoje — você parece... bem, parece mais tranquilo, pelo menos. Parece um homem quase em paz consigo mesmo.

— Quase — repeti.

— Quase.

— Mãe! — Yanmei veio correndo, com Jennifer logo atrás. — Que horas são? Não está na hora da gente ir ainda, né?

— Sim, acho que está. A mãe da Jennifer já deve estar esperando. E não façam essas caras de decepção — a menos que eu esteja muito enganada, ela falou alguma coisa sobre uma caça aos ovos de Páscoa...

Os rostos das duas meninas se iluminaram de imediato.

—Tá bom — falou Jennifer. — Mas só mais um mergulho.

E, rindo, correram de volta na direção da piscina.

— Mais cinco minutos! — gritou Lian para elas.

Então se voltou para mim e viu que eu havia me perdido em pensamentos de novo.

— Desculpe — falei, saindo do transe. — Nem tinha me dado conta de que hoje é Domingo de Páscoa. A festa do Sol Nascente...

— Sol nascente? — disse Lian, intrigada.

— Não foi assim que começou a história da Páscoa? É para ser um tempo de novas alvoradas, novos começos.

Agora ela sorria, e disse, suave, no tom de quem se desculpa:

— E você achou que eu seria o seu novo começo. Yanmei e eu. Bem, desculpe, Maxwell, mas... vai ter que procurar em outro lugar.

— Eu sei.

— Em todo caso...

— Sim? — respondi. A maneira como ela recuou teve algo de irresistível, até mesmo um pouco perturbador, como se quase não ousasse dizer o que estava prestes a dizer.

— Em todo caso — continuou ela, passado um momento —, esse negócio que você está procurando, essa intimidade... Você não ia ter com a gente.

— Você acha? Como pode estar tão certa disso?

Lian apanhou minha xícara de plástico da areia e a virou para baixo, sacudindo-a até caírem as últimas gotas de chá. Então encaixou cuidadosamente a xícara de volta na boca da garrafa térmica. Seus movimentos eram lentos e mecânicos, o que sugeria que os pensamentos — aquilo em que realmente pensava — estavam em outro lugar.

— Essa moça, Poppy — disse, por fim. — Me pareceu interessante. De todas as pessoas que você conheceu na sua jornada, é ela quem tem algo de especial. Foi quem te compreendeu melhor, acho.

— Sim, mas a Poppy deixou bem claro que poderíamos apenas ser amigos, nada mais.

— Claro. Mas... Quando ela te convidou para o jantar na casa da mãe — você não achou que esse foi um gesto extraordinário da parte dela?

— Extraordinário? Em que sentido?

— Bem, ela foi generosa. E otimista. E também bastante... sensível.

— Sim — falei, já um pouco impaciente —, mas, como expliquei, não simpatizei muito com a mãe dela, se a ideia era essa. Não achei a mulher atraente.

— Você acha que a Poppy estava tentando arrumar um namorado para a mãe?

— Claro. Ela me falou isso.

— Mas tinha uma outra pessoa naquela mesma festa.

— Outra pessoa?

— Outra pessoa.

De quem ela estaria falando?

— Não, não tinha. Tinha um jovem casal, uns vinte anos mais novos que eu, e também o tio da Poppy, Clive. E só.

Lian me encarou fixamente. Outro dos seus sorrisos começou a ganhar-lhe o rosto, mas ela conseguiu reprimi-lo quando viu minha expressão de crescente indignação.

— Desculpe — disse. — Falei por falar.

Apressadamente, ela amontoou o que restava do piquenique dentro da cesta e ficou de pé.

— Acho que vou indo procurar minhas meninas.

Ainda num silêncio espantado, também levantei e, num gesto automático, apertei sua mão, que novamente se oferecia a mim.

— Adeus, Maxwell Sim — disse ela. — E tente não ficar bravo com aquelas pessoas que acham que te conhecem melhor do que você mesmo. Elas só querem o seu bem.

Ela virou as costas e foi embora.

Hesitei por alguns segundos, então corri atrás dela e a alcancei:

— Lian! — chamei.

Ela se voltou:

— Sim?

Fora de controle agora — sem parar para pensar no que estava fazendo — agarrei-a e a apertei nos meus braços, abraçando-a com força. Segurei-a tão firme que ela não conseguia se mover. Acho que mal podia respirar. Mantive-a assim por... não sei quanto tempo. Até meu corpo estremecer, em convulsão, com um único e tremendo soluço, e pressionei minha boca contra os seus cabelos e chorei, enquanto sussurrava:

— É difícil. Muito difícil. Eu sei que preciso encarar isso, mas nunca houve uma coisa mais difícil do que...

Senti a palma da mão dela contra o meu peito, me afastando de leve, a princípio, em seguida com mais força. Larguei-a devagar, me afastei um passo, enxuguei as lágrimas e desviei os olhos: envergonhado; arrasado; consternado.

— Acho que você está quase lá agora, Maxwell — disse ela. — Você está quase lá.

Tocou meu braço, virou as costas novamente e saiu em direção à piscina, chamando pela filha.

Fiquei na praia até o sol se pôr.

Foi interessante observar a mudança das cores no céu. Nunca tinha feito isso antes. O cinza lentamente se transformou em prateado, à medida que as nuvens se dispersavam e deixavam entrever o sol moribundo. Pouco depois, tudo se tingiu de um brilho mais para o dourado, e as nuvens começaram a se separar e distanciar ainda mais, enquanto a luz em si diminuía e se apagava até que o céu fosse, aos poucos, coberto por camadas de vermelho e azul bem claros. As pessoas continuavam a circular na praia. Ninguém mais aproveitava a piscina. O longo dia finalmente terminava.

Já sentia falta da Lian. Odiava pensar que nunca mais a veria. Também sentia falta do meu pai. Devia mesmo voltar para vê-lo — restavam-me apenas mais algumas horas na Austrália, afinal —, mas alguma coisa me impedia. Algo me paralisava. De qualquer modo, não sentia nenhuma urgência em falar com ele, agora que sabia que ele se mudaria de volta para a Inglaterra. Logo poderíamos passar muitas horas juntos, e horas agradáveis.

Não podia ficar sentado ali para sempre. Perderia o avião se não fosse logo embora. Mas sabia que tinha uma coisa que precisava fazer antes.

401

Precisava falar com uma pessoa. E precisava falar com essa pessoa muito, muito urgentemente — mais urgentemente, até, do que daquela vez em que, dirigindo bêbado em plena tempestade de neve nas montanhas Cairngorms, meu celular ficou sem bateria.

Hoje, claro, estava carregado.

O que me impedia, então?

Era como se eu fosse a pequena Yanmei, parada à beira da piscina, tomando coragem para mergulhar. Mas, sabendo que, uma vez que o fizesse, uma vez que tomasse coragem, o que me esperava era o frescor da água, a sensação de liberdade longamente adiada...

Quase lá, Max. Quase lá.

Que horas eram em Londres? O fuso me confundia naquelas últimas semanas. A Inglaterra adiantara os relógios em uma hora, no horário de verão, enquanto a Austrália atrasava os seus, de volta ao horário de inverno, ou seria o contrário? Algo assim, enfim. De modo que, se eram cinco horas em Sydney, agora seria... ainda muito cedo em Londres. Cedo demais para ligar? Difícil dizer. Em todo caso, a hora certa daquela ligação não era a daqui nem a de lá. Ou ela seria bem-vinda do outro lado, ou não seria.

Peguei o telefone. Procurei na memória até encontrar o nome do Clive. Aí respirei fundo e pressionei o botão "chamar".

Chamou durante o que me pareceram séculos. Ele não ia atender. Mas, por fim, atendeu.

— Alô? — falei. — Alô, Clive?

— Sim, sou eu. Minha nossa — é o Max, por acaso?

— Sim, sou eu. Acordei você?

— Acordou, na verdade, mas não faz mal. Não me importo nem um pouco. É simplesmente encantador que você tenha ligado.

Então — me avisem se estiver me repetindo, mas... já disse que a primeira coisa que me atrai em alguém, nove em dez vezes, é a voz?

$\sqrt{-1}$

Fiquei na praia até o sol se pôr.
(Interrompam-me se acharem que já chega agora.)
Observei a mudança das cores no céu.
(Vocês não precisam ler mais nada se não quiserem. A história já acabou.)
Liguei pro Clive e tive certeza de que tudo ficaria bem.
(Já me estendi demais, eu sei. Obrigado a todo mundo que me acompanhou até aqui. Sério, muito obrigado. E admiro a perseverança de vocês, devo dizer. Muito impressionante.)
E então...

E então um grupo de pessoas apareceu na praia. Uma família. Não veio dos lados do cais de Manly, mas da direção oposta, do oeste, pelo passeio à beira-mar, e eram sete no total. Marido e mulher e duas filhas — estes, foi bem fácil identificar —, mas, quanto aos demais, bem, difícil dizer. Avós, talvez? Tias, tios, amigos da família? Não podia ter certeza. As duas meninas eram muito brancas e trajavam vestidos leves de verão sobre seus trajes de banho. A mais nova parecia ter uns 8 anos, a mais velha, 12 ou 13 — aproximadamente a idade da Lucy. Correram direto na direção do mar, chapinhando e espalhando água na parte mais rasa. A mãe, cabelos longos e loiros, as seguiu, mantendo-as vigiadas, enquanto o pai permaneceu no passeio, acima da faixa de areia, ainda caminhando lentamente por ali, parecendo aéreo e preocupado. Tinha os cabelos grisalhos — quase brancos — e usava uma jaqueta marrom-clara sobre uma camiseta branca, combinação que deixava explícito demais o sobrepeso da meia-idade. No todo, ficava parecendo um pouco com um café latte servido numa taça alta com uma leve saliência no meio.

Havia bancos livres de ambos os lados daquele em que eu me sentava, mas, para minha surpresa, ele os ignorou e sentou bem ao meu lado. Em qualquer outra época, eu talvez não tivesse gostado da invasão, mas agora estava mais relaxado, expansivo e otimista: passara a sentir que qualquer coisa que me acontecesse, dali em diante, só poderia ser para melhor. E, além disso, pensei ter detectado, nos olhos de um azul profundo daquele afável estranho, certa bondade e benevolência. De modo que, se ele quisesse conversar, eu estava pronto para isso.

— Anoitecendo — falei.

— Anoitecendo — repetiu ele de volta, e acrescentou: — Como vai?

Era uma dessas perguntas sem muito significado, e que normalmente não exigem de fato uma resposta. Naquele dia, porém, resolvi, desafiando a norma social, tomá-la a sério.

— Estou bem, já que você pergunta, muito bem — disse a ele. — Os últimos dias foram bastante exaustivos, em alguns aspectos, mas no final das contas... Devo dizer que estou me sentindo bem. Muito bem.

— Excelente. Era exatamente o que eu queria ouvir.

—Você também é da Inglaterra, certo?

— Ha! O sotaque entrega, não é? Sim, estamos passando três semanas aqui. Minha mulher é australiana. Revendo uns parentes.

— Aquela lá é a sua mulher? — perguntei, apontando a bela loira parada junto às rochas com as duas meninas muito brancas.

— Sim, é.

Olhei com mais atenção para o sujeito.

— Talvez essa pergunta soe estranha — falei —, mas já não nos conhecemos de algum outro lugar?

— Sabe que eu estava pensando a mesma coisa? Acho que sim. Na verdade, tenho certeza. Lembro até de onde.

— Bem — falei —, nisso você leva vantagem. Por favor, não tome como algo pessoal, mas a questão é que conheci tanta gente nas últimas semanas...

— Tudo bem. Entendo — respondeu o homem. — Em todo caso, é um pouco de exagero dizer que nos conhecemos realmente. Nossos caminhos se cruzaram — talvez seja mais apropriado dizer. Nem chegamos a nos falar.

— E onde foi isso?

— Você não se lembra mesmo?

— Acho que não.

— No aeroporto de Heathrow, há uns dois meses. Você estava sentado num dos cafés tentando tomar um cappuccino, mas estava tão quente que mal conseguia encostar na boca. Eu estava na mesa ao lado, pouco antes de embarcar para Moscou.

— Isso! Sua mulher e suas filhas estavam lá também.

— Tinham ido se despedir de mim.

Sim, agora me lembrava claramente. Esse encontro eu não havia mencionado na conversa com a Lian, quando contei a ela minha história nas semanas anteriores. Recordava ter bisbilhotado a conversa da família e ficado um pouco confuso com o que ouvi.

— *Por que* você precisava ir a Moscou? — perguntei. — Na verdade, acabei entreouvindo alguma coisa do que vocês conversavam ali, e acho que você falou algo sobre umas... entrevistas?

— Isso mesmo. Era uma viagem de divulgação. Sou escritor, sabe.

— Ah, escritor. Isso explica tudo. — Ocorreu-me que a Caroline, se estivesse ali, teria ficado entusiasmada em conhecer um escritor de verdade. Não dá para dizer o mesmo de mim. — Será que já devo ter ouvido falar de você? — eu quis saber.

Ele riu.

— Não, claro que não.

— Que tipo de livro você escreve?

— Romances, na maioria. Ficção.

— Ah. Não sou muito de ler ficção. Está escrevendo algum livro no momento?

— Terminando um, já que você pergunta. Quase no fim agora.

Assenti, tentando fazer com que parecesse um incentivo. Então ficamos em silêncio.

— Uma coisa que sempre me perguntei sobre escritores — retomei — é de onde vocês tiram as ideias.

Ele me olhou surpreso. Acho que era bem possível que nunca antes alguém lhe tivesse colocado a questão.

— Hmm, pergunta difícil — disse ele. — Sabe, é bem complicado generalizar...

— Bem, e sobre o que é esse livro que você está para terminar?

— De onde tirei a ideia, você quer dizer?

— É, isso.

— Bem, deixa eu ver. — Ele se inclinou para trás no banco e mirou o céu. — É bastante difícil lembrar os detalhes, mas... Sim, foi isso! Sim, posso te dizer exatamente de onde tirei a ideia!

— Por favor.

— Bem, dois anos atrás, na Páscoa de 2007, vim para a Austrália com a família, numa das nossas visitas aqui, e uma noite estávamos num restaurante com vista para o porto de Sydney, quando reparei numa chinesa e em sua filha jogando baralho na mesa delas.

Encarei o sujeito.

— E não sei por quê — ele continuou —, mas tinha alguma coisa muito tocante nas duas — parecia haver entre elas uma tal intimidade, uma tal conexão, que comecei a me perguntar como se sentiria um homem solitário que, sem companhia, estivesse jantando no mesmo restaurante e por um momento vislumbrasse a cena e quisesse, então, compartilhar daquele mundo.

Tentei interrompê-lo, mas agora ele já tinha embalado.

— E aí, naquela mesma viagem, eu tinha combinado de encontrar o Ian — meu velho amigo Ian da Universidade de Warwick, que agora é professor aqui na ANU, em Canberra —, tinha combinado de encontrar com ele no salão de chá do Jardim Botânico de Melbourne, mas sem ter me dado conta de que existem dois salões de chá no Jardim Botânico de Melbourne, de modo que quase nos desencontramos. E acho que foi a combinação dessas duas ideias que me fez começar a escrever o livro. Normalmente é assim que funciona. Um par de ideias como essas meio que... se atritando uma contra a outra.

Ele se virou para mim. Eu não sentia mais que precisava interrompê-lo, tendo simplesmente (e não pela primeira vez naquele dia) perdido a voz.

— Alguma coisa nisso te soa familiar?

Minha garganta estava seca.

— Acho que estou começando a entender — falei, por fim.

— E então — perguntou ele —, como você se sente sendo parte da história de outro?

— Eu... não tenho certeza — respondi, escolhendo com cuidado as palavras. — Acho que vou precisar de um tempo para me acostumar. — Então, com um mau pressentimento, já sabendo qual seria a resposta, perguntei: — Esse seu livro, por acaso, tem a ver com escovas de dente? E com o Donald Crowhurst?

— Engraçado — disse o escritor —, tem a ver com as duas coisas. Queria escrever uma história que girasse em torno de um objeto doméstico — algo que as pessoas usassem diariamente, mas sem realmente refletirem nas implicações políticas e ambientais desse hábito. Bem, tive dificuldade, no fim, para encontrar alguma coisa que servisse ao propósito, e na verdade foi a minha mulher quem deu a ideia das escovas de dente. E, não muito tempo depois disso, estava tomando um café em Londres com a minha amiga Laura, que é crítica de arte, e ela começou a me falar das obras dessa artista, Tacita Dean, inspiradas na história do Donald Crowhurst, e foi essa mesma amiga também quem me apresentou um livro incrível, de Nicolas Tomalin e Ron Hall, sobre o navegador. Então, veja, o que normalmente acontece — respondendo à sua pergunta — é que pego todo tipo de ideias diferentes, de todo tipo de lugares diferentes, e, quando vou juntando, outras coisas começam a aparecer. Outras pessoas, para ser preciso. Personagens. Ou seja, neste caso específico — ele olhou para mim —, *você*.

Súbito me senti como o herói de um filme de espionagem barato, e no exato momento em que esse herói percebe que caiu direitinho na armadilha do vilão.

— Entendi. Então esse... sou eu? — falei, tentando ganhar tempo, mais do que qualquer coisa. — Apenas um produto das suas ideias, é isso? Bem, devo dizer que não chega a ser uma maravilha para minha autoestima.

— Veja por esse lado — respondeu ele. — Não é pior do que descobrir que você só existe porque tem dois pubs em Londres, próximos um do outro, chamados O Sol Nascente, ou é? Ou, aliás, do que saber que você só está aqui por causa da colisão aleatória, na proporção de um bilhão para um, entre os espermatozoides do seu pai e os óvulos da sua mãe? Sério, Max, eu diria que sua existência tem mais sentido do que a da maioria das pessoas.

Difícil julgar qual era a intenção do escritor enquanto me dizia tudo isso. Estaria tentando me agradar, ou simplesmente brincava comigo como o gato que brinca com o rato antes do último e fatal bote?

Mirei a praia. As filhas do escritor tinham tirado os vestidos agora e, alternando-se, pulavam na piscina, para logo voltarem à beirada. Essa imagem, recortada contra a baía varrida pelo vento e o rosa e dourado sempre cambiantes do pôr do sol feito uma brasa se apagando, era arrebatadora. Parecia que fazia dias, semanas, anos que Yanmei e sua amiguinha tinham vindo nadar ali. Minha conversa com Lian já dava a impressão de pertencer totalmente a outra época.

— Sabe, planejei seu itinerário detalhadamente — disse o escritor, com ar bastante convencido, achei. — A começar do Dia dos Namorados de 2009. E então, quando me dei conta de que você precisaria passar por Heathrow dois dias mais tarde, e quando me lembrei de que eu mesmo estivera lá, e justo naquela manhã, a caminho de uns compromissos em Moscou, pensei que seria legal dar uma conferida em você de perto. Sabe, só para checar que as coisas estavam indo bem. Afinal, me sinto muito responsável por você.

— E Fairlight Beach, em Sydney? — Eu começava a ter uma boa noção de como a mente perversa dele funcionava.

— Aposto que você realmente esteve aqui no Domingo de Páscoa com a família, certo?

— Claro. Quer dizer, olha só este lugar. É tão lindo, não é, nesta época do ano, e com esta luz? Um lugar tão triste, e bonito. Soube, no momento em que vi esta paisagem, que a última cena do livro teria que ser aqui.

Meu sentimento foi de pesar ao ouvir essas palavras. Soavam como uma sentença de morte.

— Última cena? — falei. — Está tão perto assim de terminar, é?

— Acho que sim. E aí, você curtiu? Quero dizer, gostou de fazer parte desta história? Como foi para você, Max?

— Não tenho certeza se "curtir" é realmente a palavra que usaria — falei. — Foi... uma experiência, certamente. Acho que aprendi umas coisinhas pelo caminho.

— Essa era justamente a ideia.

Que presunção! Começava a suspeitar que, por trás daqueles seus modos finos, aquele cara era pura farsa e autocongratulação.

—Você não acha que é uma coisa bem feia — retomei, definitivamente tentando admoestá-lo agora — viver de inventar histórias? Vamos combinar, você não é mais nenhum novato. Que tal começar a escrever coisas mais sérias? História, ciência, algo do tipo?

— Bem, é uma observação muito interessante — respondeu o escritor, recostando-se no banco e parecendo que começaria a falar à audiência de um seminário. — Porque você está absolutamente certo em dizer que o tipo de coisa que escrevo, de um ponto de vista literal, não é objetivamente "verdade". Mas gosto de pensar que existe um outro tipo de verdade — mais universal... Erm — desculpe, mas aonde você pensa que vai?

Pensei que, enquanto ele palestrava, talvez fosse minha oportunidade de escapulir. Meu avião saía às 22h, afinal de contas, e precisava fazer o check-in com duas horas de antecedência.

— Bem, tenho que ir agora, sabe. Preciso pegar um avião.

O escritor ficou de pé e bloqueou minha passagem.

— Acho que você não entendeu, Max. Você não vai a lugar nenhum.

Foi exatamente nessa hora que a mulher do escritor apareceu e lhe dirigiu algumas palavras.

—Você poderia ir pedir às meninas que saiam da piscina? É que o papai já está meio cansado e acho que devíamos ir para casa.

— Sim, vou num minuto — respondeu ele, impaciente.

— Conversando com seus amigos imaginários outra vez, é? — disse a mulher, com certo sarcasmo na voz, e saiu, ela mesma, em direção à piscina.

Ele se voltou para mim.

— Como eu estava dizendo, Max — sinto muito, mas você não vai a lugar nenhum.

— Mas preciso pegar aquele avião — falei, minha voz já começando a ficar trêmula. — Tenho que estar em Londres amanhã. Vou jantar com o Clive. E depois meu pai vai voltar a morar em Lichfield e tudo o mais. A gente ia tomar uma providência em relação ao túmulo da mãe.

— Mas a história acabou, Max — disse ele.

Olhei nos seus olhos e não me pareceu mais que ali houvesse bondade. Foi como olhar nos olhos de um serial killer.

— Não pode ter acabado — protestei. — Ainda não sei como termina.

— Bem, é fácil — falou o escritor. — Posso te dizer exatamente como termina.

E ele me lançou um último sorriso — um sorriso ao mesmo tempo pesaroso e implacável — e estalou os dedos.

— Assim.

Nota do autor

Partes deste romance foram escritas durante minha estada na Villa Hellebosch, em Flandres, com financiamento do governo local através do programa de autores residentes administrado por Het Beschrijf, em Bruxelas.

Gostaria de expressar agradecimentos pessoais à minha gentil e atenciosa anfitriã na Villa, Alexandra Cool; também a Ilke Froyen, Sigrid Bousset e Paul Buekenhout; e a James Cañón pela ótima companhia durante minha hospedagem.

"O buraco das urtigas" foi publicado como parte da coletânea *Ox-Tales: Earth*, pela editora Profile Books e em benefício da Oxfam. Muito obrigado a Mark Ellingham, da Profile, e a Tom Childs, da Oxfam, pela inspiração e pelo incentivo.